Folio Fantasy

Jean-Philippe Jaworski

MÊME PAS MORT

Rois du monde, I

Gallimard

Jean-Philippe Jaworski, né en 1969, est l'auteur de deux jeux de rôle : *Tiers Âge* et *Te Deum pour un massacre*. Il conjugue une gouaille et un esprit de conte de fées à la Peter S. Beagle, avec l'astuce et le sens de l'aventure d'un Alexandre Dumas. Son premier recueil de nouvelles, *Janua vera*, a été récompensé par le prix du Cafard cosmique 2008. Son premier roman, *Gagner la guerre*, paru en 2009, a obtenu cette année-là le prix du premier roman de la région Rhône-Alpes et le prix Imaginales du meilleur roman francophone. Ce dernier prix a également couronné, en 2014, *Même pas mort*, le premier tome de sa trilogie *Rois du monde*, lauréat la même année du prix Planète-SF des blogueurs.

« J'ai été route, j'ai été aigle.
J'ai été coracle sur la mer.
J'ai été l'effervescence de la bière.
J'ai été goutte dans l'averse.
J'ai été épée dans la main.
J'ai été bouclier au combat.
J'ai été corde de la harpe
D'enchantements, neuf années. »

KAT GODEU
(traduction Christian-J. Guyonvarc'h)

La première nuit

Tu raconteras ma vie.

Tu descendras le cours des fleuves et tu franchiras les montagnes. Tu traverseras les forêts, tu vogueras sur les mers qui s'étendent à droite du monde. Tes pas te porteront dans les royaumes celtes, dans les tyrannies hellènes et les lucumonies rasennas. Partout, tu énonceras mon nom, tu célébreras mon lignage, mes voyages, mes exploits. Tu seras l'initiale de ma mémoire, un bâtisseur de ponts, un héraut sans armée et sans bataille. Tu ne peux me refuser cette faveur. Tu ne peux aller contre le cours de ma volonté.

Ceux qui se dressent contre moi ne vivent guère ! Si tu rejettes mon offre, je ferai saisir tes biens et ta personne. Je disperserai ton ambre et tes amphores entre mes héros ; pour moi, je ne garderai que ta tête. Je la laverai, je la roulerai dans le miel, la cervoise et le sel, je la baignerai dans l'huile de cade et je la rangerai dans les coffres où s'accumulent les tributs des nations vassales. Lorsque je recevrai des hôtes de marque, je leur offrirai de grands banquets. Je ferai disposer mes plats à figures noires, mes cruches de bronze à long col, mes cratères où les vins épais de ton pays se mêlent à l'eau sauvage de nos sources. Puis, au milieu des viandes juteuses et des poissons brillants, des fruits doux et des breuvages âpres, je poserai ta tête. Je dirai : « Voyez : celui-ci était un trafiquant ionien qui fit injure à mon hospitalité. Alors buvez, dévorez, riez ! Nul ne peut se dérober à ma générosité sans me faire outrage. » Et admets-le, je suis magnanime : si tu refuses de perpétuer ma mémoire, moi, j'aurai soin de préserver la tienne. Je ferai de toi le compagnon de tous mes festins.

Tu raconteras ma vie.

Tu es un marchand riche et un aventurier rusé. Mais je ferai de toi bien plus que le négociant qui trafique du vin et des vases contre des hommes et du métal. Je ferai de toi un tombeau. Je ferai de toi une voix appelée à résonner aux trois coins du monde. Je ferai de toi les strophes liminaires du chant dont je suis la matière. Que valent tes amphores, tes trépieds, tes esclaves ? Tu n'as que des biens. Moi, je t'apporterai la parole. Je t'apporterai mon propre souffle, la respiration d'un guerrier, d'un héros et d'un roi. Te fit-on jamais offre plus prodigue ?

Toi qui déchiffres les lettres, sais-tu lire sur un corps comme sur tes tablettes ? Vois ces muscles longs, cette peau brûlée de soleil, ces mains larges, l'entrelacs effrayant de mes tatouages et de mes cicatrices. Ils sont autant de signes, autant de traces. Mon commerce, c'est la guerre. J'ai laissé une empreinte profonde dans les peuples où je suis passé. En rétribution, ils ont marqué ma chair. Mes ennemis les plus féroces m'ont apporté les butins les plus précieux : grâce à eux, je conserve ma majesté jusque dans la nudité. Mais je suis vieux ; j'aurai bientôt deux siècles. Mes bras sont encore fermes, rares sont les jeunes héros qui osent affronter mon regard ; mais je vois les enfants de mes enfants courir entre mes huttes et mes troupeaux, je n'ai plus besoin de me décolorer les cheveux et il m'arrive de somnoler quand le festin tire vers l'aurore. Les traits de mes compagnons tombés sont devenus lisses dans mon souvenir, les premières filles que j'ai désirées sont mortes ou flétries. Il est temps désormais que je songe à reprendre la route. Mais je ne pourrai le faire que si j'ai le souci de ma mémoire, par respect pour ceux que j'ai tués, et parce que ainsi je ne mourrai pas.

C'est pourquoi tu raconteras ma vie.

Lorsque j'étais enfant, il m'arrivait de pratiquer un tour dérisoire. Je pêchais une fourmi au bout d'une brindille, et je laissais courir la bestiole jusqu'à son extrémité ; lorsqu'elle y était arrivée, je retournais le fétu entre mes doigts. La fourmi filait derechef dans la même direction, et je la renvoyais à son point de départ. Ce jeu absurde se prolongeait aussi longtemps que durait mon caprice… Il m'a fallu attendre l'orée de la vieillesse pour en saisir le sens : je suis cette fourmi, et le monde est ma brindille.

Je suis né dans une terre si lointaine qu'elle se confond, en moi, avec les forêts du dieu ténébreux d'où sont sortis les pères de mes pères. Depuis que j'ai atteint l'âge d'homme, j'ai marché ; j'ai foulé l'humus moelleux des sous-bois, la terre grasse des prairies, la roche éboulée des montagnes, la tourbe trompeuse des marécages ; j'ai connu des saisons étranges, des cieux différents, des peuples variés comme les arbres d'une futaie. Au cours de cette longue errance, j'ai perdu un à un les compagnons de ma jeunesse, la langue des miens a mué de façon insidieuse, et ma mémoire même a fini par s'user au spectacle sans cesse renouvelé du monde. Voici vingt hivers que j'ai fixé mon peuple dans cette grande plaine, entre mer et montagnes. Depuis vingt hivers, le monde est tranquille ; il somnole, il se limite à ces prairies, aux courbes douces des collines, aux méandres paresseux des rivières qui baignent cette terre. Depuis vingt hivers, le monde nous berce de nouveau dans l'illusion sereine de l'immortalité. Mais ordonnerais-je demain de rassembler les troupeaux, de brûler nos fermes et nos champs et de reprendre la route, le monde reprendrait sa course, toujours moins net que dans le souvenir, toujours plus vaste que dans nos désirs. Si l'homme ne peut embrasser le monde, c'est parce que le monde fuit sous ses pas. Le monde est une mélopée infiniment morne et infiniment multiple, le monde est un chemin aux horizons sans cesse recomposés, le monde est un royaume taillé dans la matière même du rêve. C'est une merveille ; une merveille indifférente, qui m'a appris la saveur de l'angoisse.

Le monde est un vertige.

Toi aussi, marchand, tu es un voyageur. Toi aussi, tu as vu l'eau se précipiter sous l'étrave de tes navires, les nuages fuir dans un ciel aux teintes changeantes, les friches et la forêt envahir des champs cultivés naguère… Tu sais, comme moi, que rien n'est immuable, que tout est mouvement, tout est transitoire, et que seule la précarité de notre existence peut nous donner l'illusion de la permanence. Peut-être as-tu rêvé comme moi dans le murmure des forêts, dans la pénombre d'un de vos temples, ou devant le courant puissant des fleuves. Mais les arbres se couchent, mais la pierre s'effrite, mais les rivières s'ensablent. Tout évolue, tout s'érode, tout passe ; et la chair même des vivants n'est que la matière des morts. Tu es un homme sagace, et je vois que tu saisis ma pensée. Les gens comme toi, je les sais rares, je les sais forts, je les estime. Moi, cette découverte a failli me tuer, et elle fut fatale pour l'homme que j'ai le plus admiré.

Nous sommes dans un univers multiple, peut-être dans l'outre monde, dans le songe des dieux… À moins que nous ne soyons que des jouets entre les mains d'un enfant ignorant et cruel… Le peuple et les devins voient un dieu dans chaque source, dans chaque montagne, dans chaque arbre marqué par un buisson de gui. Les druides, quant à eux, chuchotent que le principe de l'univers est l'unité, qu'il n'est qu'un dieu, à la fois mâle et femelle, à la fois père, épouse, et enfant. Où se trouve la vérité ? Que m'importe la vérité ? Je sais que je ne la saisirai plus.

Je n'ai plus le temps, désormais, de courir le monde pour embrasser ses séductions ramifiées, ses chimères, pour poursuivre leur terme. Mon terme, à moi, est trop proche. C'est maintenant le monde qui me rattrape. La nuit approche où une taie couvrira mes yeux, où le souffle me manquera dans la mêlée, où la longue épée de fer pèsera dans mon poing comme dans la main d'un enfant. La nuit approche où je paierai tribut au monde, aux dieux, où je devrai affronter le dénuement absolu. Un roi sans souveraineté. Un héros sans force. Un homme sans avenir.

Mais j'ai contemplé tant de choses, j'ai nourri tant de tribus, j'ai tué tant de héros ! Je n'accepte pas de me dissoudre dans l'oubli. Je ne peux me résoudre au silence, à l'immobilité. Je ne peux me résigner à l'effacement ; aux noces de terre, avec ma dot de chevaux, d'or, de vin et d'armes pliées. Si je meurs ici, dans la paix et la prospérité de ma grande cité au milieu de la plaine, on m'érigera un tertre. Mes enfants et mes petits-enfants l'honoreront comme ma demeure. Ceux qui suivront le connaîtront comme le sépulcre d'un roi. Pendant une ou deux générations, au cours de l'Assemblée de Lug, mes fils y tiendront peut-être leurs jugements. Puis ma tombe deviendra matière à légendes, et finira simple butte affaissée, arasée par les labours, oubliée dans le paysage. Près du Gué d'Avara, j'ai vu ainsi nombre de vieilles pierres encore debout, mangées de mousses, dont on ne sait plus rien ; il en irait de même pour mon propre tombeau. Certes, je reviendrai parmi les morts, pendant les trois nuits de Samonios ; mais il est tant d'ombres qui se glissent au milieu des convives, au sein de mes propres festins, et dont j'ignore tout sinon la tristesse de n'être plus reconnues… Je ne veux pas figurer dans les rangs de ces fantômes anonymes, dont les exploits, les victoires, les souffrances, les amours ne sont plus rien.

Pas de tombe pour moi. Pas de fin paisible au milieu des miens. Pas de grandes cérémonies royales, pas de sacrifices, pas de bûchers rouges ni de banquet funèbre. Pas de trésor abandonné dans la nuit d'une chambre funéraire. J'irai chercher ma mort sur le champ de bataille. Je me détacherai des rangs de mes guerriers pour la défier. Une lame longue de cavalier dans la main droite, une lame courte de fantassin dans la gauche, je lui offrirai une danse des épées. C'est une vieille ennemie, et ce fut parfois une alliée de circonstance. Je connais bien ses ruses, ses lâchetés, ses trahisons. Je lui cracherai toutes ses bassesses, je lui tirerai la langue, je me rirai de sa puissance, je lui affronterai le masque peint du guerrier. J'espère bien que le chœur assourdissant des carnyx et des trompes fera trembler tous les os de son corps. Et puis je me jetterai dans ses bras, dans la troupe la plus épaisse de l'armée adverse. Je veux, pour ma fin, un éclat et une brutalité comparables aux forces qui ont gouverné ma vie. Je veux goûter la volupté jusqu'au bout, jusque sous la morsure des lances et des haches rasennas. Puis, je veux ma dépouille exposée sur le champ de guerre, à pourrir au soleil et à la pluie. Je veux être dévoré par les charognards, défiguré par le bec des corbeaux ; ils me porteront, mort, là où je ne suis jamais allé, vif. Dans le ciel.

La fin que je me réserve n'est pas la mort du roi. C'est celle du héros. Ne me prends pas pour un de ces barbares naïfs que vous autres, Ioniens, vous méprisez si facilement. Je ne me laisse aveugler ni par ma vanité, ni par les chants épiques de mes poètes. Je suis lucide. La mort que j'appelle de mes vœux est une fin terrible. J'ai pris suffisamment de coups, j'ai vu suffisamment de plaies, j'ai entendu suffisamment de râles pour deviner, physiquement, l'insupportable violence de mon corps massacré. Ce trépas, c'est une étreinte de l'horreur. C'est une mort qui marque les mémoires comme le fer marque les chairs. Et ce sera le faîte du monument que je suis en train d'édifier à ma propre gloire : en violentant ainsi les esprits des témoins, amis et ennemis, je resterai, cicatrice héroïque, dans les traditions des deux peuples.

Car il n'est qu'une chose qui perdure. C'est le souffle, la parole. Je sais qu'en vos contrées et chez vos concurrents Tyrrhéniens, certains emploient des lettres pour conserver les mots dans la pierre, l'argile ou le métal. J'ai vu des vases ou des urnes qui proclamaient, aux yeux du sage : « J'appartiens à tel homme ». Je me méfie de cette parole. Elle est morte, aussi morte que les corps allongés sous les tumulus de pierre et d'herbe des nécropoles tyrrhéniennes. Ces signes n'ont guère plus de sens que l'empreinte du gibier sur un terrain meuble. Ils témoignent d'un passage, mais aussi d'une absence. Il faut traquer cette parole, au cours d'un long apprentissage, pour tenter de la saisir. On ne chasse pas un héros, fût-il imprimé dans le bronze ; c'est le héros qui vient vers vous. Seule la parole vivante lui permet ainsi de revenir, de visiter chacun, l'esclave et le puissant, le sage et l'ignorant. Seule la parole vivante confère l'immortalité.

Dans trois lunes, dans trois hivers, je ne serai plus qu'os blanchis, éparpillés au milieu des herbes folles. Mais quelle importance ? Mon nom, mes exploits, mes crimes, jusqu'à ma mort seront dans tous les cœurs. Je serai présent, plus présent que jamais : multiple, contradictoire, simplifié, déformé. Purifié. Je serai, toujours ; même si mon visage s'efface, même si mes actes se confondent avec les exploits d'autres héros, même si mon nom s'érode et mue selon le dessein capricieux des langues. Je serai, principe souverain et héroïque ; jusqu'à ce jour, peut-être, où mon masque guerrier se confondra avec la face hiératique des idoles.

Et c'est pourquoi, mon ami, tu raconteras ma vie.

des thérapeutes [illegible] présence, donnerait [illegible]
jusqu'à [illegible]
[illegible] que des [illegible]

C'est pourquoi la mort [illegible] vie

[illegible]

Quand commence l'histoire d'un homme ?

Les gens ordinaires se [illegible] souvent à parler de leur propre [illegible] de leurs parents, [illegible] quand ils savent [illegible] même sans chercher [illegible] ?

Sur le [illegible] les Hébreux [illegible] différemment. Ils [illegible] le nom de leur père, celui du père de leur père, [illegible] dont ils perpétuent le sang [illegible] tous les [illegible] qu'ils ont [illegible]. Ainsi [illegible] ceux qui leur ont donné la vie et [illegible] l'âme [illegible] : ce ne sont [illegible] dans le [illegible] mais ce sont aussi des mémoires, des [illegible].

Les bardes, quant à eux, [illegible] contaient les métamorphoses, les morts et les [illegible] nouvelles, les multiples naissances [illegible] que l'homme, la femme ou l'[illegible] présents [illegible] dans

I

L'île des Vieilles

Quand commence l'histoire d'un homme ?

Les gens ordinaires se croient souvent l'initiale de leur propre récit. Ils délivrent leur nom, celui de leurs parents, le lieu de leur naissance, du moins quand ils savent tout cela. D'autres inventent, même sans chercher à mentir. En vérité, cela a-t-il le moindre sens ?

Sur le champ de bataille, les héros procèdent différemment. Ils clament le nom de leur père, celui du père de leur père et des aïeux plus anciens dont ils perpétuent le sang ; ils énumèrent aussi tous les vaincus qu'ils ont tués. Ainsi s'identifient-ils par ceux qui leur ont donné la vie et par ceux à qui ils l'ont ôtée. J'aime cette façon de faire, je l'ai beaucoup pratiquée : ce ne sont pas seulement des guerriers qui s'affrontent dans le tourbillon des armes, mais ce sont aussi des mémoires, des lignées de fantômes.

Les bardes, quant à eux, ont une autre manière. Ils content les métamorphoses, les morts et les incarnations nouvelles, les multiples naissances du héros. Parfois, ils remontent jusqu'à mille hivers, et ils montrent que l'homme, la femme ou l'androgyne étaient déjà présents dans le lustre sombre du corbeau, dans l'écaille du saumon, dans la ramure du cerf. Enfant, je raffolais de ces chants ramifiés et fantasques ; ces mutations sans frein me faisaient rire. Elles me grisaient aussi, elles me donnaient le sentiment que le monde tout entier faisait partie de moi. Plus tard, j'en ai saisi la sagesse. L'homme que tu achèves, l'animal que tu abats, ils ont le même regard.

Où commencer ma propre histoire ?

Je ne suis pas un individu ordinaire. Ma naissance n'est pas ma vraie naissance. D'ailleurs, je ne me souviens pas du jour où je suis venu au monde, cela n'a pas d'intérêt. Faut-il donner le nom de mes pères et celui de mes victimes ? Je peux les décliner facilement, en dansant avec mes armes, en roulant des yeux, en faisant d'horribles grimaces. Mais tu n'es pas mon ennemi : ce serait manquer aux lois sacrées de l'hospitalité que de défier ainsi mon invité. Il me faut donc écarter cette manière. Quant aux vies qui ont précédé ma vie, je m'en souviens parfois, à l'impromptu, dans le pas d'un cheval, en accrochant mon manteau sur l'épaule, en soupesant une poignée d'épée ou le sein d'une femme. J'en rêve aussi, de temps en temps, quand le sommeil me fait planer au-dessus des forêts, des fleuves et des prairies. Mais tout cela est si brouillé que la parole dissiperait les visions ; je ne maîtrise pas assez la musique pour traduire en mots ce qui, en moi, est plus vieux que moi.

Alors, puisque je ne peux adopter ni la voix de l'homme commun, ni celle du guerrier, ni celle du poète, je créerai ma propre manière. Ainsi, mon récit sera mien non seulement par l'histoire, mais aussi par la forme. Puissent les dieux me guider sur ces chemins-là, comme ils l'ont fait sur d'autres voies.

J'aurai besoin de leur bienveillance dans cette entreprise ; car, à la vérité, mon histoire commence là où se terminent toutes choses.

Mon histoire commence au-delà du bout du monde. Là-bas, la terre s'effondre, hachée par des mâchoires divines. Des murailles de roche striée, crevassée, fendue et refendue, s'abîment dans des gouffres où mugit l'océan, celui qui borde les îles des morts. La mer se soulève, rage et gronde, agitée par les vents venus de l'au-delà. L'air cru, rempli d'embruns et de sel, possède la saveur de l'or. C'est là, à la vérité, que je sors de l'obscurité, parce que c'est là que j'ai tout joué. À l'époque, je suis encore jeune ; je porte les cheveux longs, mon visage est glabre, mon corps possède la vigueur flexible du baliveau. Et pourtant, je me crois déjà vieux. Je suis plein de la sottise ombrageuse des coquelets : parce que j'ai parcouru le monde, parce que j'ai tué, parce que j'ai connu la morsure du fer, je me considère d'ores et déjà comme un héros. Au vrai, je suis d'une bêtise à pleurer. Mais peu importe ! Dans ma vanité réside une part de vérité : je suis riche de passé comme d'avenir, et parce que je vacille au bord du monde, l'abîme tonne que je ne suis qu'une chrysalide, que la vraie grandeur reste à construire.

Je navigue vers le néant. J'ai embarqué sur la nef d'un marchand osisme, un de ces navires énormes qui affrontent les ouragans soulevés derrière les horizons. Le vent ulule dans le gréement de chaînes, les voiles de peau claquent en tambours assourdis. Je vois une lueur perplexe dans ton œil, et je la comprends bien : tu n'as pas voyagé aussi loin que moi. Les navires, tu les conçois comme ceux de ton peuple : sur l'embouchure du Lacydon, j'ai vu vos longs pentécontores. Ce ne sont que de grandes barques ; vos voiles de lin et vos cordages sont conçus pour la navigation sur une mer parfois capricieuse, mais souvent rieuse et calme. Les bâtiments osismes, ils ont été conçus pour frôler les maelströms, pour affronter le ressac que provoque le ciel quand il croule sur l'océan. Ventrus, la proue et la poupe haut dressées au-dessus des flots, on croirait des forteresses flottantes, et non les gracieuses nacelles avec lesquelles vous filez sur les eaux bleues.

Un froid vif balaie l'océan et notre navire. Le choc des vagues baratte la coque de chêne ; des bourrasques gonflent nos voiles de cuir comme les joues d'un monstre poussif, sifflent dans les cadènes des chansons fantômes ; des rafales nous cinglent parfois de gouttelettes aussi drues que des aiguilles. Sur la nef, l'atmosphère entre les hommes est pour le moins glaciale. Nauo, le patron, nous en veut, et ses marins ont peur. Notre destination les effraie, elle les a forcés à dérouter, et ils n'ont rien à gagner dans l'affaire sinon un peu de gloire et un grand péril. Seule l'autorité de Gudomaros, le roi de Vorgannon, a pu contraindre Nauo à nous embarquer ; mais nous sommes désormais loin de l'intérieur des terres, loin des côtes osismes, notre bâtiment roule sur une houle sans âge, et la main du souverain est sans force hors du monde. Nauo est marchand, mais tu es le premier à savoir qu'un marchand, en pleine mer, se transforme toujours en pirate. Aurais-je été seul, j'aurais pu craindre d'être dépouillé et jeté par-dessus bord. Fort heureusement, solitaire, je ne le suis point. Sumarios, fils de Sumotos, et Albios le Champion sont mes compagnons. Ils veillent sur moi comme sur la prunelle de leurs yeux, et je place en eux une foi aveugle. J'ai tort, du reste ; mais mon regard ne se dessillera que plus tard.

Indifférent à la fureur des flots, Sumarios est assis, adossé au bordage. Il retient sous son talon les hampes de ses deux lances, posées à plat sur le pont grossier. Sous ses mèches trempées, il promène un œil sombre sur l'équipage osisme. Quoiqu'il ait l'âge d'être mon père, les saisons que nous venons de traverser l'ont amaigri ; sans ses tempes mouchetées de gris, on le prendrait pour mon frère aîné. Les ans n'ont en rien altéré sa force ; au cours de l'été précédent, je l'ai vu tuer un héros ausque à trente pas, d'un seul jet de javelot.

Albios, quant à lui, se désintéresse du navire et des marins. Serrant les pans de son sayon, il contemple la tourmente rageuse sur laquelle nous roulons. L'homme paraît chiffonné et vieux ; ses cheveux clairsemés, qu'il continue à tresser avec une coquetterie un peu ridicule, sont blancs comme neige. Il semble frêle, mais sa silhouette sèche possède la robustesse du chemineau. Sumarios et moi, nous sommes des guerriers ; Albios n'a rien du combattant. Sa seule arme est un couteau à manche d'ivoire qui lui sert à couper sa viande dans les festins. Pour ce que j'en sais, ce compagnon est d'extraction obscure ; et pourtant, chez nos hôtes, Albios se voit plus honoré que Sumarios et moi, qui sommes de noble naissance. Albios a conquis le statut de champion ; dans une housse de cuir, il porte la lyre à six cordes, et il se révèle être un des bardes les plus fameux entre le Cemmène et la Sequana. Sa mémoire, vaste comme un royaume, recèle la tradition de plusieurs peuples ; quelques couplets improvisés lui suffisent pour élever ou abaisser la fortune des puissants ; ses tours lui ont permis de remporter, dit-on, plus de trente duels poétiques.

Je crois savoir pourquoi Sumarios m'accompagne dans ce périple : par loyauté envers mon oncle et envers ma mère, et peut-être par affection pour moi. Si ses motifs me paraissent clairs, les raisons d'Albios sont plus troubles. À la différence des rois et des chefs qu'il a coutume de visiter, je n'ai pas d'or à lui prodiguer. Je suis trop jeune et trop ignorant pour apprendre quoi que ce soit à un homme aussi savant. Dans ma vanité, je soupçonne l'enchanteur d'avoir pressenti le grand héros que je vais devenir, et d'avoir attaché ses pas aux miens pour entrelacer nos immortalités guerrière et poétique. Parfois, quand le doute s'insinue en moi, je me dis que c'est surtout ma destination qui le fascine. Pour un maître du savoir, toucher à l'île des Vieilles et à ses mystères doit représenter une perspective bien plus grisante que l'escorte de deux rustres héroïques.

Mais à propos de l'île des Vieilles, nous ne bavardons guère sur le navire de Nauo. Il est inutile de jeter de l'huile sur le feu, et puis nous avons eu largement le temps d'en parler au cours de la longue route parcourue depuis Argentate. Tout ce que nous pouvons en savoir, c'est-à-dire bien peu de choses à la vérité, nous en avons déjà débattu. Quand il prend la parole, Albios se contente de nous faire une leçon, confirmant à demi-mot qu'il a déjà sillonné les lisières du monde. Dressant la main vers la barre déchiquetée des falaises que nous abandonnons dans notre sillage, il dit d'abord :

« Voici le cap Kabaïon. C'est la terre la plus avancée de ceux qui vivent au bord de la mer ; le Kabaïon marque la limite entre les océans des hommes et ceux des dieux. »

Se tournant vers la droite, où des flots d'ardoise se soulèvent en armées infinies, il ajoute :

« Par là s'étend la mer Œstrymnique. Elle baigne les littoraux de nos nations et ceux des Ambrones. Ses confins sont bordés des montagnes de l'Orage, que doublent parfois les navires venus de la lointaine Tartessos. »

Puis, il porte son regard vers la gauche, où un grain enrobe dans des tourbillons pluvieux un archipel d'îlots et de récifs noirâtres, et il énonce :

« De l'autre côté se trouve la mer d'Ictis. Quand ils nous auront débarqués, Nauo et ses hommes la traverseront en direction du cap Belerion pour mouiller devant la Terre Blanche. Là-haut, ils échangeront leur cargaison contre des lingots d'étain. Si je ne t'avais pas accompagné, Bellovèse, je serais sans doute retourné dans ces territoires sacrés. Bien des secrets y sont enfouis sous les cercles de pierres bleues. »

Du menton, Sumarios désigne la direction qui n'a pas de nom, celle vers laquelle cingle pour le moment la nef de Nauo.

« Et par là, barde, il y a quoi ? »

Le vieux poète essuie son visage fouetté d'embruns. Il a les joues rougies de froid et la goutte au nez.

« Par là… »

Il laisse ses paroles en suspens, se contentant d'adresser un sourire incertain aux trombes venues du fond de l'horizon.

Cinq nuits plus tôt, quand nous avons fait étape à Vorgannon, nous avons pu parler plus librement de l'île des Vieilles. Vorgannon est située à peu près au centre du royaume osisme ; elle est loin des côtes, ce qui nous a permis d'y aborder le sujet de notre destination avec moins de retenue.

Nous sommes arrivés en traversant une contrée de monts et de hautes collines, et nous avons accordé une longue pause à nos chevaux après avoir gravi des versants aux pentes faussement douces. Depuis ce sommet, où une roche usée crevait çà et là une marée de bruyères, nous avons découvert la ville osisme. Retranchée derrière ses murs de terre, de bois et de pierre, elle occupait une hauteur contrôlant un vaste plateau, où alternaient des prairies et des lopins cultivés. Avec ses toits de chaume nichés dans un panorama verdoyant, Vorgannon paraissait petite et paisible ; mais le filet scintillant d'une rivière, qui venait sinuer au pied du plateau, en faisait une forteresse facile à défendre. Des fumées épaisses montaient d'un quartier où l'on travaillait le métal. Des troupeaux de vaches paissaient les prés qui descendaient jusqu'au cours d'eau. Albios, le seul d'entre nous à connaître la région, nous avait assurés qu'il s'agissait d'une place royale ; et à voir la situation et la richesse de la cité, nous ne pouvions que lui donner raison.

L'altitude faussait les distances, et il nous a fallu du temps pour gagner les abords de la ville. Nous ne nous y sommes présentés qu'au soir. Par prudence et par courtoisie, nous nous sommes avancés en présentant le flanc droit. Nous avons ainsi signifié que nous venions en paix, en toute confiance. Nos chevaux, nos armes, nos torques signalaient des voyageurs puissants, ce qui nous garantissait normalement un bon accueil. Toutefois, ce sont la lyre et le court manteau à capuchon d'Albios qui nous ont valu des mouvements de sympathie : au premier coup d'œil, les Osismes ont reconnu un barde, et ils l'ont salué avec une certaine déférence.

Nos montures ont été conduites dans un parc où s'ébattait le haras du roi, puis on nous a menés à son palais. Le crépuscule, qui assombrissait les façades de torchis et poudrait le ciel de quelques étoiles, avait rappelé pâtres et laboureurs dans les murs. En chemin, les femmes, les artisans, les bouviers nous interpellaient familièrement. Les Osismes pratiquent la même langue que nous, mais j'avais du mal à comprendre leur accent et certaines tournures locales ; Albios, quant à lui, les entendait sans peine et répondait par des plaisanteries et des demi-vérités. Comme à l'ordinaire, on nous demandait d'où nous venions et de quelles nouvelles nous étions porteurs. Sans les ambactes lourdement armés qui nous avaient escortés depuis les portes de la cité, nous aurions sans doute été retenus par des curieux tous les dix pas.

Le palais était une longue maison dont l'entrée donnait sur une esplanade empierrée, suffisamment large pour la manœuvre des cavaliers et des chars de guerre. L'édifice était presque le plus haut de Vorgannon ; seul le dominait une grande enceinte de pieux, décorée de trophées d'armes, qui délimitait l'espace sacré du nemeton. Les guerriers osismes nous ont invités à entrer dans la demeure royale ; le porche ressemblait aux portes de la ville, et aurait permis de pénétrer à cheval dans la bâtisse. Au-dessus du portail, une dizaine de crânes humains étaient cloués au chambranle. Notre hôte manifestait ainsi qu'il appartenait à une lignée de héros, et qu'il était périlleux de se présenter devant lui si on cherchait à lui porter tort.

La halle du roi ne comportait qu'une pièce, longue et vaste comme une futaie nocturne. Le jour enfui ne jetait plus ses rayons par les trous à fumée, et la seule lumière provenait de deux fosses à feu, au ras du sol, où rôtissaient des porcs. À la lueur des flammes, les rangées de poteaux dansaient comme les ombres d'une hêtraie et les charpentes se perdaient dans une obscurité sylvestre ; la maisonnée nombreuse du roi se devinait plus qu'elle ne se voyait, en silhouettes ébauchées que léchait parfois une lueur dorée.

On nous a menés jusqu'à une banquette de bois couverte de fourrures et de plaids doux, le long d'un mur. Nous étions dans l'ombre des poutres, à l'écart du cercle où s'installeraient le roi et ses familiers, mais on ne nous avait pas attribué la place près de la porte, au milieu des mendiants et des vagabonds. Nous partagerions notre repas avec des guerriers, des pâtres et des gens de l'art, ce qui représentait une hospitalité honorable pour des invités qui n'avaient pas été présentés.

J'ai reconnu l'arrivée du roi à l'irruption d'une bande. Il y avait là quelques héros, des porteurs de bouclier, des lanciers, un groupe de sages qu'escortait une meute de grands chiens. Dans l'animation et la pénombre, difficile pour moi de distinguer le monarque. Ils se sont disposés en cercle autour du foyer principal ; il s'agissait d'un repas familier, car des femmes, plutôt mûres, se sont jointes aux hommes. Ce n'est qu'au dernier moment que j'ai identifié Gudomaros : accompagné de son sacrificateur, il a répandu un peu de bière sur le sol, et il a tranché une portion de viande pour l'offrir aux dieux infernaux. Après le rite, les serviteurs et les pages ont commencé à servir. L'atmosphère était paisible et plutôt bon enfant. Il n'y a eu nul défi ou contestation pour le morceau du héros ; la meilleure part a été donnée à un guerrier vieillissant, qui ne paraissait pas très impressionnant, sans que personne ne la lui dispute. De notre côté, Albios nous a fait comprendre que ce n'était pas le moment de chercher à nous distinguer.

Nous avons mangé tranquillement, à notre faim, et on nous a offert de généreuses rasades de cervoise. Nos voisins bavardaient et nous lançaient parfois des regards curieux, mais à la différence du peuple, ils se sont abstenus de nous parler, par politesse, tant que nous n'étions pas repus. Du cercle royal provenait un mélange de conversations et de musique ; le barde attaché au souverain était un homme jeune qui, sans être beau, se trouvait habité par un esprit attirant. Ignorant que j'étais, j'ai trouvé sa voix plus prenante que celle d'Albios ; mais mon compagnon écoutait son rival avec un sourire goguenard, certain de sa supériorité.

Quand nos ventres ont été bien remplis, un blanc-bec est venu nous trouver. C'était un godelureau aux cheveux délavés et tressés, vêtu d'une tunique au tartan éclatant : sans doute un fils de noble famille placé en pagerie auprès de Gudomaros. À trois reprises, il nous a demandé si nous étions bien restaurés, si nous avions encore faim et soif. Une fois sûr qu'on était satisfaits, il nous a dit que le roi désirait nous voir.

Quand nous nous sommes levés, nous avons senti que nous étions le point de mire de toute la halle. On nous a fait un peu de place dans le cercle royal, de l'autre côté du feu, en face du maître de Vorgannon. Gudomaros m'a paru vieux, mais c'était surtout parce que j'étais un béjaune qui n'avais guère vécu ; en fait, c'était un homme entre deux âges, encore robuste, qui affectait la fausse tranquillité des vétérans. Chargés de bijoux, ses bras et son cou étaient ornés de tatouages bleus qui attestaient ses liens avec les familles nobles de la Terre Blanche. Il nous a observés en silence, assis en tailleur, les mains posées sur les cuisses. C'est un de ses voisins qui a pris la parole, un ancien à la barbe broussailleuse et au front tonsuré.

« Salut à toi, Albios le Champion, a-t-il lancé d'un timbre sonore. Tu réjouis les dieux, le roi et les héros de cette salle par ta venue et par celle de tes compagnons.

— Salut à toi, Cintusamos, Flot Brillant de Sagesse, a répondu le barde. Mes deux amis et moi, nous sommes honorés par l'hospitalité que nous prodigue le souverain des Osismes.

— Le roi te connaît, a repris le conseiller de Gudomaros, mais, bien qu'ils aient belle allure, il ignore qui sont tes compagnons. Sont-ils assez contents du repas pour satisfaire notre désir d'apprendre leur nom et leur lignage ?

— Ils sont plus que contents : par son accueil, le roi des Osismes leur a témoigné largesse et considération. Ils pourront s'en vanter désormais dans les banquets et sur les champs de bataille. Aussi est-ce avec reconnaissance qu'ils vont se présenter. Mais tout d'abord, je tiens à remercier le souverain en mon nom : surseoir à ma gratitude, ne fût-ce qu'un instant, serait manquer à tous mes devoirs. Voici donc pour le roi ! »

Reportant son attention sur le maître de Vorgannon, Albios s'est cambré, le buste bien droit pour que sa voix se déploie dans toute la halle. Il a scandé, avec une superbe de héraut :

Gudomaros, guerrier féroce,
Fut bien précoce en plaies et bosses :
Gloire tétée, têtes coupées
En cent mêlées ensanglantées !

Mais ce rude preux passe pour heureux
Tant il est généreux !

Le roi osisme, hôte sublime
Est magnanime en mets opimes,
Son opulence offre bombance
En abondance et bonne ambiance !

Les vers d'Albios ont été accueillis par quelques manifestations d'approbation, pognes claquées sur les cuisses, cris admiratifs mêlés de railleries et de grondements guerriers. J'ai vu l'œil gris de Gudomaros pétiller, et il a pris la parole.

« Voilà qui est bien tourné, champion, a-t-il souri en découvrant ses dents blanches. Jamais entendu jusqu'alors, et pourtant, c'est pas faute de flatteurs. Eluisso, ça te dit quelque chose ? »

Le jeune musicien a pincé les lèvres d'un air compassé.

« Je connais quatre fois vingt histoires avec les chansons qui s'y rapportent, mais ce chant-là, je ne le connais pas.

– Et toi, Cintusamos, tu as déjà entendu ça ? a repris le roi.

– Je connais trois fois cinquante histoires, a répondu le vieillard, et encore la moitié de cinquante, ainsi que tous les chants qui s'y rapportent. Mais ces strophes-là, je crois qu'Albios les a composées pour toi.

– Et l'harmonie, elle y est ? a demandé le roi.

– Elle est respectée, a condescendu le jeune barde.

– Je crois bien qu'elle est parfaite », a renchéri le vieux sage.

Gudomaros a pris une large inspiration. Il a ouvert les bras, exposant à la lueur du feu le cuir de ses paumes.

« Je veux qu'on apprenne ces vers, a-t-il proclamé. Eluisso, Cintusamos, retenez-les ; vous les chanterez pendant mes festins ! »

Et, plongeant son regard dans celui d'Albios, le roi a ajouté :

« Je t'ai offert un peu de cervoise, un peu de viande, une place au coin du feu ; en échange, toi, tu me donnes la poésie. C'est trop, champion. Je me retrouve ton obligé. Je te dois un cadeau bien plus fastueux pour te marquer ma gratitude. Que veux-tu ? Des vaches ? Des vêtements de lin ou de laine douce ? Des esclaves ? »

Mon compagnon a adressé son sourire le plus fin au maître de Vorgannon.

« Je t'entends bien, roi Gudomaros, et j'accepte de grand cœur ton présent. Tu témoignes ainsi que ma parole est vraie. Mais permets que je diffère un moment ma réponse : j'ai besoin de réfléchir à ce que je préférerais obtenir.

— Pèse bien ta décision. Quoi que tu me demandes, je te le donnerai !

— Je te le dirai avant que la nuit ne tire vers l'aurore. Mais pour l'heure, il est temps que ta curiosité soit satisfaite. Je vais te présenter mes compagnons. »

Le roi a hoché la tête, et Albios a d'abord désigné Sumarios.

« Voici Sumarios, fils de Sumotos, seigneur de Neriomagos, à la frontière des royaumes arverne et biturige. C'est l'un des héros les plus fidèles du haut roi Ambigat, un vétéran de la guerre des Sangliers, et il revient des combats qui se sont livrés avant l'Assemblée de Lug dans le pays de la Dornonia, contre les chiens ambrones. »

Sumarios et le roi osisme ont échangé un salut silencieux, de guerrier à guerrier. Mon ami, malgré sa noblesse, n'avait pas le rang de Gudomaros, mais le souverain reconnaissait en lui un homme de valeur. Albios s'est ensuite tourné vers moi :

« Quoiqu'il ne compte guère d'hivers, a-t-il dit en me montrant de la main, lui aussi a guerroyé contre les Ambrones. Et écoutez tous : c'est un invité de haute naissance, car il s'agit de Bellovèse, fils de Sacrovèse, le neveu du haut roi Ambigat ! »

Des murmures élogieux ont couru dans la salle chez les guerriers les plus jeunes, chez les marchands et les gens de l'art. Au sein de l'assemblée, ma parenté avec Ambigat impressionnait les hommes de peu d'expérience, même si à la vérité, le peuple osisme n'est point inféodé au pouvoir du haut roi. Toutefois, dans l'expression des sages, j'ai vu se peindre un étonnement intense, visiblement mâtiné d'inquiétude. Gudomaros m'a dévisagé avec une perplexité non dénuée d'intérêt.

« Salut à toi, jeune héros, a-t-il dit en pesant ses mots. Jusqu'à cette nuit, je n'avais pas entendu parler de toi, mais je ne doute pas que tu sois plein de vaillance. J'ai connu ton père, autrefois, et c'était un homme impétueux. J'ai connu ta mère, et je me rappelle une femme fière. Quant à ton oncle, qui ne louerait sa puissance ? »

Bien que mal dégauchi encore, j'avais perçu la circonspection que le souverain avait placée dans son compliment. Ce n'était pas la première fois que j'étais confronté à des nobles, et même à des rois, rendus chattemiteux par ma présence. Ce malaise m'avait confirmé tout jeune que j'étais un être à part ; on me traitait comme un étalon de belle race, mais un peu faux, qui aurait pu ruer par surprise. L'expérience était d'autant plus amère que je n'avais guère de souvenirs des deux hommes qui me valaient cette défiance ; mon père et mon oncle n'étaient que deux ombres, enfouies dans un recoin effrayant de mon enfance. Ravalant l'aigreur familière, j'ai remercié le maître de Vorgannon.

« Salut à toi, roi des Osismes. Merci pour l'honneur que tu nous accordes. »

Mes mots sonnaient un peu contraints, mais Gudomaros s'est contenté de cette courte politesse. Ma jeunesse pouvait excuser l'embarras de ma langue. Se tournant vers Albios, le roi des Osismes s'est enquis :

« Raconte-nous, barde ! Qu'est-ce qui t'amène sur mes terres, flanqué de si nobles compagnons ?

— L'un de nous est frappé par un interdit. Nous devons l'aider à passer une épreuve qui l'en délivrera.

— Une épreuve ! Voilà qui est intrigant ! Si je peux vous apporter mon aide, je ne me déroberai pas !

— C'est généreux de ta part, a souri Albios.

— Sur qui a-t-on jeté un interdit ? a demandé Gudomaros.

— Sur moi ! » ai-je lancé, avec hargne, parce que je ne supportais pas qu'un autre le dise à ma place.

Le souverain osisme a eu l'air un peu décontenancé par ma sortie. Puis, un éclair de compréhension a parcouru son visage buriné.

« Pardonne ma question, Bellovèse, fils de Sacrovèse, a-t-il dit avec une mesure qui témoignait de sa sagesse. J'ai parlé sans réfléchir. Tu es le plus noble de mes trois invités ; c'est clair, c'est toi qui es concerné. »

Il continuait à pratiquer la double entente, mais j'ai été flatté par la considération qu'il me manifestait, et j'ai perdu un peu de mon humeur.

« Et je suis indiscret si je te demande ce qui te vaut ce tabou ? a poursuivi le roi.

— La raison ? ai-je grommelé. Je ne suis même pas mort. »

Mon marmottement a été diversement accueilli. La surprise ou la perplexité ont peint des grimaces comiques sur les museaux les plus grossiers. Chez Cintusamos et le jeune musicien, j'ai vu à nouveau affleurer l'inquiétude, car ils soupçonnaient peut-être une vérité qui échappait encore à mon faible jugement. Le visage de Gudomaros est resté de marbre, sans doute parce qu'il attendait que je sois plus clair. Mon grognement, par son laconisme renfrogné, risquait de passer pour de l'insolence. Sumarios a pris sur lui d'intervenir.

« Il dit la vérité, a-t-il lancé. Il a été tué, mais il a refusé la mort. Je le sais : je l'ai vu. »

Et comme l'étonnement se diffusait visiblement dans toute la salle, Albios a cru avisé de reprendre en main le cours de la discussion.

« Hélas, je n'y étais pas moi-même, mais de nombreux hommes illustres peuvent appuyer le témoignage de Sumarios. Cela s'est passé pendant les combats contre les Ambrones. Les grands héros Bouos et Comargos, le prince Ambimagetos fils d'Ambigat, jusqu'à Tigernomagle fils de Conomagle, roi des Lémovices : tous ont vu Bellovèse frappé à mort, et pourtant, vos yeux en attestent, Bellovèse est bien vivant parmi nous. »

Le barde a marqué une pause, le temps de laisser les esprits assimiler cette merveille. J'étais devenu pour tous un objet de saisissement, comme si on avait laissé entrer par mégarde un lémure dans la halle royale. J'ai été tenté de leur crier que j'étais bien vivant, que mon cœur battait plein de vigueur sous mon torse marqué, mais il était plus sage de laisser faire le barde.

« N'ayez nulle crainte, s'esclaffait-il devant les mines déconfites. Je n'aurais pas voyagé une lune entière en compagnie d'un fantôme. J'ai fait le chemin avec lui depuis Argentate chez les Lémovices : croyez-moi, je l'ai surveillé de près, et je peux jurer qu'il boit et qu'il pète comme n'importe lequel d'entre vous ! »

Sa plaisanterie a déridé quelques écervelés, mais la plupart des visages sont restés graves.

« J'ai connu quelques trompe-la-mort, a observé Gudomaros, mais c'est un tour bien rare, aussi admirable que redouté. On ne leurre pas impunément les puissances d'en dessous.

— Oui, il y a nécessairement un dieu à l'œuvre, a confirmé Cintusamos en me jetant un regard circonspect. Peut-être le jeune homme a-t-il été touché par le bon bout de la massue, peut-être a-t-il plongé dans le chaudron du Grand Cornu. Il y a une volonté secrète à l'œuvre, mais il est difficile de savoir si c'est bon ou si c'est mauvais.

— C'est pourquoi le grand druide Comrunos a déclaré Bellovèse sacré, a enchaîné Albios. Il lui a interdit de paraître à la cour du haut roi tant qu'il n'aurait pas levé l'ambiguïté.

— Et quelle est la nature de l'épreuve que tu dois passer ? m'a demandé le roi osisme.

— Je dois aller sur l'île des Vieilles. »

Gudomaros a hoché la tête.

« Oui, c'est une sage décision, a-t-il approuvé. Les Gallicènes sont des devineresses sans pareilles : elles pourront sans doute éclairer le mystère qui te concerne. Je te donnerai une escorte jusqu'au cap Kabaïon, où tu attendras qu'il y en ait une qui débarque. Tu pourras la consulter.

— Tu m'as mal compris, ai-je rectifié. Je dois pas en attendre une ; je dois aller sur leur île. »

Le roi s'est permis un rictus un peu condescendant.

« C'est toi qui as dû entendre de travers, a-t-il rétorqué. On ne se rend pas sur l'île des Vieilles. C'est interdit, et puis c'est hors du monde. On attend que l'une d'elles nage ou vole jusqu'à la côte.

– Il dit la vérité, a objecté Sumarios à mon côté. Le grand druide a décrété : Bellovèse doit consulter les Gallicènes sur leur île. »

Malgré la conviction rugueuse de mon compagnon, Gudomaros n'a pas semblé accorder grand crédit à ce qu'il venait d'énoncer. Le roi des Osismes a lancé une œillade pleine de doute à Albios.

« Bellovèse et Sumarios ne se trompent point, a confirmé le barde. C'est moi qui ai été chargé du message du grand druide, et j'ai entendu l'arrêt de mes propres oreilles. Je suis la mémoire des peuples : comment aurais-je pu déformer le décret de Comrunos ? »

L'expression du roi est devenue grave. Il a échangé un regard avec Cintusamos, réfléchi un instant, puis repris la parole :

« Si Albios a entendu l'énoncé du tabou, je veux bien le croire, a-t-il concédé. Moi-même, je n'ai pas autorité pour discuter les décisions du grand druide, alors je n'y ferai pas obstacle. Mais en tant qu'hôte, j'ai un devoir de protection pour mes invités. C'est pourquoi je vais vous dire ce que je dois dire. Ne le prenez pas mal. Je n'ai pas participé à la guerre des Sangliers ; et même si j'honore vos exploits contre les Ambrones, je ne suis pas en guerre contre eux. Mes navires font du commerce avec eux, loin à droite du monde, au fond du Golfe Œstrymnique ; parfois, il y a de la piraterie, parfois des échanges d'hospitalité. Ce que je veux que vous compreniez, c'est que je suis le chef d'un peuple au bout du monde, loin des querelles et des entreprises des royaumes de l'intérieur.

S'il n'est pas éclairé par la science des oiseaux et des sacrifices, mon avis vaut parce qu'il est distant et désintéressé. Et voici ce que j'ai à vous dire : on ne va pas sur l'île des Vieilles. C'est courir au-devant de la mort. C'est comme si le grand druide avait décidé de remettre les choses en ordre, de renvoyer Bellovèse dans le monde d'en dessous.

– Ton souci est louable, a répondu doucement Albios. Mais pour ma part, on m'a rapporté que des navires osismes accostaient parfois sur l'île des Vieilles.

– C'est une demi-vérité, a rétorqué le roi. Quand des nefs s'y rendent, elles mouillent devant un îlot relié à l'île à marée basse. Mais ces navires n'y vont que sur la demande des Gallicènes : lorsqu'il faut apporter des charpentes pour l'entretien du nemeton, des animaux à immoler, des élues qui rejoignent le convent. Les marins laissent leur chargement sur la grève et se dépêchent de mettre les voiles. Jamais on ne gagne ces parages sans avoir l'assentiment des neuf immortelles.

– L'île est interdite aux hommes, a ajouté Cintusamos. Les Gallicènes sacrifient tous ceux qui foulent ce sol sacré. La mer, dans ces eaux, est hérissée de brisants ; de nombreux navires ont été drossés contre ces récifs. Or même les naufragés qui échouent sur leurs plages, les immortelles les tuent. On dit que leurs autels creux sont remplis des os de ces infortunés. »

Albios a opiné gravement.

« Ce que vous dites confirme des chants que j'ai déjà entendus, a-t-il convenu. Mais l'île n'est interdite qu'aux hommes ; or nul noble n'a encore coupé les cheveux de Bellovèse. Même s'il a déjà manié les armes, il n'est pas encore entré dans l'âge adulte. Cette coutume-là ne le concerne donc pas.

— Et toi ? Et ton ami Sumarios ? a répliqué le roi. Si vous l'accompagnez, les immortelles vous mettront en pièces.

— Eh bien, nous resterons sur l'îlot devant la terre sacrée. Nous attendrons que Bellovèse ait passé l'épreuve. »

Gudomaros a secoué sa tête grisonnante d'un air navré.

« Votre courage, votre loyauté à ce garçon vous honorent. Mais vous êtes fous. »

De façon inattendue, c'est alors Eluisso, le jeune barde, qui a pris la parole.

« Tu es un homme âgé, Albios, a-t-il dit. Peut-être veux-tu terminer une existence brillante par un coup d'éclat, en foulant une terre interdite. Mais tes compagnons connaissent-ils le péril auquel ils s'exposent ? Les Gallicènes vous repéreront de très loin. Elles connaissent l'art des métamorphoses : elles se parent de plumes et volent dans le ciel au milieu des grisards et des goélands ; elles revêtent la robe du saumon ou la fourrure du phoque et plongent sous la carène des navires. Ce sont des tempestaires : elles peuvent lever des ouragans puissants, engloutir leur île, jeter des flottilles entières contre les falaises de la côte. Si elles vous laissent aborder, elles se montreront impitoyables. Celles qui gagnent notre monde peuvent se montrer bienveillantes, car elles acceptent de mettre au service des suppliants leurs talents de divination ou de médecine sanglante ; mais hors du monde, elles sont féroces. Même entre elles, elles sont sanguinaires.

— Eluisso dit vrai, a murmuré sombrement le vieux Cintusamos. Elles ont un rite annuel où elles déchirent la première qui montre de la faiblesse.

— Elles sont d'une vieillesse inimaginable, a repris le jeune musicien. Toutefois, malgré leur force et leur magie guérisseuse, leurs corps portent l'empreinte des siècles. Or elles jugent indigne d'être frappées par des infirmités. Chaque année, elles suivent un rite où elles démontent le toit de leur nemeton pour exposer l'autel infernal aux rayons du soleil. Aucune pièce de charpente ne doit toucher le sol : pendant une journée entière, il leur faut porter madriers et solives de bois plein, dont le poids écraserait n'importe quel gaillard. Que l'une d'elles vienne à plier, et les autres se ruent sur elle et la dépècent des dents et des ongles, comme une sacrilège. C'est leur coutume pour éliminer les faibles.

— Mais elles ne meurent pas, a ajouté sourdement Cintusamos. Elles ne font que se dépouiller de leur manteau de chair. Leur âme nue vole alors vers le monde, hurle dans les bourrasques et le grésil, tourbillonne avec les tempêtes qui gagnent l'intérieur des royaumes. Elles planent dans la tourmente, pâles comme des effraies ; elles cherchent les fermes, les villages ou les forteresses. Elles s'abattent sur les toits, se faufilent dans les demeures par les trous à fumée, se nichent dans les poutres faîtières, celles-là même qui leur ont valu le supplice. Perchées là-haut, dans les ombres des combles, elles espionnent les femmes de la maison. Elles élisent des filles qui peuvent enfanter, des folles qui ont un don de double vue, des vieilles dont la flamme vacille. Elles prennent alors la forme d'un courant d'air, d'une mouche, d'une goutte d'eau, et elles se laissent tomber dans la bouche ou dans la nourriture de leur proie. Aux unes, elles parasitent la matrice et conçoivent un corps d'enfant ; aux autres, elles dévorent l'esprit et s'emparent de leur personne. Lorsqu'elles sont prêtes, elles reviennent vers nos côtes, et leurs sœurs fratricides franchissent la mer pour les recueillir dans leur convent.

– Et c'est ainsi depuis la nuit des temps, a conclu Eluisso. On dit que leur île est jonchée d'ossements de femmes, mais elles ne sont que neuf. Elles ont toujours été neuf. »

Pendant que ses sages parlaient, Gudomaros s'est fait servir une corne de cervoise. Il l'a levée dans notre direction quand son poète s'est tu.

« Je bois au succès de ton épreuve, Bellovèse fils de Sacrovèse, a-t-il proféré. Puissent les dieux de l'autre côté entendre mon vœu et l'exaucer. Tu en auras grand besoin. »

Ayant bu quelques gorgées, il a confié le vaisseau à un échanson qui me l'a apporté. Alors que je portais le breuvage à mes lèvres, le roi a ajouté :

« Tu as entendu mes conseillers, jeune prince. Sur leur île, les Gallicènes sont des changeuses de peau, des naufrageuses, des victimaires. Je sais bien qu'à ton âge, on juge que tout cédera devant soi, mais crois-moi, ces neuf-là en ont dévoré des quantités, et des plus vaillants que toi, moi et tous les héros réunis dans cette salle. Attends ! Ne proteste pas encore ! Je te l'ai dit, je ne ferai pas obstacle à ton entreprise ; mais il me plairait de t'être utile. Tempère ta bravoure non de prudence, mais de révérence pour le mystère que représentent les immortelles. Présente-toi au cap Kabaïon, attends au moins un peu que l'une d'elles se manifeste. Peut-être te donnera-t-elle l'autorisation de gagner leur île ; dès lors, tu pourras les consulter sans risquer leur colère. »

J'ai éprouvé un instant d'hésitation, car les paroles du roi me semblaient sensées et bienveillantes.

« La question, c'est de savoir quand l'une d'elles daignera faire la traversée, a remarqué Albios.

— Cela, nul ne peut le dire avec certitude, a répondu Gudomaros.

— L'année tire à sa fin, a repris mon compagnon. Dans un peu plus d'un mois, nous célébrerons les trois nuits de Samonios.

— C'est le moment où les tertres s'ouvrent, où les morts reviennent, a dit Cintusamos. Ce serait l'occasion idéale pour attendre la visite d'une Gallicène.

— Certes, a convenu Albios. Mais ces fêtes sont suivies par l'an nouveau et la morte-saison. Ne pratiquez-vous pas l'hivernage ? Si nous avons l'autorisation de gagner l'île des Vieilles, trouverons-nous seulement un navire qui nous y emmènera avant la reverdie ?

— Non, a répondu le roi. Vous devrez attendre le retour des beaux jours.

— Voilà qui est bien long. Le grand druide s'interrogera : pourquoi mettons-nous tant de temps à remplir sa volonté ? Cela piquera sa méfiance, et cela contrariera le haut roi.

— Oui, tu parles en homme avisé, a admis Gudomaros.

— Alors je pense, moi, qu'il faut affronter le péril et respecter les arrêts du grand druide. Nous te sommes profondément reconnaissants pour tes conseils et ta sollicitude, roi des Osismes. Mais, à moins que tu ne t'y opposes, nous embarquerons pour l'île des Vieilles dès que nous aurons gagné la côte.

— Je ne reviendrai pas sur ma parole, champion, a rétorqué le roi. Je ne mettrai pas d'obstacle à votre voyage, et je vous offre à nouveau une escorte jusqu'à l'océan. Mais… »

Il a secoué sa tête grisonnante, avec une expression un peu madrée.

« Mais vous serez bien en peine pour accomplir la dernière étape du périple. Aucun patron de navire n'acceptera de vous mener là-bas. Tous, ils auront bien trop peur de la colère des immortelles.

— En es-tu sûr ? a rétorqué Albios, dont l'œil s'était aussi allumé d'un éclat de ruse.

— J'en suis convaincu. Plus vous approcherez de la côte, plus la crainte des Gallicènes sera grande.

— Et moi, je suis prêt à parier que je trouverai un bateau, a badiné Albios.

— Tu es un magicien puissant, champion, mais tu présumes de tes forces si tu crois que tes chants peuvent l'emporter sur ceux des immortelles.

— Oh, je n'aurai pas cette folie, s'est esclaffé mon compagnon. Je ne fais pas le poids, c'est certain. Aussi n'est-ce pas mon pouvoir que j'emploierai, mais le tien. Car maintenant, Gudomaros des Osismes, j'ai décidé quel sera le présent que tu m'as promis. Contre ma poésie, je veux que tu contraignes un de tes capitaines à nous embarquer pour l'île des Vieilles. »

Voilà pourquoi, après un bref voyage vers la fin des terres, je me retrouve sur le navire de Nauo, secoué par la tourmente. Alors que nous tanguons dans la direction qui n'a pas de nom, les nuées se colorent d'étrange, courent en spirales de limaille et d'ardoise, que percent çà et là un rayon d'or, une lumière tombée d'autres époques. Je n'y vois guère, car la proue embarque des paquets de mer qui balaient la nef de bourrasques rageuses, et mes longs cheveux, tout poissés d'embruns et de saumure, me cinglent le visage. J'ai pourtant l'impression que le ventre des nuages se bombe de plus en plus bas, se gonfle de rafales et de tourbillons, s'enroule en guivres pelues qui accrochent parfois notre mât. C'est à croire que la courbe du ciel s'affaisse à mesure que nous approchons des confins, là où l'océan croule dans le monde d'en dessous.

Quand plusieurs marins crient que la terre est en vue, moi, je ne distingue rien. Rien, sinon une mer baveuse, où mugissent des flots verdâtres et des reflets de métal ; à moins que l'écume qui bouillonne en longs bancs mousseux, loin devant la proue, ne signale le surgissement de je ne sais quel territoire englouti. À côté de moi, Albios garde le nez en l'air ; il regarde les oiseaux, et je réalise alors qu'ils planent en nuées tourbillonnantes au-dessus des eaux où nous sommes en train d'entrer. Dans le ballet des mouettes et des goélands, je cherche l'apparition incongrue de grandes corneilles ou de faucons, mais je suis étourdi par le vacarme du vent et de l'océan, par les criailleries perçantes des volatiles ; je ne parviens pas à discerner, au milieu de la sarabande, si une menace ailée a pris son essor.

Bien que nous soyons toujours en pleine mer, Nauo ordonne d'amener les voiles. Il ne veut pas courir le risque d'approcher trop de l'île, d'être affalé sur un rivage où guette une menace pire que le naufrage. Sumarios, qui cherche aussi la terre des yeux, se met à invectiver le patron. Nous sommes trop loin, crie-t-il, nous ne savons même pas où débarquer. Alors que les deux hommes s'insultent, j'entrevois enfin notre destination. À peine plus hauts que des récifs, des reliefs sombres s'étirent devant nous, au milieu des flots et des brisants. Cela paraît encore très loin, peut-être à une demi-lieue, et cela ne ressemble guère à une île ; cette terre est allongée et plane, comme un isthme ou une digue, elle affleure à peine à la surface de l'océan. Parfois, quand notre navire roule au fond d'un creux, je la perds des yeux ; quand la nef chevauche la crête d'une vague, j'ai alors l'impression que c'est un archipel d'îlots qui s'étire, comme si les dos noirâtres d'un troupeau de monstres émergeaient devant nous.

Le ton est en train de monter entre Nauo et Sumarios. Le capitaine veut nous débarquer avec un coracle que des matelots s'apprêtent à jeter à l'eau, mais Sumarios s'emporte, l'accuse ouvertement de vouloir nous noyer. Les marins osismes se montrent de plus en plus menaçants. Ils sont armés de couteaux et de quelques haches de charpentier, des armes sans grand danger devant nos épées et les lances de mon compagnon. Toutefois, le nombre pourrait jouer contre nous ; et puis Sumarios et moi, nous ne sommes pas habitués à combattre avec du roulis, et les os dans ma poitrine me font encore un peu mal. Sumarios vocifère, le flanc gauche tourné devant le capitaine et ses gars dans une attitude de défi ; il serre maintenant une lance dans chaque main, la plus légère dans la droite, pointe tournée vers le bas. Il ne lui faudrait qu'une détente pour la brandir et en traverser le corps d'un des imprudents qui lui tiennent tête.

C'est Albios qui calme la situation. Il s'interpose entre mon ami et les Osismes, et sa seule présence apaise un peu la tension. Personne ne souhaite blesser un barde, à qui la tradition confère le pouvoir d'imposer une trêve jusque sur un champ de bataille.

« Calme-toi, lance le vieil homme à Sumarios. Des navigateurs franchissent la mer d'Ictis à bord de coracles ; Nauo ne cherche pas notre perte, il a juste peur pour son bateau. »

Puis, se tournant vers le patron, il ajoute :

« Nous allons prendre ta coquille de noix, mais j'y mets deux conditions. D'abord, je veux que ce soient tes meilleurs hommes qui nous débarquent. Ensuite, quand tu auras fait commerce avec les marchands de la Terre Blanche, je veux que tu reviennes nous chercher ici, et que tu nous ramènes sur la côte. »

Le capitaine grommelle que le roi lui a seulement ordonné de voguer jusqu'à l'île des Vieilles.

« Tu sais comme moi que Gudomaros nous a accordé sa protection, rétorque Albios. Cela signifie que tu dois aussi nous ramener à bon port. Cependant, la peur pourrait te conseiller de travers, te pousser à nous abandonner en te disant que les Gallicènes se chargeront de nous. Alors écoute-moi bien : les Gallicènes, je les connais, et je sais comment me garder d'elles. Elles ne me toucheront pas. Et si d'ici neuf nuits, tu n'es pas revenu nous chercher, j'accorderai ma lyre et je chanterai dans le vent la Satire de

Nauo. Tu sais ce que cela signifie ! Trois pustules te pousseront sur le visage : honte, tache et laideur ! Tout le monde te fuira, tu deviendras un paria. Et si personne ne te tue comme un chien afin de conjurer le mauvais sort, la cervelle te coulera par les oreilles, la moelle caillera dans ton échine, des chancres te rongeront la bite et tu pourriras à en crever. Tu m'as bien entendu, Nauo ? Neuf nuits, pas une de plus ! »

Le patron recule d'un pas, devenu très pâle. Il roule sur Albios les prunelles d'un chien que la peur pousse à mordre, et je me demande un moment si la menace du champion n'est pas une arme qui va se retourner contre nous. Je saisis la poignée de mon épée ; mais porter la main sur un barde qui n'est pas en guerre est un sacrilège, et Nauo, vaincu, baisse les yeux.

« Je reviendrai aussi vite que le temps me le permettra, grogne-t-il.

— J'ai dit neuf nuits, insiste cruellement Albios. Toi et moi, nous sommes désormais tenus par mes paroles. »

Après quoi, le vieux musicien pose ses doigts effilés sur l'épaule de Sumarios.

« Voilà, tu peux être tranquille, dit-il avec assurance. Nauo et moi, nous sommes maintenant liés. Nous allons descendre dans son canot, et gagner ce rivage. »

Le coracle est si léger qu'il est lancé par-dessus bord par deux marins. Une fois à l'eau, il paraît minuscule sous la carène du navire ; il gigue et gire sur la houle, rond comme une coque, à peine plus large qu'une barrique. Un des marins s'y laisse tomber ; j'ai l'impression que sa chute va crever le bordé de cuir, et l'esquif rebondit comme un chevreau fou sous l'impact. Des hommes d'équipage lancent des pagaies au matelot, et il se sert de l'une d'elles comme d'une gaffe dérisoire, pour amortir les chocs contre le navire. C'est alors à nous de descendre.

Sumarios passe le premier. Il nous prend tous de court, il saute une lance dans chaque poing, au grand effroi du marin qui le voit arriver sur lui. Des bordées de jurons l'accompagnent, car tout le monde redoute qu'il ne perce la nacelle avec ses armes. Mais il se reçoit sans mal, roule en riant dans le fond du coracle. Albios et moi, nous descendons plus prudemment en nous accrochant à une chaîne, le barde pour préserver l'étui de sa lyre, moi parce que je crains d'avoir le souffle coupé par la culbute… Et parce que je redoute de me remettre à cracher du sang. Quand nous sommes rejoints par un second matelot, le fragile canot se retrouve plein comme un œuf.

Lesté par le poids de cinq hommes, le coracle se montre plus docile, mais nous enfonçons dangereusement dans ces flots brutaux. Les matelots se mettent à pagayer, et nous nous écartons avec une lenteur désespérante de la panse noirâtre que hausse la nef. Il n'y a pas vraiment de proue ni de poupe dans ce batelet, nous tourbillonnons parfois sur nous-mêmes au fond des remous que cernent des murailles liquides. Quand nous rebondissons sur le faîte d'un crêt, balancés comme une balle de fronde, le canot s'ébroue aux limites du chavirage. Des membrures craquent, des coutures cèdent, des clapots embarquent des vagues mousseuses. Nous barbotons jusqu'à mi-mollet dans une eau de cuveau, à croire que nous commençons à couler ; Sumarios et moi, nous écopons comme nous pouvons, avec nos mains bleuies de froid. Cramponnés à leurs pagaies, les marins pèsent de tout leur poids sur la mer pour avancer vers ce rivage que nous ne voyons plus. Quant à Albios, il crie dans les rafales un chant syncopé, peut-être pour encourager l'effort des rameurs, peut-être pour apaiser les flots. Autour de nous, l'onde limoneuse est parfois crevée par la tête de quelques phoques ; ils nous regardent, perplexes, lutter contre l'océan qui les berce.

Et puis voici que les lames se transforment en rouleaux, l'écume jaillit en éclaboussures sur des roches gluantes, un long talus de galets et de caillasse s'étire en travers de nos cabrioles. Sumarios saute hors de l'embarcation, enfonce jusqu'à mi-poitrine, dérape parfois quand une vague le bouscule. D'une main, il fiche le talon de ses lances dans le fond, de l'autre il accroche le bord du coracle, il aide à le diriger. Quand la mer ne le lave plus qu'à hauteur de ceinture, nous raclons la grève. Albios et moi, nous abandonnons l'embarcation ; et le coracle, libéré, se remet à danser, me heurte assez rudement la hanche, puis s'enfuit, emporté par un reflux. Nous pataugeons jusqu'au rivage, les jambes mordues de froidure. Quand nous nous retournons, les deux marins, ballottés par une gavotte presque comique, souquent avec frénésie vers la masse du navire.

« Les dieux fassent que Nauo t'ait entendu », grogne Sumarios à l'adresse du barde.

Celui-ci éternue à deux reprises, mouche plutôt piteusement.

« S'il nous oublie, il en crèvera, plaisante-t-il. Et nous, nous serons bons pour une sacrée baignade ! »

Ses lèvres tremblent de froid comme il badine ainsi.

Moi, je regarde autour de nous, les poumons traversés d'aiguilles aussi aigres qu'une bise d'hiver. Je crains presque de voir surgir de vieilles géantes ; ou des ourses au mufle vicieux ; ou de longues guivres aux écailles de couleuvre et aux cornes de bouc. Mais ce que je découvre, en un sens, est encore plus effrayant.

Nous sommes perdus au milieu d'une mer mauvaise, un vertige d'horizon plus large que la vue, où l'écume bouillonne, rageuse, sur un déferlement de grisaille. On nous a échoués sur un rivage qui n'en est pas un, à peine un îlot, un banc de rocs et de gravats où trois cavaliers manœuvreraient avec peine. Partout, autour de nous, l'océan gronde et frappe, claque en longs bras d'embruns, nous flagelle de ses haleines bruineuses. Pas une pierre sèche sur ce caillou ; une eau chargée de bulles s'insinue entre les galets, gargouille une chanson de silex jusque sous nos pieds. Certes, parfois voilé par des bourrasques, on aperçoit le flanc sombre d'une île plus vaste, derrière un bras de mer. Mais cette terre paraît morne et désolée. Et hostile, car il monte de sa rive la cacophonie criarde des oiseaux, les coups de trompe des lions de mer.

« Oui, là-bas, c'est bien l'île des Vieilles, me dit Albios. À marée basse, tu pourras la rejoindre à pied sec. »

En attendant, nous tentons de nous réchauffer. Sumarios commence à ramasser du bois flotté, grogne pour que je le seconde. Dans la laisse de mer, nous trouvons des paquets d'algues, des branches décapées comme des os, mais aussi des débris plus sinistres : quelques espars, quelques planches arrachées et grattées par le sable, quantité de tessons de poterie. Tout cela confirme les contes des Osismes ; cette grève est un lieu de mort et de naufrages. Du reste, notre fagot est trop humide : nous ne parvenons pas à faire du feu, et nous nous serrons finalement les uns contre les autres, à croupetons contre une roche.

On attend, un long moment, sans un mot. Albios s'est enrhumé, il grelotte et boude un peu ces deux héros qui bravent le sacré et ne sont pas capables d'allumer un pauvre foyer. Sumarios supporte avec la même placidité le mauvais temps que l'humeur chagrine du barde ; il affiche le flegme que je lui connais depuis longtemps, que j'ai pu admirer la veille du combat contre les Ambrones. Quant à moi, je suis charrué de sentiments divers. J'ai la gorge nouée de peur devant la ligne floue de l'île des Vieilles, qui m'attend, distante seulement de trois cents brasses. Cette angoisse, toutefois, est grisante, parce qu'elle est le destin qui m'est échu et parce que je ne peux m'empêcher d'espérer que l'horreur y est mâtinée de merveille ; sur ce récif perdu dans la tourmente, je sens contre mes flancs le corps de mes deux amis, leur chaleur douce à travers la laine mouillée, la force de ce compagnonnage qui m'a conduit jusque-là, sur les dernières des îles des dernières des mers, au bout du bout du monde. Alors, je crois bien que c'est dans une grâce inquiète que je laisse filer une partie de cette journée. Le sel sur mes lèvres, le dossier de roc qui me pétrit les reins, les ongles vifs de la pluie, tout cela possède une saveur d'éternité menacée, ce parfum de vie crue que je n'ai pas arrêté de poursuivre, je crois, dans tous mes voyages et dans toutes mes guerres.

Et devant mes yeux, le monde bouge. De l'écume bave çà et là le long de la grève, des dents noirâtres crèvent les flots, le rivage se bombe doucement sur des talus pelucheux de goémon, sur des éboulis luisants comme du cuivre poli. Albios marmonne que c'est le jusant, mais moi je vois bien que ce sont les îles qui montent, que c'est la terre qui inspire sous l'onde, qu'il y a là une magie séculaire ourdie par les dieux d'en dessous. Déjà, devant l'île des Vieilles, des bancs de sable affleurent entre les eaux qui ruissellent, et des volées de mouettes les couvrent.

« Prépare-toi, me dit Albios. Il sera bientôt temps de terminer ton voyage. »

Comme je me lève et comme je m'étire pour rétablir le sang dans mes jambes engourdies, Sumarios s'apprête lui aussi au départ.

« Pas toi, objecte alors le musicien. Nous avons mené notre tâche à bien. Désormais, c'est à Bellovèse seul d'affronter l'arrêt du grand druide.

— Ce garçon, c'est comme mon fils, gronde le guerrier. Je l'ai presque élevé. Je l'ai tiré des griffes des Ambrones. Je ne l'ai pas laissé mourir quand tous les autres l'abandonnaient. Là où il va, je vais. »

Albios renifle avec dédain.

« Alors, tu lui joues un bien vilain tour, rétorque-t-il. Quand elles te verront avec lui, les Gallicènes ne chercheront pas à l'entendre. Elles vous tueront tous les deux, voilà tout. »

L'argument porte visiblement, car Sumarios balance, plein d'une indécision qui ne lui ressemble guère.

« Et si tu viens avec nous, finit-il par répondre, si tu leur parles ? Tu es un enchanteur puissant, elles écouteront tes paroles. Tu n'auras qu'à leur dire que nous venons en paix. Ça ne te tente pas, de les consulter, toi ? »

Le barde s'esclaffe, mais je crois deviner un éclair de peur sous ses paupières narquoises.

« À mon âge, il n'y a qu'une chose que pourraient me prédire des prophétesses. Et cela, Sumarios, je n'ai pas envie de l'apprendre. »

Le guerrier jette un coup d'œil méprisant au poète. Puis il jauge la ligne sombre de l'île des Vieilles, vers laquelle s'étire maintenant une flèche de sable. Il arbore un air farouche, et je devine qu'Albios vient de chuter dans son estime en trahissant ses craintes. Sumarios va sans doute passer outre ses mises en garde et m'accompagner. Le barde, cependant, mesure son erreur. Alors il reprend la parole, si doucement que ses mots sont presque emportés par le vent de mer.

« Le garçon n'aura vraiment pas besoin d'un guerrier, dit-il. L'épreuve qui l'attend est d'une autre nature.

— Alors c'est toi qui devrais l'escorter, s'obstine le seigneur de Neriomagos. Comme ça, j'oublierai plus facilement ce que tu viens de me montrer. »

Mais le vieux poète esquisse un geste de refus.

« Si je l'accompagnais, ce serait encore pire, objecte-t-il. Je suis trop rempli de mémoire ; cela ne serait bon qu'à ranimer des fantômes dangereux.

— Arrête de parler par énigmes, gronde Sumarios. Explique. »

Le barde semble contrarié par l'entêtement du guerrier ; il pince les lèvres, peut-être est-il tenté d'employer un de ses tours pour leurrer notre compagnon. Mais cela fait trop longtemps que nous cheminons ensemble, alors il se résout à accepter la discussion.

« Les hommes sont interdits sur l'île, espèce de benêt ! Elles nous immoleront ! Et même si, par extraordinaire, elles nous épargnaient, notre présence serait néfaste.

— Pourquoi, néfaste ?

— Parce que mes yeux, comme les tiens, Sumarios, sont des vasques pleines de passé. Et quand le passé se tourne vers le passé, cela ne peut apporter que du malheur.

— Ça veut dire quoi, ces devinettes ? »

Albios grimace un rictus exaspéré.

« Tu me fatigues, avec ta tête de bourricot, s'emporte-t-il. Ça veut dire que parmi les immortelles, il y en a une qui s'appelle Saxena ! »

Pendant un instant, Sumarios demeure de marbre. Et puis, comme s'il lui avait fallu du temps pour réaliser une révélation qui, pour ma part, m'échappe complètement, ses yeux s'arrondissent, ses sourcils s'arquent en une expression presque cocasse.

« Saxena ? s'exclame-t-il.

— Je n'aurais pas dû te le dire, grommelle Albios.

— Saxena ? bégaye Sumarios. Tu veux dire… Saxena ? Du Gué d'Avara ?

— Bien sûr ! rétorque le barde avec humeur. Pourquoi crois-tu que j'aurais fait tant de manières, s'il s'agissait d'une autre ? »

Le guerrier reste interdit un moment, puis il murmure :

« Je la croyais morte.

— Évidemment, elle est morte, rétorque Albios. C'est une Gallicène, à présent. Son corps et sa mémoire ont été envahis par un esprit millénaire, qui a dévoré l'âme de la femme que nous avons connue.

— Mais comment sais-tu qu'elle fait partie des immortelles ?

— Ma fonction, c'est de savoir, grommelle le barde. Et puis il s'est passé autre chose… Voici un peu plus d'un hiver, le haut roi a voulu consulter les Gallicènes, et c'est moi qu'il a envoyé sur le cap Kabaïon. C'est pour ça que je connais Gudomaros et ses gens. Je ne comprenais pas trop pourquoi le haut roi m'adressait à un sanctuaire aussi lointain, alors qu'il lui suffisait de dépêcher des émissaires chez son voisin Secorix pour solliciter le conseil du grand druide. Tout est devenu clair lorsqu'une Gallicène est venue à moi. Car c'était elle, Saxena.

— Mais alors, tu l'as vue ! s'écrie Sumarios.

— Crois-moi, je m'en serais bien passé.

— Pourtant, elle ne t'a rien fait de mal !

— Qu'est-ce que tu en sais ? » grimace le musicien.

Ils sont tellement occupés, tous les deux, qu'ils m'ont quasiment oublié. J'interviens alors :

« Qui c'est, cette Saxena ? »

Sumarios se tourne vers moi, et me considère presque comme s'il me découvrait. Je vois bien qu'il cherche ses mots, ce qui est étrange chez ce héros peu loquace, mais plein d'assurance. Le plus frappant, toutefois, c'est le regard qu'il pose sur moi. J'y distingue de la tristesse, et comme une ombre de remords. Mais quand il s'apprête à parler, Albios le coupe.

« Que vas-tu lui dire, seigneur de Neriomagos ? Des souvenirs qui remontent avant la naissance de ce garçon ? Tu étais tellement saoul à Lucca, te rappelles-tu bien de ce qui s'est passé là-bas ? Lui parleras-tu de l'époque où son père et son oncle burent à la même corne, avant de s'affronter pour le morceau du héros ? Mesures-tu bien ce que cela va signifier pour lui, tout à l'heure, quand il va fouler l'île des Vieilles ? »

Sumarios ébauche un geste rapide, comme pour chasser un insecte importun, mais le barde insiste.

« Entre l'oncle et la mère du garçon, j'ignore à qui va réellement ta loyauté, poursuit-il sur un ton insinuant. Mais cela ne change rien à ce qui va se passer ici et maintenant. Car Saxena leur est liée de la même manière, et tu le sais aussi bien que moi. Tu ne peux t'interposer dans l'épreuve de Bellovèse. »

Le guerrier incline la tête, et je le devine déchiré par un dilemme qui me reste incompréhensible. Quand il relève les yeux sur moi, son expression s'est durcie. Avec brusquerie, il me tend ses deux lances.

« Tiens, gronde-t-il, prends-les. Je n'en aurai pas besoin pour tenir la main du radoteur. Et sur l'île, prends garde. Le danger ne viendra pas d'où tu l'attends. C'est tout ce que je te dirai. »

Dans le jour finissant, sur un isthme de sable et de galets fraîchement lavés, j'avance vers l'île des Vieilles. Je marche seul, pour la première fois depuis des mois, des années, sinon depuis ma naissance.

Le péril, je l'ai déjà affronté, à plusieurs reprises. Mais c'est une chose de voir la mort rôder en tenant la main de ta mère, en se serrant les coudes dans une bande de guerriers, en t'accrochant au compagnon impuissant qui te regarde perdre ton souffle et ton sang. C'en est une tout autre d'avancer seul à la surface du monde, dans le grondement de l'océan et les railleries du vent. Avec moi, il n'y a même plus le halètement d'un chien, le souffle d'un cheval. Je n'ai plus que le chahut des oiseaux et le trottinement des crabes, sur un sol mouvant où s'étalent des fragments de ciel. Sans doute Albios a-t-il eu raison de dissuader Sumarios de m'accompagner ; car en me libérant ainsi de la bienveillance du guerrier, il a rompu la dernière amarre, et me voici prêt à partir à la dérive, si près du bord du monde. Malgré mon manteau court et mes vêtements alourdis d'eau, malgré le poids familier du torque et de l'épée, malgré les deux lances que je porte sur l'épaule, je me sens terriblement nu. Parce que privé de compagnie, mon corps gagne en densité et mes yeux se dessillent sur l'immensité qui m'entoure, sur la fragilité de mon existence. La terre vers laquelle je foule l'estran pourrait être vide, j'aurais déjà mûri, sur une distance de deux cents pas. Mais l'île dont j'aborde les premières pentes est loin d'être déserte.

Au premier regard, elle paraît pourtant désolée, et pauvre. Au-delà de la plage, la côte n'est qu'un talus herbeux, où le vent fait courir une houle verte. Je l'escalade en quelques pas, et me voici sur une lande rase, creusée de criques et d'anses, cernée par l'océan. L'île s'élonge, étroite et méandreuse, comme ces ornements fluides que les bronziers entortillent sur des bracelets. La mer s'interpose partout où porte le regard, mais le ruban d'herbes et de bruyères baguenaude très loin au milieu des flots, s'étrécit comme un chemin posé sur les vagues. Il n'y a âme qui vive sur cette terre ; personne pour m'accueillir ou pour me menacer. Un peu plus loin, j'avise une faible butte qui essuie les embruns. Je me dirige vers elle.

Grimper sur ce mamelon est l'affaire de quelques enjambées. Si modeste soit-il, il permet de dominer le paysage ; perdues sur un récif, j'aperçois les petites silhouettes d'Albios et de Sumarios. Je leur adresse un signe du bras. En me retournant, je découvre plusieurs choses. L'île est plus longue que je ne le croyais : elle serpente en traçant des esses vers le bout de l'océan. À mes pieds, accolée contre le versant opposé de la butte, se niche une construction. Cela ressemble au toit d'un cabanon, entouré d'une palissade délabrée. Plus loin, sur la plage abandonnée par le jusant, j'aperçois une forme humaine au milieu des oiseaux. Amenuisée par la distance, elle ne paraît guère impressionnante : c'est une femme plutôt vieille, la robe troussée sur des jambes blanchâtres ; elle porte un panier contre la hanche et retourne des galets. Je me sens partagé en découvrant cette inconnue ; j'éprouve un accès d'inquiétude, même si rien ne la motive dans cette créature solitaire. Je suis tenté de la héler, mais j'ai peur que mon cri ne soit sacrilège. Alors je reprends ma marche vers elle.

En descendant de la butte, je réalise que je me suis trompé sur la nature de la cabane. Sa clôture, faite d'un bric-à-brac d'épaves et de bois flotté, est ornée de trophées : des crânes humains sont cloués sur les montants de l'entrée. Certains portent encore des toupets jaunis ; les os sont décapés par le vent de mer et les orbites caves voient à travers moi. Nulle porte, ni dans la palissade, ni dans la construction. C'est une hutte d'un aspect plutôt misérable ; mais le seuil exhale une buée de noirceur et de silence, une froidure de vieille pierre. Le fond de la cahute s'appuie sur la pente, mais j'ai l'impression qu'il abrite un trou s'enfonçant dans les profondeurs du tertre. Je me garde bien de franchir l'enclos ; je ne tiens pas à éveiller ce qui sommeille au fond de ce terrier.

Je me dirige vers la femme solitaire sur la grève. Il s'agit du rivage opposé à celui par lequel je suis arrivé, et je suis désormais hors de vue de mes compagnons. J'avance en présentant le flanc droit, et je me sens un peu encombré par les deux lances de Sumarios. Elles me prêtent une allure trop menaçante, même si je les garde posées sur l'épaule. Je n'ai rien à faire sur cette île, je me détache bien visible sur cet horizon plat, et pourtant la femme ne m'accorde aucune attention. Sa robe, qui a peut-être été blanche, a pris une teinte écrue et me paraît usée. Mais il est des signes qui ne trompent pas, comme le torque qui ceint son cou fripé ou ses bracelets à gros cabochons. Le châle qui la coiffe a glissé sur ses épaules, et révèle une disgrâce vénérable. De longues mèches grises volettent sur sa nuque et sur ses épaules, mais la vieille paraît à moitié chauve. En fait, seul l'avant de son crâne est rasé, d'une oreille à l'autre, à l'exception d'un toupet au milieu du front : elle porte la tonsure druidique.

Bientôt, les galets crissent sous mon pas. Quand je ne suis plus qu'à un demi-jet de javelot, je m'arrête et j'apostrophe la magicienne qui persiste à m'ignorer.

« Je te salue, Mère ! »

Elle consent seulement à se redresser, les reins un peu raides. Au fond de son panier miroite une maigre provende de coquillages. Sous des paupières rusées, elle me lance un long regard décoloré.

« Tu m'as l'air plutôt perdu, mon garçon, répond-elle.

— Au contraire ! J'ai fait un long voyage, et j'ai dû surmonter les réticences du roi Gudomaros pour me rendre sur ton île ! »

Elle hoche la tête d'un air entendu, et ses joues émaciées sont creusées par les sillons d'un sourire.

« Oui, oui, opine-t-elle. C'est bien ce que je disais. »

Elle s'exprime avec un accent étrange, qui diffère aussi bien de mon propre parler que de celui des Osismes. Elle est tassée par l'âge, mais vue de près, elle demeure assez grande.

« Es-tu Saxena ?

— Non, ce n'est pas moi.

— Tu la connais ?

— Bien sûr, je la connais. Qu'est-ce que tu lui veux, à Saxena ?

— Eh bien… Je ne sais pas trop, en fait… »

Elle émet une quinte de rire.

« Toi, tu es vraiment perdu, mon joli ! s'esclaffe-t-elle.

— On m'a dit qu'elle m'était liée, mais ce n'est pas forcément elle que je dois voir, pour ce que j'en sais…

— Qu'est-ce que tu fais ici ?

— C'est le grand druide qui m'envoie.

— Le grand druide ? Quel grand druide ? »

Je reste un moment interloqué. S'agit-il vraiment de l'une des prophétesses pour lesquelles j'ai fait un périple immense ?

« Le grand druide Comrunos ! Celui qui siège dans la forêt du peuple cornu !

— Ah ! Le petit Comrunos… Alors, comme ça, il est grand druide, maintenant ? »

Elle médite ce renseignement un instant.

« Écoute, tout cela me semble bien embrouillé, poursuit la vieille. Nous le tirerons au clair tout à l'heure, avec mes sœurs. En attendant, rends-toi utile. Aide-moi à pêcher. Plus tôt nous aurons rempli ma manne, plus tôt nous jetterons les bois. »

Et la voici qui se désintéresse de moi, qui repart fureter dans des flaques. Alors que je la contemple, un peu stupide, elle se met à me houspiller comme un enfant. « Et débarrasse-toi de tes piques, ricane-t-elle en me tournant le dos. Tu vas faire peur aux patelles avec ces engins. »

Encore un peu indécis, je fiche mes deux lances dans le sol. Puis, comme elle me fait signe d'approcher, je gagne son côté, partagé entre la crainte et la circonspection. Elle retourne les pierres et les galets avec des gestes économes, utilise un petit couteau pour en détacher des coquillages. Sans même se donner la peine de se relever, elle me demande :

« Tu as déjà pêché à pied ?

— J'ai un peu pêché en rivière, mais jamais comme ça.

— Tu n'es pas du pays, toi.

— Non, je suis d'Attegia.

— Attegia ? C'est où, ça ?

— C'est loin d'ici, à droite du royaume biturige, à la frontière des terres arvernes. »

Elle siffle entre ses dents.

« Eh bien ! Ça fait une trotte !

— En fait, je viens de plus loin encore, des marches ambrones.

— Du coup, tu n'es bon à rien pour la pêche. »

Je suis tenté de me récrier, de protester que je suis

un guerrier et un chasseur, mais je ne sais pas trop sur quel pied danser avec la magicienne, alors je garde ma colère sous le boisseau.

« Ce n'est pas grave, poursuit la vieille pie, je vais t'apprendre. »

Toujours penchée, elle désigne des mollusques, me donne leur nom. Je retiens que les bulots et les bigorneaux ressemblent à des escargots, mais je m'y perds dans les praires, les moules, les palourdes et les ormeaux. La vieille raconte que certains coquillages sont enfouis et que d'autres vivent en surface, mais elle jette une partie de ceux que je trouve sur le sable en bougonnant que je veux la rendre malade. Je ne comprends pas grand-chose à ce qui m'arrive : je m'attendais à affronter des mystères et des périls, et me voici à patauger sur l'estran, gourmandé comme un gamin. Peut-être est-ce la magie du tour qu'on me joue : je suis si décontenancé que je ne sais même pas si je dois m'emporter ou me soumettre. Alors je suis, docilement.

Si dérouté que je sois, je ne perds pas mes yeux. Au bout d'un moment, je me rends compte que des vêtements sont abandonnés sur le rivage, où ils sont lestés par une pierre. Je lève un peu le nez vers l'océan, en me demandant qui peut plonger dans une eau si froide. Ma curiosité n'échappe pas à la vieille.

« Tu te demandes où est passée ma sœur, observe-t-elle, sans arrêter sa collecte.

— J'ai vu sa robe sur un rocher.

— Eh oui, elle n'en a pas besoin pour ce qu'elle a à faire. »

Bien que lancés sur un ton léger, ces mots raniment chez moi une pointe d'inquiétude, et je regarde maintenant le ciel.

« Qu'est-ce qu'elle fait ?

— Comme nous : elle pêche. »

La vieille se redresse un peu, une main posée sur les lombaires. Et me désignant les vagues du menton :

« Tiens, la voilà », dit-elle.

J'aperçois une tête dans les rouleaux ; elle vient sans doute de crever la surface, car elle est proche de la rive et, jusqu'à présent, je ne l'avais pas vue. La nageuse prend pied ; ses épaules et son buste émergent, puis ses hanches. Elle est nue, très mince, avec la gracilité trompeuse des gabarits rompus aux longs efforts. Quelque chose me frappe d'entrée en elle ; peut-être le poisson interminable qu'elle rapporte, les doigts crochés dans une branchie, et qui bat furieusement l'eau de son corps reptilien. C'est un grand congre grisâtre, aussi long qu'une de mes jambes, qui ouvre une gueule plantée de dents vénéneuses. La nageuse n'a ni harpon, ni crochet : elle l'a pêché et remonté à mains nues. Voilà une prouesse qui a de quoi piquer l'admiration… Mais, à la vérité, c'est tout autre chose qui me sidère.

Quand la baigneuse patauge dans les dernières mares, l'évidence me cueille au creux de l'estomac. Certes, il faut user de magie pour chasser à la main des poissons aussi dangereux ; certes, la pêcheuse a le front trop haut d'une druidesse. Mais ce corps musclé, cette taille étroite, ces seins petits et fermes appartiennent à une fille jeune. Bleue de froid, elle affiche sa nudité avec une superbe pleine de défi. Elle marche droit sur nous, sans hésitation, et je crois bien qu'elle me toise d'un air narquois. L'ovale de son visage paraîtrait gracieux si ce front rasé n'en déséquilibrait l'harmonie, grossissant le crâne, amenuisant la bouche et le menton. Plus troublant encore : alors que cette fille m'est une parfaite inconnue, j'ai le sentiment de l'avoir déjà vue. Quelque chose de mon passé affleure dans cette figure, pourtant trop juvénile pour que cela ait un sens quelconque.

Une fois sortie de l'eau, elle jette son énorme poisson sur le rivage. Le congre se contorsionne, les ouïes palpitantes et la gueule ouverte, abandonné à une lente asphyxie. Quelques mouettes se posent alentour, attirées par l'agonie du monstre. La fille s'arrête juste devant nous. Elle incline le buste, tord une chevelure lascive comme un nœud de vipères. Sa peau est grenue de froid, sa poitrine pointe de provocante manière, et un filet d'eau parti de sa toison ruisselle sur sa cuisse. Sans me quitter des yeux, elle lance :

« Tu as pêché un drôle d'oiseau, Memantusa.

— Il a été apporté par un vent de terre, répond la vieille.

— Il n'a pas l'air d'un naufragé.

— Il est rudement fourvoyé.

— Et comment t'appelles-tu, l'étourneau ? »

En me posant cette question, la fille plante ses prunelles fumées au fond de mon regard. Sous l'effet des rafales, sa lèvre tremble, mais sa voix ne sonne pas moins avec autorité.

« Je suis Bellovèse, fils de Sacrovèse. Je suis le neveu du haut roi.

— Voyez-vous ça », commente l'insolente.

Mon cœur bondit sous l'outrage. Je suis encore bien jeune, mais je suis de haute naissance, j'ai festoyé avec des rois et des héros, j'ai versé mon sang et celui de l'ennemi sur le champ de bataille. Fût-elle une magicienne, j'ai du mal à me faire ainsi chicaner par une effrontée qui use de son indécence pour me brouiller les idées. Je cherche une réplique cinglante, mais je n'ai pas la repartie d'Albios, et je reste bêtement coi. Alors, pour couper court au rire qui pétille déjà dans les yeux des rouées, je me résous à rendre sa politesse à l'impudique. Je veux lui demander son nom avec hauteur. Mais les mots ne franchissent pas mes lèvres : car soudain, je reconnais cette fille bizarrement familière, et la stupéfaction doit accentuer mon air niais. Je l'ai déjà rencontrée, très loin d'ici, à Attegia. Cela ne fait que quelques années, mais pour un freluquet, cela représente une éternité. Avec toute son escorte de nobles et de héros, elle avait fait étape dans le domaine de ma mère, en route pour ses noces. Tout à mon saisissement, je bredouille :

« Toi, tu… tu es Cassimara ! »

Les deux créatures s'esclaffent.

« Il te prend pour la haute reine ! se gausse la vieille Memantusa.

— Es-tu sot au point d'ignorer que les Gallicènes prennent la forme qui leur chante ? » me daube celle qui a les traits de Cassimara.

Elle pose les mains sur ses hanches, des mains fortes et calleuses, aux ongles cassés, bizarrement accordées à sa féminité sauvage.

« Et comment as-tu échoué sur l'île des Vieilles ? enchaîne-t-elle aussitôt.

— C'est le grand druide qui l'envoie, me coupe Memantusa. Il dit qu'il cherche Saxena.

— Eh bien, menons-le à elle », répond la fausse Cassimara.

Elle se détourne de nous, mais contre toute attente

ne se dirige pas vers ses vêtements. Elle marche vers les hampes verticales de mes lances.

« Ce sont tes armes ? demande-t-elle.

– Ce sont celles d'un ami.

– Tu permets ? »

Sans même attendre ma réponse, elle arrache une lance du sol, s'en empare avec naturel. Elle esquisse quelques positions de combat, avec une grâce si fluide que c'en est presque une danse. Ses mouvements la ramènent près de nous, et, à l'improviste, elle me feinte, termine un enchaînement en me pointant brusquement. Je n'ai pas le temps de réagir : le fer me pique soudain la gorge.

« Ton ami a de belles armes, apprécie-t-elle. Légères, équilibrées, et tranchantes. »

Elle ne dit que trop vrai. Le fil aiguisé pèse sur mon artère. Avec un sourire de louve, la Gallicène ajoute :

« Je ne suis pas Cassimara. Je m'appelle Cassibodua. Je suis corneille dans les batailles, et toi, petit imbécile, tu es mon prisonnier. »

Je ris d'abord, un peu jaune peut-être. Je crois que c'est une facétie, car il n'y a eu ni défi, ni duel. Mais la fille nue n'abaisse pas l'arme qu'elle m'a volée.

« Déboucle ton ceinturon », ajoute-t-elle uniment.

Elle a l'air on ne peut plus sérieux. Alors, je me mets à protester. Après tout, je suis venu en paix. Je leur ai témoigné du respect, je les ai même aidées dans leur pêche…

« À ta place, je laisserais tomber cette épée en vitesse, intervient la vieille Memantusa. Sinon, Cassibodua va te traiter comme un congre. »

La pointe de la lance accentue sa pression sous ma mâchoire. Alors, à regret, je me déleste de ma dernière arme, pour éviter l'indignité d'être tué de la main d'une femme.

« Tu aurais pu t'en occuper, quand même, lance la fille nue à sa compagne.

— Ça me fatigue, ces simagrées, rétorque Memantusa en ramassant ma lame. Et puis j'avais déjà fait le gros du travail : quand tu es revenue, il me mangeait dans la main. »

Je me retrouve bientôt poussé sur un sentier à peine tracé, vers l'extrémité fuyante de l'île. Memantusa a récupéré ma deuxième lance et m'a tenu en respect pendant que sa compagne s'habillait. Puis les deux Gallicènes m'ont ordonné de ramasser le panier de fruits de mer, d'y enrouler le congre, et de le porter devant elles. Piqué aux reins, je marche donc ; dans son berceau d'osier, le grand poisson meurt en me fixant d'un œil glauque. Il pèse aussi lourd qu'un chevreau, et me confirme dans la crainte de ces magiciennes.

Bien sûr, j'aurais pu me rebeller, bondir, arracher une arme pour livrer combat ; mais ils sont si nombreux à m'avoir mis en garde contre la férocité des Gallicènes que j'estime plus sage de me soumettre. De plus, Albios a dit que l'épreuve qui m'attend n'est pas de nature guerrière ; peut-être le recours à la force scellerait-il non seulement ma défaite, mais aussi mon échec. Et puis, même si je peine à le dire, il existe une autre raison à ma docilité. Les magiciennes m'aiguillonnent avec des lances ; la pression des pointes, dans mon dos, me parcourt l'échine de sueurs froides. Ma blessure est trop récente, ma chair convalescente en conserve une mémoire trop vive. Les coups ne me font pas peur : plus ils sont mortels et plus ils sont indolores. Ce qui motive mon angoisse, c'est la malédiction qui m'a empêché de périr. Je sens encore le poids du frêne dans mon cœur, mon corps aussi mou qu'une guenille, mes poumons crevés et la panique de la noyade à l'air libre… À tout prendre, peut-être le grand druide a-t-il eu raison de m'envoyer sur cette terre interdite. Si mon courage me fuit devant des lances, si je suis sorti plus faible de l'épreuve, à quoi bon me défendre ? À quoi bon rester encore en vie ?

L'atmosphère s'affadit dans la morosité où monte le soir. Après des détours sinueux le long de ce rivage creusé par l'océan, nous arrivons à la pointe de l'île. La lande s'étrécit comme une feuille de saule, ses grèves de galets rongées d'écume. Sur un terre-plein exigu, battu de bourrasques, de petites constructions forment un cercle irrégulier. Il ne s'agit pas de huttes, mais de burons de pierres sèches, trapus et moussus, à peine hauts comme un homme. Cela ne ressemble guère à nos maisons de chaume et de torchis, mais évoque plutôt les tombeaux du Vieux Peuple. Çà et là apparaissent néanmoins des traces de vie : maigres feux de tourbe, filets mis à sécher, fumoirs à poisson. Toutefois, ce hameau n'a pas l'aspect d'un village de pêcheurs ; on n'y découvre ni coracles retournés, ni marins brûlés de soleil, ni marmaille bruyante. Sur la placette centrale s'étale la cendre charbonneuse d'un foyer. Suspendu à un trépied par une crémaillère, un gros chaudron le domine, grinçant doucement sous le boutoir des rafales. Malgré son cul brûlé et les coulures recuites qui le souillent, je devine sa panse gondolée de figures mystérieuses, où se détachent peut-être des roues, des bois de cerf et des serpents.

Comme nous arrivons, la vieille Memantusa pousse un appel aigu. Des soupiraux noirâtres qui ouvrent les sépulcres émergent de grandes apparitions blanches. Une fois franchi le porche trop bas, elles se déploient, robes et voiles plissés par le vent. Leurs faciès inexpressifs ou hostiles se tournent vers moi. Deux d'entre elles ont l'apparence de femmes mûres, les autres sont ridées et sèches comme des aïeules. Cependant, malgré ces figures ravinées et ces mains tavelées, toutes se redressent avec le port très droit et la tête raide, pleines d'une majesté menaçante. Une seule est armée. Elle est si émaciée que les tendons saillent dans son cou rachitique et dans ses poignets osseux, mais sa fermeté m'incite à me méfier de cette fragilité trompeuse. Posée sur l'épaule, elle tient une longue épée de bronze ; sa lame est rangée dans un fourreau de tôle repoussée, tout entortillé de monstres anguipèdes. Je frémis en réalisant la fonction de cette Gallicène car, quoique je n'aie jamais assisté à cette cérémonie, j'ai entendu parler du rite de divination auquel les druides se livrent à l'aide d'une épée.

Ce n'est pas elle, toutefois, qui prend la parole la première. Comme je dépose le panier :

« Eh bien, mes sœurs, lance une aïeule d'orgueilleuse prestance, vous avez fait une pêche miraculeuse. L'oblation sera agréable aux dieux d'en dessous.

— Il est venu tout seul se prendre dans la nasse, s'esclaffe Cassibodua, même si dans un certain sens, on pourrait dire que Memantusa a servi d'appât et que je me suis faite hameçon.

— Ainsi donc, jeune homme, tu as déjà assez de

goût pour préférer une pomme surie au fruit vert », me lance l'arrogante vieillarde.

Des rictus cruels froissent les faces de ses compagnes. Plus que l'insulte, c'est quelque chose dans la physionomie de l'aïeule qui me trouble. Comme chez Cassibodua, elle semble nimbée par un sortilège diffus, une incompréhensible aura de familiarité. C'est pourtant la première fois que je découvre cette figure tirée, cette morgue érodée par les ans et par le savoir, mais j'ai le sentiment qu'elle ne m'est pas étrangère. Ce masque hautain paraît modelé par une âme mystérieuse ; j'y devine un charme qui hésite, flotte entre deux eaux, se dérobe comme la lumière incertaine de l'aube. Non seulement il émane de la magicienne ce rayonnement brumeux, mais ses bijoux confirment sa puissance. Le torque de la vieillarde est plus massif que celui d'un prince ; ses bracelets saignent des larmes de corail ; ses colliers miroitent en larges pendeloques d'ambre. Et leur métal réfléchit des éclats plus précieux que ceux de l'or, car ils ont été orfévrés dans un argent très pur.

« Je ne crois pas qu'il ait le béguin pour moi, ricasse Memantusa. Je n'en dirais pas autant pour toi : il connaît ton nom. Tu es la première personne dont il m'a parlé. »

Ainsi donc, la sorcière richement parée est Saxena. Cette découverte paraît couler de source : je sens jusqu'au fond de ma moelle l'empire incompréhensible qu'elle exerce sur moi. Face à elle, j'ai l'impression de rapetisser, de tendre l'échine comme un morveux craintif. Son regard, plissé de malice, me sonde avec une autorité brutale.

« Tu dois donc être biturige, petit page, pour avoir

connaissance de ce vieux nom, énonce-t-elle avec lenteur. Et je vois bien qu'Albios, ce fanfaron, n'a pas su tenir sa langue. »

Elle fronce les sourcils, et, sans que j'en comprenne la raison, cette expression me plonge dans un désarroi terriblement enfantin, comme si on m'avait fait les gros yeux.

« Tu es bien jeune, ajoute-t-elle, mais je distingue un esprit du passé en toi. Qui es-tu ?

– Je suis Bellovèse, fils de Sacrovèse, et neveu du haut roi Ambigat. »

Le mouvement est imperceptible, mais j'ai bien cru la voir tressaillir. De la main gauche, n'a-t-elle pas ébauché un geste de conjuration ? Mais elle se reprend immédiatement, elle se drape dans ses robes, me toise avec hauteur.

« Et moi, ajoute-t-elle, sais-tu qui je suis ?

– Tu es Saxena.

– Et qui est Saxena ?

– Tu es la Gallicène qu'Albios a consultée l'an passé.

– Et quoi d'autre ?

– Je l'ignore. Albios ne m'a donné que ton nom, et Sumarios m'a mis en garde contre un danger imprévu. »

Le visage flétri de la magicienne se teinte de condescendance.

« Pauvre petit, lâche-t-elle. Tu dois avoir des ennemis bien puissants, et trop de candeur pour les reconnaître. Qui t'envoie ici ?

– Le grand druide Comrunos.

– Comme c'est délicat de sa part, ironise-t-elle. Je vois que, selon son habitude, Comrunos laisse à d'autres le soin de décrotter les bêtes rousses. Quel prétexte a-t-il invoqué pour t'adresser à moi ? »

Je me récrie !

« Ce n'est pas un prétexte ! J'ai été tué sur le champ de bataille, mais la mort s'est refusée à moi ! Je suis devenu tabou ! Le grand druide a décrété que seule la sagesse des Gallicènes pourrait délier le mauvais sort et me rendre à la communauté des vivants ! »

L'expression de Saxena respire plus que jamais la dérision, nuancée peut-être d'une once de pitié.

« Es-tu conscient qu'en t'envoyant ici, Comrunos t'a fait marcher au-devant de ta mort ? lance-t-elle avec détachement.

— On m'en a rebattu les oreilles. Mais on m'a dit aussi que l'île est interdite uniquement aux hommes. Or nul parent, nul noble ne m'a coupé les cheveux. »

Un soupçon de gaieté semble parcourir les Gallicènes.

« Voyez-vous cela ! moque Saxena. Le chiot veut faire assaut de subtilité ! Est-ce Albios qui t'a appris ce tour ? »

Plutôt que de subtilité, je voudrais faire assaut de sarcasme, jeter à la figure de cette terrible vieille que je suis bien trop sot pour inventer cela tout seul, que j'aurais préféré venir le défi à la bouche pour l'affronter les armes à la main. Mais les prunelles de Saxena me transpercent avec l'âpreté aveugle d'une idole, et je devine dans ce regard le fantôme d'un autre esprit, qui m'épie derrière les yeux de chair. J'ai la gorge qui se serre, je ne peux rien faire contre cette âme impérieuse sinon baisser un nez dépité, comme un gamin pris en faute. Je m'aperçois à peine que les lances de Sumarios ne me piquent plus le dos. Cassibodua et

Memantusa ont relevé les armes et s'appuient négligemment sur elles.

« Ce qu'il raconte n'en a pas moins valeur de loi, relève Memantusa. Le petit mâle n'a pas encore été accepté dans la communauté des hommes. L'interdit ne s'applique pas à lui.

— S'il est toujours un enfant, rétorque Saxena, sa seule présence est une souillure pour un sanctuaire, et les rites doivent lui être cachés. Il n'a que faire parmi nous. Mais il n'a pas l'allure d'un enfant.

— Alors Comrunos a peut-être été avisé de nous soumettre ce problème, reprend Memantusa. Ce blanc-bec n'est ni un garçon, ni un homme ; il n'est ni vivant, ni mort. Il n'a pas plus sa place ici, hors du monde, que dans les royaumes derrière la mer. N'est-ce pas un motif intéressant à soumettre aux dieux ?

— Les dieux, il les distraira peut-être, intervient alors Cassibodua. Mais toi, Saxena, il doit te fasciner. »

L'atmosphère crépusculaire, autour de moi, s'obscurcit de tensions et de menaces, sans que je saisisse bien ce qui se passe. J'ai l'impression que la curiosité dont je suis l'objet s'est brièvement allégée, que les Gallicènes reportent leur attention sur le nuage qui vient de se lever entre Saxena et Cassibodua. L'atmosphère s'est chargée entre les deux magiciennes, l'air a gagné cette épaisseur qui tombe au milieu des festins, quand les mots ont été trop loin et que deux héros cessent de rire, la main posée sur leurs armes.

C'est la Gallicène à l'épée qui dénoue la situation. Elle intervient avec le timbre âcre d'un vieux moyeu.

« Il faut laisser parler les dieux, dit-elle.

— Oui, reprend lentement Saxena, sans lâcher

des yeux la jeune Cassibodua, il faut laisser la parole aux dieux. »

Un grain brusque balaie la grève, me cingle au milieu des grandes figures blanches. L'éclaircie court au milieu de la pluie. Dans les dernières lueurs du jour, les tourbillons de bruine scintillent en une poudre d'or, et les galets du rivage chatoient aussi vifs qu'un songe. Mêlés au puissant souffle de mer, je sens les parfums d'herbe et de pierre mouillées, comme si le sol entrebâillait ses tanières pour exhaler une ivresse de terreau ; sur la panse du chaudron, quelques reflets accrochent trois oiseaux en train de becquer une pomme.

« Puisque tu es venu pour cela, nous allons consulter les oracles, reprend Saxena. Qu'as-tu à offrir en contrepartie de la sagesse divine ?

— Les bijoux que je porte. Ils sont princiers ; ils me viennent de ma mère. »

La vieille magicienne laisse errer ses yeux sur mon torque et mes bracelets.

« Ils ne viennent pas de ta mère, mais de sa propre mère, énonce-t-elle avec sécheresse. Mais cela ne suffit pas. Cette île n'est pas consacrée aux Mères et à leur magie bienveillante. Tu foules le sol de Rigantona, celle qui est ourse, laie et jument, celle qui devise avec les oiseaux. Ces babioles n'ont pas de valeur pour la Grande Reine.

— Alors, je peux lui sacrifier mon épée, celle que m'a prise Cassibodua. C'est sans doute plus précieux pour une déesse souveraine. »

Un sourire froid erre sur les lèvres de la Gallicène.

« Une arme est une offrande agréable aux dieux quand il s'agit d'un trophée. Mais cette épée est tienne, elle n'a pas été prise sur la dépouille d'un ennemi. Et elle ne t'appartient déjà plus. Elle n'a pas plus de valeur que tes colifichets.

— Que puis-je donner, alors ?

— Il faut une vie pleine de force. Pour les questions majeures, seuls les rituels sanglants apportent des réponses. Pour toi, nous devrons consulter les baguettes. Cela nécessite de remplir le chaudron de sang, d'y tremper les baguettes divinatoires, de laisser la Grande Reine guider notre main pour dessiner l'écheveau mystérieux de sa volonté. Tu dois offrir une victime. »

J'entrouvre les mains en secouant la tête, et je dis : « J'ai laissé mon cheval sur la côte.

— Un cheval ! crache Saxena. Désires-tu que la Déesse hennisse ou bronche ? Ou bien désires-tu qu'elle parle ?

— Si tu veux que la Grande Reine s'exprime dans la langue des hommes, alors tu dois lui sacrifier un homme », explique doucement Memantusa.

Derechef, j'esquisse un signe d'impuissance.

« Je suis venu sans esclave, sans prisonnier.

— Mais tu n'as pas fait le voyage seul, objecte Saxena. N'es-tu pas escorté par des compagnons, Albios et Sumarios ? Ne se terrent-ils pas en ce moment à l'autre bout de l'île ?

— Non ! Ils ne sont pas sur l'île, juste sur un écueil au large. Ils n'ont pas transgressé l'interdit, et je refuse de leur faire du mal !

— Ici, ce que tu veux importe moins que ce qui agrée à la Déesse. »

Avec la traîne de l'averse s'éteignent les dernières lueurs du soir. Dans l'atmosphère qui sombre, les paquets de mer claquent plus sonores sur la grève. Je me retrouve entre chien et loup, et je réalise que ce moment incertain fait peut-être sens : cerné par les magiciennes, soumis à un problème insoluble, échoué au bord du monde, je me retrouve à tout prendre là où j'ai toujours vécu, entre l'ombre et la lumière, entre le pouvoir et l'exil, entre la mémoire et l'ignorance. Si un homme doit être immolé pour éclairer ma propre destinée, je ne vois qu'une victime qui puisse m'éclairer sur moi-même. Alors, parce que le bon sens me l'impose, je le dis aux Gallicènes.

« En fait, il n'y a que moi.

— Oui, approuve Saxena, et tu es venu pour cela.

— Je n'ai pas peur de verser mon sang, mais peut-être cela ne sera-t-il pas utile. En fait, le sacrifice, il a déjà eu lieu, et je suis déjà mort. J'ai vu beaucoup de choses qui n'appartiennent pas au monde des hommes. Mais comme je ne sais pas interpréter les visions et les signes, je suis resté dans l'entre-deux.

— Il y a un conte qui enseigne que les guerriers qui sont plongés dans le chaudron de résurrection reviennent à la vie, mais restent muets, intervient Memantusa. Tu es revenu, mais tu es muet.

— Et c'est vous qui allez délivrer ma parole.

— Pas seulement la tienne, murmure Cassibodua. Aussi celle des morts qui sont revenus avec toi. »

La nuit gagne maintenant sur l'océan ; les Gallicènes se fondent dans l'obscurité bleuâtre, se réduisent insensiblement aux esprits ancestraux qui animent leurs défroques de chair. Je commence seulement à comprendre pourquoi le grand druide m'a envoyé sur cette terre perdue : il y a chez moi, comme chez elles, une part de revenant. Leur sagesse immémoriale, leur longue pratique des chemins de vie et de mort sauront débrouiller l'écheveau de mon existence, et m'assigner ma place. L'offrande à faire, maintenant, m'apparaît très clairement.

« Assieds-toi devant le chaudron, dit rudement la Gallicène à l'épée, et raconte. »

Comme j'obtempère, j'aperçois, par-dessous, le profil busqué de Saxena qui se détache sur un ciel de pénombres. C'est dans le clair-obscur que je saisis enfin le charme qui lui confère son rayonnement. La nuit tombante a gommé les rides les plus cruelles, a voilé les tempes creuses et les taches brunâtres du crâne, a estompé les plis flasques du cou. De la magicienne, il ne reste qu'une épure d'autorité et d'orgueil, une rémanence de beauté tournée en amertume. Je réalise enfin quel fantôme elle a invoqué pour me réduire à l'impuissance. Alors, une fois que les Gallicènes se sont assises en tailleur, formant un cercle où elles m'ont intégré, je n'ai plus d'incertitude. Je sais exactement comment je dois ouvrir mon récit :

« Ils sont arrivés par une matinée de printemps. Nous les attendions sur le pas de notre porte. Ségovèse était debout à gauche de ma mère, et moi, je me tenais sur sa droite… »

II

Les marches ambrones

Ils sont arrivés par une matinée de printemps. Nous les attendions sur le pas de notre porte. Ségovèse était debout à gauche de ma mère, et moi, je me tenais sur sa droite.

Ils formaient une forte bande de guerriers, sortis du bois de Senoceton. Peut-être y en avait-il trois douzaines, au total. Ils descendaient en file le chemin longeant nos champs et le parc à bétail. Par prudence, ma mère avait renvoyé les paysans dans leurs huttes ; seuls deux bouviers veillaient sur les vaches, armés de mauvaises lances. Les étrangers n'ont pas fait mine de s'attaquer au troupeau, même par plaisanterie. Ils marchaient vers la palissade, sous l'aboiement de nos chiens. Ils venaient à nous.

Au point du jour, nous avions été avertis par Suobnos. Le vieux fou, qui n'avait pas donné signe de vie depuis des mois, avait déboulé chez Dago avant le chant du coq. Il l'avait tiré de sa paillasse non sans lui coller une jolie frousse. Suobnos avait l'air épouvanté, il dansait d'une jambe sur l'autre, il s'arrachait la barbe, il roulait des yeux de chèvre affolée. Dago n'avait rien compris à son charabia, mais, comme nous, il éprouvait de la révérence pour les dons de voyance du vagabond. Jamais il n'avait vu Suobnos en proie à une telle frayeur. Au risque d'essuyer le courroux de ma mère, il avait jeté un sayon sur ses épaules et il avait entraîné le va-nu-pieds tout droit chez nous.

Le vieux coureur de bois n'avait guère été plus clair avec ma mère qu'avec Dago ; il se contentait de bégayer : « Ils arrivent ! Ils arrivent ! » en tremblant de tous ses membres. Quoique surprise au saut du lit, ma mère avait témoigné d'une patience qui lui ressemblait peu. Certes, elle avait depuis longtemps pardonné le mauvais tour que le vagabond nous avait joué jadis ; mais elle ne goûtait guère être ainsi dérangée. Elle avait toutefois demandé à Taua de ranimer le feu, elle y avait mené le miséreux, lui avait offert une corne de cervoise, du pain et du miel. D'ordinaire, Suobnos se comportait en vrai goinfre, mais ce matin-là, il n'avait pas jeté un regard à ces douceurs. Il s'était pourtant calmé un peu, et il avait fini par livrer un renseignement plus clair : « Ils viennent pour la guerre. Sumarios est avec eux. » Et, dans un chevrotement effrayé, il avait ajouté : « Il y a aussi celui qui n'a qu'un œil. Comargos, il arrive, oui, il arrive. » Ma mère, alors, s'était rapidement composé un masque de froideur pour dissimuler son inquiétude. Quant à Suobnos, il s'était enfui aux premiers rayons du soleil.

Rien, pourtant, dans l'attitude des combattants sortant du bois, qui témoignât d'intentions hostiles. Les deux chars de guerre n'étaient menés que par des cochers ; leurs propriétaires préféraient monter à cheval, une façon de voyager plus confortable sur des chemins défoncés. Les fantassins avaient posé leurs lances sur l'épaule, les cavaliers n'avaient endossé ni casque, ni pectoral, ni cuirasse. Mais la troupe n'avait pas besoin de parader pour paraître menaçante. À Attegia, seuls mon frère Ségovèse et moi étions formés à la guerre. Dago et Ruscos nous auraient défendus, mais ce n'étaient qu'un artisan vieillissant et un homme de peine un peu lourd : ils seraient vite tombés. Acumis, quoique bon frondeur, n'avait pas de cœur au ventre et aurait fui l'affrontement. Ma mère, qui redoutait l'épreuve de force, nous avait imposé de nous présenter désarmés. Segillos et moi, nous avions regimbé ; toutefois, nous n'étions pas encore des hommes, et faute de père, nous étions soumis à son autorité. De plus, ma mère n'était pas de ces femmes auxquelles on peut tenir tête longtemps.

Cette bande armée en train de franchir notre palissade soufflait une haleine de mauvais rêve. Ce n'était pas la première fois que nous nous tenions sur notre seuil, ma mère, mon frère et moi, à attendre l'arrivée de guerriers. Toutefois, quand il s'était déjà produit, l'événement avait eu lieu ailleurs et en d'autres temps ; s'il demeurait douloureux pour ma mère, il était devenu nébuleux pour Segillos et moi.

Sumarios est sorti du rang, suivi par Cutio, son homme de confiance. Il a sauté à terre, il a avancé à grands pas pour être le premier à se présenter devant ma mère.

« Ne t'inquiète pas, a-t-il murmuré très vite. Ils ne viennent pas te faire du tort.

— Ils ne sont pas les bienvenus, a rétorqué ma mère à haute voix. Qu'ils s'en aillent.

— Tu ne peux pas les chasser, a objecté Sumarios. Ils demandent l'hospitalité.

— Je n'ai pas de quoi nourrir tant de guerriers. Et celui que tu amènes avec toi est mon ennemi.

— Tu ne peux pas les chasser, s'est obstiné Sumarios. C'est le haut roi qui les envoie. »

Ma mère lui a alors adressé un sourire dur, teinté de fiel et d'amertume ; ce rictus faisait mal parce qu'il la vieillissait, elle qui demeurait une très belle femme. J'ai vu de la tristesse et même un peu de honte dans le regard de Sumarios, car sa loyauté pour le roi le poussait à trahir la confiance que ma mère avait fini par lui accorder.

Les guerriers, qui s'étaient massés dans la cour, ont cédé le passage à un deuxième héros. Ses bijoux, ses armes, jusqu'au fourreau orné de longs dragons stylisés publiaient son pouvoir. Pourtant, ses vêtements de voyage assez ternes ne manifestaient nulle affectation, pas plus que sa chevelure et sa moustache, taillées plutôt ras. Il n'avait pas besoin d'excentricité pour affirmer sa présence ; sa paupière gauche, boursouflée par une cicatrice, demeurait entrouverte sur une orbite vide. Cette vieille blessure jetait autour de lui un puissant malaise, parce que ce qu'elle lui avait coûté était hors de prix, bien plus précieux qu'un œil ou la beauté.

« Bonjour, Dannissa, a-t-il dit simplement, en fixant sur ma mère son unique prunelle.

— Va-t'en ! Toi et tes hommes, je ne vous ai pas invités. Vous êtes indésirables. Que tu oses seulement paraître devant moi, c'est obscène ! »

Le borgne a hoché la tête avec calme.

« Oui, je te comprends, Dannissa. Moi non plus, je ne trouve pas très heureux d'être venu chez toi. J'aurais préféré que Sumarios s'en charge seul.

Mais on n'y peut rien : c'est Ambigat qui veut que je te parle.

— Eh bien voilà : tu m'as parlé. Tu peux partir ! »

Le balafré a pris cette rebuffade d'un air impassible. Derrière lui, la tension était pourtant devenue palpable : ma mère avait déjà été trop loin, l'insulte avait enflammé le regard des guerriers. Les gens de Sumarios n'étaient qu'une poignée dans cette bande ; la plupart étaient des inconnus, des hommes au service du borgne. Seul son calme modérait leur colère.

« Si tu ne veux pas nous accueillir, on va s'en aller, a-t-il répondu lentement. Mais pas tout de suite. Je t'ai seulement saluée, Dannissa, je ne t'ai pas parlé. J'ai quelque chose à te dire de la part de ton frère.

— Invite-le sous ton toit, même un court moment, a insisté Sumarios. Ce qu'il doit dire, ça ne peut pas être discuté en plein vent.

— Non, a rétorqué ma mère. Si tu as un message à me délivrer de la part de ton maître, ne te fais pas prier, Comargos. Plus vite tu l'auras transmis, plus vite tu tourneras les talons. »

Le borgne a calé ses pouces dans son ceinturon, et a paru peser ses mots.

« En fait, c'est plus qu'un message », a-t-il précisé.

Pour la première fois, il a détourné l'attention de ma mère pour promener son œil sur mon frère et moi.

« Ce sont tes fils, Dannissa ?

— Ce sont les fils de Sacrovèse, a-t-elle rétorqué avec aigreur.

— Ce sont surtout les neveux du haut roi. Ils ont bien grandi, depuis la dernière fois que je les ai vus. Dix ans tout rond. Je m'en souviens bien, tu penses ;

quand je vous ai quittés sur les bords du Liger, ça commençait tout juste à guérir… »

D'un geste négligent, il a montré son œil cave.

« Ils sont forts, a-t-il poursuivi. Ils te ressemblent, surtout le cadet. Il serait temps qu'on leur coupe les cheveux.

— Jamais tu ne porteras la main sur eux ! » a craché ma mère.

Comargos a ébauché une parodie de sourire.

« Pour l'instant, ce n'est pas possible, a-t-il dit. Ils n'ont encore servi nul héros, on ne peut pas les traiter en hommes. Mais il est déjà bien tard pour eux, et ça chagrine le roi. Ils ont le même sang, il ne peut pas les laisser se flétrir. Alors il a décidé qu'ils allaient faire leurs armes. Au-delà du Cemmène, Tigernomagle, le roi des Lémovices, reprend la guerre contre les Ambrones. Il a réclamé l'aide du haut roi, qui lui envoie des renforts. Je commanderai cette armée avec Ambimagetos. J'emmènerai tes fils. Ils serviront sous mes ordres. Ils feront leurs preuves ; ils gagneront le droit d'être honorés comme des guerriers et de faire des sacrifices. »

Le regard de ma mère a étincelé de haine.

« La faute à qui, s'ils n'ont pas reçu une éducation de princes ? a-t-elle sifflé. Toi et ton maître, vous croyez pouvoir raccommoder ce que vous avez détruit ? Tu l'as dit, Comargos, mes garçons ne sont encore que des enfants. Et puisqu'ils n'ont plus de père, c'est à moi de décider ce qu'ils feront. Or voici ce que je dis : jamais ils ne seront à toi. Cesse de perdre ton temps avec cette chimère. Emmène tes soudards au-delà du Cemmène, va donc te faire tuer chez les Ambrones. Mes fils restent avec moi. »

Le borgne a plissé les lèvres, avec un fatalisme résigné. Adressant un signe de tête à Sumarios, il lui a lancé :

« Parle-lui, toi. Moi, c'était couru d'avance qu'elle refuserait. »

Mais ma mère a devancé Sumarios. Toutes griffes dehors, elle lui a coupé la parole, l'a couvert de récriminations et de sarcasmes. Cela m'a pincé le cœur, parce que j'avais fini par éprouver de l'affection pour le seigneur de Neriomagos, et puis je savais que le fiel qui coulait dans les griefs de ma mère était empoisonné par les sentiments qu'elle avait pour lui. Sumarios a enduré la semonce en silence. Il était très pâle, cruellement mortifié ; car il n'essuyait pas seulement l'insulte devant des guerriers. Peu après, nous allions découvrir que ses deux fils étaient présents dans la troupe, et qu'ils ne pardonneraient jamais l'affront qu'ils venaient de subir. Même Comargos avait l'air un peu embarrassé pour son compagnon. Finalement, quand ma mère a épuisé sa bile, Sumarios a dit d'une voix blanche :

« Rentre. Il faut qu'on parle, toi et moi. »

Un instant auparavant, ma mère l'aurait rabroué avec hauteur. Mais peut-être était-elle étourdie par la violence de sa diatribe, peut-être réalisait-elle que sa vindicte avait dévié de son objet réel. Sans doute sentait-elle, comme nous, l'hostilité qui sourdait désormais dans la bande de guerriers, pourtant arrivée si paisiblement. Alors, elle a laissé Sumarios la devancer à l'intérieur de notre maison. En lui emboîtant le pas, elle nous a accrochés par le coude, Segillos et moi, et entraînés avec elle. D'indignation, de peur, de colère, elle a incrusté ses ongles dans ma chair.

Dans la pénombre de l'entrée, Dago et Ruscos se tenaient en embuscade, une hache à la main. Ils ont refermé la porte derrière nous. À peine étions-nous dans la salle que s'est élevé, dehors, un grondement de voix mécontentes. Le borgne a crié un ordre cinglant, mais même son autorité n'a pas suffi à étouffer les grognements.

« Écoute-les ! s'est écrié Sumarios. Écoute-les ! Tu tiens vraiment à mourir ?

— Depuis dix ans, je n'ai plus qu'une ombre de vie, a répondu ma mère.

— Et les garçons ? Tu veux leur mort ? Quand tu m'as insulté devant mes hommes, moi, je pensais à eux ! Je me disais : calme-toi ! Calme-toi ! Si mes guerriers voient ma colère, c'en est fini, le sang va couler. Les dieux t'étouffent, Danna ! Où sont les lances de tes fils ? Ils ne sont même pas armés !

— Je savais que les présenter les mains vides vous désarmerait, a rétorqué ma mère.

— Tu es trop confiante en tes tours, a pesté Sumarios. Que tu haïsses Comargos, c'est normal, et il ne s'attendait pas à ce que tu lui fasses bon accueil. Mais tu lui as parlé comme une folle ! Tu lui as donné des ordres, tu te rends compte ! C'est l'un des héros les plus puissants du royaume ! Il est de lignée divine ! Il ne reçoit de commandement que du haut roi, et encore, parce qu'il lui a attaché son amitié.

— Comargos est de moindre rang que moi, a craché ma mère. Il a peut-être perdu un royaume le même jour que moi dans la bataille entre le Caros et le Liger, mais lui, il n'a jamais régné. C'est à lui de plier devant moi.

— Tu es insensée, femme ! À son appel, Comargos

peut rassembler trois centaines de guerriers. Et toi, combien d'ambactes te défendent ? »

Ma mère ne lui a rien répondu, et pour le coup, un peu étonné de l'avoir mouchée, Sumarios s'est tu un moment. Il soufflait pesamment, peinant à maîtriser sa colère, tandis que la cour résonnait toujours de voix pleines de ressentiment et du grondement de nos chiens. Icia s'était recroquevillée dans le coin le plus sombre de la pièce et tremblait de tous ses membres, rattrapée par une enfance pleine de violences. Ruscos se dandinait, embarrassé de se trouver témoin de la querelle. Dago veillait toujours sur la porte, fidèle mais l'expression brouillée d'inquiétude, songeant sans doute à sa femme et à son fils enfermés dans leur chaumine.

« Tu es remplie de bravoure, Danna, mais il faut aussi que tu sois courageuse, a repris Sumarios. Tu ne pourras pas obtenir réparation des torts qu'on t'a faits. À sa façon, le haut roi a même été clément avec toi : il t'a laissé ton douaire et tes enfants. Maintenant, ils ont grandi. Si tu t'enfermes dans ta haine, ta descendance restera en friche, et tu tueras une deuxième fois leur père. Cela, le haut roi ne le veut pas. Il veut éteindre ce vieux brasier, il veut donner leur place à tes fils.

— La place de mes fils est à Ambatia ! a asséné ma mère.

— Cela, ils ne l'auront jamais. Du moins pas du vivant d'Ambigat et de Diovicos. Mais s'ils se montrent vaillants à la guerre et dans les festins, Bellovèse et Ségovèse pourront devenir des chefs bien plus puissants que moi. Aussi puissants que Comargos. »

Ma mère a gardé le silence. Elle pesait les mots de Sumarios, et j'ai saisi tout de suite ce qu'elle méditait. Si Ségovèse et moi nous gagnions une renommée et une clientèle, alors elle aurait de meilleures armes pour assouvir sa vengeance. Le prix à payer était toutefois élevé : il lui faudrait renier la reine qu'elle avait été, et se préparer à faire de nous des traîtres. Pour elle qui était restée droite si longtemps dans la défaite et le renoncement, voilà un revirement qui devait paraître difficile.

« Il y a autre chose qui montre bien que le haut roi veut donner leur chance aux garçons, a repris Sumarios. Il veut les attacher au service de Comargos. Ils porteront ses lances et son bouclier. C'est pour cela qu'il te l'a envoyé comme émissaire.

– Jamais ! Cela, jamais !

– Essaie de voir plus loin que ta rancune ! Tes fils serviront un chef de guerre : il n'y a pas de place plus glorieuse pour se faire un nom.

– Jamais ! Comargos n'est pas seulement mon ennemi. Il a trop perdu pendant la guerre des Sangliers. Je ne peux imaginer qu'il ne cherche pas à se venger. Il userait de son pouvoir sur les garçons pour les mener à leur perte.

– Mais on sait se battre, a clamé naïvement Ségovèse. On saura se défendre ! »

Un seul regard de ma mère a suffi à le rappeler à l'ordre.

« À qui le haut roi aurait-il pu confier tes fils ? reprenait Sumarios. À Bouos ? Segomar ? Eux, ils ont tout gagné pendant la guerre des Sangliers, mais crois-moi, ils seraient beaucoup plus dangereux pour les garçons.

— Je ne fais pas de différences, a craché ma mère. Ceux qui entourent mon frère forment un nœud de vipères ! Je n'admettrai pas que l'un d'eux exerce une autorité directe sur mes fils.

— Mais ce sont les champions du roi ! Qui reste-t-il ?

— Toi, Sumarios. Tu es celui qui me reste. »

Le seigneur de Neriomagos est demeuré coi un instant. Il a écarté l'idée d'un revers de la main.

« C'est absurde. Moi, je n'ai que douze guerriers. Dans les cercles, je suis loin à gauche du roi. Et puis, mes fils sont de retour. Ce sont eux qui me porteront mes armes pendant cette guerre…

— Toi, tu aimes mes garçons, même si tu les aimes mal. Comargos les hait.

— Tout le monde protégera Comargos sur le champ de bataille. Les garçons seront bien moins en danger avec lui qu'avec moi.

— Tout le monde protégeait Comargos au bord du Liger. Cela ne l'a pas empêché d'y perdre un œil et les siens.

— C'était différent. Comargos était plus jeune, il avait défié Remicos en première ligne.

— Qui te dit qu'il ne défiera pas un prince des Ambrones ?

— Il aura plus de retenue. C'est lui le vrai chef de guerre ; il est là pour veiller sur Ambimagetos, qui ne commande que parce qu'il est le fils du haut roi.

— Justement. Personne ne contestera ses ordres s'il décide d'exposer mes fils. Non, Sumarios, c'est non ! Jamais les enfants de Sacrovèse ne serviront l'un de ses meurtriers.

— Mais pourquoi moi ? Ce que je partage avec toi,

Dannissa, ça ne compensera pas ce qu'ils gagneraient en servant un champion plus puissant.

— Parce que toi, tu pourras accomplir une chose que les chiens de mon frère ne feront jamais. Tu pourras me jurer que mes fils reviendront vivants. »

Ma mère a finalement offert le gîte à Comargos et à ses hommes. Elle ne l'a pas fait pour se plier au droit sacré de l'hospitalité : c'était le seul expédient qu'elle avait trouvé pour nous garder encore une nuit auprès d'elle. Accueillir une compagnie aussi nombreuse mettait au pillage nos celliers. Gêné, Sumarios a proposé de compenser la perte en envoyant un de ses bouviers nous livrer deux génisses. Ma mère a refusé avec hauteur. Elle voulait l'obliger, non bénéficier de sa générosité ou de ses scrupules.

Le banquet, au soir, a été très contraint. La salle de notre demeure, qui nous avait toujours paru spacieuse, est devenue étriquée quand il a fallu y entasser trente gaillards taillés en force. On manquait d'espace pour faire le cercle, certains roussissaient leurs galoches contre les chenets. Ma mère a pris la place du maître de maison, raide comme un trophée d'armes, et elle nous a installés à ses côtés, Ségovèse à sa gauche, moi à sa droite. Elle publiait ainsi la supériorité de notre rang sur ses visiteurs. Par le sang, elle en avait le droit : elle était la sœur du haut roi, et nous étions ses neveux. Mais dans les faits, imposer de la sorte ses deux garçons aux places d'honneur était un camouflet d'une dangereuse arrogance. Nous n'étions pas des hommes ; au mieux, aurions-nous dû servir. Comargos n'occupait que la quatrième position, juste sur ma droite ; sa relégation à cette place était infamante. Sa proximité, pour moi, était d'ailleurs glaçante. Comme nous étions entassés dans cette pièce trop petite, nous nous tenions épaule contre épaule. Je pouvais sentir la force du borgne dans la tension qu'il réprimait, et par-dessus tout, dans le calme qu'il affichait. Les guerriers accusaient des mines sinistres. L'affront aurait nécessité un combat en réparation, dans l'espace étroit entre tous les convives. Mais l'injure venait d'une femme et de deux enfants : il n'y avait personne à défier.

Aussi le malaise a-t-il été à son comble quand, pour remercier la maîtresse de maison, Comargos lui a offert des présents. Il s'agissait de deux épées, de leurs fourreaux et de leurs ceinturons, que le haut roi lui adressait pour que Ségovèse et moi, nous fussions équipés en cavaliers. Le cadeau était véritablement royal, car ces lames et leurs gaines possédaient la valeur d'un troupeau. Ma mère les a acceptées en notre nom, mais elle a derechef répondu à la largesse par l'offense, car elle a choisi ce moment pour annoncer que nous ne partirions que si nous servions Sumarios. Comargos a avalé la couleuvre en silence ; par ses vexations, peut-être ma mère lui facilitait-elle la tâche réelle qu'on lui avait confiée. Sumarios affichait une expression grave et triste. Il ne craignait pas la querelle où on l'entraînait, mais il redoutait, pour nous, l'inévitable.

Ma mère avait été fort chiche – à boire, elle n'avait servi que de la corma, et avec parcimonie – aussi le repas s'en est-il trouvé abrégé. Les guerriers de Comargos ont vidé les lieux pour bivouaquer dans la cour. Certains ont grommelé qu'ils préféraient dormir à la belle étoile pour garder un œil sur les chevaux. À l'insulte, ils répliquaient par l'insulte. Beaucoup sont allés pisser contre le mur de la maison.

C'est seulement à ce moment-là, parmi la poignée de gaillards restée à l'intérieur, que j'ai reconnu les fils de Sumarios. Segillos et moi, nous ne les avions pas vus depuis des années, et j'ai été stupéfait de les retrouver. Ils avaient à peu près notre âge, mais c'étaient désormais des hommes. Suagre avait été placé en pagerie auprès de Donn, un vieux champion qui avait servi dans les armées de mon grand-père Ambisagre avant de devenir un des conseillers de mon oncle ; Matunos avait été formé par un noble helvien du côté de Bergorate. Leurs armes, leurs épaules larges, leurs mèches décolorées à la chaux nous les rendaient presque méconnaissables. Quand nous étions morveux, nous avions fait les quatre cents coups avec eux dans les marais de Cambolate, sur les lisières de Senoceton ou dans le vallon du Nerios. Nous nous étions frotté les oreilles plus souvent qu'à notre tour ; mais il s'agissait là des chicaneries de poulains sauvages, et on aurait pu espérer qu'une fois un peu débourrés, nous en aurions gardé de la complicité. Hélas, ma mère s'était interposée entre les fils de Sumarios et nous. Ce soir-là, ils ont détourné les yeux. Chez eux, j'ai même cru flairer du mépris pour nos cheveux longs.

Ma mère a dormi seule. Sumarios est allé s'allonger devant le feu de la salle, en compagnie de ses fils et de Cutio, son soldure. Nous étions travaillés par des sentiments si contraires, Segillos et moi, que nous n'avons pas pu fermer l'œil avant longtemps. Nous nous tournions et nous retournions dans nos couvertures, en chuchotant des sottises et des rodomontades. J'aurais aimé me lever pour me glisser dans la couche d'Icia, mais il m'aurait fallu traverser la cour envahie par les guerriers de Comargos pour rejoindre l'appentis où elle logeait. Cela ne me faisait pas peur. Cette situation insolite m'excitait même un peu : me faufiler chez moi comme dans une place ennemie ! Mais il me semblait difficile d'abandonner mon frère la veille de notre départ. Et puis Icia était terrifiée ; je craignais qu'elle reste froide.

Travaillé par l'inquiétude, l'appel de l'aventure, la frustration de mes sens, je n'ai somnolé que d'un œil au cours de cette dernière nuit passée à Attegia. C'est sans doute la raison pour laquelle j'ai été réveillé avant l'aube par des murmures. Cela venait de l'alcôve de ma mère ; Sumarios l'avait rejointe, finalement, mais pas pour coucher avec elle. Du peu que je pouvais saisir au milieu des ronflements venus de la salle et de la cour, il cherchait à la rassurer. Même les paroles que j'ai pu attraper, je ne les ai pas vraiment comprises à l'époque. Mais plus tard, elles ont fait sens.

« Il y a des signes, ils sont favorables, chuchotait Sumarios. Cette décision, Ambigat ne l'a pas prise sans consulter.

— S'il suit l'avis des druides, ces augures sont néfastes, a soufflé ma mère. Le grand druide est le pire de tous.

— Oui, il a sans doute pris conseil auprès de Comrunos ; mais il a cherché d'autres oracles. Il ne voulait pas se risquer dans cette guerre sans avoir la certitude que les dieux lui seraient favorables.

— Ambigat ? Hésiter à se battre ?

— Cela fait des années que tu ne l'as pas vu.

Rappelle-toi : même quand il était jeune et fougueux, il n'était pas dépourvu de ruse. Il a mûri. Il est devenu plus prudent. Il n'y a pas que les Ambrones qui sont une menace : on parle de troubles au fond de l'Orcynie, où des peuples puissants se mettent en marche. Et même chez nous, ça s'agite. Depuis que Prittuse est retournée chez les Éduens, Arctinos est ombrageux avec ton frère ; on se révolte toujours ici ou là chez les Turons. Alors le haut roi ne désirait pas engager ses forces avec les Lémovices s'il risquait d'être attaqué sur ses arrières. Il s'agissait d'avoir recours aux avis les plus sûrs. En matière de guerre, en dernier ressort, ce sont les femmes qu'on consulte. Tu connais la loi : si elles se trompent, elles y laissent la tête. C'est pourquoi ton frère a envoyé un émissaire vers l'île des Vieilles. Il les a consultées, elles. Et elles lui ont dit que les dieux seraient favorables. »

Après un moment de silence, ma mère s'est entêtée :

« Non, non, même ce présage ne me dit rien qui vaille.

— Alors écoute, j'en ai un autre à te donner. Il vaut ce qu'il vaut, et je ne suis pas sûr que ce soit les dieux qui me l'inspirent. Mais prends-le pour ce qu'il est : moi, Sumarios fils de Sumotos, je dis que tes fils reviendront sains et saufs. Je m'y engage. Je place sur ma propre tête cet interdit : jamais je ne repasserai le seuil de ta demeure ou de la mienne, si j'ai le malheur de perdre un de tes fils. »

Le serment de Sumarios m'a suffi. J'avais foi en lui, je n'imaginais pas qu'il puisse faillir. Alors, je me suis jeté dans cette guerre avec confiance, comme dans une aventure de chanson. Le petit matin nous a trouvés, Segillos et moi, piaffant d'impatience.

Le départ s'est pourtant révélé plus lent que ce que j'avais imaginé. Il a fallu du temps pour mettre la troupe en état de marche, et puis pour dissuader Taua de nous encombrer d'un bagage inutile. Nous n'emporterions qu'un léger baluchon avec nos lances de chasse et les épées offertes par Comargos. Les adieux ont été embarrassants. Ruscos avait bouchonné nos chevaux en témoignant d'un soin qui ne lui ressemblait guère et Acumis tenait leur bride avec un air de chien battu. Pour épingler nos manteaux, Dago nous a offert de belles fibules, à peine sorties de son atelier ; il les avait d'abord destinées au marché de Neriomagos. Taua, quoique toujours aussi avare de paroles, nous a serrés sur son sein maigre, la lippe tremblante, comme si nous étions ses fils. Même Icia avait surmonté sa peur ; à moitié cachée derrière le pilotis d'un grenier, elle nous mangeait des yeux en ravalant ses larmes. Les guerriers de Comargos, et jusqu'à Suagre et Matunos, considéraient cette émotion d'un air goguenard.

Heureusement, ma mère avait le sens des convenances. Demeurée maîtresse d'elle-même, elle est restée fière et nous a épargné les familiarités. Ayant appelé sur nous la bénédiction d'Ogmios, elle a lancé :

« Restez vivants et rapportez-moi des têtes. Cette maison en a besoin pour asseoir son autorité. »

Il ne m'a pas fallu une journée pour le comprendre : j'ai su d'emblée, en descendant le chemin de Neriomagos et d'Ivaonon, que la guerre serait toute ma vie.

Au cours de cette première étape, nous étions encore en pays connu. Mon frère et moi, nous avions passé notre enfance à battre cette campagne. Ses rivières, ses bois, ses prairies n'avaient plus de secret pour nous. Au moindre lopin, nous pouvions donner le nom de son propriétaire ; nous savions où se trouvaient les bosquets qu'il fallait contourner par la gauche, les sources où somnolait un dieu, les étangs voilant le monde du dessous. Et pourtant, tout ce terroir était transfiguré par notre départ. J'avais l'impression de m'être frotté les yeux : ils étaient plus ouverts, comme les horizons bleutés vers lesquels nous avancions.

Il y a des âmes que la guerre effraie. Certains la fuient, d'autres n'y vont qu'à reculons, contraints par l'honneur ou les circonstances. Segillos et moi, nous avons tout de suite humé son ivresse. Elle possède un parfum de liberté : elle t'enlève tout ce qui t'entrave, comme la sécurité, l'amour des petites gens ou l'autorité d'une mère. Elle te donne l'illusion de la force, accrue par l'incertitude qui t'entoure, avant de te dispenser les leçons les plus brutales. Je ne l'ai pas compris aussi clairement ce jour-là, mais je l'ai ressenti ; et c'était là l'essentiel.

Bien sûr, nous nous trouvions incorporés dans une troupe qui nous était hostile. Bien sûr, les brimades allaient s'accumuler sur nos épaules, et Sumarios, soucieux de son rôle de protecteur, ne se priverait pas d'y aller des siennes. Des garçons timorés auraient souffert ; pour Segillos et moi, ce n'était qu'un jeu. Entends-moi bien : nous n'étions que des blancs-becs, mais des blancs-becs riches de toute une enfance de maraudes et de mauvais coups. Les larcins, les braconnages, les pugilats, les chiens de ferme lancés à nos basques : tout cela nous avait forgé un tempérament de vauriens. La guerre, c'était ce qui pouvait nous arriver de mieux. Elle nous épargnerait l'ennui qui aurait fini par nous guetter ; restés à Attegia, nous serions devenus des brigands. Alors les coups, les insultes, les corvées, cela nous faisait rire. Cela flattait nos mauvaises têtes. On prenait plaisir à tout faire de travers, pour échauffer les guerriers. C'était une façon d'exister au milieu des vétérans ; ça nous rendait plus vivants.

Pourtant, les choses sérieuses ont commencé dès le premier soir. Nous avions passé au large de Neriomagos, ce qui avait peut-être soulagé Sumarios, et nous avions demandé l'hospitalité à Ivaonon. La place était un sanctuaire, et c'est le druide qui nous a accueillis, non loin de la source divine. Comme sa hutte était trop petite pour notre troupe, nous avons mangé dehors, sur l'aire où on bat l'épeautre. Puisque nous étions entre hommes, nous avons respecté les usages de guerre : les héros ont fait le cercle, Comargos à la place d'honneur. Chaque porteur de bouclier a pris place derrière son maître, chaque porteur de lance devant, pour le servir. Parce que nous étions attachés à Sumarios, Segillos et moi, nous nous sommes donc retrouvés avec lui ; Suagre et Matunos, qui devaient initialement seconder leur père, étaient placés sous l'autorité de Comargos. Pour eux, c'était un véritable honneur ; mais ils ne continuaient pas moins à nous considérer avec rancune.

Quand les viandes ont été cuites, les héros se sont d'abord servis. Personne n'a disputé la première part à Comargos. Ensuite, c'était le tour des valets d'armes. En tant que serviteurs du chef de guerre, Suagre et Matunos auraient dû se tailler leur part. Mais le borgne les a arrêtés d'un geste, et leur a murmuré quelques mots. Puis, de la tête, il nous a fait signe de passer devant, Ségovèse et moi. J'ai cru qu'il honorait ainsi les neveux du haut roi ; comme j'étais l'aîné, je me suis dirigé le premier vers la broche. Au moment où j'allais me servir, Suagre m'a rattrapé, et il a planté son couteau dans la viande. Je l'ai regardé, trop surpris pour en éprouver de la colère. Il m'a toisé avec dédain. Les guerriers ont ricané et poussé quelques cris ; Sumarios mastiquait, impassible, et Comargos nous observait d'un œil froid. J'ai alors réalisé qu'il s'agissait d'un défi ; comme c'était la première fois, il m'a fallu quelques instants pour saisir ce qui m'arrivait. Les hommes ont pris mon hésitation pour de la peur : ils m'ont raillé et sifflé. Cela m'a fouetté le sang, assez pour que j'oublie que j'allais affronter le fils de Sumarios devant Sumarios. Sans un mot, je suis allé chercher mes armes. J'étais encore novice. Suagre, qui connaissait les usages, a vanté son père et ses aïeux, et m'a copieusement injurié. Les hommes riaient aux éclats. Ils recommandaient à Suagre d'amortir ses coups, pour ne pas trop leur gâcher le plaisir.

Dans le duel qui allait s'ouvrir, je possédais un atout ; mais je le partageais avec mon adversaire. Suagre et moi, nous nous connaissions. Nous avions passé notre enfance à nous chercher des poux, à nous rouler par terre en échangeant des châtaignes. Je le savais teigneux, dur à l'encaisse ; mais, gamin, chaque fois que j'avais pu me colleter seul à seul avec lui, j'avais toujours eu l'avantage. Toutefois, cela remontait à plusieurs années, et nous n'avions alors que nos poings. Et puis je ne pouvais pas faire l'impasse, chez lui, sur une motivation puissante : la soif de revanche.

D'autant que j'étais sérieusement désavantagé sur un autre point : c'était la première fois que je combattais dans un cercle. Ce n'est pas à vous autres, Ioniens, que je vais apprendre que c'est une chose de s'engager sur un champ de bataille et une autre de livrer un combat singulier. Cependant, il y a aussi duel et duel. C'est une chose de combattre sur un champ ouvert, et une autre d'en découdre dans un espace étroit.

Rien de plus étriqué que l'arène formée par un cercle. Chaque duelliste peut au plus se déplacer d'un ou deux pas. Impossible d'employer des lances : on manque d'allonge. Idéalement, cette aire réduite se prêterait à la lutte ou au combat au couteau ; mais la tradition veut que les héros s'affrontent avec des armes nobles, et c'est pourquoi ils se mesurent à l'épée et au bouclier. Impossible de se dérober : il faut choquer l'adversaire avec la plus grande force possible. Celui qui recule trébuche dans les convives ; il est repoussé, il subit des crocs-en-jambe, ce qui scelle généralement sa perte.

Pour couper court aux provocations de Suagre, je l'ai attaqué aussitôt, du bouclier et de l'épée. Il ne s'est pas contenté de soutenir mon assaut : il a contre-attaqué avec un mélange de brutalité et de ruse qui m'a aussitôt mis en danger. C'était la première fois que je combattais en public : les sifflets et les cris, autour de nous, m'étourdissaient autant que les impacts amortis par mon bras gauche.

Tu connais nos boucliers : ils diffèrent des vôtres. Ils sont plus longs et ils ne sont pas accrochés à l'avant-bras par des sangles. Nous les tenons par un manipule, une solide poignée de bois, protégée par l'umbo, une coque de métal. Tout le pavois et tous les chocs sont supportés par le poignet gauche, ce qui exige beaucoup de force. Nous préférons toutefois combattre ainsi car cela donne une plus grande liberté de mouvement : cela permet d'employer le bouclier comme une arme offensive, en le faisant tournoyer ou en frappant à coups d'umbo. Suagre et moi, on se cognait donc du poing gauche comme des pugilistes, nos umbos sonnant comme des chaudrons, tandis que nos épées dansaient, garde haute, garde basse, pour passer la barrière des boucliers affrontés et fendre la tête ou le jarret de l'adversaire. J'ai tout de suite saisi que l'aîné de Sumarios avait acquis une solide pratique au Gué d'Avara, car la pointe de sa lame était souvent masquée derrière son pavois, ce qui m'empêchait de savoir d'où viendrait la prochaine estocade. Je me suis adapté comme j'ai pu. Faute de pouvoir reculer, je me suis mis à tourner. Mes premières attaques en pointe m'avaient dangereusement découvert, et j'avais failli avoir un genou tranché par un moulinet ; je me suis alors rabattu sur une tactique plus prudente. Du bras gauche, j'essayais d'engager le bord de mon bouclier sous le sien pour le découvrir d'un coup sec, tandis que je gardais mon épée en position défensive, prêt à exploiter la moindre ouverture. Nos efforts se sont équilibrés, et le duel a traîné en longueur. Au bout d'un moment, Comargos a frappé dans ses mains.

« Ça suffit, les filles, a-t-il lancé. On s'endort. On dirait que vous avez peur de vous faire mal. »

Les guerriers ont ricané et nous ont brocardés.

Suagre a eu l'air frustré d'être ainsi interrompu avant d'avoir pris l'avantage. Moi, je n'étais pas mécontent de m'en être tiré à si bon compte ; toutefois, j'avais aussi conscience que je m'étais très vite adapté à une forme de combat que je n'avais jamais pratiquée, et que si l'affaire s'était prolongée, j'aurais peut-être eu mes chances.

Ensuite, les choses ont suivi leur cours. Après moi, c'est mon frère qui a été défié par Matunos. Mais parce qu'il arrivait en second, Segillos avait compris ce qui l'attendait. Il n'a pas été surpris ; mieux, en assistant à ma rencontre, il s'y était préparé. Quand il s'est retrouvé dans le cercle, il a rétorqué avec rage aux provocations de son adversaire. Matunos s'étant vanté d'être né de Sumarios, Ségovèse a répliqué que son père à lui était Sacrovèse, qui avait glané plus de trente têtes pendant la guerre des Sangliers. Une telle audace, clamée devant Comargos et ses hommes, a excité quelques cris hargneux, mais a aussi refroidi une partie de l'assistance. J'ai décelé quelque chose qui vacillait dans le regard de Matunos. Avant la première passe d'armes, Segillos avait pris l'avantage. Le combat a été rapide. Formé par un petit noble helvien, Matunos n'était pas aussi aguerri que son frère aîné ; Segillos, quant à lui, était aussi fort que moi, et il était impétueux. Il lui a fallu peu de temps pour déborder son adversaire, l'acculer dans le public. Les spectateurs ne se sont pas dérobés assez vite, Matunos a trébuché dans leurs jambes ; un heurt de bouclier a achevé de le déséquilibrer, et Segillos l'a assommé d'un coup qui lui a ouvert le cuir chevelu.

Comargos a alors interrompu le combat. Il a envoyé ses ambactes s'occuper de Matunos. Se tournant vers Sumarios, il a observé :

« Tes fils auraient mieux profité à ton école. »

Sumarios n'a pas répondu ; il essayait manifestement d'étouffer sa colère, en détournant les yeux du groupe où son cadet ensanglanté reprenait ses esprits. Segillos, qui ne s'était pas privé de fanfaronner les bras levés en poussant des cris inarticulés, a réalisé un peu tard la situation fausse dans laquelle il était empêtré. En revenant vers Sumarios, il a bredouillé des excuses.

« Tu as fait ce que tu devais faire », a coupé le seigneur de Neriomagos.

Le lendemain, Sumarios devait me donner toutes les corvées qui nous étaient échues d'ordinaire, à mon frère et moi. Mais au cours de la nuit, Cutio, le soldure de Sumarios, est venu me secouer l'épaule.

« Tu as été plus malin que ton frère, m'a-t-il chuchoté. Un héros doit aussi savoir retenir sa force. »

Il se trompait ; ce soir-là, si j'avais pu terrasser Suagre, je l'aurais fait aussi sottement que Segillos. Toutefois, si immérité que fût l'éloge, j'ai quand même retenu la leçon.

Pour mon frère et pour moi, le jour suivant a été l'entrée en terre inconnue. Sur la droite d'Attegia, nous n'avions jamais été au-delà d'Ivaonon. Il s'en fallait de beaucoup que nous ne gagnions des territoires hostiles ; mais Attegia est située à la frontière biturige, et en poussant ainsi un peu plus loin, nous entrions dans les marches du royaume arverne.

Forêts, collines, méandres des rivières : rien ne différait vraiment du pays de Neriomagos. Cependant, pour Segillos et moi, tout prenait un cachet de nouveauté et de mystère. Désormais, nous ignorions le nom des cours d'eau que nous franchissions ; les toits de chaume nichés çà et là dans le paysage étaient anonymes ; chaque virage du chemin nous réservait ses secrets. Sur les lisières, les pieux sacrés portaient les effigies de dieux qui nous étaient inconnus. Par temps clair, quand nous franchissions la croupe d'une colline, on voyait se dresser au loin les contreforts bleu sombre d'une montagne. Il s'agissait du Cemmène. Les premières fois que nous l'avons vue, Segillos et moi, nous avons cru naïvement que nous toucherions ses pentes avec le soir. Mais la montagne a reculé au fur et à mesure que nous avancions. De jour en jour, elle a pris ses aises, elle a haussé ses murailles de nuages, étalé ses épaulements en travers de l'horizon. Elle se dérobait comme un ennemi qui refuse la bataille, mais se gonfle sans cesse de contingents. Elle commençait à nous enseigner la leçon universelle : le monde est mouvement.

Au contact de la troupe, nous avons rattrapé une éducation trop longtemps négligée. Brimades et moqueries nous enseignaient les insultes les plus crues, que tout héros doit maîtriser pour lancer un défi dans les règles. Outre l'éloquence, il nous fallait travailler notre prestance. Nous étions encore des chiens fous ; l'exemple de Comargos, de Sumarios, comme celui des ambactes les plus chevronnés, nous a peu à peu incités à discipliner notre maintien, à devenir économes en gestes et en paroles. C'est la sobriété qui fait l'allure ombrageuse ; c'est la réserve qui confère un effet décuplé à l'injure, la grimace ou la posture de combat.

Non seulement il fallait impressionner, mais il fallait aussi paraître. Nous avons été instruits à tous les mystères qui donnent son charisme au héros. Je vois bien que tu fais la moue ; je sais combien nos usages vous dégoûtent, vous autres Ioniens, comme ils répugnent aux Rasennas. Mais cela ne démontre-t-il pas les vertus viriles de nos coutumes ? Ce qui repousse les étrangers est une force. Ainsi, au cours de ce premier voyage, avons-nous été initiés à plusieurs secrets. Nous avons appris à préparer une mixture de saindoux et de cendres bouillies ; ce savon mou, appliqué sur une chevelure, lui confère un lustre de feu ! Pour paraître plus grands et plus terribles, nous avons commencé à sculpter nos cheveux avec un gel d'huile de cade et de résine de pin ; ainsi nous couronnions-nous du crin dur du sanglier ou des cornes recourbées de l'aurochs. Ou encore, on nous a inculqué les vertus de la guède. Frottées sur la peau, les coques de pastel lui donnent une teinte bleue qui protège le guerrier contre les poisons ; et pour les plus vaillants, qui sont toujours prêts à en découdre, on fixe la guède sous la peau, au moyen de tatouages investis de pouvoir. Enfin, nous nous sommes endurcis au tour qui donne aux guerriers celtes des dents blanches et une haleine de fauve : nous avons été accoutumés à nous rincer la bouche avec notre pisse. Et plus l'urine est vieille, plus nos crocs s'affûtent !

Aussi ce départ pour la guerre était-il un vrai voyage. À mesure que le paysage changeait, Ségovèse et moi, nous nous métamorphosions. Comme nous traversions les futaies que la reverdie gonflait de sève, nos tignasses flamboyaient des ardeurs de l'automne ; comme nous remontions des chemins inconnus, notre allure se parait d'un mépris indolent pour le danger ; comme nous chevauchions vers la montagne aux contreforts de brume et d'azur, notre peau prenait des nuances de ciel.

Le passé, toutefois, peinait à abandonner sa mue. Les hommes, en nous, avaient beau se substituer rapidement aux enfants, quelque chose nous rattachait toujours à Attegia, à la mélancolie maternelle, à l'absence du père. Un charme nous suivait, se faufilait dans les marches arvernes ; il s'attachait à nos pas à la façon furtive dont le loup trottine derrière le troupeau. Il prenait de la distance dans le milieu du jour, dans l'espace ouvert des prairies et des landes, mais il nous rattrapait dès que nous traversions un sous-bois, sitôt que montait le crépuscule. Dans la lumière grise de l'aube, dans les ombres du soir, on pouvait entendre l'écho primitif de sa présence : le choc cadencé d'une cognée qui ébrèche un arbre. Nous avions beau marcher à longues étapes, chaque jour, cette mélopée monotone rattrapait nos campements. Cutio le soldure a fini par faire la remarque qu'un bûcheron semblait nous suivre depuis le pays de Neriomagos. Comargos a donné des ordres pour tenter de le capturer ; trois de ses guerriers ont aperçu à quelques reprises un homme de haute taille qui cheminait derrière les lisières, la hache sur l'épaule et le capuchon baissé. Mais l'inconnu réussissait toujours à se fondre dans les bois avant d'être rattrapé. Comargos et Sumarios craignaient un espion, peut-être envoyé par le roi arverne Eluorix. Toutefois, Ségovèse et moi, nous savions qu'il n'en était rien. Nous avions reconnu le mystérieux marcheur, mais nous nous étions bien gardé d'en parler. Il venait du bois de Senoceton, près de chez nous ; pour conjurer le mauvais sort, on le surnommait le « Bon Maître ».

De tous ceux qui habitaient dans la forêt, c'était celui que nous redoutions le plus.

Un soir, après une maraude en quête d'une prairie pour nos chevaux, trois ambactes du borgne nous ont rejoints ventre à terre. Du haut d'une colline, ils avaient aperçu une troupe qui remontait une vallée voisine. L'autre bande était à bonne distance, mais il ne s'agissait pas d'un troupeau, ils en étaient certains ; la colonne était formée d'un mélange de piétons et de cavaliers, et celui des nôtres qui avait la vue la plus perçante avait même aperçu deux biges. Ces chars légers, comme ceux de Sumarios et de Comargos, étaient conçus pour le combat. Une vague d'excitation a couru nos rangs.

« Ce sont les Ambrones ? » a demandé naïvement Ségovèse.

Cutio, qui conduisait le char de Sumarios, s'est esclaffé. Quelques hommes de Comargos ont raillé mon frère.

« Pas de ce côté de la montagne, a répondu Sumarios. On n'a même pas atteint les terres lémovices, celles qu'on doit défendre. Cette troupe, c'est des Celtes, c'est sûr.

— C'est des Arvernes ?

— Possible. Peut-être des Bituriges, même. Ambimagetos et Bouos vont à Argentate, comme nous.

— Dans ce cas, il n'y a rien à craindre. »

Sumarios a esquissé un sourire sinistre.

« Quand deux ours se rencontrent, a-t-il marmonné, un jour ils pêchent ensemble, le lendemain ils se dévorent. »

Cette nuit-là, nous avons monté notre camp dans une combe cernée par la forêt, afin que nos feux ne brillent pas sur l'horizon. Il faisait encore noir quand une main ferme m'a tiré du sommeil.

« Lève-toi, m'a dit Sumarios, réveille Ségovèse et préparez-vous. »

J'étais encore gourd de rêves. J'ai frissonné hors de mes couvertures ; ma respiration soulevait des panaches dans l'air cru. Segillos a grogné quand je l'ai secoué, mais très vite, nous avons flairé un parfum d'aventure dans cette nuit coupante. Les feux brasillaient très bas sur le sol, poudroyant à peine les guerriers allongés. Quelques chevaux étaient couchés, la tête inclinée sur l'épaule ; la plupart se tenaient debout, serrés les uns contre les autres, mais leur lippe pendante et la rareté de leurs mouvements attestaient leur somnolence. Le ciel, au-dessus des falaises ténébreuses des lisières, était un gouffre d'améthyste où scintillaient des infinités d'astres.

« Prenez les lances et les boucliers, a ordonné Sumarios. Inutile de s'encombrer avec les épées ; on coupe à travers bois, on ne prend pas les chevaux. »

Ségovèse et moi, on s'est ébroués comme des chiens qui partent pour la promenade. Ce réveil à la brune, l'engourdissement transi qui précède l'aurore, la perspective d'une maraude à trois, cela nous ramenait au plaisir très vif de nos parties de chasse. À peine le temps d'avaler une pomme séchée, et nous filions déjà sur les talons de Sumarios. Nous n'avons même pas songé à demander où il nous entraînait.

Nous nous sommes enfoncés dans un sous-bois lourd d'obscurité, où les très vieux arbres avaient étouffé arbustes et broussailles. Le sol, traîtreusement moelleux, grimpait de façon rude, et nous nous aidions parfois du talon de nos lances pour éviter de glisser dans des paillots de feuilles mortes. Comme nous marchions, nous avons commencé à sortir de la nuit. Avec les grisailles de l'aube se sont dénouées de longues écharpes de brume, soufflées par les rus et les fondrières. Nous y avons vu un peu plus clair, mais bien court. Cette matinée de printemps avait des nostalgies d'hiver ; le brouillard effaçait les troncs à une portée de javelot, embuait nos silhouettes comme des souvenirs un peu fanés. Nos cheveux étaient perlés de rosée, et nos fers de lance se paraient de givre.

« C'est une brume de beau temps, a relevé Sumarios. Ça finira par se lever ; on verra bien, alors. »

En fait, on a commencé à voir avec nos oreilles. Les bruits portent très loin dans le brouillard, et on a entendu aboyer des chiens, et puis s'élever des voix d'hommes. Uniquement des voix d'hommes, ni cri d'enfant ni timbre de femme. « C'est eux », a dit Sumarios, et nous nous sommes dirigés vers ces rumeurs.

Il faisait jour, de cette belle lumière dure que le matin incline, quand nous nous sommes dégagés de la brume. Nous sommes sortis d'un nuage presque aussi net qu'une palissade, pour nous sentir pénétrés par la chaleur très douce du soleil. La forêt, devant, s'éclaircissait à peu de distance. Nous avons été jusqu'à la lisière, sans toutefois la franchir. Au-delà, à deux cents pas, des jachères, des champs récemment essouchés et des prés descendaient vers un vallon où fumaient quelques feux. C'était leur camp à eux, les autres.

J'ai éprouvé un sentiment insolite en les découvrant. Ils étaient en train de s'éveiller et de se préparer pour la route. Il y avait là une trentaine d'hommes, une douzaine de montures, quelques chiens. Ils avaient l'air paisible : ils s'étiraient, ils frissonnaient dans l'air piquant, ils mangeaient un morceau. Certains d'entre eux se rasaient, d'autres faisaient aller et venir tranquillement des chevaux vers un second ruban de brume, sans doute un point d'eau. On ne distinguait que quelques lances, abandonnées en faisceaux, et des boucliers posés contre la caisse de deux chars dételés. Nul ne semblait monter la garde. Et pourtant, j'ai ressenti d'emblée une sensation aiguë de danger, l'impression d'être confronté à une menace presque grisante.

« Ils ne sont pas des nôtres, a dit Sumarios. Ce sont des Arvernes. »

Il est resté un moment à les scruter, puis il a ajouté :

« J'en reconnais certains. Celui qui pisse contre un arbre, à gauche, je crois que c'est Bebrux, un soldure de Troxo. Il se bat avec une massue pour fracasser les boucliers et les bras des guerriers. Le vieux qui ramène deux chevaux s'appelle Eposognatos ; c'est un des trois meilleurs cochers du royaume d'Eluorix. Et le grand gars torse nu aux cheveux rouges, celui qui joue avec les chiens, vous le reconnaissez ? C'est Troxo. C'est le champion d'Eluorix.

— Ah oui, je me rappelle de lui, ai-je glissé. Il y a quelques années, on l'a reçu chez nous, quand il escortait Cassimara vers le Gué d'Avara.

— Moi aussi, j'ai des liens d'hospitalité avec lui, a renchéri Sumarios. Je l'ai accueilli chez moi, et il m'a régalé dans sa maison de Biliomagos. C'est un homme généreux.

— Alors, il n'y a rien à craindre ! » s'est réjoui Ségovèse.

Mais Sumarios est demeuré pensif quelques instants, avant de poursuivre :

« Troxo est généreux, mais c'est aussi un champion féroce. Il nous traitera avec amitié, mais qu'en est-il de ses relations avec Comargos ? Cela, je l'ignore. Si nous allons le saluer, nous devrons lui parler de Comargos. S'il y a une querelle entre eux que nous ignorons, cela pourrait nous placer dans une situation fausse. Il est plus sage d'en aviser les nôtres. »

Il a humé l'air matinal et conclu :

« Pour l'instant, nous sommes sous le vent. Cela empêche leurs bêtes de nous sentir. Profitons-en pour disparaître. »

Nous avons battu en retraite dans les bois mais, comme nous étions déjà bien enfoncés dans les futaies, Segillos s'est retourné à plusieurs reprises. Il n'était pas tranquille, il avait le sentiment d'être suivi. Sumarios nous a demandé de poursuivre notre route en faisant du bruit, tandis qu'il se postait en embuscade pour surprendre le curieux. Au bout de quelque temps, il nous a rejoints en courant, et a juste hoché la tête de façon négative. Cela a apaisé l'inquiétude de mon frère, mais pas la mienne. Sur un tronc, je venais de découvrir une entaille fraîchement ouverte dans l'aubier : cette marque que les bûcherons laissent sur les arbres à abattre…

La brume se dissipait, le matin ensoleillait la forêt. Nous ne reconnaissions plus le paysage traversé à la brune, et nous nous sommes un peu égarés. Nous avons tourné un moment avant de retrouver la combe où nous avions campé. Les nôtres étaient partis, abandonnant une aire aux herbes couchées et aux foyers froids, enrichie de crottin. Seul Cutio nous attendait, avec le char attelé et trois chevaux de monte. Nous avons bondi en croupe et nous sommes partis au trot sur la piste de nos compagnons. Ils avaient de l'avance. Nous ne les avons rattrapés qu'au début de l'après-midi. Sumarios s'est aussitôt porté à hauteur de Comargos, et lui a rapporté ce que nous avions vu.

« Troxo, hein ? a commenté le borgne. Eluorix l'envoie, c'est sûr. Je ne vois que deux explications possibles à sa présence dans les environs : soit il va au même endroit que nous, soit il nous cherche. »

Sumarios a opiné.

« Dans les deux cas, ça pose problème. On a fait un détour pour prendre les fils de Dannissa. Ambimagetos et Bouos sont devant nous, à une ou deux étapes. Ça nous laisse seuls avec Troxo. Maintenant, c'est la course.

— C'est la course », a confirmé gravement Sumarios.

Alors, d'une seule voix, les deux seigneurs se sont mis à hurler. Ils ont commandé de serrer les sacs, de répartir les charges, et ils ont lancé tout le monde au trot, piétons et cavaliers, à petite foulée économe.

« Qu'est-ce qu'on fait ? ai-je demandé, un peu dépité. On s'enfuit ?

— Non, a rectifié Sumarios. C'est la course.

— C'est la course avec les Arvernes ?

— C'est la course pour tout le monde. On répond à un ban armé. Le dernier arrivé a perdu.

— C'est un jeu ?

— Oui. Un jeu guerrier. Le dernier arrivé perd la vie. »

Dans ta langue, marchand, le mot « guerrier » signifie « celui qui campe ». Cela en dit long sur votre façon de combattre, que vos ennemis Tyrrhéniens ont imitée : vous serrez les rangs, vous vous couvrez les uns les autres, vous vous accrochez au terrain. Dans ma langue, on emploie le même terme pour parler du héros et du marcheur. On ne fait pas la différence. Celui qui voyage finit toujours par se battre, et le guerrier, c'est donc celui qui va de l'avant. Cela t'éclaire sur notre art de la guerre. Nous méprisons les prudents et les tièdes, nous préférons la vitesse, la charge, le choc décisif. Nous n'avons que faire des traînards, des pleutres, des timorés. C'est pourquoi nous éliminons toujours le plus faible dans une troupe, parce qu'il est la pomme pourrie qui pourrait gâter tout le panier. On m'a raconté que vous avez des jeux où vous rivalisez dans une course en armes ; nous aussi, nous pratiquons ce déduit, mais l'exercice n'a rien à voir. Chez vous, il faut arriver le premier ; chez nous, il ne faut pas être le dernier.

En ce jour lointain de ma jeunesse, je faisais partie d'une bande qui répondait à l'appel aux armes de Tigernomagle, roi des Lémovices. Juste derrière nous cheminait une autre troupe, celle de Troxo l'Arverne. La course s'imposait : si nous maintenions notre avance, nous aurions la certitude que nul, parmi nous, ne serait sacrifié. Le mauvais sort tomberait sur le plus lent des Arvernes, à moins, bien sûr, qu'il n'y ait encore d'autres bandes attardées sur leurs talons.

Nous étions des guerriers, nous avons donc cinglé, à marche forcée. Nous ne filions pas comme le cerf, à grandes envolées gracieuses, en brûlant trop vite nos forces. Nous trottions opiniâtres, comme une harde de sangliers que rien n'arrête, ou plutôt comme une meute de loups qui a flairé une voie. Il s'agissait de livrer un effort mesuré, constant, de garder des réserves de souffle et de jarret. L'échine un peu courbe sous le bouclier, les lances dardées vers le ciel tels des épis poussés par la brise, les ambactes se hâtaient. Le sol claquait une chanson de souliers et de sabots. La course devenait belle à mesure que fuyait le jour : avec des appels brefs, avec des jurons, parfois en entonnant des couplets syncopés, on s'encourageait les uns les autres, on chassait la fatigue ainsi qu'une mouche importune, et nos semelles avalaient le pays.

Bien sûr, pour les nobles et les champions, la chevauchée était plus facile. Il fallait même tenir la bride de nos chevaux pour ne pas épuiser les marcheurs. Au premier soir de ce galop, Ségovèse, sans doute frustré par l'avantage, s'en est ouvert à Sumarios.

« C'est injuste. À la fin, c'est toujours un piéton qui arrivera dernier. Nous, on ne peut pas perdre.

– C'est injuste mais c'est sage, a rétorqué le seigneur de Neriomagos. À la guerre, un cavalier vaut dix hommes de pied. Et puis que ta monture soit blessée, qu'elle tombe malade, et tu pourras perdre comme un autre. Alors place-toi dans la main d'Épona et prends soin de ton cheval. »

Nos nuits ont été courtes. Il fallait avancer ; la troupe se levait donc à la brune, et ne s'arrêtait que sous les étoiles. Nous n'avions plus le loisir de traîner : on dormait où on tombait, on se débarbouillait à peine, on mangeait léger. Les visages se creusaient, les joues se hérissaient de chaume, braies et galoches étaient raidies de glèbe. Sumarios s'entretenait parfois brièvement avec son cadet et avec Comargos. Matunos, pendant sa pagerie, avait un peu voyagé dans la région ; il affirmait que pour entrer dans le royaume lémovice, nous aurions à franchir une rivière, la Cruesa, qui était sans doute grosse au printemps. Il n'y avait guère qu'à Acitodunon que nous trouverions un gué sûr en cette saison ; mais si l'eau était haute, nous risquerions d'y perdre du temps. Il fallait à toute force y arriver avant les hommes de Troxo.

On filait donc, toujours plus loin dans le royaume arverne.

Dès le point du jour, on mêlait nos respirations déjà courtes au ramage des oiseaux ; on dégringolait les chemins creux comme un ru grossi de pluie ; on partait à l'assaut des coteaux en coupant au plus roide ; on froissait en longs sillons la reverdie tendre des prairies. Tout le monde grognait d'effort et de mauvaise humeur. On maugréait contre la brume qui nous privait de repères ; on maudissait les averses qui nous faisaient fumer ainsi que du bétail ; on pestait contre les brutalités du soleil. Les paroles échangées se faisaient brèves et dures, on se battait les flancs, les bouches écumaient. L'épuisement finissait par gagner les cavaliers, et l'éreintement des piétons se mesurait aux faux pas, aux crachats et aux crampes. À la mi-journée, rares étaient les guerriers qui n'avaient pas brûlé toutes leurs forces. Peu importait : on persévérait sans mollir. Quand le corps n'en pouvait plus, l'esprit prenait le relais : la hargne, l'orgueil ou l'abrutissement donnaient un second souffle. Au bord de l'asphyxie et du renoncement, on s'imposait un dernier coup de jarret. Encore trois cents pas, il y en a bien un qui abandonnera avant moi. Mais tous faisaient le même calcul, alors chacun relançait de trois cents pas, encore et encore, et de sursaut en sursaut, on dévorait les horizons.

Au bout du harassement, on accédait à des éblouissements. À force de douleur, le corps s'effaçait, se transformait en pur mouvement. Soudain l'acharnement se faisait facile, nous devenions bourrasque dansant sur les pâtures, flux dévalant les cluses. L'air se précipitait dans nos poitrines dilatées, et nous inspirions plus que des hommes, saveur du vent, tanin des arbres, bleu du ciel. Alors, quand venait le soir, avec nos masques blanchis de bave, avec nos braies croûtées de boue et nos pieds saignants, nous étions presque déçus de devoir bivouaquer. Courir à mort aurait mené à l'extase ; la souffrance, elle, ne revenait qu'à l'arrêt, et avec elle toute notre humanité.

Le lendemain matin, tout recommençait.

La montagne ne se dressait plus devant nous ; au fil des jours, elle glissait peu à peu sur notre gauche. Nous contournions les hauts plateaux où, dans le petit matin, miroitaient des gelées blanches et, au-delà, les contreforts bleutés où s'accoudaient les nuages. Mais les régions que nous traversions, aux reliefs empreints d'une douceur trompeuse, avaient déjà des sévérités de piémont. Les vallées les plus accueillantes n'étaient que faux plats qui coupaient sournoisement les jambes ; dissimulés par les arbres, des ravins s'ouvraient çà et là, au fond desquels grondaient des rus vigoureux ; des falaises de pierre claire crevaient parfois le bouillonnement des forêts, ébauchaient des étraves qui dominaient le pays.

Au premier soir de la course, nous avons observé quelques lueurs qui brasillaient sur une hauteur, à environ une demi-lieue derrière nous. Nos fermes, nos villages et la plupart de nos sanctuaires sont nichés dans des vallons et des combes ; seules les forteresses sont construites sur les sommets. Or nous avions dépassé ces collines en fin d'après-midi, et nous n'y avions vu que des arbres. Il ne pouvait s'agir que du camp de Troxo.

Du haut de leur position, les Arvernes ont dû découvrir nos propres feux. À l'aube, comme nous étions déjà repartis, Suagre a aperçu deux cavaliers qui nous épiaient depuis une butte voisine. Les éclaireurs se sont fondus dans la brume sitôt que l'alerte a été donnée. Toutefois, il n'y avait plus d'équivoque : les Arvernes connaissaient notre présence, et nous ne pouvions plus espérer leur fausser compagnie.

Cette journée-là, on a brûlé nos forces dans une cavalcade forcenée. Le couvert forestier était dense et le sous-bois nous empêchait de voir la bande de Troxo ; cependant, l'écho de la poursuite se répercutait sous les ramures. Le hennissement d'un cheval, l'appel d'une voix rauque ou l'aboi des chiens nous rappelaient sans cesse que les autres étaient sur nos talons. Dix fois, on a eu l'impression qu'ils gagnaient sur nous ; dix fois, on a donné un coup de collier. Quand la nuit est tombée, on était toujours devant.

Le lendemain a été un jour pluvieux. Un dieu chagrin a épandu de lourdes ondées à travers le pays. Malgré le mauvais temps, on a poursuivi bille en tête. Nous avons perdu de vue la montagne dans la grisaille, nous avons pataugé avec entêtement dans les futaies pleureuses et sur les prairies couchées. L'effort a paru payant. Les échos de la poursuite se sont dissous dans le murmure morne des averses ; nous n'avons plus entendu que le crépitement des gouttes sur les feuillages et le clapot étouffé de nos pas dans les flaques. Nous avions creusé la distance. Matunos était optimiste ; il disait que nous n'étions plus très loin de la Cruesa, et que nous arriverions les premiers à la rivière.

Hélas, la pluie nous avait désorientés. Faute de pouvoir nous repérer sur le Cemmène ou d'après la position du soleil, nous avions dévié. Comme nous gagnions le fond d'une vallée, le chemin creux que nous suivions s'est éparpillé en pistes animales où s'attristaient de longues mares. Chênes et hêtres se sont espacés, ont cédé la place aux bouleaux et aux saules. Les herbes poussaient plus vertes et plus grasses, traversées parfois par l'envol précipité d'une poule d'eau. Le sol devenu spongieux aspirait sabots et galoches, les roues des chars arrachaient de gros cerceaux de crotte. Un moment, nous avons voulu croire que nous avions atteint la zone humide bordant le lit de la rivière ; cependant, nous n'entendions aucune eau vive, et çà et là, dans des trouées de verdure, nous découvrions le métal terne de quelques étangs.

« Si nous touchons à la rivière, il s'agit d'un bras mort, a dit sombrement Sumarios.

— Ça ressemble carrément à un marais », a grommelé Cutio.

De crainte de s'embourber, le cocher était descendu du char et menait l'attelage par la longe. Il avait l'air inquiet. Les trous d'eau et les marécages sont des lieux incertains, où l'on bascule facilement d'un monde à l'autre.

Matunos lui-même paraissait perplexe, et l'hésitation gagnait toute la troupe. Comargos affichait une mine contrariée, et il s'apprêtait sans doute à ordonner de rebrousser chemin quand un cri est venu des hommes de tête. L'un d'entre eux, un vieil ambacte nommé Oico, venait de découvrir un chemin. En fait, il s'agissait de bien mieux que cela : une large chaussée de bois fendait les roselières et partait droit devant, se perdre dans une brume brouillée de pluie. Oico prétendait avoir aperçu une silhouette encapuchonnée qui se fondait dans l'ondée, loin devant ; il avait fait quelques pas pour héler l'inconnu, et il avait alors foulé ce caillebotis.

La voie paraissait ancienne ; les planches, fendues dans des troncs de hêtre, étaient grises de vieillesse et de lichens. Des laîches et des reines-des-prés perçaient entre les ais disjoints. Le passage était désert : l'absence de trace et les herbes folles soufflaient une buée d'abandon sur cette étrange route. On en a tiré l'idée que nous étions toujours en tête. Sur un signe de Comargos, la troupe s'est engagée sur la voie, et le remblai a grincé de tous ses bardeaux.

La chaussée était légèrement surélevée au-dessus des étangs et des fondrières. Une odeur de vasière remontait des eaux sombres, portée par l'haleine nébuleuse du palud. Oico jurait que nous n'étions pas seuls, qu'il y avait un gaillard qui avait filé devant nous ; mais nous avons eu beau trotter, nous n'avons rattrapé nul capuchon. Au bout de cinq cents pas, une autre découverte nous attendait. De hautes formes sinistres sont sorties de la brume : des pieux sacrés, un peu penchés, où pourrissaient de vieux trophées d'armes et des grappes de crânes. À leur base, la voie s'interrompait net, comme un ponton, au-dessus d'une nappe d'eau stagnante. Nous nous sommes tous arrêtés, saisis de crainte. Certains hommes ont juré, d'autres ont ébauché des signes de conjuration.

« Merde ! a grondé Comargos. Ce n'est pas une route, c'est un nemeton ! »

Il a copieusement insulté Matunos, puis il a demandé à Suagre de lui apporter sa plus belle lance. S'étant avancé vers le bord de la chaussée, il a brandi l'arme à deux mains, non en signe de défi, mais en geste d'offrande. Dans la troupe, tout le monde s'est tu et a levé les bras, paumes tournées vers le sol. Avec un peu de retard, Ségovèse et moi, nous avons imité les guerriers.

« Écoute-moi, dieu d'en dessous ! a clamé le champion borgne. Nous sommes venus à toi sans mauvaises intentions, nous ne désirions pas troubler la quiétude de ton sanctuaire. Les hommes qui se tiennent devant toi sont pieux. Ils respectent les mystères du monde souterrain. Si nous t'avons offensé par notre présence, nous te supplions de te montrer clément. Pour réparer notre faute, je te consacre cette lance. C'est mon arme la plus précieuse. Ambisagre du Gué d'Avara, haut roi des Bituriges, me l'a jadis offerte. Elle m'a servi avec gloire dans toutes mes guerres. Je te la donne, Seigneur d'en dessous ! Puisse-t-elle t'honorer comme elle l'a fait pour moi. En échange, ne nous considère pas avec rancune, laisse-nous partir en paix. »

Comargos a rompu la lance sur sa cuisse, et il a jeté les deux tronçons dans le marais. Puis nous nous sommes hâtés de tourner les talons et nous sommes revenus sur nos pas. Oico avait du mal à réprimer ses tremblements ; il réalisait maintenant que la silhouette qu'il avait entrevue n'était pas celle d'un homme. Sa frayeur a entretenu le malaise au sein de la troupe ; plusieurs ambactes de Comargos nous ont coulé de méchants regards, à mon frère et à moi. Dans la confusion, nous avions assisté à la cérémonie, alors que nul ne nous avait encore coupé les cheveux. Le hasard ou la malveillance d'un dieu nous avaient joué un mauvais tour car par notre seule présence au cours d'un sacrifice, nous avions violé un interdit.

Pour diverses raisons, il est dangereux de s'égarer dans les lieux sacrés. L'un des périls que l'on y court, c'est d'en ressortir à une autre époque. À tout prendre, nous avions parcouru moins d'une lieue dans ce marais, et nous n'y avions pas flâné. Mais la journée était anormalement avancée quand nous sommes sortis de la gâtine et avons cherché à nous repérer dans une fragile éclaircie. Nous avions perdu un temps précieux.

Nous avons opéré un large détour, en contournant le lieu saint par la gauche, et nous avons fini par trouver la rivière. Mais il était trop tard. Les Arvernes nous avaient rattrapés, et même devancés. Postés le long de la berge, ils attendaient en armes. Ils nous barraient la route.

Dans une prairie ébouriffée où s'élançaient la valériane et le cirse des marais, la bande de Troxo faisait front. Peut-être aurions-nous pu la tourner pour rejoindre le rideau d'arbres qui trempait ses racines dans l'eau courante, mais cette dérobade aurait été indigne. Les Arvernes nous offraient le combat : on ne pouvait décliner cet honneur.

D'un seul mouvement, on s'est déployés face à eux. Comargos et Sumarios ont rapidement démonté pour bondir sur leurs chars ; Suagre tenait les rênes du champion borgne, et Cutio conduisait les chevaux de notre seigneur. Les deux héros ont poussé leurs attelages devant notre ligne. Les Arvernes ont accueilli la bravade par des sifflets et des railleries ; en face, le char de Troxo a jailli de sa troupe et paradé en cahotant sur toute la largeur du front. Le vieil Eposognatos, qui menait son équipage, ne commandait ses bêtes qu'à la voix.

Nous étions éreintés par la longue course des jours passés, ébranlés par la mésaventure néfaste du nemeton, ulcérés par la provocation des Arvernes. Alors la colère s'est embrasée au fond de nos cœurs. Nos poitrines gonflées par un second souffle, nous avons brandi nos armes, nous avons agité nos boucliers, et nous avons hurlé de frustration et de rage. En face, les Arvernes nous ont renvoyé nos clameurs ; les chevaux ont bronché ; les chiens de Troxo, qui couraient follement après son char, se sont mis à glapir. Toute la rivière a retenti de ce vacarme farouche.

Pour la première fois, j'ai été balayé par l'ivresse des batailles. La menace braillarde de l'ennemi, ces fers de lance et ces tranchants d'épées promis à ma chair, la sensation d'être exposé dans la proximité de la mort, la force brute dégagée par mes compagnons, cela m'a porté, cela m'a donné la chair de poule. J'ai été flambé par une extase plus violente qu'un coup de maillet. J'ai succombé à un transport de fureur, et mon frère avec moi, et Sumarios avec nous, et Cutio, et Comargos, et toute la troupe, et toutes les troupes, biturige comme arverne. Une houle de colère a secoué les guerriers, crevassé nos figures d'hommes, fracturé nos timbres. Javelots et lances ont balancé dans les airs le branle majestueux des bois du cerf ; les épées nues ont chatoyé de la robe des couleuvres ; les boucliers heurtés ont scandé un tintamarre de tôle et d'éboulis. Les grimaces obscènes, les gestes bravaches, le blanc des yeux fulminaient en un grotesque effarant.

L'inévitable paraissait en marche. Comargos a répondu aux crâneries de Troxo. D'un mot, il a ordonné à Suagre de lancer leur char au-devant du champion arverne. Le tumulte, déjà assourdissant, est encore monté d'un ton ; les lignes de combattants se sont ramassées, boucliers en avant, lames dardées, au bord de la ruée. Seul l'espace nécessaire aux manœuvres des attelages a suspendu la charge. Les deux équipages ont fauché les herbages en virant l'un autour de l'autre, libérant par bouffées une fragrance de menthe écrasée.

« Je suis Troxo, fils de Uossios le Porcher, fils du sacrificateur Brogitar ! a clamé le champion arverne, en se retenant d'une main à la ridelle d'osier. Et toi, qui es-tu ? Tu oses fouler les terres du roi Eluorix avec un ramassis de traînards ! Donne-moi ton nom, que je décide si tu es digne de mourir de ma main !

— Tu n'es qu'un gros lourdaud si tu ne m'as pas reconnu, fils de rien ! a craché le borgne. Je suis Comargos, fils de Combogiomar, roi des Séquanes, fils de Bonnoris, roi des Séquanes ! Écarte-toi avec tes larbins, maintenant que tu mesures ton erreur et que ton cœur frémit de peur ! »

Mais Troxo s'est contenté d'éclater d'un rire féroce, les narines plissées de dédain.

« Du vent, l'infirme ! a-t-il grondé. Ta gueule abîmée ne me fera qu'un demi-trophée. Elle déparera à côté de celle de Helasse le Tarbelle, que j'ai terrassé avant de rapporter aux Pétrocores les trente chevaux qu'il leur avait volés.

— Un voleur de bétail, tu n'as pas mieux, comme dépouille ? s'est esclaffé Comargos. Le héros qui m'a pris cet œil, il s'appelait Remicos, fils de Belinos, roi des Turons. Il est mort de ma main le même jour que son frère Sacrovèse, sur le champ de bataille !

— Et tu te crois fort ? Moi, au combat de Solonion, j'ai affronté seul les deux soldures du roi des Cavares. Leurs crânes ornent les montants de ma maison, et j'ai toujours mes deux yeux pour te toiser, roi raté ! »

Alors que les champions s'invectivaient ainsi, leurs chars continuaient à tourner l'un autour de l'autre en un tourbillon bringuebalant. Les roues cerclées de métal et les petits chevaux frôlaient tour à tour chacune des deux lignes d'ambactes, au risque de s'écharper sur les fers de lance. On était giflés par le souffle des cavalcades, mêlé d'herbes arrachées et de mottes de boue. Les chiens de Troxo, qui jappaient en bondissant au milieu de la sarabande, manquaient à chaque instant d'avoir les reins brisés sous les sabots des coursiers.

« Tu crois être le premier crétin à rire de ma balafre ? rugissait Comargos en montrant les dents. Quand je fourrerai ta tignasse de rouquin au fond de mon coffre, tu pourras en causer avec Matumar le Bellovaque, qui m'a demandé si j'y voyais clair aux portes de Brattuspantion.

— Je n'aurai pas à périr pour parler avec un mort, a fanfaronné Troxo. Je le fais chaque nuit avec Artahe, le magicien au casque d'or, celui que j'ai tué sur les berges de l'Olt au cours d'une guerre contre les Ambrones. Nuit après nuit, sa tête vient pleurer dans mes rêves pour que j'accepte de la réunir à ses restes.

— Eh quoi ? Tu te crois fort parce que tu as raccourci un charlatan ambrone ? Moi, pendant trois jours et trois nuits, j'ai donné la chasse à Morigenos ! J'ai traqué le Gutuater en personne ! C'était dans la débâcle après la bataille d'Ambatia, avec mon œil crevé qui saignait encore ! Trois jours et trois nuits ! Et pour fuir mon courroux, l'invocateur s'est changé en sanglier afin de filer à travers les forêts turones ! Alors redoute ma colère, rousseau, fils de porcher ! »

Et d'un mouvement brusque, le champion borgne a jeté son javelot droit sur la poitrine du vieil Eposognatos. Par réflexe, Troxo a brandi son bouclier devant son cocher et détourné le trait. Dans le même élan, il a lancé son propre javelot ; le tir paraissait mal ajusté, trop bas, mais il était en fait vicieusement placé. L'arme est venue se ficher de biais entre les rayons d'une roue, et le char de Comargos s'est mis à chasser lorsque la hampe s'est bloquée contre l'essieu. Les chevaux ont bronché quand ils ont senti le timon et leur joug qui partaient de travers ; malgré toute son habileté, Suagre était en train de perdre le contrôle des bêtes. Eposognatos a fait virevolter son bige pour couper la route à l'attelage de Comargos et achever de l'immobiliser, sous les acclamations des Arvernes.

Alors, pour la première fois, j'ai vu Comargos réaliser un tour fabuleux. Nos chars de guerre sont des véhicules légers, conçus pour la mobilité ; ils n'ont des ridelles d'osier que sur les côtés, mais rien à l'avant. Quand il a senti que l'attelage s'affolait, le héros borgne s'est élancé. Saisissant sa pique, il a sauté sur la croupe d'un de ses chevaux, et d'une brusque détente, il s'est littéralement envolé, il a voltigé au-dessus des oreilles des coursiers, il est retombé comme la foudre sur la plate-forme du char adverse. Sous le choc, tout le véhicule a craqué, il a rebondi comme la bogue chue de l'arbre. Comargos a percuté de tout son poids Troxo et son cocher, et les trois hommes ont roulé dans l'herbe.

Eposognatos est resté sonné dans le chiendent. Troxo et Comargos se sont redressés, aussi vifs que des furets, mais dans la culbute, ils avaient perdu des armes. Le choc avait arraché son bouclier au borgne, qui a empoigné sa pique à deux mains ; le rouquin, après son lancer de javelot, n'avait pas eu le temps de s'emparer de sa lance, mais il avait conservé son pavois. De la main droite, il a tiré l'épée, une longue lame de cavalier, incommode malgré tout ; trop courte face à un lancier, trop peu équilibrée pour le combat à pied. Mais ses chiens, qui s'étaient égaillés au moment du choc, étaient en train de se rabattre sur Comargos, tous crocs dehors.

« Troxo ! Tes cabots ! a rugi Sumarios. Rappelle-les ou je les fais tuer ! »

Malgré le chahut étourdissant qui montait des deux troupes, le champion arverne a entendu l'avertissement. Il a crié : « Buro ! Melinos ! Sagement, chiens ! » Les corniauds n'ont pas reculé, mais ils se sont tassés dans l'herbe, l'échine basse, tiraillés entre le désir de mordre et l'autorité de leur maître.

Les adversaires ont commencé à tourner lentement l'un autour de l'autre. Pour améliorer son allonge, Comargos tenait sa lance à l'horizontale, à hauteur de son oreille, afin de menacer directement le visage de Troxo. Celui-ci gardait l'épée en arrière, coup armé, conscient qu'il ne pourrait pas toucher le borgne tant qu'il n'aurait pas passé sous la pique. Comargos a lancé plusieurs feintes de la pointe, systématiquement déviées par le bouclier adverse. Ses estocades obliquaient selon des angles traîtres, avec un élan mesuré. Troxo les arrêtait toujours d'une parade réflexe. Le borgne retenait ses coups, et aux yeux d'un témoin inexpérimenté, il aurait paru ménager son adversaire. Rien n'était moins vrai : il veillait avant tout à ce que sa lance ne traverse pas le bouclier de l'Arverne ; cela aurait neutralisé les deux armes et rééquilibré le combat en le forçant à tirer l'épée. Les deux poings serrés sur sa pique, il ménageait ses forces et fatiguait le bras gauche de Troxo, contraint de manipuler son pavois d'une seule main et d'encaisser tous les chocs dans le poignet. Le rouquin, toutefois, ne se dérobait pas ; au contraire, quand Comargos le faisait un peu trop languir en variant ses angles d'attaques, il venait chercher la pointe de la lance de l'orle ou de l'umbo. Il comprenait très bien le petit jeu du borgne, il guettait simplement l'occasion de glisser la bordure de son bouclier sous l'arrondi du fer pour écarter l'arme et se faufiler sous la garde adverse. Mais Comargos avait trop de pratique pour se laisser leurrer par une feinte aussi simple.

Afin de renverser la situation, Troxo s'est mis à varier les assauts. D'une torsion de la main, il faisait tournoyer son bouclier pour écarter la lance du borgne ; puis il se découvrait sans crier gare, tentant de bloquer la pointe de la pique entre son épée et son pavois. Soudain, il opérait une glissade, genoux pliés, tête rentrée, pour tromper la garde de Comargos et accrocher un de ses genoux d'un revers de lame. Un pas en arrière ou un écart nonchalant suffisaient toujours à dégager le champion séquane, et Troxo soufflait de plus en plus court, car il brûlait ses forces beaucoup plus vite.

Alors, tout à coup, jouant son va-tout, il a lancé son épée de toutes ses forces. La longue lame de fer a sifflé en tournoyant, mordant les airs vers la gorge du borgne. Celui-ci, par réflexe, a interposé le manche de la lance, ce qui a dévié le lancer, mais a aussi ouvert sa garde. Troxo s'est jeté sur lui, umbo en avant, l'a choqué rudement, puis a lâché le bouclier pour s'emparer de la pique. Les deux hommes, agrippés à la lance, ont lutté pour en garder la maîtrise. Plantant le talon de l'arme dans la terre grasse, Comargos a pris appui sur la hampe comme sur une perche, ce qui lui a donné élan pour balancer une bonne ruade dans le ventre du rouquin. Celui-ci a accompagné la talonnade plus qu'il ne l'a subie, opérant une rapide roulade arrière, qui l'a mené près du char abandonné de son adversaire. Avec un rire, il a plongé la main sous l'essieu et en a arraché son javelot. Le trait était plus court que la pique du borgne, mais il était aussi plus léger, plus facile à lancer. Le duel s'était rééquilibré.

À présent, c'était au tour du rouquin de se tenir hors d'atteinte, tournant lentement autour du borgne, jouant avec ses nerfs en faisant mine de jeter la javeline. Comargos gardait maintenant sa lance oblique, le talon relevé derrière lui, la pointe menaçant les pieds de l'adversaire. Cette posture lui permettrait de battre plus rapidement l'air pour dévier un nouveau tir. Les deux hommes ont recommencé à s'insulter, le borgne sur un ton hautain et cassant, le rouquin avec des inflexions gouailleuses. Chacun provoquait celui d'en face, cherchait à le pousser à la faute.

« Eh ! Troxo ! Encore un petit effort, et tu seras plus léger.

— Comme ça, Comargos, on sera à peu près de même force.

— Allez ! Vas-y ! Lance ton jouet, roussâtre.

— Je pourrais te faire mal. C'est lâche de frapper un estropié.

— C'est pour ça que tu restes si loin ? L'estropié, il te fait peur ?

— Il me faut un peu de champ pour supporter sa sale gueule. »

Ils continuaient à se déplacer en crabe l'un autour de l'autre, mais à force d'agaceries, ils guettaient de moins en moins la faille. La hampe du javelot de Troxo reposait de plus en plus sur son épaule, la pointe de la pique de Comargos s'inclinait de plus en plus vers le sol. Finalement, comme excédé, le borgne a fiché sa lance à côté de lui, et frappant son buste de ses deux mains, il s'est emporté :

« Allez, vas-y ! Finis-en ! Frappe ! J'en ai ma claque de ces palabres ! Je suis venu me battre et pas jacasser ! »

Le défi était téméraire. À quelques pas de distance, esquiver un trait jeté par un tireur de la trempe de Troxo nécessitait une sacrée vivacité. Le rouquin s'est esclaffé, a fait mine de lancer, mais s'est contenté de planter mollement son javelot devant lui.

« Ne crois pas t'en tirer comme ça, a-t-il goguenardé. Je n'ai pas besoin de fer pour en terminer avec toi. »

Alors, les mains vides, il a marché droit sur Comargos. Les deux champions se sont empoignés avec violence, leurs bras musculeux noués en de méchantes clefs. Ils ont tangué, éprouvant leur force par saccades, et puis ils se sont mis à rire, tout en continuant à s'étrangler un peu.

« Porc d'Arverne !

— Chien de Séquane !

— Un jour, je te tuerai.

— C'est moi qui te saignerai. »

Le borgne a frictionné les épis du rouquin, le rouquin a frotté les côtes du borgne. Finalement, ils sont restés bras dessus, bras dessous, leurs crânes cognés un peu rudement, à se regarder dans le blanc des yeux en grimaçant des sourires torves. Chez les ambactes, encouragements et cris de guerre se sont mués en acclamations plus ou moins grivoises.

C'est ainsi que les deux bandes ont fait leur jonction.

L'alliance n'a pas mis fin à la course. Bituriges et Arvernes se sont juste épaulés pour franchir la Cruesa. Les gués étaient noyés ; quelques cavaliers menés par Troxo se sont néanmoins jetés à l'eau pour gagner la rive lémovice. Le champion roux connaissait les gens d'Acitodunon ; il a obtenu leur concours, et à l'aide de deux bacs, les chars et les autres chevaux ont pu être transportés de l'autre côté de la rivière. Avant de reprendre la route, les deux troupes ont fait étape dans le village.

Acitodunon n'était guère qu'un poste frontière : une poignée de feux nichés dans un fortin. Nous n'y avons vu que des enfants, des femmes et quelques hommes âgés ; les combattants avaient quitté les lieux depuis une demi-lune, pour répondre à l'appel aux armes de Tigernomagle. Les bateliers ont fait part de bruits inquiétants ; les Ambrones avaient franchi la Dornonia, ils pillaient le pays lémovice, menaçaient parfois Argentate. Un de leurs princes, Mezukenn, s'était emparé d'un vieux fort sur un mont, du haut duquel il faisait régner la terreur dans les campagnes alentour.

Plus que jamais, il fallait se hâter. En secouant la lassitude logée dans nos os, nous avons repris la cavalcade. Les deux bandes trottaient désormais au coude à coude. C'était le dernier bout : en trois jours, nous serions à Argentate. Mais l'effort était plus dur pour les ambactes de Comargos que pour les guerriers de Troxo, car les Bituriges avaient abattu deux fois plus de chemin que les Arvernes. Oico, en particulier, était à la peine. Il suait beaucoup, il suffoquait sans régler son souffle.

Le premier jour, nous avons traversé une contrée trop paisible. Autour des fermes et des villages, nous arpentions des pâtures vides, des lopins bien entretenus mais déserts. Certains champs avaient été à moitié charrués pour les semailles de printemps ; en quelques occasions, on a même vu l'araire abandonnée à mi-sillon, sans laboureur ni attelage. Les populations disparaissaient à notre passage. Cela sentait le pays privé de ses guerriers, la peur du coup de main. Dans les forêts, à plusieurs reprises, nous avons fait déguerpir des hardes de chevreuils et de cerfs. La fréquence avec laquelle nous les croisions attestait l'abandon des chemins. De plus, ces bêtes ont toujours pris la fuite sur notre gauche, ce qui était mauvais présage.

Le second jour, l'oppression s'est accentuée. La région se révélait pourtant remplie de charme : il brillait un beau soleil, les bois avaient déjà d'épaisses frondaisons, une brise tiède murmurait dans les feuillages et nous rafraîchissait agréablement. Toutefois, l'herbe poussait trop haut sur le terre-plein des chemins ; les champs retournaient à la friche, et nous avons même vu quelques daguets paître dans le jardin d'une ferme muette. Oico, désormais, souffrait visiblement. Les traits ravinés par l'effort, il courait à petites foulées sans parvenir à trouver son rythme. Ses pieds traînaient par moments, et il s'appuyait parfois sur sa lance comme sur un bâton. Dans la matinée, il tâchait encore de combler l'espace qui se creusait entre lui et le reste des guerriers ; mais dans l'après-midi, il s'est laissé peu à peu distancer.

Au soir, il a mis un moment pour rejoindre notre campement. On s'était installés dans un hameau, récemment déserté si l'on en jugeait par la cendre encore tiède de quelques foyers. Oico est sorti des ombres alors que les chevaux avaient déjà été dételés et nourris, et que nous prenions un repas frugal autour de quelques feux. Il avait terminé l'étape en marchant, et la nuit dont il sortait restait lovée dans ses yeux caves. Il s'est jeté au sol sans manger, il a cherché un moment à recouvrer quelques forces. Puis, avec une lassitude visible, il s'est relevé, et il s'est présenté devant Comargos.

Le borgne, qui avalait les dernières bouchées, ne lui a pas adressé un regard ; il est resté assis en tailleur sur la terre battue de la hutte qu'il s'était attribuée, et ce sont ses ambactes qui ont adressé quelques saluts frustes à Oico. Malgré la lueur chaude des flammes, le guerrier avait le teint cireux. Il faisait peine à voir. Certains de ses compagnons avaient l'expression grave. Beaucoup pressentaient ce qui allait se nouer.

« Je me pose, a haleté Oico, je suis mort. »

Il s'est laissé choir face à Comargos, dans une posture relâchée : les jambes écartées, les poignets posés sur les genoux, la nuque basse. Il occupait le milieu du cercle. Une initiative incongrue : seuls des duellistes ou des bardes prennent cette place. Il signifiait ainsi qu'il avait quelque chose d'important à dire. Le champion a relevé un œil curieux sur son guerrier.

« Je ne vais pas y aller par quatre chemins, a repris Oico, je ne sais pas parler et puis je suis trop crevé pour faire un grand discours. J'ai tout donné, j'ai plus de forces. Ce sera moi, le dernier à Argentate. »

Le borgne a pris le temps de mâchonner son dernier quignon, de déglutir, et puis de boire une rasade de cervoise.

« Tu tiens encore debout, a-t-il remarqué. Je te connais, Oico, tu en as. Cravache encore un jour, et tu peux passer devant un lambin. Ensuite, tu auras sans doute quelques nuits pour te remettre. »

Mais l'ambacte a hoché la tête avec découragement.

« Non, cette fois, c'est cuit. Je n'y pourrai rien. C'est depuis le nemeton, quand je l'ai aperçu, l'autre. J'ai vu ce que j'aurais pas dû. J'ai attrapé la mort ; la fièvre me brûle. La nuit dernière, j'ai pas arrêté de claquer des dents. Et il m'a parlé, lui. »

Il a agité mollement une main autour de son oreille.

« Il m'appelait. Il m'a dit que je ne suis pas vraiment sorti du marais, que je suis malade parce que je ne suis plus complet. Mon âme est restée là-bas, c'est pour ça que je peux l'entendre. Dès que je ferme les yeux, je vois des eaux croupies. C'est ça qui me glace les os. »

L'épuisement lui conférait l'élocution chassieuse d'un ivrogne.

« Je ne pensais pas partir comme ça, a-t-il regretté. J'aurais préféré... En fait, je ne sais pas trop ce que j'aurais préféré... Mais bon, puisqu'il faut en finir, autant le faire au mieux. Je serai le dernier. C'est comme ça, je n'y peux plus rien, du coup je préfère le décider plutôt que le subir. Alors j'ai une offre à te faire, Comargos, fils de Combogiomar. Tu me connais, je t'ai servi assez longtemps pour ça : je suis un homme brave. J'ai combattu dans six guerres, j'en ai gardé neuf cicatrices. Sept de ces blessures, je les ai encaissées de face, et les deux autres, elles ne sont pas déshonorantes. Il y en a une que j'ai reçue dans l'embuscade que ces chiens de Turons nous ont tendue dans la forêt carnute, et la deuxième, c'est un des nôtres qui me l'a faite, en lançant son javelot de travers. En plus, j'ai tué mon compte d'ennemis, je n'ai pas à rougir de mon bras. J'en viens à mon marché : je me sacrifie, Comargos, si c'est toi qui prends ma tête. Je ferai un bon trophée, alors que j'aurais fait un mauvais compagnon pour la guerre qui vient. En échange, je veux que tu cèdes à ma famille autant de vaches que j'ai de cicatrices, et que tu armes mes fils quand ils seront en âge de se battre. Comme ça, je m'en irai plus tranquille. »

Son discours a soulevé une vague de protestations chez les guerriers. Beaucoup ont bondi sur pied et se sont mis à gesticuler. Certains l'apostrophaient avec une sollicitude coléreuse, lui criaient de se secouer, qu'il avait encore de belles années devant lui. D'autres prenaient Comargos à partie, menaçant de refuser de marcher s'il acceptait pareille proposition. Mon frère a voulu prendre la parole au milieu du tohu-bohu, mais Sumarios l'a rappelé au silence en lui posant une main sur l'épaule.

« Tu n'as pas encore rang de guerrier, a-t-il chuchoté. Si généreuses que soient tes intentions, ton intervention sera perçue comme une insulte. »

Pour ma part, j'ai deviné que le seigneur de Neriomagos en pensait plus qu'il ne le disait. Notre présence au cours du sacrifice avait été malheureuse, et avait créé le malaise dans la troupe biturige. La maladie qui avait frappé Oico confirmait le sacrilège ; le moment était donc très malvenu pour se mettre en avant. À regret, Ségovèse s'est rassis. Il bouillait visiblement. Au milieu des cris qui fusaient autour de nous, il n'entendait pas ce que, sans doute, il comptait proposer : le prêt de son cheval.

Comargos a attendu patiemment que les vociférations se calment.

« Vous êtes une sacrée bande de braves, les gars, a-t-il grondé, mais vous êtes aussi un beau tas d'abrutis. Vous vous rendez compte, les tripes qu'il faut avoir, pour sortir ce que vient de dire Oico ? Et vous lui répondez quoi ? Un chœur de conneries ? »

Une moue méprisante a durci son faciès.

« Vous tous, vous savez comment vous allez mourir ? a-t-il poursuivi. Tu le sais, Giamos ? Et toi, Orgete ? Non ? Alors fermez-la un peu ! Même moi, j'en sais foutre rien, de la façon dont je passerai. Là-dessus, je ne vaux pas mieux que vous. Je rêve d'une belle mort au champ d'honneur, quand je serai blanchi et que j'en aurai bien profité. Des foutaises ! On a toutes les chances de rater notre sortie. Il y a des jeunes qui se font buter avant d'être dépucelés, des vieux qui trépassent alors qu'ils sont impotents depuis des lustres, sans compter tous ces guerriers qui claquent bêtement, noyés pendant une soûlerie ou les reins brisés par une chute de cheval. Pensez à tout ça, et écoutez Oico ! Il est malade, il court le risque d'une mort infamante. Alors il choisit une belle fin. Sa vie, il l'a menée en homme ; sa mort, il la décide en homme. Et vous, vous criez comme des femmes ! Parce que c'est votre compagnon, vous refusez sa volonté ? Parce qu'il vous manquera, vous voulez le fourvoyer ? Le contraindre à partager vos illusions ? À périr quand même, demain, mais dans la honte ? »

Ces paroles, énoncées avec une rage rentrée, ont imposé le silence. L'agitation s'est apaisée par degrés. Les ambactes ont essuyé la semonce en se dandinant comme des enfants, ne sachant trop quoi faire de leurs grands corps.

« J'accepte ton offre, Oico, fils de Carerdo, a conclu le borgne. Et aux neuf vaches, j'en ajoute une dixième, pour ta dernière blessure. »

Le malade a hoché la tête.

« Je suis content, a-t-il dit d'une voix blanche. Même si je ne reviens pas de cette guerre, j'aurai quand même fait du butin.

— Demain, grâce à toi, nous n'aurons plus à courir. Pour te faire honneur, on t'escortera jusque dans le pays d'Argentate. Il n'y a que le dernier bout que tu devras faire seul.

– Le dernier bout, on doit toujours le faire seul, non ?

– Je suis fier de t'avoir compté dans ma bande. Quand je rentrerai au Gué d'Avara, je ne me contenterai pas d'armer tes fils. Je les prendrai à mon service. S'ils te ressemblent, je n'aurai pas à regretter ta décision. »

Le lendemain, nous sommes entrés dans une région contestée. Une contrée peuplée de corbeaux et de maraudes armées, sur fond de paysages gagnés par un relief d'inquiétude. Qu'est-ce que la guerre ? Vos rhapsodes et nos bardes commettent la même erreur : ils ne chantent que les armes, les corps vigoureux, le tourbillon des mêlées, les larmes, les bûchers funéraires. Ils ne retiennent que l'anecdote. Entrer en guerre, c'est comme passer de l'autre côté. C'est gagner un monde voisin, familier et pourtant différent. C'est une pomme surie au milieu de fruits frais. C'est un univers bruissant de rumeurs, d'agitation et d'erreurs ; c'est l'émergence de fraternités factices et de haines irraisonnées. C'est un face-à-face avec des fantômes inconnus et fuyants. Des greniers abandonnés, des champs livrés aux herbes folles, la peur à chaque détour du chemin, parfois la mort sous la lance d'un ami, parfois la compassion dans le regard de l'ennemi. La guerre, c'est le désordre. C'est le mouvement.

Et c'est pour cela que nous, les Celtes, nous sommes si friands de guerre. Vaincre, mourir, qu'importe ? L'essentiel, c'est de pénétrer dans un espace, dans un temps consacrés par les troubles. C'est dans ce monde qu'entrait Oico, en trébuchant avec hébétude, les yeux déjà fixés sur l'ailleurs. Pendant presque tout le jour, nous avons fait corps autour de lui pour qu'il se sente moins seul. Sumarios et Comargos ont mis un point d'honneur à se relayer à son côté. Ils chevauchaient au pas, en parlant peu pour éviter de lui fatiguer les oreilles, car le guerrier puisait visiblement dans ses dernières forces afin de mettre un pied devant l'autre. Personne n'osait proposer de lui porter sa lance et son bouclier, de crainte de l'offenser. Mais comme la fièvre lui asséchait la gorge, il y avait toujours quatre ou cinq gourdes qui lui étaient tendues. Certains accompagnaient ce geste de quelques paroles de réconfort :

« Accroche-toi, Oico, c'est plus bien loin.

— Courage ! On y est presque. »

À leur manière, les Arvernes aussi honoraient le choix du malade. Ils ouvraient la route, malgré tout, afin qu'il n'y ait aucune équivoque sur celui qui arriverait le dernier. Cependant, Troxo faisait avancer ses ambactes à une allure de promenade, et quand les plus rapides commençaient à prendre du champ, il donnait de la voix pour qu'ils ralentissent.

On a descendu une vallée assez encaissée pendant une grande partie de la journée. Nous longions le cours d'une petite rivière, ici drue comme un torrent, là somnolente comme une mare. Dans ses bras endormis, l'onde était toute duveteuse de callitriche des marais ; elle invitait à la fraîcheur et à l'oubli. Troxo, qui connaissait la région, disait que ce cours d'eau s'appelait la Durna ; mais les Bituriges ont préféré l'appeler la Dubis, ce qui signifie la Noire dans notre langue, car la douceur de son lit sentait déjà l'autre monde. Plus bas, plus très loin selon le champion arverne, la rivière se jetait dans la Dornonia. Au confluent, nous arriverions en vue d'Argentate.

Autour de nous, le royaume lémovice haussait de vastes reliefs, assombris de forêts. Au bord de l'eau, la berge était parfois bouleversée ; des déblais signalaient l'activité des orpailleurs, mais loutres et hérons avaient récupéré la jouissance sans partage de la rivière. Les portes des cahutes que nous dépassions béaient, lugubres, sur des logis mis à sac. Sur les chemins défoncés par le piétinement des troupeaux, les bouses étaient décolorées et sèches ; la seule vache que nous avons croisée gisait sur un talus, charogne éventrée par les loups et les corbeaux.

Dans l'après-midi, nous sommes arrivés au confluent. La Dornonia, impétueuse et large, sinuait comme un long dragon de ciel entre les forêts et des gorges escarpées. D'Argentate, nous avons d'abord aperçu la vapeur, qui brouillait une portion d'horizon. Par-delà les bois et les collines s'élevaient des buées bistre, des bouffées crasseuses. Les panaches blancs des brûlis se trouvaient striés de filaments grisâtres que torsadait la brise ; les tremblotements bleutés des fourneaux vibraient non loin des bûchers aux bouillonnements de suie. On aurait cru que la ville tout entière partait en fumée. Puis le vent nous a apporté tout à la fois l'odeur et la rumeur : un charivari encore lointain et fermenté, des remugles lourds de bétail et de multitude.

« C'est pas trop tôt », a soupiré Oico.

Nous l'avons quitté juste avant d'être en vue de la ville. Certains lui ont fait leurs adieux comme s'ils n'allaient plus le revoir, alors qu'il ne tarderait pas à nous rejoindre. Il a profité de la pause pour souffler, les deux mains crispées sur sa lance. Il gardait la tête basse et il n'a pas dit grand-chose. Les champions ont mis à profit cette séparation pour endosser leurs armures : cuirasses de bronze ou simples pectoraux, casques en cloche, et d'étranges jambières pour Troxo. Ils sont montés sur leurs chars afin de terminer la route en équipage de guerre.

Nous avons parcouru la dernière lieue au trot. Au détour de la vallée, Argentate s'est enfin dévoilée. Sur une colline gouvernant un nouveau confluent, la ville faisait le dos rond. De loin, on apercevait surtout la ligne trapue de ses fortifications, de larges terre-pleins adossés à des parements de pierres sèches ; par-delà se tassait le grouillis noirâtre des toits de chaume, qui expiraient cent brumasses tépides. L'appel aux armes du roi Tigernomagle avait attiré une foule de combattants et la cité était trop étroite pour absorber si copieuse affluence. Par-delà son rempart, la forteresse avait vomi des taudis pullulants, un foirail surpeuplé et fangeux. Il montait de ce fourmillement un tapage monotone où s'entremêlaient cris d'animaux et beugles d'hommes. Alors que nous nous profilions au détour de la rivière, le vacarme a crû de plusieurs tons car les voix d'airain de quelques carnyx ont mugi sur les murs. Une bande de cavaliers a jailli hors des campements et a galopé droit sur nous, tout hérissée de lances. Troxo et Comargos ont hurlé pour que nous présentions le flanc droit. L'escadron lémovice nous a contournés en obliquant sur notre droite. Troxo, qui avait reconnu le chef des cavaliers, a braillé :

« Salut, Taruac ! Eh ! Toujours à piaffer pour une bonne bagarre !

— Troxo ! Enfin ! a rétorqué un Lémovice sanglé dans une cuirasse de lin criard. C'est le Séquane qui est avec toi ? Qu'est-ce que vous avez branlé en route ? Ça fait trois nuits que les Bituriges d'Ambimagetos sont là ! Le roi n'attend plus que vous ! »

Flanqués par les cavaliers de Taruac, nous sommes entrés dans les quartiers extérieurs. Pour Ségovèse et moi, la découverte de l'armée était saisissante. Nos deux bandes, qui nous paraissaient si fortes jusqu'alors, ont été englouties en un instant dans une cohue assourdissante. Les troupeaux meuglaient en attendant le maillet du boucher ; des culs-terreux qui avaient fui les campagnes encombraient les jambes des chevaux ; une cacophonie d'enclumes retentissait sous le marteau des forgerons et des charrons. Nous cheminions dans une atmosphère épaisse où l'effluve suiffeux des troupeaux se mariait aux relents de sueur et aux escarbilles de fer chaud.

« Vous arrivez drôlement tard, criait Taruac dans le tohu-bohu. Il y en a un de chez vous qui va trinquer.

— C'est déjà décidé, a répondu Comargos. Le dernier arrive derrière nous. Il ne se défilera pas ; j'en réponds. »

Les cavaliers lémovices ne nous ont pas guidés vers le cœur de la ville ; ils ont obliqué vers un immense terrain vague, délimité par un fossé et une palissade. L'enceinte était récente : l'aubier clair des pieux pleurait encore sa résine. L'entrée se signalait par un porche grossièrement charpenté, mais monumental ; les têtes enclouées de plusieurs vaches y alléchaient des essaims de mouches. L'espace enclos, pourtant large comme une pâture, était plein à craquer. On ne faisait pas trois pas sans bousculer une croupe, frôler la ridelle d'une charrette, contourner des tonneaux. Un arôme de viande rôtie montait des broches en plein air et se mêlait aux esprits miellés de la cervoise ; nos yeux piquaient sous l'effet de la fumée et d'âcres pissats. Partout tanguait une horde braillarde, tassée autour des fûts éventrés et des foyers, à peine moins serrée autour des parcs à chevaux et des chariots. On n'y voyait que des hommes, débraillés sinon nus, le coutelas ou l'épée à la ceinture, la démarche flottante, les yeux injectés par la bière. Quinze chansons concurrentes, rugies par de rudes gosiers, nous insensibilisaient l'oreille à grand renfort d'obscénités.

Taruac nous a menés jusqu'à un cercle de champions ; ils se tenaient assemblés autour d'un trio que formaient deux gaillards et un bœuf. Dans le public, un jeune guerrier a tourné le visage vers nous ; j'ai été frappé par son charme, par l'éclat très vert de son regard. Il a adressé un léger signe de tête à Comargos, et le borgne a hoché du chef en réponse. Le beau garçon a esquissé un sourire équivoque, et reporté son attention sur le spectacle.

Dans l'espace libre, l'un des deux hommes était un bouvier qui n'en menait visiblement pas large au milieu des héros. Il tenait sa bête par une longe, un animal de cinq hivers, remarquablement gras. Le bœuf avait peur ; il roulait de gros yeux et s'oubliait à longs jets. Le troisième larron avait tout du guerrier. Autour de son cou brillait un torque massif ; des bavures bleutées s'enroulaient sur son torse nu, accentuant sa musculature et les bourrelets de vieilles cicatrices. Son visage était tordu par un rictus inquiétant :

une balafre prolongeait la commissure de ses lèvres sur une seule joue, figée en une expression sardonique. Au bout de sa main gauche pendait une hache ; mais c'est son poing droit qu'il a élevé au-dessus du front de l'animal.

« Ogmios, Seigneur des Forts, écoute mes paroles ! a-t-il clamé. Ce bœuf, je te le consacre ! C'est le trentième depuis que j'ai lancé mon appel aux armes ! Je te l'offre pour te montrer ma gratitude, parce que mes compagnons Comargos et Troxo sont enfin arrivés, et que je vais pouvoir engager ma guerre ! »

Ouvrant la dextre, il a lâché une poignée d'orge sur le chanfrein de sa victime. Puis, dans un élan calculé, il a saisi la hache à deux mains, l'a brandie et abattue derrière les cornes de l'animal. Le coup a partiellement séparé la tête de l'encolure, et tous les guerriers alentour ont acclamé la fermeté du geste. La bête est tombée lourdement à genoux, en crachant sa langue, puis s'est affalée sur le côté, les pattes secouées de spasmes. Le sacrificateur a échangé sa hache contre le couteau du bouvier, et il a tranché la gorge du bovin juste sous l'auge. Les tremblements de l'animal se sont apaisés tandis que la terre buvait son sang. Alors, se redressant vers notre bande, le boucher s'est écrié :

« Putain ! Vous en avez mis du temps à vous ramener ! J'ai eu du mal à le garder pour vous, celui-là ! »

C'est ainsi que j'ai fait la rencontre de Tigernomagle fils de Conomagle, roi des Lémovices. Il faut bien que j'en convienne : cet homme qui devait par la suite jouer un grand rôle dans mon existence a commencé par m'ignorer purement et simplement. À ses yeux, j'étais au mieux un blanc-bec, au pis un problème. Il a salué avec effusion Comargos et Troxo, et a témoigné un respect bourru à Sumarios. Il était accompagné du jeune guerrier au visage avenant ; celui-ci n'a témoigné qu'une politesse assez formelle au champion arverne, mais a décoché un sourire éclatant aux deux chefs de notre bande.

« Je pensais bien que je vous coifferais au poteau, a-t-il lancé, mais je n'aurais jamais cru vous griller à ce point ! Qu'est-ce que vous avez trafiqué ? Si vous avez fait la ribote dans mon dos, ça se paiera ! »

Comargos s'est fendu d'un bref ricanement.

« Fais ton faraud, petit coq, a-t-il grogné. Je parie que tu as craché tes poumons tout le long du chemin, poussé aux fesses par Bouos. Le gros tas cherche toujours à montrer qu'il est meilleur que moi. Pendant ce temps, on a fait un crochet par Attegia, chez ta tante. Tu parles d'une fête ! Enfin, les deux fils de Dannissa sont là, c'est l'essentiel. »

Sumarios a posé ses mains sur nos épaules, à mon frère et à moi. Il agissait ainsi pour nous présenter, mais j'ai aussi senti quelque chose de paternel dans ce contact. Le jeune héros s'est tourné vers nous.

« Salut, cousins, a-t-il souri. Je suis Ambimagetos. Ravi de vous savoir de la partie. On va pouvoir se rebiffer ensemble contre toutes ces badernes qui se prennent pour des chefs. »

Situation étrange. Au seuil de l'âge d'homme, nous faisions connaissance avec un parent que nous n'avions jamais vu et qui appartenait à la branche honnie de la famille. Pourtant, le prince des Bituriges nous abordait avec un naturel tout amical.

« Je suis Bellovèse, ai-je dit, conscient de mes devoirs d'aîné. Et voici mon frère, Ségovèse. C'est un honneur de te rencontrer… cousin. »

Ambimagetos m'a répondu par un rire matois.

« Quelle courtoisie ! a-t-il relevé. On sent bien que vous avez reçu une éducation royale, tous les deux ! »

Et, attardant son regard émeraude sur Segillos, il a ajouté plus doucement :

« Vous en avez le sang, aussi. Quand on t'aura coupé ces cheveux, c'est fou ce que tu ressembleras à mon père. »

Ségovèse s'est rengorgé, un peu naïvement sans doute. Il est vrai que, venant d'Ambimagetos, le compliment était flatteur. Segillos était certes beau, nettement plus beau que moi. À l'époque, encore tenaillé par une jalousie fraternelle, je me disais que la différence d'âge jouait en ma défaveur : parce qu'il était mon cadet, Segillos conservait une grâce juvénile que j'avais déjà perdue. Naturellement, je me leurrais. Plus tard, quand il est devenu un homme fait, Ségovèse s'est épanoui, guerrier magnifique, prompt à s'attacher les sympathies ou à faire battre le cœur de filles que, du reste, il ne remarquait guère. Segillos, tout simplement, avait hérité la beauté de notre mère ; voilà les traits familiers qui avaient retenu l'attention d'Ambimagetos. Restait que l'hommage, de la part du prince biturige, n'était pas moins élogieux : car si Ségovèse était beau, Ambimagetos rayonnait, nimbé d'un charisme radieux. Peut-être son statut et son autorité naturelle lui conféraient-ils de la séduction ; sûrement l'harmonie de ses traits, son timbre chaud, l'étincelle estivale qui miroitait dans ses prunelles le rendaient-ils attirant. Cependant, ce n'est que bien des hivers plus tard, au cours de la nuit de défaite où j'ai défié l'enchanteresse Prittuse, que j'ai compris d'où venait le charme de son fils. Mais le jour où j'ai rencontré Ambimagetos, j'étais bien loin d'imaginer les circonstances dans lesquelles je découvrirais l'origine de son pouvoir. Je me suis contenté de pester intérieurement contre la bêtise de Segillos, si facile à embobiner.

Alors que mon frère se laissait ferrer et que je remâchais ma défiance, Ambimagetos se tournait vers les hommes qui avaient entrepris de découper le bœuf.

« Pas vrai, Bouos ? a-t-il hélé. Ils sont princiers, les cousins ! »

L'un des dépeceurs a relevé le nez. Armé d'une feuille de boucher, il tranchait déjà l'une des cuisses de la bête abattue. Il avait beau avoir un genou en terre, il impressionnait par son poitrail épais, son cou puissant, ses épaules charpentées en carène. Il nous a gratifié d'un coup d'œil glauque, et un poing de glace s'est refermé sur mon cœur. J'ai essayé de n'en rien montrer, mais ce front bas, ce masque bouffi, ce nez épaté ont brutalement effacé dix hivers. Le choc m'a presque donné la nausée. Soudain, ma jeune assurance volait en éclats. J'étais à nouveau le petit garçon qui serrait la main de sa mère, dans un matin de nuées et de cendres, le seul jour dont j'avais gardé souvenir à Ambatia. Au nombre des cavaliers qui avaient émergé des incendies et des pillages avait chevauché Bouos, en lieu et place du père que j'attendais. En dix ans, peut-être s'était-il empâté, peut-être avait-il vaguement grisonné ; mais je retrouvais, inchangée, la brutalité placide et la carrure colossale d'un de mes plus terribles fantômes.

Il savait bien sûr qui j'étais, mais il ne m'a pas reconnu. Je l'intéressais moins que la viande dont il comptait s'approprier le meilleur morceau. Son œil porcin s'est davantage attardé sur mon frère.

« Pour sûr, a-t-il acquiescé avec une voix bizarrement perchée. Jolis broutarts. »

Et d'un coup de son tranchoir, il a achevé de séparer la patte de l'animal.

Par bonheur, Tigernomagle a interrompu cette scène pénible. Il souhaitait ouvrir sur-le-champ le banquet qui célébrerait l'arrivée de ses derniers champions, et il a bramé pour reformer le cercle autour du bœuf sacrifié. Les ambactes se sont retrouvés libres de se mêler à la foule des guerriers ; mais les héros sont demeurés dans la compagnie du roi des Lémovices. Sumarios était de la partie, et comme nous le servions, mon frère et moi, nous sommes restés avec les champions. Heureusement, Sumarios n'était pas le plus noble dans cette assemblée ; alors que Comargos, Bouos, Troxo et Ambimagetos occupaient des places proches du roi, nous avons été relégués assez loin. Cela m'a donné l'occasion de souffler et de me reprendre.

Il fallait un moment pour faire rôtir la viande qui n'était pas consacrée au dieu. Mais Tigernomagle entendait honorer ses hôtes sans attendre ; il a ordonné qu'on serve le nectar qu'il destinait aux princes et aux héros. Deux échansons ont alors apporté un vase énorme, pansu, que chacun soulevait par une anse jumelle. L'objet m'était complètement étranger, car cette céramique pâle, cette finition tournée n'avaient rien à voir avec nos propres poteries, plus sombres et montées à la main. Ne ris pas de moi : je sortais d'une enfance obscure, j'ignorais ce qu'était une amphore. Les champions, quant à eux, connaissaient les vertus d'un présent aussi somptueux, et ils ont acclamé la générosité du souverain. L'ovation a roulé pleine d'une allégresse un peu inquiétante, qui a piqué ma curiosité. Les échansons ont déposé avec précaution l'amphore sur un trépied, devant Tigernomagle. Le vase attisait visiblement la convoitise des champions, et il est vrai que sa couleur chair, l'arrondi des hanches sur lesquelles s'appuyaient deux bras graciles évoquaient l'offre d'une femme nue. En rugissant, le roi a tiré sa longue épée de cavalier, et les héros ont braillé de plus belle. Alors, d'un moulinet puissant, il a sabré le col de terre cuite ; par le goulot décapité a jailli un sang noir. Aussitôt, le bouquet divin est entré en expansion, a embaumé l'atmosphère au milieu des senteurs et des miasmes. Pour la première fois, j'ai humé ce soleil balsamique, cette promesse d'opulence, de fleurs et d'épices.

Faute de grives, on mange des merles. Tu me considères comme un barbare, mais à tes yeux, Tigernomagle l'aurait paru bien plus que moi. Il n'avait pas de cratère, alors c'est dans un cuveau de bois qu'il a fait verser son vin. Sirupeux et sombre, le nectar s'est déversé en chantant. Au mépris de vos usages, sans couper le breuvage, les échansons y ont plongé des cruches de bronze et ont fait le service. Ils ont commencé par le roi, par Ambimagetos, par les héros les plus illustres. Tigernomagle brandissait avec orgueil une belle coupe à deux anses, qu'il a partagée avec le prince biturige. Pour les autres héros, il n'y avait que trois pots, qui circulaient de main en main. Quand il a étanché sa soif, Sumarios m'a tendu son bol.

« Goûte, m'a-t-il dit. C'est la porte des dieux. »

J'avais soif, j'ai bu à grands traits. Accoutumé à la

corma et à la cervoise, j'ai été surpris par l'attaque sucrée, la rondeur grasse, la longueur un peu terreuse. C'était nouveau, plutôt râpeux, très déroutant. Et puis ces quelques gorgées avalées sur des jours d'éreintement et de soleil me sont montées à la tête, d'un seul coup. Le monde a un peu tourné, et j'ai eu envie de rire et de crier avec tous les autres. Je n'avais laissé qu'un fond à mon frère, qu'il a lapé goulûment.

« Ouais, a-t-il grommelé, je préfère la cervoise.

— Tu n'es qu'un crétin », a rétorqué Sumarios.

Le festin s'est ouvert en plein air, dans la liesse, chacun rivalisant de louanges à propos des largesses royales. Les quartiers de viande offerts au dieu ont brûlé dans le foyer central. Personne n'a disputé le morceau du héros à Bouos ; le colosse l'avait arraché sur la bête encore crue, et il le faisait griller par son valet d'armes. Autour de moi, j'entendais des accents et des parlers bizarres, sans démêler s'il s'agissait d'élocutions pâteuses ou de tournures propres à chaque tribu. Les héros de divers peuples avaient répondu à l'appel de Tigernomagle : pour épauler les Lémovices, outre les Bituriges et les Arvernes, étaient venus des champions pétrocores, santons et ségusiaves. La plupart d'entre eux se connaissaient de longue date. Certains évoquaient en riant les combats où ils s'étaient affrontés, d'autres s'injuriaient en disputant sur la richesse des banquets qu'ils avaient partagés. Une bonne humeur tumultueuse grondait autour de la bête en train de cuire, et nul ne s'intéressait à la guerre où il venait combattre.

Deux ambactes de la bande de Taruac ont semblé se joindre au cercle. En fait, ils étaient porteurs d'un message, qu'ils ont clamé à l'adresse de leur roi :

« Le dernier, on l'a chopé ! Il traînait tout seul au bord de la rivière ! »

Comargos s'est penché vers l'oreille de Tigernomagle et lui a adressé quelques mots. Le souverain lémovice a hoché la tête, puis, accompagnant ses paroles d'un geste impérieux, il a ordonné à ses hommes :

« Amenez-le ! Ne le maltraitez pas ! On s'en charge. »

Un remous dans la foule a accompagné l'approche du dernier. Il était accompagné d'injures, de rires et de sifflets. Finalement, Oico a paru devant nous, désarmé et bousculé. Il avait l'air hagard, une de ses lèvres était fendue, mais il tenait encore debout. Comargos a grommelé quelque chose que je n'ai pas entendu au milieu du vacarme, et Tigernomagle a crié :

« Lâchez-le ! Approche, guerrier ! »

Le malade a titubé vers le roi lémovice. Avec ses mains vides et sa tunique déchirée, il avait l'air plus nu que les héros qui exhibaient leurs torses velus.

« Et ses armes, elles sont où ? a rugi Tigernomagle. Putain ! C'est des trophées ! Elles doivent être consacrées !

— Je m'en charge », a lancé Taruac.

Le champion a rapidement quitté le cercle. Il soupçonnait sans doute ses hommes d'avoir trempé dans le vol et veillait à rattraper l'impair à temps.

Tigernomagle a posé ses grosses pattes sur les épaules d'Oico, avec une certaine sollicitude.

« Ne t'en fais pas, a-t-il dit, ça va être réglé. »

Et puis il a mugi pour qu'on resserve à boire, en entraînant le malade à une place de prestige, entre lui et Ambimagetos. Il tenait à honorer un homme brave. Oico a accepté avec reconnaissance le vin qu'on lui offrait, sans doute pour étancher sa fièvre dévorante.

Mais Tigernomagle a ri aux éclats en le regardant boire le nectar à grands traits. Il y voyait peut-être le désir de jouir jusqu'au bout, à moins qu'il n'ait apprécié cette façon de conjurer la peur. Il a crié sur ses échansons pour que la coupe d'Oico ne désemplisse pas. Quand la viande a été cuite, il a veillé à ce que le dernier soit bien servi. Le malade, toutefois, n'avait pas d'appétit ; alors le roi a grondé parce qu'on ne faisait guère honneur à son hospitalité, et Oico s'est forcé à avaler quelques bouchées. Taruac a fini par revenir tranquillement ; avant de regagner sa place, il a déposé devant Oico sa lance et son bouclier. Les choses rentraient dans l'ordre, mais nul n'était pressé. On a continué à festoyer un moment. Tigernomagle se faisait scrupule de régaler ses hôtes, tout particulièrement celui qui allait mourir. Comargos, de son côté, a longuement passé sa pierre à aiguiser sur le fil de son épée.

Quand la journée a tiré vers le soir, c'est Oico qui a donné le signal du rite. Il voulait partir avec l'esprit encore clair, en gardant la lumière dans son œil. Comargos s'est levé et a pris place devant lui.

« Oico, fils de Carerdo, a-t-il clamé de façon à être entendu par toute l'assistance, je te donne dix vaches et je m'engage à armer tes fils quand ils seront en âge de se battre. Je prends à témoin Ogmios le chenu, le roi Tigernomagle, le prince Ambimagetos et toute l'assemblée des héros ! Si jamais je suis tué dans cette guerre, je veux qu'on prélève dans mes troupeaux dix vaches et que l'on prenne dans ma halle des armes qui seront apportées à la maison d'Oico. Et toi, Oico, fils de Carerdo, que me donnes-tu en contrepartie ?

— Je n'ai rien à te donner, a répondu faiblement le guerrier.

— Tu n'as rien pour me marquer ta gratitude ?

— Je n'ai rien à te donner dans ce monde. Je rembourserai ma dette plus tard, quand nous serons dans l'île des Jeunes tous les deux.

— Alors, il est temps que tu t'y rendes pour rassembler les biens que tu me dois. Je vais t'y envoyer. Comme gage, je garderai ta tête. Le reste de ta dépouille, j'en fais don au roi Tigernomagle. Elle consacrera l'entrée en guerre. »

Oico a mollement opiné du chef. Il s'est levé, il a pris son bouclier qu'il a posé au milieu du cercle, non loin du feu. Puis, il s'est allongé sur son pavois, la nuque appuyée contre l'umbo. Il frissonnait un peu, et ses yeux fiévreux ont contemplé l'azur pâle du soir, tout strié de fumées. Comargos s'est agenouillé derrière lui. Le sacrifié a marmonné quelque chose que je n'ai pas entendu, et le borgne a répondu : « Je t'offrirai à boire pendant les nuits de Samonios. » Puis le champion a posé son épée sur le cou de sa victime, et il s'en est servi comme d'un couteau pour l'égorger. De violents spasmes ont secoué Oico tandis que la vie le fuyait, en saccades aussi sombres que du vin. Le sol a bu son sang comme il avait pris celui du bœuf. Quand notre compagnon a rendu l'âme, le roi et les héros ont levé leurs coupes et leurs pots pour célébrer cette mort. Comargos a essuyé sa lame, l'a rengainée, puis, se penchant sur le corps, il l'a retourné sur le ventre. Tirant son bâtardeau, le couteau fixé au fourreau de son épée, il a fendu la nuque de la dépouille, puis il a attaqué une à une les jointures des cervicales. Quand le cou du mort a été rompu, il a achevé de couper les muscles et les chairs, et il a saisi la tête par les cheveux.

« Le corps et les armes, ils sont à toi », a-t-il lancé à Tigernomagle.

Sur un geste du souverain, deux ambactes s'en sont emparés et les ont traînés hors du cercle. J'ignorais ce qu'ils comptaient en faire, mais je devais le découvrir dès le lendemain. Ils ont fiché un pieu devant l'entrée du camp de fête, face aux bucranes des bœufs sacrifiés, et ils y ont ligoté le cadavre décapité, sa lance et son bouclier liés à ses mains sans vie. Il s'agissait du premier trophée de la guerre à venir.

Comargos a regagné sa place dans le cercle des héros pour reprendre le festin. Quand il s'est assis en tailleur, il a posé la tête sous son genou droit. Le visage du mort contemplait le banquet de ses yeux chavirés. Ainsi Oico, malgré tout, est-il resté avec nous.

Quand la nuit est tombée, la ripaille battait son plein. On dévorait à belles dents pour conjurer le souffle de la mort, pour reconstituer les forces brûlées sur la route. Dans le cercle des héros, la première amphore gisait, renversée et vide ; le roi en avait réclamé deux autres à grands cris. Tous, nous étions ivres, mais la fête ne faisait que commencer.

En levant la coupe qu'il partageait avec Tigernomagle, le prince Ambimagetos a versé un peu de vin au sol, une libation pour les dieux et pour Oico, puis il a braillé :

« À la guerre, compagnons ! À la guerre ! »

Un mugissement aviné lui a fait chorus, qui a été progressivement repris par tout le camp ; il a roulé le long des collines, descendu la vallée assombrie de la rivière et grondé sous les premières étoiles. Ambimagetos a bu à longs traits, et puis, dans le vacarme en décrue, il a apostrophé Tigernomagle :

« Tout le monde a répondu à ton appel, roi des Lémovices ! Les rites ont été respectés ! Tu nous as régalés comme les princes que nous sommes ! Alors ! Cette guerre ? Arrête de nous faire languir ! Donne-nous le nom des hommes que nous allons tuer et des villes que nous allons brûler ! »

Des rires, des acclamations et des rodomontades ont salué son exhortation. Le roi d'Argentate s'est levé et il a clamé :

« Je suis Tigernomagle, fils de Conomagle, et tous, vous savez combien ma main est lourde ! Mon père, après avoir été le champion du haut roi Ambisagre, a pris les terres qui sont à gauche de la Dornonia. Plus tard, avec mon aide, mon père a conquis cette vallée, et nous avons fondé ensemble cette ville ! Inlassablement, j'ai poursuivi son œuvre ! Depuis dix hivers, nous avons pris le contrôle de la rivière, et nous, les Lémovices, nous pouvons descendre son cours jusqu'au grand estuaire qui ouvre sur la mer Œstrymnique. Il ne se passe pas une année sans que je conduise mes guerriers sur l'autre rive pour ravager les terres des Ambrones, pour les refouler toujours plus loin vers la droite du monde. Vous êtes nombreux, ici, à avoir combattu avec moi, et certains d'entre vous, comme Troxo l'Arverne, m'ont accompagné jusqu'à l'Olt ! Mais voici que toutes nos victoires ont fini par offenser des dieux, peut-être ceux qui dorment dans les maisons de pierre du Vieux Peuple. Cet hiver, les choses ont changé… »

Une moue écœurée a parcouru son rude faciès. D'un geste brusque, il a désigné Taruac.

« Toi, raconte-leur ce qui s'est passé, a-t-il ordonné. Moi, ça me dégoûte trop ! »

Il s'est rassis en faisant remplir sa coupe par un échanson, tandis que son champion prenait la parole.

« Cet hiver, au cœur de la saison noire, Mezukenn, le prince des Ausques, nous a attaqués. Il a pris les fortins que nous avions construits sur l'autre rive, mais il ne s'est pas arrêté là : il a franchi le fleuve, il a conquis Uxellodunon par surprise. »

Cette nouvelle, même si elle était déjà connue de beaucoup, n'en a pas moins fait son effet chez les familiers de la cour lémovice. Ont fusé des jurons, des lamentations, des admonestations aux dieux. Mais pour des naïfs comme mon frère et moi ou pour la plupart des héros bituriges, l'information ne signifiait pas grand-chose, aussi Taruac a-t-il pris le soin de nous apporter des précisions.

« Uxellodunon est une forteresse à une journée de marche d'Argentate. Elle est plus petite que la ville, mais elle est perchée sur un mont escarpé, une position imprenable. On ne sait pas comment Mezukenn s'est emparé de la place. Peut-être par traîtrise, peut-être par magie. Il y a des rumeurs, des bruits qui disent qu'un sorcier désireux de se venger des peuples celtes aurait assisté les chefs ambrones. Ce qui est sûr, c'est que nul parmi les nôtres n'a échappé à la prise de la forteresse. Soit ils ont été déportés en esclavage sur l'autre rive, soit ils sont tous morts.

« Et il y a plus grave. Uxellodunon verrouille la vallée de la Dornonia : tant que les Ambrones tiennent la place, ils nous coupent l'aval de la rivière. On ne peut plus trafiquer avec l'estuaire : toutes les marchandises venues des terres au-delà des mers, de l'Aremorica, de l'île d'Ictis et de l'île Blanche, on n'y a plus accès. Dès qu'on s'est rendu compte que la forteresse était perdue, le roi a rassemblé ses héros et contre-attaqué. C'était en plein mois de dumanios, les jours étaient courts et il gelait à pierre fendre. On s'attendait à ce que les guerriers de Mezukenn soient retranchés à Uxellodunon, qu'on espérait reprendre à la faveur d'un coup de force. Il n'en était rien.

« Des bandes d'Ambrones battaient toute la campagne, en particulier vers l'aval de la Dornonia. Ils prenaient nos fermes et nos villages. Jamais nous n'en avions vu autant. Nous avons quand même réussi à percer leurs lignes pour atteindre le pied de la forteresse, mais on a buté contre ses portes closes, avec l'ennemi sur les murs, l'ennemi sur nos arrières, et la neige qui s'est mise à tomber dans une ambiance de désastre. Il a fallu battre retraite pour défendre Argentate qui se trouvait menacée. On a dû livrer combat à deux reprises pour rejoindre la ville, et trois journées ont été nécessaires pour faire une seule étape. Notre propre royaume était devenu une terre ennemie. Parmi les guerriers que nous avons affrontés, peu étaient des Ausques : la plupart d'entre eux, nous ne les connaissions pas. Heureusement, au cours de la deuxième bataille, on a fait des prisonniers. Ces chiens, ils ne parlaient pas notre langue ; mais quand on est rentrés, grâce au truchement de nos esclaves ausques, on a pu les entendre. Et au moins, on a pu comprendre ce qui nous tombait dessus…

– On ne fait plus la guerre contre une tribu, a repris rageusement Tigernomagle. Mezukenn a fait alliance avec tous les peuples ambrones qui ont leurs royaumes entre la Dornonia et les Montagnes de l'Orage. Désormais, nous sommes en guerre contre les Tarbelles, les Sardons, les Bébrykes et les Elisykes. »

Il a secoué la tête avec colère, avant de poursuivre :

« J'ai voulu en savoir plus sur cette ligue. J'ai sacrifié aux dieux ; j'ai consulté des druides et des devins ; j'ai fait torturer des prisonniers ; j'ai invité des réfugiés et des trafiquants à ma table. Ainsi, j'ai entendu des bruits et des rumeurs, j'ai essayé de comprendre des oracles. Mezukenn n'est pas seul à l'origine de ce bouleversement. Oh ! Oui, ce chien est plein de vaillance, c'est un ennemi à ma taille et je loue les dieux d'avoir à le combattre. Mais à droite du monde se trament d'autres desseins qui éclairent l'union des Ambrones, leur force, leur offensive. Il se dit que des étrangers venus d'autres mondes abordent sur les côtes ambrones. Ils naviguent sur des nefs noires, et ils échangent des philtres et des tissus précieux contre du métal, du grain et des hommes. Arganthonios, le souverain de Tartessos, leur aurait offert protection et asile dans son royaume par-delà les Montagnes de l'Orage ; depuis cette base, ils se répandent comme des puces et ils attisent la cupidité des Ambrones. Pour leur trafic, il leur en faut toujours plus. C'est ce qui motive la guerre chez les tribus ambrones : elles ont besoin de reconquérir les terres perdues par leurs pères, de rafler des ressources en nourriture et en hommes pour les troquer avec les étrangers aux nefs noires. Alors, quand Mezukenn a demandé leur renfort, les Tarbelles, les Sardons, les Bébrykes et les Elisykes, ils ont accouru. Ils veulent piller nos richesses pour les échanger contre des trésors venus d'ailleurs. »

Se redressant, le torse bombé et les veines saillantes, le roi des Lémovices a rugi :

« Mais est-ce que j'ai une gueule à me laisser dépouiller ?

— Non ! Non ! Non ! » ont vociféré les héros – même si dans le tas, il y a eu un plaisantin, peut-être Troxo, pour beugler « Oui ! ».

Les chefs, les champions et leurs soldures avaient bondi sur pied. Le poing levé, l'épée brandie ou le pot à la main, ils vomissaient un tonnerre haineux dans la nuit. La lueur rouge des flammes ensanglantait les mentons dressés, les mufles révulsés, les yeux glauques, miroitait sur les lames nues. Tigernomagle a ouvert largement ses bras musculeux pour embrasser cette fureur guerrière et il a ri, à gorge déployée. Sans même attendre que le vacarme s'apaise, il a poursuivi sa harangue, et il fallait un sacré coffre pour se faire entendre au milieu du tumulte.

« La racaille, elle se croit forte ? Elle imagine qu'elle peut me la mettre bien profond ? On va leur montrer, à ces bâtards ! On va leur tomber sur la tronche ! On va leur casser les reins ! Ils veulent jouer à la guerre ? On va les défoncer ! Et quand ce sera fini, je suspendrai leur viande sur mes frontières ! Ils serviront de perchoirs à corbeaux ! »

Chacune de ses imprécations soulevait de nouveaux hurlements ; le raffut étourdissait comme du vin pur et vous faisait frémir la moelle. La frénésie des héros semblait se nourrir d'elle-même, et bientôt, le roi des Lémovices n'avait plus qu'à contempler, hilare, les ivrognes forcenés qui juraient de dévaster tous les royaumes jusqu'aux Montagnes de l'Orage.

Comargos, toutefois, ne participait pas à l'ivresse générale. Au bout d'un moment, il a donné son sentiment, sans crier mais assez fort pour se faire entendre du roi.

« Une bonne guerre, j'aime ça. Mais ce serait ballot de foncer tête baissée. Imagine que les Ambrones se défilent. On aura beau jeu d'être nombreux et de saccager la rase campagne ; s'ils se terrent dans leurs forteresses, quand on rentrera chez nous, tu auras toujours un gros problème sur les bras. Ton Mezukenn, tu es sûr de le débusquer ? »

Tigernomagle a grimacé un rictus menaçant.

« Dis-moi, fils de Combogiomar, tu sous-entends que je m'y prends comme un manche ? »

Le borgne lui a renvoyé un sourire dur.

« Si je sous-entendais un truc pareil, ce serait moi le crétin.

— Ah, bien. Dans ce cas, on est des malins, toi et moi.

— Et puisqu'on est des malins, tu comprendras pourquoi le chef de guerre du haut roi des Bituriges aimerait connaître le plan du roi des Lémovices.

— Ouais. Ça, c'est assez malin pour que je comprenne. »

J'ai eu de plus en plus de mal à entendre ce qu'ils disaient, car plusieurs guerriers tonitruaient autour de nous, et certains héros de l'entourage d'Ambimagetos venaient saluer Sumarios en lui claquant l'épaule. Toutefois, j'ai encore pu saisir quelques bribes de la conversation entre les chefs de guerre.

« Une grosse armée, ça demande beaucoup de

fourrage, observait Tigernomagle. Vivre sur le pays, ça nous forcerait à disperser les troupes.

— Tu veux faire plusieurs razzias ? »

Le roi des Lémovices a opiné, avant de poursuivre : « On va se diviser. Trogimar gardera Argentate avec ses hommes. Moi, avec Taruac, mes soldures et les bandes santones, pétrocores et ségusiaves, je franchis la Dornonia et je vais mettre à feu et à sang le cœur du pays ausque. Les Ambrones croiront que je fais comme les années passées. Je les amuse, quoi : j'espère que Mezukenn, avec ses renforts étrangers, va s'imaginer pouvoir me vaincre sur son terrain. Pendant ce temps, il sera moins attentif de ce côté-ci de la rivière. Ambimagetos et toi, avec vos hommes, vous foncez sur Uxellodunon et vous reprenez la place. Vous autres Bituriges, Mezukenn ne vous connaît pas. Il sera pris au dépourvu.

— Uxellodunon, nous, on n'y a jamais mis les pieds, a remarqué le borgne. Si la place est aussi forte que tu le dis, ça ne sera pas une mince affaire de l'emporter.

— Uxellodunon est un putain de nid d'aigle, a grondé le roi des Lémovices. Mais si les Ambrones l'ont prise, on doit pouvoir la récupérer. Je demanderai à Troxo de t'épauler. Lui, il est venu souvent combattre avec moi ; il connaît bien la région. Il vous servira de guide… »

La suite s'est perdue dans le tintamarre du banquet ; et du reste, assez vite, Comargos et le roi ont été distraits par les brutalités ou les pitreries des convives. Des chansons concurrentes s'élevaient un peu partout ; des guerriers prenaient plaisir à fracasser les amphores vides pendant que les échansons de Tigernomagle allaient en chercher de nouvelles ; les chiens de Troxo se disputaient des os avec ceux du roi, et Arvernes et Lémovices les excitaient au combat. Quelques duels ont éclaté entre héros pris de boisson ; s'ils ne sont pas allés au-delà du premier sang, versé parfois par des spectateurs imprudents, c'est parce que les adversaires n'étaient plus assez solides sur leurs jambes pour pousser très loin l'affrontement.

La nuit n'était plus que rugissements. Dans l'obscurité trouée de feux s'agitait une foule d'ombres chancelantes. Les flammes accrochaient çà et là l'or d'un bijou, la chaîne d'un ceinturon, des corps lustrés de sueur ; ces reflets saignaient en taches vineuses avant de se diluer dans les ténèbres. Tout le monde buvait, le sol éclaboussé, l'obscur chargé de vapeurs, les hommes accrochés à leurs godets ; tout le monde tanguait, tout se mélangeait. Le festin perdait toute bride, se transformait en épreuve : pas à pas, nous dévalions une pente obscure, charriés par un affolement joyeux, toujours plus loin dans le désordre, la confusion, une jovialité féroce.

Je crois que j'étais un peu malade. Mon attention flottait ; mes sens s'ouvraient aux réalités supérieures. Je me détachais des illusions des hommes : je ne percevais plus la fête, autour de moi, de façon continue. Je découvrais une succession d'instants, plus ou moins consécutifs, et je devinais qu'il s'agissait de la réalité cachée du monde, de l'univers enfanté et neuf à chacune des contractions de la Déesse.

Il m'a fallu du temps pour réaliser ce qui se nouait à côté de moi. Sumarios avait disparu. Sans doute avait-il été entraîné par de vieilles connaissances. Un guerrier énorme, un vrai colosse, avait pris sa place. Il s'était assis à côté de mon frère et lui avait enveloppé les épaules sous son bras charnu. Ségovèse était pourtant robuste, mais écrasé contre ce poitrail, à moitié englouti dans cette aisselle villeuse, il paraissait minuscule. La panse secouée de rire, le géant faisait boire mon frère. Sa pogne énorme, aux doigts ronds comme des rayons de roue, descendait parfois sur la taille de Segillos, lui accrochait la hanche avec convoitise. Secoué par un haut-le-cœur, j'ai reconnu le vieux porc. Il s'agissait de Bouos, le champion d'Ambimagetos.

J'ai dégrisé d'un seul coup. Du moins c'est le sentiment que j'ai eu, parce que mes actes n'ont guère témoigné en ma faveur. Je me suis levé d'un bond – j'ai failli m'étaler car mon assiette n'était pas très sûre – et, de toutes mes forces, j'ai écrasé mon poing sur l'oreille de Bouos. Le géant m'a regardé, l'air juste un peu surpris.

« Lâche mon frère ! ai-je braillé. Fumier ! Fils de chienne ! Lâche mon frère ! »

Tout en criant, je lui ai décoché un direct en plein visage. C'est à peine s'il a marqué le coup, comme s'il avait esquissé un hochement de tête. Il s'est frotté la joue, l'air plus perplexe que sonné.

« Bel ! Qu'est-ce que tu fais ? a balbutié mon frère. Bel ! Tu es fou !

– C'est Bouos ! ai-je hurlé. Merde ! Tu l'as pas reconnu ? C'est Bouos !

– Bel, arrête ! a supplié Ségovèse. Fais pas le con ! »

Le colosse avait beaucoup levé le coude. Il lui a fallu quelques instants pour sortir de sa stupeur.

« Putain, a-t-il grommelé. Le petit chiard ! »

Il a repoussé mon frère d'un geste presque doux,

mais sa grosse patte était si lourde qu'il a quasiment couché Ségovèse. Puis il s'est dressé devant moi, et j'ai dû lever le nez pour ne pas faire face à ses pectoraux.

« Putain ! a-t-il repris avec sa bizarre voix de fausset. Tu m'as cogné !

— Touche pas à mon frère !

— Tu m'as cogné ! »

Notre numéro a fait rire des fêtards éméchés.

« Eh ! Bouos ! Je crois que t'as trouvé ton maître ! » s'est esclaffé Troxo.

Le colosse a soufflé par le nez, et j'ai compris que le grotesque de la situation commençait à l'échauffer bien plus que les coups. Mais une rage folle, mûrie par les ans et libérée par le vin, a balayé ma peur aussi bien que ma faible jugeote. J'ai posé la main sur la poignée de mon épée.

« Tu touches encore à mon frère et je te crève ! »

Des sifflets, des encouragements sarcastiques et des cris d'animaux ont salué ma bravade. Bouos a louché sur le poing que j'avais fermé sur mon arme.

« Morveux ! a-t-il ricassé. Tu me défies ?

— Touche plus à mon frère !

— Ton frangin, je le baise par tous les trous ! Mais d'abord, je vais m'occuper de toi. »

Et pour la première fois, j'ai vu son expression veule se transformer ; quelque chose de méchant a coulé dans ses traits grossiers.

« T'es aussi con que ton père, pas vrai ? a-t-il grommelé. Un vrai mariole. Je vais te corriger comme papa. »

J'ai tiré l'épée du fourreau, et aussitôt, j'ai failli mourir. Je n'ai pas eu le temps d'armer mon coup :

Bouos m'est tombé dessus de toute sa masse, et j'ai eu l'impression d'être percuté par une montagne. Je me suis retrouvé sur le dos, la respiration coupée, au milieu des restes et des tessons. J'avais perdu mon arme, et la silhouette énorme de Bouos s'est dressée au-dessus de moi, haute comme un chêne. Il m'a maintenu au sol en appuyant son pied sur ma poitrine, et il pesait si lourd qu'une simple talonnade lui aurait permis de me défoncer le plexus. Ses mains étaient vides : il lui avait suffi d'une bourrade pour me terrasser. Il a refermé un poing massif comme un maillet, il a pris son élan, et j'ai cru qu'il allait me foudroyer là, à terre, comme un bœuf sacrifié.

Sumarios est apparu alors dans mon champ de vision. Il s'est dressé à côté de moi, il a saisi le poignet du colosse.

« Non, a-t-il dit. Laisse-le.

— Dégage, a grogné Bouos en le repoussant sans effort.

— Non, laisse-le. Ce n'est pas encore un guerrier.

— Ce petit merdeux ! Il m'a frappé !

— Ce n'est pas encore un guerrier. Si tu portes la main sur lui, tu te déshonores.

— Je vais pas le combattre, Sumarios. Je vais le dérouiller.

— Tu ne peux pas, il est sous mon autorité. S'il t'a cherché querelle, c'est à moi qu'il faut parler. »

Un sourire incrédule a déformé le mufle du géant.

« Oh ? J'ai bu un coup de trop ou bien tu es en train de me chercher, fils de Sumotos ?

— Je ne te cherche pas, a rétorqué Sumarios. Je dis simplement : si tu as des problèmes avec ce garçon, c'est avec moi que tu dois en causer. »

Bouos a laissé échapper un rire strident, et il a ouvert ses bras noueux pour prendre à témoin toute l'assistance.

« Vous avez entendu, vous tous ? a-t-il clamé. Sumarios, fils de Sumotos, il me défie ! »

Des ovations sauvages ont éclaté autour de lui. Le colosse s'est désintéressé de moi, et j'ai pu reprendre mon souffle, soudain libéré. Sumarios s'est penché vers moi, m'a remis brusquement debout.

« File ! » a-t-il sifflé, les dents serrées.

Soudain, Cutio et Ségovèse m'encadraient, me saisissaient par chaque bras, me tiraient hors du cercle. Avec un mélange de soulagement et de remords, j'ai vu Sumarios rester seul face au champion du prince, l'air anormalement chétif devant le monstre.

« Écoute-moi, Bouos, a-t-il temporisé. Ces garçons sont plus jeunes qu'ils n'en ont l'air. C'est leur première guerre. Ils ne maîtrisent pas encore tous les usages.

– J'en ai rien à foutre. C'est tes valets d'armes, tu dois les tenir. Ce petit con, il m'a frappé. Quelqu'un doit payer.

– Je ne tiens pas à te défier. Ça fait plus de dix ans qu'on est frères d'armes, et on n'a jamais eu de querelle, toi et moi.

– Tu te défiles, Sumarios ?

– Non. S'il faut me battre, je me battrai.

– Alors arrête de cacher ta joie ! Défends-toi ! »

Sous les acclamations, Bouos et Sumarios se sont fait apporter leurs boucliers. Normalement, c'était à Ségovèse de servir le seigneur de Neriomagos, mais Cutio l'a arrêté d'un geste pour ne pas envenimer la situation. Nous sommes restés hors du cercle, et c'est le cocher qui a donné ses armes à notre mentor.

Quand les deux adversaires se sont mis en garde, j'ai réalisé, le cœur serré, combien la différence de carrure était patente. Le pavois de Bouos paraissait deux fois plus lourd que celui de Sumarios, et dans le poing du colosse, l'épée avait l'air d'un jouet. Dans l'espace étroit où ils devaient s'affronter, Sumarios n'aurait que très peu de marge pour se dérober aux coups. S'il tentait de soutenir le choc, la différence de poids ne lui laissait aucune chance.

Les deux combattants se ramassaient sur eux-mêmes quand la situation a pris une tournure cocasse. Un énergumène à moitié nu a jailli hors du cercle des héros et bondi sur le dos de Bouos : d'une clef de bras, il a essayé d'étrangler le colosse, tandis qu'il l'étreignait des deux jambes. Je n'ai pas distingué son visage dans la confusion, mais il m'a semblé que le feu accrochait des reflets roussâtres sur sa tignasse.

« Vas-y, Sumarios ! a crié une voix pâteuse. Pète-lui la gueule tant que je le tiens, le gros tas ! »

Mais le seigneur de Neriomagos n'a pas esquissé un geste, déconcerté par cette impertinence. Bouos a grogné, il s'est ébroué comme un chien qui secoue ses puces, et après avoir été ainsi chahuté, le farceur a chu sur son séant. Il s'est dérobé à reculons sur les fesses et les talons, avec une vivacité plutôt comique, pour esquiver le coup de bouclier rageur que lui balançait le colosse. Des cris, des sifflets, des insultes ont fusé chez les spectateurs. L'olibrius s'est remis sur pied, dans un équilibre assez précaire. J'ai alors reconnu le champion des Arvernes. Tout le monde l'a pris à partie, dans un tollé mi-outré, mi-hilare.

« Troxo, dégage !

— Troxo, tu es vraiment trop con !

— Qu'est-ce que tu branles, Troxo ?

— Tu es complètement cuit, Troxo ! »

Avec une dignité d'ivrogne, le rouquin a répondu par un geste obscène, qui a fait redoubler les quolibets et les huées.

« Du vent, pochard ! a craché Bouos. Décampe avant de manger un mauvais coup. »

Troxo a pointé un doigt vindicatif sur le colosse.

« Pochard ? Tu m'as traité de pochard ? Eh ! Sac à vin ! Je suis pas plus rond que toi ! »

Le géant a montré les dents.

« Ouais, mais moi, je tiens debout. Tu veux te battre ? Tu veux épauler Sumarios ! Allez, viens ! Je vous prends tous les deux ! Je vais vous massacrer !

— Laisse-le tranquille ! Sumarios, il t'a rien demandé, c'est toi qui lui cherches des poux ! »

Troxo a frappé sa poitrine nue des deux poings.

« Tandis que moi, je t'emmerde ! Je te défie ! Je vais te botter le train, gros tas ! »

Sa fanfaronnade a soulevé un vaste éclat de rire, ponctué de railleries et de sifflets. Tournant le dos à Bouos dans une embardée peu assurée, Troxo a pointé l'index sur l'assemblée des héros et a braillé :

« Et vous aussi, je vous emmerde ! Je vous emmerde tous ! Je vous prends tous, un par un ! »

Il a porté la main à son côté mais au cours de la fête, il s'était délesté de son ceinturon d'armes comme de sa tunique, et il n'a saisi que du vide.

« Merde ! Mon épée ! Quelqu'un m'a chouravé mon épée ! »

Tandis que la gaieté montait encore d'un ton dans l'assistance, le rouquin a haussé les épaules.

« Tant pis, le voleur, je me l'encadrerai plus tard. »

Et faisant face derechef au colosse, il a brandi ses poings nus.

« J'ai pas besoin d'autre chose pour te casser la gueule ! »

Bouos a tenté de le moucher d'un coup d'umbo, mais il n'a happé que du vent tandis que Troxo flageolait brusquement sur le côté. Tigernomagle a battu ses paumes épaisses en riant.

« Ça, c'est de la voltige ! a-t-il crié. Sumarios, retire-toi. Troxo a raison : tu ne voulais pas te battre, alors que Troxo, lui, il a la hargne ! Et je suis curieux de voir cette rencontre ! »

Mon mentor était visiblement décontenancé ; il échappait à un duel périlleux, mais il avait malgré tout l'air chagrin. Il est vrai que les événements dérogeaient aux usages et que cette sortie ne lui apparaissait pas forcément honorable. Toutefois, il s'est plié à l'ordre du souverain tandis que Troxo lui volait la vedette : le héros arverne se donnait en spectacle dans une pantomime bravache. Dès que Sumarios est sorti du cercle, le rouquin a frappé le bouclier de Bouos du plat de la main. Le colosse lui a rétorqué par un méchant coup de taille, qui n'a fendu que de l'air : Troxo avait fui en poussant des cris de fille effarouchée et s'était réfugié dans les bras de Tigernomagle et d'Ambimagetos. Le roi et le prince l'ont repoussé vers son adversaire en se gaussant.

S'est alors ouvert un combat grotesque. Troxo, qui vacillait sur ses jambes, semblait possédé par la chance des ivrognes. Dès que le colosse poussait un assaut, le rouquin était sauvé in extremis par un faux pas, une culbute, une glissade. Bouos grognait, plus perplexe que furieux, tandis que les rires cascadaient autour d'eux. À deux reprises, Troxo a saisi le bouclier de son adversaire par les bords et a fait mine de se cacher derrière, retirant ses mains juste avant qu'un coup d'épée ne le soulage de ses doigts. Conscient du ridicule de ce spectacle, Bouos a fini par lâcher ses armes pour essayer d'étreindre le champion arverne. Mais Troxo, plus que jamais, se muait en anguille. Feintes, roulades, entrechats : tout lui était bon pour se dérober. Quand les spectateurs essayaient de le pousser vers le géant, il leur crochait les jambes et les faisait basculer à sa place dans les pattes de Bouos.

À la fin, le colosse, essoufflé, a fini par consentir un rire. Appuyant ses deux mains sur ses genoux, il a éructé :

« Putain, Troxo, tu n'es qu'un pitre ! Tu m'as donné soif, avec tes gamineries. »

Le rouquin a bombé le torse, la lippe gourmande et l'air pas très assuré sur ses pieds.

« Ah oui ? C'est un défi ? Le dernier qui tient debout ? »

Bouos s'est esclaffé, a traité Troxo de tous les noms de soûlaud qu'il connaissait, et ils sont partis boire ensemble.

« Nous avons eu de la chance, a dit Sumarios, qui s'était écarté près de nous. Troxo s'est souvenu des liens d'hospitalité qui le lient à votre mère et à moi. C'est pour cela qu'il nous a sauvé la mise. Désormais, Bellovèse, toi et moi, nous lui sommes redevables. »

Et comme il craignait que notre vue ne ranime la colère de Bouos, il nous a ordonné de rester loin du cercle des champions jusqu'à la fin de la nuit. Cutio nous a entraînés, mon frère et moi, vers le feu où banquetaient les guerriers de Neriomagos. Pour oublier cette mésaventure peu glorieuse, j'ai continué à boire. Aux simples guerriers, les échansons de Tigernomagle servaient de la cervoise, et le mélange avec le vin m'a donné mal au cœur. J'étais vraiment imbibé jusqu'aux yeux. J'ai dû tituber dans un coin sombre pour vomir, contre la roue d'une charrette.

Cela n'a été qu'en me redressant que je me suis rendu compte que je n'étais pas seul.

Quelqu'un me dévisageait. Plus roide qu'une souche, une silhouette était assise en tailleur sur le plateau de la carriole. L'homme me faisait face, mais nous étions loin des feux ; de lui, je ne distinguais qu'une forme sombre. Il avait les épaules larges, une tunique et un sayon dont la trame semblait très grossière, un capuchon rabattu sur une béance plus noire qu'un puits. Posée sur ses genoux, j'ai cru discerner une arme primitive ; un bâton court et fort, peut-être une sorte de gourdin. J'ai d'abord cru qu'il s'agissait de Bebrux, le soldure de Troxo. Et puis l'inconnu a parlé, et cette voix profonde, si grave que je la sentais vibrer dans mes entrailles, m'a glacé jusqu'à la moelle. L'ombre en face de moi ne pouvait être Bebrux.

« Tu l'as échappé belle, petit roi. »

Comme je restais interdit, aussi effrayé par ce timbre caverneux que par le titre qu'on m'octroyait, la voix spectrale a psalmodié :

« Ce soir, Sumarios et Troxo ont joué leur vie pour épargner ta tête. Tu n'en es pas conscient, mais Oico est aussi mort à cause de toi. Du sang, du sang ! Quel fumet capiteux autour de toi, chétif roitelet !

— Tu te trompes, ai-je balbutié. Je ne suis pas roi.

— Tu n'es pas roi ? Tu n'es pas Bellovèse, fils de Sacrovèse roi des Turons, fils de Belinos roi des Turons ? Tu n'es pas roi ? »

Pour la deuxième fois, j'ai perdu mes moyens. Il n'était guère étonnant qu'on connaisse ma lignée ; mais, dans cette armée levée parmi des Bituriges et leurs alliés, il était stupéfiant que quelqu'un m'attribue un titre dont le haut roi, mon oncle, m'avait dépossédé. Quand j'ai repris mes esprits, j'ai lancé :

« Moi, je ne te connais pas. Qui es-tu ? »

Il n'a pas esquissé le moindre mouvement, mais dans les ténèbres de sa capuche, dans l'inflexion de son grondement, j'ai deviné un sourire pernicieux.

« Je suis la force et la faiblesse. Je suis la pierre et le gel. Je suis la vie sous les racines. Je suis celui qui murmure les vieilles chansons :

Trois corbeaux déplumés dansent dans les halliers
Trois chevaux dételés détalent dans le pré
Trois puissants sangliers sautent sur le sentier. »

Ces vers enfantins m'ont frappé avec une force suffocante. Le souffle court, les yeux soudain brouillés de larmes, j'ai reculé de deux pas.

« Tu vois, petit roi, tu te souviens, a grondé le timbre de pierre. Je suis la mémoire au fond des forêts. »

Dans un foyer voisin, une flamme plus haute a lancé quelques escarbilles vers le ciel noir. Une lueur fugitive a effleuré la charrette. Sous le capuchon effrangé, j'ai entrevu une barbe sombre, détrempée, agglomérée de caillots. Le sayon et la tunique, usés et reprisés d'épines, étaient éclaboussés de macules noirâtres. L'outil sur les genoux de l'ombre n'était pas un bâton : le feu a allumé un éclat mat sur le tranchant d'une hache de bronze. D'un seul coup, j'ai été mordu par le froid cru de la nuit.

« Tu en as mis du temps à te réveiller, a poursuivi l'apparition en retombant dans les ténèbres. J'ai bien cru que tu mourrais sans reconnaître les signes. »

Je ne comprenais pas ce dont il me parlait, mais cela faisait confusément sens. Mon échine se hérissait, mes mains frissonnaient comme feuilles sous la brise et mon cœur palpitait d'échos informulés.

« Est-ce que tu l'entends ? m'a demandé l'ombre.

— Quoi ? ai-je bredouillé. Qu'est-ce que je dois entendre ?

— La chanson des flûtes. Est-ce que tu l'entends ? »

J'étais tellement secoué par le mystère qui s'emparait de moi que même le tumulte de la fête me parvenait assourdi.

« Non, tu ne l'entends pas, a raillé l'inconnu à la hache. Mais entends-tu seulement la couleuvre qui rampe vers le campagnol ? L'aurochs qui souffle dans ses rêves au fond de la futaie ? Les grues qui planent sous la lune entre les nuages et les morts ? Tu n'as pas l'oreille assez fine… »

J'ai eu le sentiment qu'il se désintéressait brièvement de moi. Pendant que je respirais un instant, soulagé d'un poids énorme, il a paru écouter quelque chose.

« Moi, je les entends, les flûtes, a-t-il repris. Oh, elles sont encore loin, très loin ! Au-delà des royaumes des Celtes ! Au-delà du grand fleuve que remonte un long navire à hure de sanglier ! Au-delà des petits royaumes du Vieux Peuple, au-delà des aiguilles et des glaciers des Montagnes Blanches, au-delà des grands lacs cernés de forêts ! Mais elles chantent, elles chantent leurs airs aigus et lancinants, là-bas, le long des rivages palustres et des criques blanches, sous une nuit aux étoiles plus brillantes. Elles chantent une musique venue d'autres mondes, portée par des nefs noires et des âmes avides. Elles chantent des appétits étrangers et des esprits retors, des dieux migrateurs et des terres volées, des discordes anciennes et des tueries futures. Vraiment, petit roi, tu ne les entends pas ? »

Je ne lui ai pas répondu. Je n'entendais que sa voix sépulcrale qui vrombissait au fond de mes os.

« Secoue-toi, petit roi. Ton temps est court et je ne suis pas un maître patient. »

De toutes mes forces, j'ai voulu le fuir mais je n'y parvenais pas. J'ai cherché à me soustraire à ses paroles mais il a continué à prêcher. Du reste, la suite de son discours était tellement obscure que je ne m'en souviens plus. J'étais si ivre et si épuisé : j'avais les idées trop brouillées. Je me sentais réduit à une impuissance diffuse et inexplicable, comme ces marécages flous où s'enlisent les mauvais rêves. Peut-être, après tout, n'était-il lui-même qu'un mauvais rêve. Mais cela n'en demeurait pas moins effrayant.

Car il en va chez nous comme chez vous, ami ionien : c'est dans leur sommeil que les dieux se penchent sur les mortels.

Les troupes commandées par Tigernomagle sont parties le lendemain. À la demande du souverain, Comargos a assisté au défilé des bandes en marche, à la sortie du camp. Il ne s'agissait pas particulièremen[t] d'honorer le champion borgne, mais de respecter les rites. Comargos montait à cheval ; accrochée au harnais de sa monture, à côté de la phalère du poitrail, était exposée la tête d'Oico. De l'autre côté du chemin lui faisait pendant le cadavre en armes d'Oico. Ainsi, pour partir se battre, le roi, les héros et les guerriers sont-ils passés entre les deux moitiés du corps. Ils franchissaient un seuil : ils pénétraient dans un espace sacré, une géographie de violence et de mort. Ils entraient en guerre. En abordant les terres ambrones, Tigernomagle n'aurait plus qu'à ficher une lance dans le sol ennemi, et tout serait accompli.

Depuis le coteau d'Argentate, nous avons assisté au franchissement de la Dornonia par les troupes lémovices et par leurs alliés. Cela s'est opéré dans un certain désordre et un grand vacarme, sur une flottille de coracles et de radeaux. Les chevaux et les chars ont posé des problèmes de transbordement. Au début de l'après-midi, toutefois, Tigernomagle avait rassemblé son armée sur la rive opposée. Au milieu des lances, les enseignes ont été dressées : nombre de sangliers et de chevaux de bronze, mais aussi quelques coqs, quelques ours et quelques roues. Le roi lémovice a fait saluer sa ville par une retentissante sonnerie de carnyx, reprise par tous les cuivres de ses unités d'infanterie et de charrerie, puis les troupes ont lentement quitté la berge, sinuant par plusieurs chemins vers les bois et les collines ausques.

Pendant les trois jours qui ont suivi, nous avons continué à cantonner aux portes d'Argentate. Nous avons dévoré le reste des provisions rassemblées par le souverain lémovice, dans une ripaille morne qui

…ait la tristesse des fins de fête. Chaque nuit, au-delà de la Dornonia, des incendies brasillaient sur les horizons. Les guerriers contemplaient longuement ces astres rougeâtres qui clignotaient sur les reliefs. Ils versaient des libations aux dieux de la guerre et buvaient au succès de Tigernomagle.

« Il n'y va pas de main morte, nous disait Sumarios. Il n'y a pas tant de fermes et de villages à raser. Le roi fait partir en fumée les champs et les forêts : qu'il continue ainsi et il ne laissera qu'une terre brûlée derrière lui. Si ce Mezukenn commande autant de forces qu'on le prétend, il ne pourra résister à la provocation. »

Au quatrième matin, nous avons abandonné le camp à notre tour et nous sommes partis en guerre.

Notre armée m'a paru forte. Pour venir nous chercher à Attegia en compagnie de Sumarios, Comargos n'avait détaché qu'une petite garde. Les troupes bituriges que le prince Ambimagetos avait menées à Argentate s'élevaient à plusieurs centaines de guerriers. En y ajoutant notre bande et celle de Troxo, nous atteignions peut-être un millier d'hommes. À mes yeux, cela représentait une multitude. Quand nous sommes sortis du camp, je ne croyais pas qu'on puisse résister à une force si puissante. Quelle naïveté ! Je n'imaginais pas encore le nombre d'hommes qu'un souverain comme mon oncle était capable de lever.

Peut-être aurais-je pu éprouver mon premier doute quand nous nous sommes éloignés d'Argentate. L'armée si impressionnante s'est élongée sur d'étroits sentiers en un ruban mince, parfois dispersé. Elle s'est fondue dans le paysage. En regard des collines et des bois, la troupe s'effilochait en maigre colonne. Certains groupes s'engorgeaient quelquefois derrière un char embourbé ; des cavaliers s'égaillaient plus loin en maraude ; des marcheurs s'asseyaient sur le talus et regardaient passer d'autres bandes en attendant un compagnon perdu en route. Tout cela paraissait très désorganisé ; mais puisque Sumarios ne paraissait pas s'en inquiéter, Ségovèse et moi, nous ne nous en sommes guère souciés.

En comparaison de la course épuisante qui nous avait amenés à Argentate, cette montée au front avait tout d'une flânerie. Désormais, nous étions trop nombreux pour galoper. Tigernomagle nous avait détachés des armuriers et des charrons avec de lourds attelages ainsi qu'un troupeau de vaches. Ils traînaient sur nos arrières, et si nous les avons vite perdus de vue, nous ne pouvions complètement les abandonner. De loin en loin, un meuglement nous rappelait qu'ils suivaient.

On respirait. L'interminable festin, les braillements perpétuels, la promiscuité avinée, les fantômes entrevus au plus noir des nuits avaient transformé le camp en un vaste étouffoir. Sortir, marcher, sentir le vent sur nos visages, écarter les branches du chemin, cela nous allégeait le cœur. D'autant que nous ne coupions pas au plus court. Aux dires de Tigernomagle, Uxellodunon se trouvait dans la vallée de la Dornonia, à une journée en aval d'Argentate. Toutefois, dès notre départ, nous avons quitté la rivière ; nous sommes remontés dans les collines, nous sommes partis à l'opposé de l'armée des Lémovices, comme si nous rentrions chez nous. Telle était la décision de Troxo et de Comargos : en descendant la vallée de la Dornonia, nous courions le risque de heurter une force ambrone partie attaquer Argentate, ce qui aurait ruiné tout effet de surprise. Les deux champions préféraient faire un détour par l'arrière-pays et avaient reçu l'accord d'Ambimagetos. Par souci de discrétion, Troxo nous faisait suivre les fonds de vallée ; il n'a pas fallu une journée pour que j'aie l'impression que nous baguenaudions dans une errance paresseuse, dont la nonchalance était relevée par l'approche du danger.

Nous nous sommes installés dans l'insouciance du voyage, dans sa durée propre, dans un espace ouvert entre les lieux. La guerre était tapie devant nous – en fait, nous foulions déjà ses marches boudeuses – mais nous savourions le délai que nous offrait le vagabondage de Troxo. Nous marchions au combat par des sentiers de traverse, comme on va visiter un ami quand on a du pain dans sa musette et la journée devant soi.

Le pays ressemblait à celui que nous avions parcouru en arrivant dans la ville lémovice. Déserté, il possédait le charme trompeur des territoires vierges. Certes, ici où là, on découvrait la charpente d'une ferme qui avait brûlé au cours de l'hiver. Certes, les branches ployaient sous le poids d'énormes corbeaux, et le ciel crépitait de leurs croassements. Certes, une brise nous apportait parfois, mêlé à des parfums de sève et d'herbe mouillée, un miasme douceâtre. Toutefois, le printemps se hâtait d'effacer ces stigmates. Une herbe drue montait en graine dans les prairies ; des mûriers lançaient leurs premières ramilles, d'une tendresse sournoise, en travers du chemin ; bardanes, achillées et vipérines partaient à l'assaut des ruines charbonneuses. Partout, les dieux nichés dans le grain et dans les arbres se lançaient à la reconquête des lopins, dans une sarabande un peu folle, juste suspendue comme nous la traversions.

Au troisième matin, Troxo a averti que nous approchions d'Uxellodunon. Il nous a montré un panorama de collines boisées, ébréchées par de profondes vallées, en nous affirmant que l'un des monts était la place forte. Je n'ai vu que des lointains bleutés parfois baignés de brume. Puis la marche a repris, dans des vallons ombragés et humides, fraîchis par le chant des sources, et je suis retombé dans l'alanguissement de ce pays de rus moussus et de combes.

Le premier contact avec l'ennemi n'en a été que plus surprenant.

Nous progressions dans un sous-bois quand des hurlements féroces ont éclaté en tête de colonne. Y marchaient Troxo et Bouos, devenus inséparables depuis leur duel. L'alarme a remonté le long des troupes, mais le combat a été très bref, conclu presque aussitôt que commencé. Très vite, les cris ont changé de ton et ont été ponctués de rires. « Des cochons ! Des cochons ! » jubilait la voix haut perchée de Bouos.

Comargos s'est précipité vers l'avant-garde, escorté par Sumarios. Ségovèse et moi, nous leur avons emboîté le pas. D'abord, nous avons aperçu une saynète grotesque : un guerrier rabattant vers le gros de la colonne une truie et ses porcelets. Puis d'autres porcs noirâtres, éparpillés dans la futaie. Enfin, les hommes de l'avant-garde, hilares, ainsi qu'un premier cadavre, étalé dans les feuilles mortes. Le javelot fiché dans sa poitrine saillait comme un baliveau.

Troxo, mi-colère, mi-rieur, était en train d'apostropher le colosse.

« Putain, tu es lourd, Bouos ! Tu aurais pu en laisser un vivant, pour qu'on l'interroge !

— Ces cons, ils nous ont attaqués ! rétorquait le géant. Comment j'aurais pu savoir qu'ils étaient que deux ? »

Et puis, en se frottant la panse, il a beuglé :

« On s'en fout, de ces charognes ! La bonne nouvelle, c'est que ce soir, on mange du lard ! »

Oubliant toute contrariété, Troxo s'est esclaffé de bon cœur.

Selon son habitude, le champion arverne occupait la tête de la colonne quand l'escarmouche s'était produite. Il avait pris un peu d'avance, flanqué de Bouos, car nous nous rapprochions d'Uxellodunon. Les deux héros étaient tombés à l'improviste sur un troupeau de cochons, que leur porcher avait amené à la paisson dans les bois sous la protection de deux guerriers. Le gardien de porcs avait tenté de prendre la fuite tandis que, bravement, les guerriers ambrones avaient ouvert le combat. Les trois gaillards avaient été balayés.

Le porcher ressemblait à la plupart des gars de ferme que j'avais fréquentés toute ma vie. Son sayon et ses braies auraient pu être portés par les serviteurs de ma mère, à Attegia. C'était probablement un Lémovice tombé sous le joug des Ambrones. Les deux guerriers, quant à eux, évoquaient un je-ne-sais-quoi d'étranger. Leurs lances possédaient des pointes de bronze, d'assez belle facture d'ailleurs, et l'un d'entre eux portait également un pectoral d'airain. Leurs poignards, en revanche, étaient en fer. L'un des couteaux paraissait être un butin de guerre, car il était semblable aux nôtres. L'arme la plus surprenante, à mes yeux, était l'autre poignard, légèrement incurvé, dont le seul tranchant se trouvait à l'intérieur de la courbe. Ce coutelas ressemblait vaguement à une lame de faucille : cela m'a paru à la fois très incommode à manier et assez inquiétant. À ce que m'a dit Sumarios, les guerriers appartenaient à la tribu des Ausques. Ils avaient la peau mate, des yeux déjà éteints aux prunelles grisâtres, un sang aussi rouge que le nôtre. Ils ne m'ont pas semblé très impressionnants, mais les morts ont toujours un aspect rabougri qui se révèle trompeur.

Je n'ai pas eu le loisir de les admirer très longtemps. Troxo et Bouos ont raflé leurs armes, qu'ils destinaient au trophée dressé à la fin de la guerre. Ils ont également coupé les têtes – celle d'un guerrier pour le rouquin, celles du porcher et du second guerrier pour le colosse. Les corps décapités ont été abandonnés aux loups et aux corbeaux.

D'un commun accord, Troxo, Comargos et Ambimagetos n'en ont pas moins décidé d'arrêter notre progression. Ces hommes et ce troupeau de porcs venaient probablement d'Uxellodunon. Nous courions le risque de croiser d'autres indésirables. Avec les chefs, Troxo a décidé de pousser une reconnaissance en laissant le gros de la troupe sur nos arrières.

Sumarios faisant partie de la petite bande partie reconnaître les lieux, mon frère et moi, nous l'avons escorté. Afin d'avoir une meilleure vue, Troxo a abandonné le fond des vallées pour nous faire grimper un coteau. Un essart abandonné formait clairière à flanc de colline. Sans quitter l'abri des lisières, nous avons trouvé là-haut une belle échappée sur le pays. Nous nous y sommes arrêtés.

« À vol d'oiseau, nous ne sommes plus qu'à deux lieues d'Uxellodunon, a estimé Troxo. Maintenant, on voit bien la place. »

De la main, il nous a montré un gros mont aux deux sommets un peu aplatis, isolé par des vallons boisés des entablements sombres que formaient les plateaux voisins.

« Ça n'a l'air de rien vu de loin, mais croyez-moi, ça grimpe sec, a expliqué le rouquin. Ce qu'on découvre d'ici, c'est le mont Peccio, le sommet le plus bas. Il n'est occupé que par des pâtures. Un col assez étroit mène au deuxième sommet, derrière, qui est plus étendu et plus haut. C'est Uxellodunon. Vous voyez cette ligne claire qui couronne le haut de la pente ? C'est le rempart. D'ici, on dirait un simple muret. En fait, c'est une grosse levée de terre avec un parement de pierres sèches. Ça fait presque trois fois la taille d'un homme. Si les Ambrones sont perchés là-dessus, une armée dix fois plus grosse que la nôtre s'y casserait les dents. Maintenant, tenez-vous bien, parce que ce mur, c'est le point le plus faible de la place. »

Il a savouré son effet, avant de poursuivre.

« Le rempart ne défend que ce côté d'Uxellodunon, et puis un autre versant, vers Argentate, où la pente est pourtant très abrupte. Du côté de la Dornonia et vers le soleil couchant, il n'y a pas de fortification. Pas besoin : le site est défendu par des falaises à pic, plus hautes que des aulnes. Et attendez, je vous réserve le meilleur pour la fin. Les vallées au pied de la montagne sont très basses : elles sont creusées par deux rus qui courent se jeter dans la Dornonia. Si la rivière est grossie par les pluies ou par la fonte des neiges, elle sort de son lit et refoule ses affluents. Ce qui veut dire que les vallées autour d'Uxellodunon, sur trois côtés, sont des terres noyées, de vrais marécages, avec ici ou là des trous d'eau ou des courants bien traîtres. La seule voie d'accès, c'est le raidillon qui escalade d'abord le mont Peccio et qui amène bien en face des portes dans le rempart.

— Ah oui, a relevé Ambimagetos. Pour la surprise, on repassera.

— Comment est-ce que ces vermines d'Ambrones ont réussi à prendre ce perchoir ? a pesté Bouos.

— La force de la place a dû pousser les guerriers de Tigernomagle à la négligence, a estimé Comargos.

— C'est aussi ce que je pense, a confirmé Troxo. À la mauvaise saison, les nuits sont froides là-haut, et il peut souffler un vent à décorner les bœufs. La Dornonia était en crue ; c'est souvent le cas avec le temps de chien qu'on a en dumanios. Les nôtres n'imaginaient pas que Mezukenn franchirait des eaux aussi dangereuses. Ils ont dû monter une garde relâchée. Au cours de la nuit, les guerriers ausques ont sans doute escaladé le rempart et surpris les Lémovices dans leur sommeil. »

Avec une belle stupidité, Bouos s'est écrié :

« On n'a qu'à faire la même chose ! »

Ambimagetos a ricané.

« C'est sûr. Les Ambrones ne se douteront jamais qu'on peut leur refaire le coup.

— Alors on n'a qu'à les défier ! a repris Bouos. On monte sur le mont machin, là, on vient frapper à leurs portes, on leur dit de s'expliquer dehors s'ils ont des couilles !

— Le pire, c'est que je suis sûr qu'il y aurait des fanfarons dans ton genre pour venir te botter les fesses, s'est esclaffé Troxo. Mais les Ausques sont des sournois : ils laisseront toujours une garnison suffisante sur le mur, et une bataille au pied du rempart ne résoudra rien.

— Pourtant, Bouos n'a pas tout à fait tort, est intervenu Comargos. Il n'y a pas trente-six façons de reprendre cette place. Il faut juste être plus audacieux et plus malin que l'ennemi.

— Tu as une idée ? a demandé Ambimagetos.

— Oui. Il faut faire la même chose que les Ambrones, mais différemment. La faiblesse d'Uxellodunon est dans sa force, alors on va attaquer la partie la plus forte, parce qu'elle sera la moins défendue. On donnera l'assaut par la falaise.

— C'est de la folie furieuse, a grondé Troxo. La paroi est à pic. Il suffira de quelques pierres aux Ambrones pour nous massacrer.

— Si l'approche se fait de nuit, a observé le borgne, l'ennemi ne saura pas que nous grimpons.

— Tu ne sais pas de quoi tu parles ! s'est récrié Troxo. Personne ne pourrait franchir cette falaise dans l'obscurité !

— J'ai dit l'approche, pas l'escalade, a grogné Comargos. Laisse-moi finir ; ensuite, tu pourras me chercher des poux si ça te chante. De nuit, on envoie une bande traverser le marécage et se terrer au pied des falaises. Pendant ce temps, le gros de nos forces prend position en face des portes, sur le mont Peccio. Tout le monde attend l'aube : au point du jour, on réveille les Ambrones avec une bonne fanfare, Bouos fait son fier-à-bras devant le rempart, bref, on les fixe sur nous. Il faut que l'armée au pied de la muraille fasse assez d'esbroufe pour détourner l'attention de l'ennemi. Quand les hommes au pied des falaises entendent le raffut, ils se lancent dans l'escalade. D'après ce que tu dis sur la montagne, les parois ne sont pas ensoleillées le matin ; il devrait y avoir assez de lumière pour les grimpeurs, mais ils resteront dans l'ombre. Arrivés en haut, ils se débrouillent pour atteindre les portes et les ouvrir. Après, il n'y a plus qu'à cogner. »

Troxo s'est frotté le menton, l'air pensif.

« Oui, vu comme ça, ça se défend, a-t-il admis. Mais tu ne connais pas ces falaises, le Séquane. Il faudra de vrais écureuils pour parvenir là-haut.

— On est nombreux : on enverra les plus agiles d'entre nous. Une petite bande suffit. L'important n'est pas de frapper fort mais d'arriver aux portes. Si on suit ce plan, il faudra que tu guides le groupe de grimpeurs, Troxo. C'est toi qui connais le mieux le coin. Et moi aussi, j'en serai. C'est mon idée, c'est risqué, donc je viens.

— Je vous accompagne, est intervenu le prince. Je suis plus léger que vous, et il y a une sacrée gloire à se tailler !

— Non, a rétorqué fermement le borgne. Il faut quelqu'un pour commander l'armée et pour distraire l'attention des Ambrones. Ta place est à la tête des troupes, avec Bouos. Si vous parvenez à provoquer une sortie des Ambrones, vous aurez une belle bataille dans les règles. Vous en tirerez plus de gloire que d'un coup de main où il faut se faufiler comme des voleurs. »

Ambimagetos a fait la moue mais il n'a pas protesté. À mes yeux, cela a confirmé que Comargos était la voix du haut roi, et qu'à travers lui, la volonté du monarque continuait à peser, de très loin, sur son fils. Pour la première fois, j'ai éprouvé moins de réticences devant ce cousin trop séduisant. Il avait beau jeu d'être le futur roi, de porter des armes splendides, d'avoir déjà les cheveux courts : comme nous, on le traitait encore en garçon, qu'il ne fallait pas exposer de façon inconsidérée. J'ai éprouvé quelque chose comme un début de sympathie.

Ses yeux verts ont croisé mon regard et il m'a deviné. Ses traits se sont durcis : ce début de connivence lui déplaisait. Alors, il a repris la parole, sur un ton plaisant que démentait son expression.

« Tu ne te fais pas un peu vieux pour ces cabrioles ? a-t-il lancé à Comargos. Tu auras besoin de quelqu'un pour te rattraper par le fond des braies si tu dégringoles. Emmène Sumarios avec ses deux protégés. Les cousins m'ont tout l'air d'avoir passé leur enfance à dénicher des œufs : je suis sûr que ce sont de vrais furets. Et puis il est temps qu'ils fassent leurs preuves. »

Les champions ont continué à palabrer un moment. Le plan du borgne leur plaisait, il s'agissait juste de s'accorder sur les détails. Quand nous avons quitté cette clairière pour redescendre dans le fond de la vallée, notre présence dans la bande des grimpeurs était acquise. Sumarios a juste observé :

« C'était couru d'avance. »

Il ne s'est pas expliqué davantage. Ségovèse et moi, nous essayions de paraître aussi blasés que les héros, mais en fait, nous étions excités comme des chiots. Nous allions avoir notre premier combat.

Troxo et Comargos ont rapidement établi notre petit groupe d'assaut. La bande comptait trente grimpeurs, pour obtenir un chiffre propice. En tant que valets d'armes de Comargos, Suagre et Matunos étaient de la partie. Nous avons mangé un morceau, abandonné nos boucliers, prévu des provisions et des manteaux chauds. Troxo a dû confier ses chiens à Eposognatos, son cocher, pour les empêcher de le suivre. Puis nous sommes partis à pied à travers bois. Le reste de l'armée ne devait se remettre en marche qu'au soir, afin d'aborder les pentes du mont Peccio après la tombée de la nuit.

Nous avons longtemps trotté dans les sous-bois, en remontant des pentes assez raides. Cette approche finale de l'ennemi confirmait, à mes yeux de blanc-bec, une étrange propriété de la guerre : elle semble déployer indéfiniment les accidents du terrain. Il faut dire que Troxo, toujours prudent, nous faisait opérer un large détour. Nous parlions le moins possible, nous tendions l'oreille et nous gardions les yeux grands ouverts. À elle seule, cette attention de tous les instants se révélait épuisante ; nous traversions des taillis et des chemins creux où l'ennemi aurait pu se terrer à une portée de lance. Dans toute cette verdure, nous avions perdu de vue Uxellodunon, et sans le champion arverne, je crois que nous nous serions facilement égarés.

En fin d'après-midi, nous avons dévalé dans le fond d'un vallon. Nous suivions un sentier raide, mais bien tracé, récemment fréquenté. À chaque détour, nous nous préparions à croiser un forestier ou un pâtre, voire des guerriers ausques qu'il aurait fallu tuer le plus silencieusement possible. Par les trouées du feuillage, nous apercevions parfois de vastes frondaisons escaladant une nouvelle côte ; les bois étaient dominés par la barrière blanc-gris d'une falaise qui se guindait comme un nuage. Quelques toits de chaume et de rares fumées piquetaient son sommet. Nous arrivions au pied d'Uxellodunon.

Au bas de notre sentier, le terrain s'aplanissait et la forêt s'éclaircissait. Troxo a ordonné une pause. Nous allions attendre la nuit sous le couvert des lisières. Devant nous s'étendait une vallée étroite, piquetée de bosquets. Des prairies spongieuses, miroitantes d'étangs et de bras morts, s'inclinaient doucement vers la droite, où elles baignaient dans le débord de la Dornonia. La crue nous garantissait une certaine sécurité, car il était peu probable que des Ambrones se risquent dans ce marécage pour remonter notre sentier. En revanche, la traversée nocturne de ces palus ne serait pas une partie de plaisir.

Assis juste derrière l'orée, nous avons grignoté le pain, la charcuterie et les pommes suries emportées dans nos gibecières. Entre les ramures, nous observions les parois de la falaise, et même si par fierté, nous n'osions pas trop les formuler, nous devions être nombreux à partager les doutes qu'avait exprimés Troxo. Le soir éclairait de sa lumière rase le contrefort rocheux. Sous la caresse du soleil couchant, la pierre prenait une carnation presque blonde. S'y découpaient avec netteté, à grands traits d'ombre, chaque crevasse et chaque anfractuosité ; y scintillaient en duvet ambré les herbes folles qui s'accrochaient sur des ressauts. Le paysage était tout à la fois décourageant et paisible. Des oiseaux planaient à mi-hauteur du rocher. Du sommet descendaient des bêlements de moutons. Au bord de la falaise, nous n'avons aperçu aucune activité guerrière, pas même une sentinelle. Nous n'avons vu que quelques femmes venues jeter des ordures dans le vide et une bande de gamins qui s'amusaient à lancer des cailloux, essayant de troubler les étangs en contrebas. On avait le sentiment déroutant de risquer tous les os de son corps pour partir à l'assaut d'une bergerie.

Troxo, qui mesurait bien l'aspect décevant de notre objectif, a cru bon d'apporter quelques précisions.

« La place a l'air petite parce que, vu d'en bas, on ne découvre quasiment rien. Ça n'est pas Argentate, c'est sûr, mais il y a un gros village perché là-haut, et le plateau est assez vaste pour loger une armée. C'est une base idéale pour lancer des raids sur tout le pays voisin.

— En tout cas, ce côté-ci n'est pas gardé, a observé Sumarios. Par contre, c'est vraiment abrupt. Je ne pense pas qu'on pourra grimper là-haut avec des lances ni même avec des épées.

— On sera bien forcés de les prendre, a grondé Comargos. Tous les guerriers ambrones sont sans doute concentrés du côté du rempart, et ils nous verront arriver quand on s'emparera des portes. On ne pourra pas les affronter au couteau. Il faudra qu'on s'étage le long de ce mur en faisant la chaîne pour passer des armes aux premiers arrivés. »

Sumarios et Troxo ont opiné. Les dernières lueurs du jour nous ont occupés à essayer de repérer des voies dans l'immense muraille.

La nuit a coulé en silence sous le couvert forestier ; elle a grisé la falaise, éteint les derniers éclats de ciel dans les étangs. Au-dessus des reliefs noirs, le firmament a paressé en un lent crépuscule, de plus en plus tamisé. Quand le monde a sombré dans l'obscurité, une fraîcheur crue, remontée des eaux dormantes, est venue nous souffler au visage. Il était temps de reprendre l'approche, tant que nous avions encore dans l'œil le trajet qui nous permettrait d'éviter les trous d'eau les plus dangereux.

Dans l'atmosphère pénétrante, nous nous sommes déshabillés, et nous avons roulé nos vêtements en balluchons au bout de nos lances. Avant de repartir, Troxo a murmuré une brève prière au cours d'eau de la vallée.

« Uidunna, petite mère rivière, nous allons traverser ton lit. Nous sòmmes des hommes pieux, nous ne cherchons pas à troubler tes flots. Nous respectons ta pureté et tes secrets, nous ne te meurtrirons pas de nos armes. En échange, accorde-nous ta bienveillance : donne-nous de trouver un gué sûr, ne nous lie pas dans tes tourbillons et tes méandres. »

Ces mots prononcés, Troxo a pris la tête de la bande, en sondant le terrain d'une javeline. Nous l'avons suivi comme une file d'aveugles, accrochés à la lance du voisin ou la main posée sur son épaule. Nous devinions la bonne direction au halo rougeâtre qui tremblotait au-dessus de la barre noire de la falaise, là où brûlaient les feux d'Uxellodunon. Dans ces ténèbres épaisses, évasées par les chuchotis de l'onde, le promontoire paraissait deux fois plus haut qu'à la lumière du jour.

Nous avons commencé à patauger dans de longues mares et des fossés inondés. L'eau nous saisissait les jambes avec une voracité transie. Les herbages nous dispensaient de molles caresses, le limon avalait nos chevilles. Quand le bain est devenu plus profond, montant parfois jusqu'à la poitrine, nous avons été nombreux à claquer des dents. Nous avions beau progresser lentement, trente guerriers en train de barboter, ça soulevait des remous et des clapotis. Certains, déséquilibrés par un trou ou meurtris par une souche, étouffaient des jurons. J'en avais les oreilles qui bourdonnaient, et j'étais terriblement conscient du mutisme qui gagnait les rainettes autour de nous. Il me semblait incroyable qu'on ne nous entende pas du haut de la falaise.

Troxo a fini par s'arrêter, ce qui a provoqué quelques bousculades dans son dos.

« Devant moi, je n'ai plus pied, a-t-il murmuré. J'ai beau sonder, je ne sens plus le fond. Il va falloir nager. D'après mes souvenirs, si on va tout droit, on arrive sur un îlot avec un bosquet. »

On s'est coulés dans le flot l'un derrière l'autre. Il ne s'agissait plus d'une onde dormante mais d'eau vive ; les membres souples de la rivière se nouaient autour de nos jambes et cherchaient à nous entraîner dans une dérive glacée. J'ai craint brièvement d'être emporté loin de mes compagnons, avant de me raccrocher aux feuilles coupantes d'une touffe de laîches. Des mains fortes ont saisi mes bras et mes épaules et m'ont hissé sur un haut-fond, tout noueux de racines.

Les nôtres sont arrivés un à un, plus ou moins déviés par le courant. On les trouvait à l'oreille et à tâtons, on les sortait de l'eau d'une traction. Au bout d'un moment, on a eu l'impression que tout le monde avait passé, mais impossible d'en être sûrs dans cette nuit noire. Tandis qu'on se serrait les uns contre les autres pour se réchauffer, Comargos a ordonné à Suagre de nous compter. Je l'ai entendu murmurer alors qu'il nous dénombrait au toucher. Il a mis du temps, a paru hésiter, a recommencé. Le borgne s'est impatienté.

« Il manque du monde ? a-t-il soufflé.

— Non, non, a répondu le fils de Sumarios, avec un soupçon d'embarras.

— Le compte y est ou pas ?

— Il ne manque personne, mais le chiffre ne tombe pas rond… J'ai recompté, et on est trente et un. »

L'eau glacée me faisait déjà joliment grelotter, mais ce chuchotement m'a versé dans la moelle un froid encore plus insidieux. Troxo, de son côté, ne s'en est guère ému. Je l'ai entendu qui riait sous cape.

« Eh ! Suagre ! J'espère que tu sais mieux grimper que compter ! »

Nous n'avons pas eu le temps d'en dire plus. En haut de la falaise, des chiens se sont mis à donner de la voix. Nous nous sommes tous figés, le nœud au ventre, saisis par la même crainte. Les clapotis de notre baignade et nos conciliabules à mi-voix avaient accroché l'ouïe des corniauds ! Au début, il n'y en avait que deux ou trois, mais bientôt, ils ont excité toute la gent canine de la forteresse, et il s'est élevé une vraie cacophonie de glapissements sous les étoiles. Un chien qui aboie dans la nuit provoque toujours l'inquiétude du pâtre et du paysan, à plus forte raison celle du guerrier. Cela allait s'animer dans Uxellodunon, c'était inévitable.

Au bout d'un moment, d'autres aboiements ont fait écho à ceux des Ambrones, dans les lointains nocturnes. Rien que de très normal dans les campagnes, à ceci près que la guerre avait brûlé les fermes et vidé le pays autour d'Uxellodunon. Troxo a sacré entre ses dents.

« Foutus cabots ! a-t-il bougonné. Vous entendez ces jappements au fond des bois ? Ce sont Buro et Melinos, mes couillons de clabauds. Ils sont en train de donner la réplique aux clébards des Ausques. »

Et après un instant, Matunos a ajouté :

« On entend aussi hennir des chevaux. Ambimagetos s'est mis en route avec l'armée. »

Nous sommes restés un moment sur notre îlot, frissonnant de froid et de tension. Des rumeurs de voix d'hommes nous parvenaient maintenant d'Uxellodunon, mêlées aux hurlements des chiens. Toutefois, nulle silhouette ne se découpait dans les lueurs rougeâtres qui dessinaient le sommet de la falaise. Comme l'avait pressenti Comargos, les Ausques devaient se presser sur le rempart.

On ne pouvait grelotter indéfiniment au milieu du gué. Le borgne a pris la décision de continuer. Nous avons recommencé à patauger à la queue leu leu. Heureusement, nous avions franchi le bras le plus profond de la rivière : l'eau ne nous montait plus qu'à la ceinture. Nous avons émergé sur une prairie gorgée, les pieds lestés par des paquets de boue. Au bout d'une vingtaine de pas, le sol est devenu plus sec et s'est soulevé de façon sensible. Nous sommes entrés dans des taillis où nous nous empêtrions dans la ramée. Malgré nos précautions, cette marche à l'aveuglette provoquait des faux pas, des branches froissées, des craquements secs. En tendant le dos, on a monté une côte qui est devenue de plus en plus roide. Sous les feuilles mortes, le terrain se faisait caillouteux, et çà et là, on s'écorchait le genou contre des blocs anguleux. Pour finir, Troxo a murmuré : « On y est. » Encore quelques enjambées, et je touchais à mon tour la surface irrégulière de la roche, bizarrement douce, qui avait conservé un fantôme de la chaleur du soir.

On s'est rassemblés au pied de la muraille, dans les broussailles et les éboulis. On s'est frictionnés avec nos paumes, moins pour se sécher que pour essayer de se réchauffer, puis on s'est rhabillés. Malheureusement, la traversée du bras le plus profond de la Uidunna avait trempé la plupart de nos effets. Je n'ai guère trouvé de réconfort dans le poids flasque du lin et de la laine mouillés.

Finalement, nous avions mis peu de temps pour gagner le pied d'Uxellodunon. Nous avons dû nous résoudre à passer une longue nuit, recroquevillés contre le rocher. Nous avons eu beau nous blottir les uns contre les autres, le réconfort d'un feu nous manquait cruellement. Il m'a fallu du temps pour réprimer les frissons provoqués par la traversée de l'eau noire, et j'ai entendu plusieurs compagnons étouffer des éternuements. Pendant un long moment, des rumeurs confuses ont descendu le cours de la Uidunna : Ambimagetos avait dû sortir du bois à la tête de nos troupes et installer un bivouac sur la pente du mont Peccio, juste hors de vue de la muraille. Troublés par les aboiements et par ce piétinement sourd dans la vallée, les Ambrones s'agitaient sur le sommet. On entendait distinctement certaines voix : les paroles qui tombaient jusqu'à nous m'étaient moins familières que le hurlement des chiens. C'était la première fois que j'avais dans l'oreille les mots d'une langue étrangère, et cela démultipliait la crainte qu'inspirait l'ennemi.

Je crois que tous nos cœurs ont bondi, y compris ceux des champions les plus endurcis, quand un guerrier ausque s'est penché au-dessus du vide, juste à notre verticale. Il portait un flambeau qui dansait dans la brise et qui a éclairé la paroi grêlée du rocher. Fort heureusement, la falaise était trop haute pour que sa flamme parvienne à nous découvrir. Par précaution, j'ai quand même couvert le fer de ma lance sous mon manteau. À la lueur de la torche, j'ai été frappé par l'aspect d'un casque conique, assez élancé, prolongé par une longue crête de bronze. L'homme a disparu sans pousser un cri d'alarme. Nous avons vu réapparaître sa lumière de loin en loin, alors qu'il longeait le bord du précipice. Il n'a pas fait une seconde ronde. À mesure que le temps a passé, nous nous sommes détendus, et nous avons pu souffrir à notre aise du froid et de l'humidité.

Le dos calé contre le rocher, les fesses talées par un lit de cailloux, les pieds et les doigts gourds, il me paraissait impossible de trouver le sommeil. Nous apercevions quelques étoiles entre les arbres, mais la masse de la montagne nous dérobait la course de la lune. La nuit s'étirait, interminable ; l'agitation s'est calmée petit à petit, plus loin dans la vallée comme dans la forteresse ambrone. Une quiétude glacée nous a enveloppés, traversée des bruits mystérieux de la faune nocturne. Du côté de la rivière, les grenouilles avaient repris leurs borborygmes ; dans les bois, deux effraies se répondaient à longs cris d'angoisse ; des broussailles craquaient parfois sous la foulée d'un prédateur en maraude. Je percevais aussi la berceuse trompeuse des rivières, le gazouillis somnolent de la Uidunna comme le grondement nonchalant de la

Dornonia. Des voix anciennes chuchotaient dans les flots ainsi, peut-être, que l'écho de mélodies englouties. Incapable de dormir, j'ai tendu l'oreille pour essayer de tromper le froid et l'attente. Je ne parvenais pas à me déterminer : étaient-ce des rires ou des flûtes que je devinais, parfois, dans le friselis d'un remous ?

Finalement, j'ai dû m'assoupir, car j'ai été réveillé par le chœur des oiseaux. Dans l'heure grise qui précède l'aurore, bruants, merles, linottes, bergeronnettes et grives s'en donnaient à cœur joie. Une brume pénétrante, soufflée du marais, avait perlé nos vêtements. Transi, je me suis emmitouflé dans mon manteau. On n'y voyait pas encore clair, mais les formes vagues des arbres commençaient à se dessiner ; notre bande ressemblait à un tas de balles de laine informes, oubliées au pied d'un mur. La fatigue m'a rattrapé, et j'ai dodeliné de la tête.

Comme les contours du monde se faisaient moins incertains, Comargos nous a tous réveillés, en silence, en nous pressant l'épaule. Il a fait rassembler en faisceaux lances, javelots et épées. Nous n'emporterions que nos poignards pour l'escalade : une fois que chacun aurait trouvé un ressaut ou une saillie, nous ferions la chaîne pour remonter les armes vers les grimpeurs de tête. Il fallait aussi décider qui ouvrirait l'ascension. Sans même consulter Sumarios, Ségovèse s'est aussitôt porté volontaire pour nous deux.

« On est venus pour ça, a-t-il chuchoté. Il paraît qu'on doit faire nos preuves, alors on va les faire. »

Comargos a accepté sans état d'âme.

« Vous êtes légers, vous êtes les neveux d'Ambigat ; c'est votre place », a-t-il convenu.

J'ai deviné que Sumarios était contrarié, mais il n'a rien objecté ; il s'est contenté de dire qu'il monterait avec nous. Après quoi, il nous a laissés pour partager un moment avec ses fils. Il les a étreints tous les deux, un dans chaque bras, et il leur a prodigué des conseils que nous n'avons pas entendus. À côté de moi, Ségovèse trépignait. Mon frère était un vrai casse-cou : il ne voyait que le plaisir à prendre au milieu du danger. Il était fier d'ouvrir l'attaque, et je le sentais frémissant d'excitation, comme naguère, quand nous maraudions en quête d'un mauvais coup sur les chemins du pays de Neriomagos.

Comargos était en train d'organiser l'ordre de la colonne quand l'aurore a effleuré la couronne des forêts, sur les plateaux voisins. Presque aussitôt, un tintamarre effroyable a déchiré la quiétude de la vallée. L'un après l'autre, les carnyx de nos troupes ont bramé dans le petit matin. Les timbres d'airain tonitruaient un tonnerre rauque, âpre comme la roche qui nous attendait ; ils ricochaient sur les coteaux, résonnaient dans les futaies, emplissaient la voûte céleste. Mêlé au beugle des trompes, un rugissement de guerre est monté de l'armée. D'abord très bas et très grave, étouffé par la sonnerie trémulante des cuivres, il a gagné progressivement en puissance, il a mugi aussi menaçant qu'une tourmente, il a roulé comme une tempête de haine. On aurait cru que dix mille hommes clamaient leur fureur. Nous avions beau savoir qu'il s'agissait des nôtres, nous n'en avions pas moins les os traversés par ce vacarme. Troxo a ri en silence, l'humeur soudain batailleuse. Comargos nous a montré la falaise. Pour seul encouragement, il nous a lancé :

« Si vous tombez, pas un cri. »

Nous avons posé nos paumes sur le rocher.

« Je suis juste derrière vous, a dit Sumarios en nous rejoignant. Allez-y prudemment. »

Mais, au moment de partir, Ségovèse s'est penché sur mon oreille. L'œil pétillant, il m'a chuchoté :

« Le premier arrivé ! »

Stimulés par ce défi enfantin, nous nous sommes élancés à l'assaut de la falaise. Nous sommes partis très vite : la base de la paroi, formée de gros blocs découpés, offrait des prises faciles et des replats en degrés. Mais quand nous avons surplombé nos compagnons d'une longueur de lance, la paroi est devenue plus lisse et plus abrupte, et j'ai commencé à éprouver des doutes sur la possibilité de la franchir. Au-dessus de moi, je ne voyais que des arêtes raboteuses, coupant en dentelures calcaires les chatoiements de l'aurore.

Cela n'a pas arrêté mon frère. Il cherchait à briller aux yeux des héros et il voulait montrer qu'il était meilleur que moi ; fort de tout un passé de haies sautées, de palissades franchies et d'arbres escaladés, il s'adaptait facilement à ce nouvel obstacle. Assez vite, il a pris de l'avance, avec une aisance insolente. Il empoignait le tranchant des fissures, il crochait les redans du talon, il bloquait ses genoux dans les anfractuosités, il agrippait les cavités de l'extrémité des phalanges. À peine assuré, une poussée dans les jambes ou un balancement souple lui permettaient de gagner quelques paumes. Certains de ses points d'appuis, accrochés du bout des ongles, paraissaient trop fragiles pour supporter son poids, mais il s'en servait juste pour prolonger son élan et attraper, un peu plus haut, une meilleure prise.

Il m'envoyait parfois des gravillons ou des cailloux; comme je me sentais moins à l'aise que lui, j'ai opté pour une voie plus sûre. Je me suis déporté, préférant progresser de crevasses en corniches, cherchant les affleurements et les ressauts formés par certaines dalles. Sumarios, qui nous suivait avec ses fils, a mené son escalade derrière la mienne. Je n'y pensais guère, tout occupé que j'étais à ne pas décrocher, mais la voie que j'ouvrais se prêtait mieux au passage des armes de main en main.

À mesure que je m'élevais, concentré sur le grain du rocher, la tension dans mes muscles et mes articulations qui souffraient, je sentais croître un nouveau péril. Un risque distinct de la chute et des blocs qui broieraient mes os au fond du ravin; un danger autre que la bataille qui m'attendait si les dieux me prêtaient de parvenir au sommet. Cette menace, qui s'insinuait grisante comme une promesse de gloire, déroulait ses enchantements dans mon dos. Derrière moi, il n'y avait que du ciel, de l'air, des nuages, et par-delà le monde qui entrait en expansion.

Quelques efforts avaient suffi pour que j'abandonne sous mes pieds les ombres de la nuit. Derrière moi, dans la splendeur du matin et le fracas des trompes, un paysage grandiose se déployait. Quand je relevais le nez pour jauger l'avance de mon frère, quand je le baissais pour voir si Sumarios suivait bien, j'avais l'œil attiré par l'espace étendu derrière mon épaule. Entre les bras de brume nichés au fond des vallées, collines après collines, forêts après forêts, tout le paysage s'éveillait dans les rayons du soleil;

ses boucles déroulées autour de bancs de graviers et d'îlots boisés, la Dornonia scintillait en coulée d'argent ; dans l'azur baigné de lumière, des cirrus mouchetés d'or dessinaient les vaguelettes d'une plage céleste. Ces perspectives immenses jetaient un étourdissement. Elles chantaient dans le tonnerre des cuivres un hymne à la joie brutale et à l'abandon. Partout, dans les breuils, dans les jonchaies, dans l'étoupe des brouillards, je ressentais des présences : des centaines de regards venaient d'ouvrir leurs paupières de pierre, d'eau et de feuillages, pour fixer sur moi des prunelles intangibles. J'ai dû m'accrocher à la roche ; Sumarios, qui m'a presque rejoint, a effleuré ma cheville avec inquiétude. Mais je l'ai rassuré, ce n'était pas du vertige que j'éprouvais. Je suis reparti à l'assaut de la paroi, en essayant d'ignorer cet envoûtement plein de promesses mortelles.

Ségovèse m'attendait, essoufflé et rieur, juste au-dessous du sommet. La cime de la falaise était ébréchée en failles et craquelures ; mon frère s'était confortablement calé dans un renfoncement qui lui offrait un siège naturel. Je me suis hissé jusqu'à lui, Sumarios sur les talons. D'une traction, Segillos a franchi le dernier obstacle et s'est dressé sur le sommet. Il nous a tendu la main car il valait mieux être en groupe si, par malheur, nous étions immédiatement repérés.

Par chance, il n'y avait personne aux alentours ; mais notre point d'arrivée se trouvait terriblement exposé. Nous nous tenions en équilibre sur une arête entre deux périls, la chute d'un côté, la place ennemie de l'autre. Après l'univers vertical de la paroi, Uxellodunon paraissait un endroit déroutant de banalité. Cela avait tout du village, avec ses clôtures en clayonnage et ses huttes aux allures de meules, ses greniers sur pilotis et ses celliers enterrés. Les chaumières n'occupaient qu'une partie d'un plateau assez large, formé de pâtures à moutons, qui s'inclinait doucement vers le rempart. Seul le vent vigoureux qui balayait les prairies et les toits démarquait la bourgade d'une agglomération de plaine.

De l'intérieur, la muraille apparaissait comme un énorme talus herbeux, qui coupait la seule pente accessible. Quantité de guerriers occupaient le chemin de ronde ou y accouraient. Ils étaient moins nombreux que l'armée d'Ambimagetos, mais ils comptaient au bas mot deux cents combattants, largement de quoi tenir le mur, et plus qu'assez pour nous massacrer si nous étions découverts. Quelques cahutes nous dissimulaient en partie des troupes ausques, et les guerriers ennemis nous tournaient le dos, tout occupés à menacer du poing ou de la lance nos compagnons avancés sous le rempart. Notre situation n'en demeurait pas moins précaire. Entre les huttes, il y avait du monde : des chiens, des enfants, des femmes, en proie à la panique, qui se lamentaient et couraient en tous sens. Dans cette confusion, on ne nous avait pas encore vus ; mais notre présence ne pouvait qu'être éventée d'un instant à l'autre.

Nous nous sommes penchés au bord du vide, nous avons saisi les armes qui remontaient le long de la colonne accrochée à la paroi jusqu'à Suagre, perché juste sous nos pieds. Des piques et des javelines, tout d'abord, plus faciles à saisir et à passer dans un équilibre instable, et plus meurtrières dans un combat. Nous avions peut-être une dizaine de lances entassées à nos pieds quand nous avons entendu les cris perçants de plusieurs gamins. Mon frère a juré, nous nous sommes retournés ; les gosses prenaient déjà la poudre d'escampette, nous montrant leurs talons terreux. Presque aussitôt, un héros ausque a paru entre les murs de torchis, à une trentaine de pas. Je le revois encore, deux lances dans la main droite, un curieux bouclier rond au bras gauche, grandi par un haut casque à crête. Mes yeux ont croisé les siens, et j'y ai distingué plus de surprise que de colère. J'ai vu qu'il prenait son souffle et j'ai compris qu'il appellerait avant que je ne puisse faire quoi que ce soit. Mais il n'a pas crié.

D'un seul élan, Sumarios a lancé le javelot que venait de lui tendre son fils. Le trait a suivi une trajectoire sûre, à peine arquée, en pivotant légèrement sur lui-même ; il a transpercé le guerrier ambrone de part en part au moment où il ouvrait la bouche. Le champion ennemi n'a pas émis un son : le choc lui avait coupé le souffle. Ses jambes ont cédé doucement, il est tombé à genoux et la certitude de la mort s'est inscrite sur son visage. Mais il luttait encore, il mobilisait ses dernières forces pour retrouver sa respiration et lancer l'alerte. En quelques bonds, Sumarios était sur lui, couteau au poing, et lui tranchait la gorge.

Très vite, le seigneur de Neriomagos est revenu à nous, portant les lances et le bouclier du mort.

« Continuez ! Continuez ! » nous a-t-il pressés.

Je me suis penché au-dessus du vide, j'ai attrapé les javelots que me tendait Suagre, mais j'ai entendu au même moment des gémissements et des piailleries de femmes autour du tué. Elles s'égosillaient d'horreur, et déjà l'alarme se diffusait entre les chaumières.

Mon frère est resté debout, à considérer la rapidité avec laquelle la situation se dégradait. Il a secoué la tête.

« C'est foutu, a-t-il dit. On ne peut pas attendre tout le monde. J'y vais. »

Avant même que nous n'ayons pu le retenir, il s'était emparé d'une lance et il fonçait vers le rempart. Il nous a laissés stupéfaits, y compris Sumarios, d'ordinaire si maître de lui. Sur les traits du seigneur de Neriomagos, j'ai vu se peindre le dilemme entre le succès de l'attaque, qui requérait l'abandon de mon frère, et la parole donnée à ma mère, qui mettait en danger tout le groupe d'assaut. Moi, je n'ai pas réfléchi. Le sang seul a parlé ; j'ai ramassé une pique et j'ai couru derrière mon frère. Sumarios a juré ; il a ordonné à Suagre de prendre notre place et il s'est lancé sur nos traces.

Tout en donnant un coup de jarret, je pestais contre Segillos. Pour notre première affaire, l'écervelé nous jetait tête baissée dans la gueule du loup. Quinze pas devant moi – mais quinze pas, c'est très loin sur un champ de bataille – je voyais la silhouette juvénile de mon cadet, les cheveux au vent, sans même un cuir ou un bouclier, qui se ruait vers les lignes ennemies. L'un derrière l'autre, nous sommes sortis de l'abri relatif des huttes, et nous nous sommes retrouvés à découvert sur l'arrière du rempart. Les Ambrones qui, du haut de la muraille, répondaient au tumulte monté de nos troupes, étaient fortement armés et pleins d'une superbe menaçante. Leurs clameurs de guerre, proférées dans une langue incompréhensible, me semblaient maintenant criées dans mon oreille. Je me sentais effroyablement nu, plongé dans un péril plus mordant qu'une eau glacée.

Dans sa folie, Segillos avait toutefois eu une intuition juste. C'est un phénomène que l'expérience de la guerre devait nous confirmer par la suite : sur un champ de bataille, l'œil des combattants est attiré par les masses et néglige les individus isolés. Mon frère, Sumarios et moi, nous étions trois imbéciles dispersés au bas du talus herbeux où se tenait l'ennemi : si extraordinaire que cela paraisse, personne ne nous a accordé d'attention. Il est vrai que les guerriers ambrones nous tournaient le dos, et qu'ils esquivaient parfois les javelots que nos héros lançaient depuis leurs chars, lancés à toute allure le long du mur. Mais cela n'en paraissait pas moins incroyable, d'autant plus incroyable qu'il nous a fallu remonter une bonne portion de la fortification pour trouver les portes. On aurait cru que nous courions sous la main d'un dieu.

Hélas, l'arrivée aux portes a dissipé cette étonnante fortune. L'entrée d'Uxellodunon, en perçant l'énorme masse de terre du rempart, formait une sorte de chemin creux, le parement de pierres sèches de l'extérieur du mur se prolongeant sur les deux côtés du passage. Une passerelle de planches, protégée par un parapet en clayonnage, dominait la voie ; cette position formant le point faible des défenses, elle était fortement gardée.

Ségovèse est parvenu à s'enfiler dans l'entrée, mais les vantaux de la porte, en menuiserie massive, se trouvaient barrés par une poutre, elle-même bloquée par deux troncs en étançons. Seul, il était difficile de venir à bout rapidement d'une telle barricade. En y mettant tout son poids, Segillos a donné de violents coups de pied dans l'un des étais ; quand il a commencé à le déloger, quelques guerriers ambrones l'ont repéré et ont enfin compris ce qu'il faisait. J'ai hurlé pour le prévenir : il s'est jeté en arrière pour éviter deux traits, dont l'un s'est fiché dans la porte à hauteur de son cœur.

En un groupe compact, les Ausques ont bondi depuis la passerelle et les murs. J'ai rejoint mon frère juste à temps ; mais nous nous sommes retrouvés dans une situation intenable, armés de nos seules piques, sans bouclier, cernés par l'ennemi. Le souffle court, je ne voyais autour de nous que des pointes de lance, de curieuses épées courbes, les petites targes rondes des Ambrones, des rictus furieux. Tout s'est joué en un éclair : en insensé, Segillos a chargé, sa lance a traversé l'épaule d'un guerrier, j'ai vu plusieurs épieux fondre sur mon frère, je l'ai bousculé pour le sauver et j'ai été touché à mort.

J'ai reçu quatre blessures. Les plus superficielles – une plaie sur le bras, des égratignures dans le cou et sur une main – ont été cuisantes, mais le coup mortel a été si puissant qu'il a d'abord été indolore. J'ai su, toutefois, avant même de réaliser vraiment ce qui m'arrivait, que j'étais perdu. Au bout de la hampe de frêne qui avait pénétré sous mon sein droit, il y avait le poing d'un guerrier ennemi qui grimaçait de triomphe. J'ai effacé sa méchante mimique en plantant ma lance des deux mains dans son œil gauche. Il est mort sur le coup. En s'effondrant, son corps s'est appuyé sur la pique qui me transperçait. Une déferlante de souffrance a dévasté ma poitrine, comme si on m'avait ouvert tout le corps d'un coup de hache. Je suis tombé avec mon adversaire. Mon cœur lâchait, j'ai cru mourir et j'ai voulu mourir, tant la douleur était atroce.

Privé de forces, palpitant d'horreur, je suis demeuré gisant mais conscient. Dans un sursaut de rage, Segillos a dégagé un faible espace autour de nous en faisant tournoyer sa lance comme un bâton plus que comme une arme d'hast. Mais l'ennemi n'avait reculé que pour mieux l'entrelarder. Mon frère allait périr, transpercé de toutes parts, quand Sumarios s'est rué sur nos assaillants.

Il avait conservé les armes arrachées au premier tué. De la main droite, il brandissait la plus longue pique à hauteur d'oreille, en une garde menaçante pour les poitrines et les visages ; de la gauche, il tenait fermement le manipule du bouclier et la seconde lance, plus courte. En faisant tournoyer sa targe et cet épieu à la verticale, il parvenait à détourner d'un seul mouvement plusieurs coups adverses. Il a fauché les jarrets de deux ennemis, a bondi au-dessus d'eux comme ils s'effondraient, s'est placé dos à dos avec Segillos.

Il a offert un fragile sursis à mon frère ; l'alarme se répandait toutefois le long du rempart, la position de mes compagnons était sans issue. Ils restaient près de moi pour me protéger, mais je ne représentais plus qu'un poids mort. J'ai essayé de leur ordonner de fuir ; les élancements dans ma poitrine lançaient si violemment que je n'ai pu prononcer un mot. Allongé sur le sol, c'est à peine si je parvenais à me maintenir sur un coude : tout autour de moi, je voyais des braies, des mollets, des pieds nus et des galoches, parfois de longues jambières de bronze. Quand un Ausque trébuchait dans le cadavre de mon adversaire, qui avait toujours l'extrémité de sa lance sous lui, la vibration poignardait mon torse, suppliciait mes côtes brisées, me faisait cracher du sang.

Sumarios a essayé de gagner du temps. Il s'est mis à vociférer, avec le timbre rauque des batailles. Il rugissait pour impressionner l'ennemi, il insultait les chefs, il lançait des défis. Il cherchait à transformer la curée en combat singulier contre un champion ambrone, pour soulager la pression du groupe et glaner quelques précieux instants. Il y a eu malgré tout des assauts hargneux de la part de l'ennemi, et si Sumarios et mon frère sont parvenus à les soutenir, j'ai été éclaboussé par leur sang car il leur était impossible d'éviter tous les coups.

Le salut est venu de Comargos. Le borgne est tombé comme la foudre sur les arrières des Ambrones : utilisant aussi bien le fer que le talon métallique de sa lance, il a fait une percée jusqu'à Sumarios, permettant à Suagre et à Matunos de se glisser jusqu'à nous.

« La porte ! a craché le Séquane. Ouvrez cette putain de porte ! »

Mon frère refusait de m'abandonner ; heureusement, les fils de Sumarios ont obéi. Les Ausques, mesurant le péril où se trouvait la place, sont arrivés en masse, mais les deux héros ont redoublé de vaillance. Sumarios se battait désormais pour nous et pour ses fils, tandis que Comargos virevoltait en une danse de mort. Chacune de ses feintes était fatale, chacune de ses esquives armait un coup, chacun de ses assauts ouvrait un ventre ou fendait une tête. Les deux champions ont fait front à la presse ennemie, tandis que cédaient les barres des portes et que s'ouvraient les battants.

J'ai vu le jour tomber par l'embrasure qui s'élargissait, et un mugissement triomphant est monté de nos lignes. Déjà, le sol tremblait sous le fracas de nos chars.

« Gare ! a braillé Matunos. Ça monte ! »

Un javelot fusé par l'ouverture a frôlé la nuque de Comargos et défoncé le front d'un de ses adversaires. Déjà les poitrails d'un attelage s'engouffraient par les portes, tandis que la voix perchée de Bouos ululait d'allégresse. Suagre et Matunos n'ont eu que le temps de se jeter sur le côté ; Sumarios et mon frère m'ont empoigné sous les bras et m'ont tiré hors du passage ; j'ai entrevu les sabots des chevaux et une roue cerclée de fer rebondir à un cheveu de mes chevilles. J'ai suffoqué dans un déluge de souffrance car en me déplaçant, mes compagnons avaient arraché la lance que j'avais dans la poitrine à l'étreinte du mort.

Quand je suis revenu à moi, j'étais assis de biais, une épaule appuyée à la muraille de la porterie. On se battait férocement à l'intérieur, non loin des huttes, tandis que je voyais s'engouffrer par l'entrée les braies bigarrées de nos guerriers. Couvert de sang, les yeux gonflés de larmes, mon frère était penché sur moi et criait mon nom. J'ai voulu lui dire de se taire, qu'il me cassait les oreilles, mais je ne parvenais pas à retrouver ma respiration. J'ai essayé de m'installer plus confortablement en m'adossant au mur : cela m'a fait hurler à tue-tête. La pointe de la lance était ressortie derrière mon omoplate ; le mouvement venait de déchirer un peu plus ma blessure en raclant la lame contre les pierres.

J'ignore combien de temps la bataille a duré. Le fracas des armes et des chars, les clameurs de ralliement, les cris de souffrance faisaient écho aux élancements qui me ravageaient le torse. Quand il a été sûr qu'Uxellodunon allait tomber, Sumarios est revenu vers nous, suivi par Cutio et son attelage. Le sang projeté sur ses peintures bleues et ses tatouages prêtait un masque terrible au seigneur de Neriomagos. Toutefois, lorsqu'il a posé ses yeux sur moi, j'y ai distingué le découragement plus que la rage.

« Sumarios ! s'est écrié Segillos. Aide-le ! Aide-le ! »

Mais le héros est d'abord demeuré stoïque et sombre, tandis que Cutio, qui découvrait ma blessure, ébauchait une grimace fataliste.

« On ne peut plus faire grand-chose, a dit sourdement notre protecteur.

— Mais si ! Il faut le soigner ! Il faut trouver des druides !

— Je n'ai connu qu'un sage qui aurait pu guérir une blessure pareille, et il a disparu voici dix ans.

— Mais enfin, on ne va pas le laisser comme ça ! s'est rebellé mon frère. Il ne peut pas rester avec ce truc dans la poitrine ! Aide-nous, Sumarios ! »

Après une brève réflexion, Sumarios s'est accroupi à côté de moi, pour éviter de heurter la hampe qui saillait de mon corps. Il m'a pris le visage dans sa main forte, il s'est penché sur mon oreille.

« Si je retire cette lance, je risque de te tuer aussi sûrement que le guerrier qui l'a plantée, a-t-il murmuré.

— Essaie quand même, ai-je lâché.

— Ton frère a peut-être raison. Des druides s'y prendraient mieux que moi.

— Tiendrai pas… Souviens-toi… de ta promesse… »

Il m'a scruté en fronçant un sourcil.

« Tu nous écoutais ?

— Comme… la première fois. »

Quelque chose a vacillé dans son regard tandis que le passé y affleurait. S'y disputait un mélange de colère, d'affection et de tristesse.

« Petit fouineur ! Eh bien d'accord ! Mais ce sera encore pire que la première fois : il ne faudra pas seulement être brave. Il faudra être fort. »

Puis, dans un geste de dévotion, il a tourné les deux paumes vers le sol en disant :

« Nerios, vieux père des eaux, prête-moi une oreille favorable. Je sais bien que je te parle loin de tes sources, mais j'ai toujours veillé sur ton sanctuaire, je l'ai glorifié par des trophées, je lui ai offert de nombreux sacrifices. J'ai besoin de ton assistance pour sauver ce garçon, qui est comme mon fils. Prête-moi ta main guérisseuse. En échange, je te céderai tout le butin que je ferai dans cette guerre. »

Cette prière prononcée, il a demandé l'aide de son cocher et de mon frère. Cutio et Segillos m'ont relevé, en me portant sous les bras ; Sumarios se dressait devant moi, et soutenait le manche de la lance pour éviter que la blessure ne s'agrandisse sous son poids.

« Écoute-moi, Bellovèse, m'a dit le seigneur de Neriomagos. Si j'arrache cette arme par où elle est rentrée, je te passe une deuxième fois la lame dans le corps. Les bords de la douille, les viroles, les tranchants vont tout déchiqueter au retour : je suis sûr de te tuer. Alors je n'ai pas le choix. Serre les dents et reste avec nous. »

Il a ordonné à ses deux compagnons de bien me tenir ; empoignant la lance à deux mains, il a poussé d'un coup sec. Quand presque toute la hampe est ressortie dans mon dos, il est passé derrière moi et il a achevé d'extraire l'arme. Cutio et Segillos me criaient de tenir bon, mais je les entendais à peine. J'avais la sensation que tout mon poumon était sorti au bout de la pique. J'ai tourné de l'œil.

Il y a quelque chose de pire que la douleur : c'est la suffocation. La bouche grande ouverte, je cherchais mon souffle. C'est cela qui m'a rendu mes esprits.

J'ai d'abord entendu la voix de mon frère :

« Il revient à lui ! Bel ! Bel ! Accroche-toi ! »

J'ai vu des visages flous ; la guède des peintures, la pâleur des visages, le flamboiement des casques et des chevelures décolorées bavaient en taches troubles. J'inspirais désespérément, mais j'arrivais à peine à capter un filet d'air. J'étais allongé, libéré de la lance qui m'avait percé : mais un poids terrible me comprimait maintenant la poitrine, sans que je comprenne ce qui m'arrivait. J'avais la sensation affolante de me noyer à l'air libre, comme un poisson jeté sur la berge. La panique, en s'emparant de mon âme, a achevé de me ranimer.

La bataille venait de finir. Autour de moi, la plupart des chefs étaient rassemblés, avec la moue fermée de ceux qui prennent leurs distances. Seuls Sumarios et Segillos m'encourageaient, en me soutenant la tête. Mon frère se réjouissait de me voir revenir à moi, mais j'ai commencé à me débattre, incapable d'inspirer, et mon angoisse a redoublé en voyant une expression défaite se peindre sur les traits de Sumarios.

« Tiens bon, Bel ! criait Segillos. Tu n'as pas trop saigné, tu es fort ! Tiens bon ! »

Une silhouette massive m'a plongé dans l'ombre. C'était Bouos, qui se penchait sur moi.

« Laisse-le partir, gamin, a-t-il dit. Il devient bleu, il est en train de mourir. »

Mon frère a protesté avec violence, il a insulté le colosse, mais la résignation qui gagnait le visage de Sumarios et la violente agonie qui me convulsait ne me laissaient plus d'espoir.

« Si tu veux encore l'aider, a ajouté Bouos, il n'y a plus qu'une chose à faire. »

Il a opéré un geste rapide que je n'ai pas compris sur l'instant, et j'ai eu l'impression qu'on me clouait à terre. Une douleur vive m'a frappé sous la clavicule, et d'un seul élan, Sumarios et Segillos m'ont lâché pour se jeter sur Bouos en hurlant de rage. J'ai entrevu, dans le poing du colosse, le poignard avec lequel il venait de m'achever ; j'ai vu Sumarios tirer l'épée et mon frère saisir la lance sanglante qu'on m'avait arrachée du corps ; j'ai cru qu'ils allaient s'entre-tuer là, juste au-dessus de moi, et d'horreur, par réflexe, j'ai encore cherché à inspirer.

La nouvelle plaie que je venais de recevoir a sifflé dans un horrible gargouillis.

Quelque chose a cédé dans ma poitrine.

J'ai repris mon souffle.

Ce bruit mouillé était si crispant qu'il a interrompu le combat sur le point d'éclater. Tous les regards sont tombés sur moi.

Je haletais, les yeux brouillés de larmes. Mais je haletais. Le coup qui aurait dû me tuer m'avait rendu un souffle de vie. J'ai vu alors se peindre une expression étrange sur tous ces faciès brutaux : un mélange de crainte, de répugnance, et peut-être de révérence.

Je me rappelle mal ce qui s'est passé ensuite. Je me trouvais dans un état si terrible que je ne conserve des heures ou des jours qui ont suivi que des bribes de souvenirs, des linéaments de rêve.

On ne pouvait me porter. Quelqu'un a déniché une charrette à quatre roues, peut-être dans le butin pris dans la place, peut-être dans notre propre armée. On m'y a allongé et on m'a couvert de plaids et de manteaux. Nulle bâche n'ombrageait la carriole : droit devant moi, le ciel s'ouvrait en abîme. Des formes noires y traçaient de grands cercles, peut-être les corneilles attirées par le champ de bataille.

Je respirais à peine. Le moindre mouvement me perforait comme si on m'avait glissé des braises sous la peau. Chaque souffle était un supplice : si j'inspirais, le côté droit de ma poitrine se dégonflait par les orifices de mes blessures, en émettant un crachotement caverneux ; si j'expirais, l'air s'engouffrait par les plaies et me cisaillait de ses pointes acides. Je ne parvenais pas à reprendre convenablement ma respiration. J'avais l'impression d'avoir les poumons remplis d'eau. Je maudissais la prière de Sumarios, qui, pour me sauver, me faisait mourir à chaque instant.

La charrette s'est mise en route, et chaque cahot m'arrachait des râles. On m'a transporté pas très loin, dans l'une des huttes voisines du rempart, puisque Uxellodunon était retombée entre nos mains. Toutefois, j'ai eu le sentiment que je repartais dans un périple sans fin. Outre mon frère et Sumarios, nombre de héros et de guerriers m'escortaient. Je me suis souvenu du titre de roi des Turons, qu'un mauvais rêve m'avait prêté quelques nuits auparavant. J'ai dû sourire, de ce méchant rictus qu'ont les cadavres : dans nos contrées, les dépouilles des souverains sont promenées sur des chariots découverts avant de rejoindre leur tombeau.

Je perdais peu à peu les sens. Les compagnons d'armes qui formaient mon cortège funèbre devenaient brumes et buées. Je ne distinguais plus, à la droite de mon char, qu'une belle cavalière, drapée dans une robe écarlate, qui montait à cru une jument blanche. Derrière elles trottait un poulain très jeune, tout en jambes, qui perdait sa bourre. À ma gauche cheminait un grand bûcheron aux frusques grossières, une hache posée sur l'épaule et le capuchon tiré sur le nez.

Mais bientôt, je n'ai même plus eu la force de tourner la tête. Mes yeux se voilaient. Je n'ai plus entrevu qu'une toute petite échappée de ciel, pas plus large qu'un trou à fumée. L'azur y conservait une nuance très tendre, une profondeur de soir d'été. J'ai eu le sentiment d'y tomber. Je me suis enfoncé dans le monde des morts, avec dans l'oreille le pas de la jument qu'accompagnait le grincement des roues, et puis cette tache de firmament au fond de la pupille. Je me suis souvenu de tout cela.

J'ai enfin compris une vérité essentielle, volatile, qui m'a échappé sitôt saisie.

III

L'île des Jeunes

Ils sont arrivés par une matinée de printemps. Nous les attendions sur le pas de notre porte. Ségovèse était debout à gauche de ma mère, et moi, je me tenais sur sa droite.

L'air empestait le désastre. Remonté des bords du fleuve, au bas de la ville, un tonnerre de cuivres célébrait le meurtre en marche. Ces sonneries rauques ne suffisaient pas à couvrir les gémissements, les sanglots et les cris d'épouvante poussés dans tous les quartiers d'Ambatia. Le ciel était bouché de fumées. Des cendres dérivaient dans l'atmosphère aride, tels des flocons grisâtres. La cour était vide. La panique avait éparpillé çà et là, sur l'aire de terre battue, une jarre brisée, des roues récemment charronnées, une barrique renversée. Derrière nous, la grande maison béait, ses portes ouvertes sur une pénombre désertée.

Trois cavaliers sont entrés dans la cour. J'ai surtout vu leurs jambes, qui pendaient de part et d'autre de la panse des chevaux. Sous l'étoffe bariolée des braies, j'ai deviné les muscles des cuisses, barrés par la chaîne de suspension du fourreau. Ils portaient des épées. Il s'agissait de héros bituriges.

Trois cavaliers sont entrés dans la cour, en présentant le flanc droit. C'était étrange, ils honoraient la maison. Ils honoraient ma mère, dont je serrais la main de toutes mes forces d'enfant. Je devinais la présence de mon frère, de l'autre côté des jupes maternelles. Il était petit. Il pleurait. Il croyait que les Bituriges venaient nous tuer. Moi aussi, j'avais envie de pleurer. Ces trois guerriers ressemblaient à mon père quand il revenait du combat : ils avaient la même force, ils sentaient la sueur équine, la graisse dont ils enduisaient leurs lames, des effluves de cuir et de bière. Des torques d'or brillaient à leur cou. Des têtes coupées étaient accrochées au poitrail de leurs montures, avec les phalères de bronze ajouré.

Les montures celtes sont de petite taille ; les têtes tranchées se trouvaient à ma hauteur. Je les ai dévisagées, et certaines m'ont rendu un regard morne. Elles étaient déjà pleines de mouches, elles avaient saigné sur les genoux et les balzanes des chevaux. J'ai reconnu la plupart d'entre elles : des héros et des soldures de mon père, des gens pleins d'appétits et de joie, des familiers de la maison. D'un autre côté, ce n'étaient plus vraiment eux. Finalement, ces trophées ne paraissaient pas si horribles que ça ; ils ressemblaient un peu à la tête du cochon une fois qu'on l'avait tué.

Les cavaliers bituriges ont arrêté leurs chevaux à quelques pas. L'un d'eux était un vrai géant : ses pieds traînaient presque à terre. J'ai frissonné dans la brise torride soufflée par l'incendie.

« Bonjour, Dannissa », a dit l'un des héros.

Je lui ai trouvé un accent étrange et une voix rocailleuse. Je ne pratiquais encore que le dialecte des bords du Liger, je n'étais pas habitué au parler du Gué d'Avara. J'ai serré l'index et le majeur de ma mère aussi fort que j'ai pu : j'avais peur de ce qu'elle pouvait répondre.

La veille, quand était arrivée la nouvelle de la défaite de l'armée turone, ma mère nous avait fait amener dans sa chambre, Segillos et moi. Elle nous avait assis sur son lit, dans la pénombre douce de la pièce du haut ; elle nous avait caressé les cheveux avec une tendresse solennelle, ses yeux brillant d'une détermination âpre. J'avais vu le poignard nu, posé sur son coffre, et j'avais deviné. Mais mon frère, trop jeune, ne comprenait pas vraiment ce qui se passait. D'un ton plaintif, il avait demandé :

« C'est fini ? Papa va venir nous chercher ? »

Cette niaiserie avait fendu le cœur de ma mère. Elle avait pris Segillos dans ses bras, elle l'avait étreint à l'étouffer et sangloté dans son cou. À l'époque, je n'aimais pas trop Segillos : je le trouvais trop petit, bêlant et rapporteur, et j'en étais un peu jaloux. Mais ce jour-là, je lui avais été reconnaissant de sa bêtise. En le serrant sur son cœur, ma mère avait oublié le couteau.

Aussi je craignais fort ce qu'elle allait répondre aux champions bituriges. Ce qu'elle n'avait pas eu le sang-froid d'accomplir la veille, elle allait peut-être le chercher sous le fer de l'ennemi.

Elle a pincé les lèvres, refusant de répondre au héros. Ses yeux glissaient sur les têtes coupées, et elle reconnaissait elle aussi ces visages amis, qu'elle avait coutume de nourrir dans la maison de mon père.

« Ambigat nous a chargés de nous occuper de toi et de tes fils, a repris le Biturige à la voix rocailleuse.

— Il est trop lâche pour le faire en personne ? a relevé ma mère.

— Avec Comargos, il traque le gutuater. Il cherche à tuer le mal à sa racine. »

Ma mère a ri avec dédain.

« Vraiment, Segomar ? C'est un meurtrier comme toi qui parle de chasser le mal ? »

Mon frère a redoublé ses pleurnicheries. L'arrogance maternelle l'effrayait dans ce climat de catastrophe. Moi, je luttais contre le désir de me blottir contre le flanc de ma mère et de la supplier de se taire. Alors, j'ai enfin levé les yeux vers les champions ennemis.

Celui qui parlait était lourdement armé. Son torse étincelait, couvert par une cuirasse de bronze ouvragé, dont le collet légèrement rehaussé lui protégeait également le cou ; son casque conique, étiré en une longue pointe de fer, sabrait les airs au moindre mouvement de tête. Ses yeux très clairs, braqués sur notre mère, n'exprimaient rien sinon le plus complet mépris pour les deux vermisseaux qui la flanquaient.

C'est le regard du géant qui a croisé le mien. Dans ce visage lourd, où la sueur avait fait couler la peinture autour des croûtes noirâtres, j'ai deviné un vide bestial, plus effrayant encore que son énorme carrure et ses armes ensanglantées. Cela m'a tellement glacé que j'ai baissé le nez, sans faire attention au troisième cavalier.

« Garde ton fiel, Dannissa, a dit le héros cuirassé. Tu n'as plus le pouvoir de persifler. »

Et il a ajouté quelque chose d'horrible, quelque chose de si monstrueux, prononcé avec une telle indifférence, que je n'ai pas compris d'entrée ce qui me tombait dans l'oreille.

Il m'a semblé entendre : « Bellovèse est mort. Un coup de lance l'a tué. »

C'est ce dont je me souviens, même si cela paraît absurde, parce que je me tenais là, à Ambatia, à côté de ma mère. Le héros biturige ne pouvait énoncer pareil propos, à moins d'un accès de prescience prêté par un dieu cruel. Il est possible, à la vérité, qu'il ait dit autre chose : dans ce cas, il s'agissait d'une nouvelle encore plus affreuse, et ma mémoire se refuse à la délivrer.

Pendant que ma mère se raidissait, le champion a enchaîné sur un ton dépourvu de compassion :

« J'ai une chose à te demander, Dannissa. Est-ce toi qui as poussé Sacrovèse à faire la guerre ? »

Au milieu de ses larmes, ma mère lui a décoché un sourire amer.

« Du fond du cœur, j'aurais aimé te répondre que oui, Segomar. Mais si tu cherches l'artisan réel de cette guerre, c'est la tête de ton maître que tu dois prendre. »

Le héros biturige n'a pas relevé le sarcasme. À l'époque, je ne comprenais pas vraiment l'enjeu de sa question ; il n'a pas insisté pour pousser ma mère à se dédire. Du pouce, il a désigné l'un de ses compagnons.

« Voici le seigneur de Neriomagos, a-t-il dit. C'est lui qui se chargera de toi et de tes fils. »

J'ai jeté un coup d'œil craintif au troisième cavalier. Torse nu, à la fois svelte et musculeux, il saignait par plusieurs blessures dont il se souciait comme d'une guigne. Il m'a paru très farouche, tandis qu'il adressait un regard ombrageux à ma mère.

C'est ainsi que j'ai fait la rencontre de Sumarios, fils de Sumotos.

Il s'agit d'une des deux seules choses que je me rappelle de ma petite enfance. L'autre souvenir, c'est une chanson que fredonnait mon père quand il m'apprenait à monter. Il me hissait en croupe devant lui, et j'appuyais mon dos contre son ventre quand le cheval partait. Je sens encore sa main chaude sur ma tête et mes épaules, j'entends sa voix rassurante qui m'enveloppe. Mais j'ai beau me creuser la tête, je ne parviens pas à revoir son visage. Mon père est parti trop tôt. Il est le premier de ceux dont les traits se sont effacés de ma mémoire.

Je vois bien que tu me considères d'un œil perplexe. Je te parle de ma blessure à Uxellodunon, et le moment d'après, voici que je t'entretiens de mes souvenirs d'enfance. Tu dois te dire : ce Celte est fou, ce qu'il raconte n'a ni queue ni tête ! Détrompe-toi. Je ne divague pas. Ce que je te rapporte, c'est ce que j'ai vu à Uxellodunon.

Un druide m'a rapporté que vous autres Hellènes, la mort vous fait peur. Votre au-delà est un séjour de tristesse et d'oubli ; cela explique d'ailleurs votre façon de vous protéger quand vous combattez. Mais vous vous trompez. Le monde qui nous attend après la mort, nous l'appelons l'île Heureuse ou l'île des Jeunes. Quand je suis tombé sous une lance ambrone, j'ai compris pourquoi nous l'appelons ainsi. Car la première chose que j'ai vue quand mon esprit s'est échappé hors de mon corps, c'est ce que je viens de te raconter : mon plus vieux souvenir d'enfance.

Notre lien de parenté avec le haut roi Ambigat nous a valu la vie sauve. Mais il ne voulait pas de nous au Gué d'Avara, et encore moins à Ambatia. La valeur du douaire de ma mère, il l'a donnée à Sumarios ; en échange, le seigneur de Neriomagos a cédé à ma mère un de ses domaines, Attegia. Le pays de Neriomagos, proche du royaume arverne, se trouvait fort éloigné de la capitale biturige, et plus encore du territoire turon. Ambigat nous épargnait, mais il nous condamnait aussi à l'exil.

Lorsque je pense à mon enfance, c'est Attegia, bien plus que la ville turone, qui me revient à l'esprit. Je revois le talus vert et la grosse palissade, les longs toits de chaume de la maison et des communs, le terre-plein boueux, troué de flaques, labouré par les sabots de nos vaches. J'ai encore dans l'oreille l'aboi monotone de nos chiens, les soirs d'hiver, quand la silhouette encapuchonnée d'un visiteur apparaissait dans le chemin creux, à la lisière.

Je devrais taire mon enfance. Pour un guerrier celte, il est indigne de parler de l'âge de sa faiblesse. Pour l'homme libre, c'est une honte de croiser ses enfants lorsqu'il porte les armes ou lorsqu'il sacrifie aux dieux ; ces petits roses et fragiles lui rappellent qu'il fut un temps inachevé, qu'il fut un temps incapable de soutenir le regard de l'ennemi, qu'il ne fut un moment qu'une matière brute, minerai à brûler et à fondre. Comme tous mes compagnons, j'ai renié mon enfance, avant même d'avoir atteint l'âge adulte. J'ai lutté contre mon enfance. J'ai passé mon existence à la combattre.

Et voici qu'au détour de l'âge, je suis surpris par un sentiment étrange, une émotion assoupie. Souvent, je revois Attegia. Je revois l'écume dorée des lopins de millet et d'épeautre ; je revois l'agitation des porcs noirs, à moitié sauvages, vaguant dans les sous-bois ; je revois notre troupeau allant boire dans l'étang d'un pas paisible. Aujourd'hui encore, le feu qui réchauffe la grande salle de mes banquets me renvoie à la lueur chaude du foyer maternel ; la puanteur du purin sur le marché de ma capitale me ramène au parc à bétail blotti contre la palissade d'Attegia ; les effluves puissants de vieille urine et de métal brûlé du quartier des artisans restent associés à la pénombre du petit atelier de Dago, le bronzier de ma mère.

Chez nous, les vieux sont rares. Les gens de peu ne vivent guère, fauchés par la maladie ou usés précocement par le travail ; guerriers et nobles trouvent une fin rapide sous le fer ennemi ; les femmes meurent souvent en couches. Mais chez les quelques anciens qui nous restent, j'ai souvent observé cette complaisance étrange pour le passé, pour les souvenirs d'enfance. Comme si le regard de l'homme suivait la trajectoire d'un javelot : il s'élève loin du sol natal quand il affirme sa jeunesse et sa force, puis il fléchit insensiblement à mesure que l'élan vital s'épuise. Pour moi, l'élan s'épuise. Je suis encore très haut, tendu dans la trajectoire meurtrière qui me mènera au cœur de la phalange ennemie. Mais je ressens les premiers vertiges, l'inclinaison de la feuille de fer, la séduction de la terre grasse où je viendrai interrompre enfin ma course, mon ivresse, le lot contradictoire de mes appétits et de mes incertitudes.

Et le signe, il vient de mon passé. Me voici, comme les anciens, soudain entêté de la lumière fraîche, des saveurs intactes, des émotions simples de l'enfant que j'ai été. Parfois, au milieu du vacarme du festin ou du chahut de la chasse, à mon insu, j'attrape le regard fixe et l'expression lointaine du voyant. Mes ambactes et mes héros évitent alors de m'adresser la parole, imaginant sans doute que je contemple ce qui n'est pas accessible aux mortels, que je perçois une dimension cachée de ce monde, l'avenir des tribus ou le visage de ma propre mort. Ils ont raison. Je voyage vers l'île des Jeunes. Je rêve à mon enfance. Au fond de cette terre brûlée, mon cœur endurci à toutes les guerres, je retrouve un jeu du vent et du soleil dans le feuillage du noisetier d'Attegia ; je me réchauffe au sourire d'Icia, l'esclave qui fut mon premier amour ; je respire l'air coupant de givre des aubes d'hiver sur le vivier qui bordait la palissade. Par quelle magie tous ces instants enfouis me reviennent-ils, à l'improviste, au détour d'une gorgée de vin, du rire d'une fille, d'un matin froid ? Le temps, pour moi, suit la trajectoire du javelot et préfigure le corps que j'aurai demain : il se courbe.

Je suis comme tous les déplacés : j'apprends le délice amer de la nostalgie.

Certes, je suis roi, je suis victorieux, je suis bâtisseur. Certes, j'ai gagné de haute lutte les contrées occupées par mes tribus. Mais au fond de moi, je ressemble beaucoup aux peuples qui ont fui devant mes guerriers. Je ne suis pas de la terre où m'a mené ma course. Mon vrai pays, c'est celui qui m'a formé et que je porte dans le cœur. Ce royaume où j'exerce mon autorité n'est qu'un édifice taillé à la mesure de mon ambition. Ce n'est que le cadre de ma majesté. Mon vrai pays, c'est celui où j'ai été faible avant de devenir fort, c'est celui où j'ai rêvé avant de régner, c'est celui où j'ai vécu avant de gagner le royaume où je mourrai. Mon vrai pays, c'est ma jeunesse, perdue au détour d'un col ou d'un méandre, derrière moi. Quand je contemple les collines, les bois, les rivières de cette terre, d'autres images se superposent au paysage, et je ne puis reconnaître la nature de l'ivresse qui me grise. Orgueil, nostalgie ? La frontière n'est pas nette, en moi, entre le conquérant et l'exilé.

La terre que je porte dans mon cœur, c'est une région de champs étroits, où l'ivraie et le chardon se mêlent à l'épeautre et à l'engrain. C'est une région de rivières douces, qui s'alanguissent dans des lits de cailloux blancs en été, qui roulent des tourbillons sombres sur les berges et les prairies lors des crues d'hiver. C'est un pays de pâtures grasses, de fondrières fleuries, de ruisseaux vagabonds, de forêts enchevêtrées où le jour perce en ondées dorées.

J'ai toujours l'amour du pays d'où je viens. En ce sens, je suis comme tous les déplacés.

Sous un certain jour, ma coupe est même plus amère que celle du vaincu. Sauf à courir au-devant de sa mort, l'exilé ne peut retourner sur ses pas. Son chagrin est net : il est issu de la rupture, de l'interdit, de la perte. Il doit faire le deuil de son pays, et le deuil est une souffrance noble. Il sépare l'anecdotique de l'essentiel, le grossier du pur, la laideur de la beauté. Il permet l'épure des disparus, la reconstruction du passé. L'exilé pleure ainsi un pays qui gagne toujours plus en beauté et en simplicité à mesure que le temps file. Mais moi, je ne suis plus un réfugié. Je n'ai pas fui, j'ai pris. Je n'ai pas cédé, j'ai soumis. La terre de mon enfance ne m'est plus interdite. J'en conviens, elle m'est fermée, car mon retour et celui de mes héros provoqueraient un grand désordre ; mais je sais briser ceux qui s'opposent à moi. À la tête de mes ambactes, je pourrais franchir les montagnes, remonter le grand fleuve qui roule vers ta ville, couper dans le Cemmène, balayer les nouveaux maîtres du Gué d'Avara. La terre pour laquelle je soupire, je pourrais la retrouver, je pourrais même la reprendre. La savoir à ma portée, à quelques saisons de marche, à quelques étés de guerre, suffit à brouiller mes sentiments. La douceur d'Attegia, la richesse du Gué d'Avara, je les sais largement embellies par la distance. Y revenir ne serait qu'un nouvel exode, une autre chimère poursuivie dans le tumulte des festins et des mêlées, un simple refrain dans la banalité héroïque. Y revenir, ce serait retrouver des étrangers là où jouaient des enfants, des sépultures là où vivaient des amis. Y revenir, ce serait m'exposer à embrasser moins de lumière que dans la mélancolie ; ce serait me soumettre à la désillusion vulgaire du réel.

Je sais donc que la terre où je suis né, où j'ai grandi, où je suis devenu Bellovèse, je sais que cette terre n'existe pas vraiment. C'est un monde un peu à côté, le produit d'une mémoire qui s'érode, de sens jadis aiguisés, maintenant fatigués. Mes racines ne sont guère plus solides que le rêve. Je sais que ma nostalgie est un mensonge. Mon pays d'enfance n'existe plus en ce monde ; mais il m'attend, de l'autre côté, dans l'île des Jeunes.

Du long voyage qui nous a menés d'Ambatia au pays de Neriomagos, je n'ai que quelques souvenirs. Ils se mélangent avec ceux d'autres périples, en particulier la grande migration vers les Montagnes Blanches. Au cours de notre départ en exil, nous sommes restés terrés dans un chariot, pour échapper aux brutalités des vainqueurs. Puis, quand nous avons quitté l'armée biturige, nous avons commencé à respirer.

Au pas lent des bœufs, il nous a probablement fallu une lune pour gagner Attegia. Pour mon frère et pour moi, c'était le plus grand voyage de notre courte vie. Nous étions des enfants : pour nous, ce périple a pris une autre pente que celle suivie par notre mère. À ses yeux, chaque lieue parcourue confirmait sa déchéance : aux nôtres, chaque journée éloignait un peu plus le chagrin et la peur éprouvés à Ambatia. Côte à côte, secoués par les mêmes cahots, nous suivions des parcours contraires. Ma mère sombrait dans le deuil et la rancune ; nous reprenions notre souffle.

À l'époque, Sumarios nous effrayait. Nous redoutions sa présence ; ses paroles, rares et brèves, nous faisaient trembler. Les têtes accrochées à l'encolure de son cheval pourrissaient et faisaient planer autour de lui une odeur de mort. Mais cet ennemi nous avait aussi gardé des violences de ses compagnons quand nous avions quitté Ambatia. Au cours du long voyage vers Attegia, il n'a jamais levé la main sur nous. Insensiblement, nous nous sommes accoutumés à cet étranger effrayant. Nous le craignions, il nous protégeait. Il était inévitable que, tôt ou tard, nos sentiments devinssent confus. Toutefois, cela s'est opéré lentement, selon un dessein qui nous échappait à tous, car ma mère a commencé par haïr Sumarios, et car Sumarios avait déjà une épouse et des enfants.

D'emblée, Attegia nous est apparu comme un havre un peu magique. Enclavé dans les grands bois de Senoceton, ses basses terres baignées par les étangs de Cambolate, le domaine somnolait, préservé des périls du monde. Le talus de son enceinte était envahi de fougères, du lierre s'entortillait sur la palissade. Si les communs étaient habités par quelques paysans et un couple d'artisans, la maison de maître, quant à elle, n'était jusqu'alors occupée que quelques jours par an, lorsque Sumarios venait inspecter les troupeaux ou percevoir ses fermages. Quand nous y sommes entrés pour la première fois, la grande hutte respirait une atmosphère de grenier. La porte résistait un peu, avant de délivrer une fraîcheur obscure. Des toiles d'araignée drapaient les poteaux ; le foyer sentait la cendre mouillée. Sous le trou à fumée, de vieux nids d'hirondelles s'accrochaient aux plus hautes charpentes. Aussitôt, Segillos et moi, nous avons deviné l'esprit de la maison, qui nous a effleurés de sa bienveillance assoupie.

Soucieuse d'afficher son rang, ma mère a vite donné du lustre à cette demeure vermoulue. Elle a d'abord réquisitionné Ruscos, un homme de peine, pour chauler les murs ; quelques mois plus tard, elle les a fait peindre par le vieux Suobnos, qui a décoré l'intérieur de couleurs vives et de figures improbables. Ayant attaché à son service Taua, une veuve du pays de Neriomagos, ainsi qu'Icia, une fillette qu'elle avait sauvée à Ambatia, elle a transformé une partie du logis en atelier. Un métier à tisser a été posé dans le coin éclairé par l'embrasure de la porte, et inlassablement, les femmes de la maison ont filé et tramé des étoffes aux armures variées. Selon nos ressources et selon les saisons, elles travaillaient le lin, l'ortie, la fougère et la laine. Avec du feutre et de beaux lés de laine, les femmes ont confectionné des matelas, des plaids et des couvertures ; Ruscos a façonné une table basse et des cadres de lits. Nous avons ainsi rapidement disposé de meubles qui servaient de banquettes le jour, de couches la nuit. Plus tard, ma mère et ses servantes ont tissé de grandes tentures qui ont fermé des alcôves au sein de la vaste pièce. Près du foyer, rapidement doté de chenets de fer, se trouvaient nos cuivres. Dans le coin le plus frais étaient alignés paniers et jarres, qui embaumaient la noisette, la pomme et le sureau.

Au fond de la cour, au-delà du noisetier, derrière les greniers et l'étable, se trouvait une autre hutte qui est devenue très vite une seconde maison pour Segillos et moi. Il s'agissait de la demeure de Dago et de Banna. Dago maîtrisait l'art du bronzier, et une large partie de son logis était consacrée au travail du métal. La hutte, assez longue, s'adossait au talus de la palissade ; l'arrière du bâtiment était donc à demi enterré. La construction comportait deux pièces. Celle de devant était plus lumineuse que notre propre halle, car elle était aérée par une porte à double battant que Dago laissait ouverte quand il travaillait le métal à froid. À gauche se trouvait l'atelier, avec ses outils et sa limaille éparpillés sur une table basse ; à droite se serraient les lits du couple et de leur dernier fils, Acumis. Une petite embrasure ouvrait sur la pénombre de la pièce du fond, mystérieuse comme une cave. Là se trouvaient les fours où Dago fondait la cire, cuisait les moules et coulait les alliages. Quand l'étain et le cuivre entraient en fusion, ce réduit obscur se parait d'éclats rougeoyants et soufflait une haleine de fournaise. Mon frère et moi, nous étions envoûtés par ce sortilège de feu et de ténèbres, et nous étions fourrés plus souvent qu'à notre tour chez le bronzier.

La petite communauté d'Attegia vivait retirée et paisible, et Segillos et moi, nous en étions les merveilles. Nous nous sommes coulés dans cette vie comme la truite dans son ruisseau. Certes, nous étions dépossédés, privés de père et d'avenir ; mais la perte nous avait rapprochés de notre mère. En tant que reine, elle avait eu peu de loisirs à nous consacrer ; désormais, nous vivions dans ses robes et elle cherchait une consolation dans nos tendresses. Sa tristesse nous dispensait des douceurs teintées d'amertume : nous en profitions avec un opportunisme insouciant. Les braves gens d'Attegia, qui plaignaient les pauvres orphelins, nous passaient la plupart de nos caprices. Notre malheur avait fait de nous le nombril d'un monde minuscule, d'un pays taillé à notre mesure. Vraiment, nous y avons été heureux comme des rois.

Quand nous étions encore très jeunes, nous passions notre temps fourrés dans les jambes des adultes. Nous jouions avec les pesons de terre cuite lorsque notre mère travaillait à son métier à tisser ; Taua partait-elle à la traite, nous chicanions dans ses jupes pour savoir qui goûterait le premier au lait tout chaud ; nous gâchions la cire de Dago en façonnant des bonshommes et des colombins. Quand nous devenions insupportables, on nous envoyait voir ailleurs, et de proche en proche, nous faisions cinq ou six fois le tour de la maisonnée.

Certains se montraient plus patients avec nous, comme Ruscos, Dago et Banna.

Ruscos ne nous cajolait guère, et nous parlait même rarement ; il tolérait notre compagnie comme celle de chiens un peu folâtres. Ce gaillard taillé en force, lent et simple, sortait souvent dans la campagne pour couper du bois, curer un fossé ou réparer une clôture. Le nez au vent, nous musardions autour de lui. Il œuvrait à de rudes besognes sans nous accorder d'attention, si dur à l'ouvrage que nous nous lassions de nos jeux avant qu'il ne manifeste le moindre signe de fatigue ; il ne se mettait à aboyer que si nous mettions du désordre dans ses outils. Quand il s'octroyait une pause, il partageait son pain, son fromage et sa corma avec nous. Il contemplait le parc à bétail réparé, les grumes prêtes au débardage, et il grommelait : « En voilà un fourbil ! On a bien buzoqué. » C'étaient parfois les seuls mots qu'il prononçait dans la journée. Quand nous rentrions à la maison, nous les répétions fièrement.

Dago et Banna nous accueillaient toujours à bras ouverts. Quoique leur fils, Acumis, ait eu à peu près notre âge, les artisans nous semblaient beaucoup plus vieux que notre mère, et nous les voyions un peu comme des grands-parents. Nous ne rations pas une coulée de métal ; si nous étions sages, Dago nous permettait même d'actionner un soufflet, mais cela ne durait jamais bien longtemps car nous nous chipotions la place. La fonte n'était toutefois qu'une étape dans la joaillerie ; la plupart du temps, le bronzier occupait son établi dans la pièce de devant. Il brisait les moules de terre cuite, ébarbait les coulures, frottait interminablement fibules et rouelles au polissoir. La percussion syncopée du marteau, la râpe stridente des limes tintait sa musique répétitive et familière, qui chantonnait dans la cour d'Attegia.

Banna nous choyait avec des tendresses de mère-grand. Cette femme chenue ne passait pas une journée sans nous distribuer des douceurs – un peu de miel sur une galette, une poignée de prunelles, du sirop de sureau. Nous aimions ses mains usées, toutes rêches de cals, sa voix chevrotante, son odeur de limaille et de baies. Enfants que nous étions, nous trouvions normal d'être ainsi gâtés, et nous ne percevions guère la tristesse nichée dans les sourires de la brave femme.

Banna sortait souvent du clos d'Attegia. Les fours de son mari dévoraient beaucoup de bois, et elle allait quotidiennement fagoter ses cotrets sur les lisières. Quand ma mère et Taua avaient du fil à teindre, elle se chargeait également de la cueillette des herbes tinctoriales. Elle arrachait des fougères et des orties sur notre talus, ou vagabondait le long des haies en quête de gaillets et de pousses de sureau. Nous aimions à l'accompagner dans ces promenades, et nous en revenions chargés de larges brassées. Parfois, quand elle faisait du petit bois, elle apportait une jatte de lait et quelques épis d'épeautre qu'elle abandonnait à l'orée. Elle se recueillait un moment devant cette offrande, en fouillant les sous-bois du regard. Nous devinions alors chez elle un chagrin profond et informulé. Quand nous lui demandions à qui elle abandonnait ces provisions, elle restait évasive. Elle laissait entendre qu'il y avait des habitants dans la forêt et qu'il valait mieux vivre en bon voisinage avec eux. Si nous manifestions de la curiosité, elle nous gourmandait et nous faisait jurer de ne pas nous aventurer seuls sous les arbres. Elle murmurait qu'au fond des futaies se trouvait un bosquet horrible, où les branches ployaient sous le poids des pendus. Le gardien, à ses dires, était un forestier sournois et cruel.

Nous connaissions pourtant un habitant du bois de Senoceton, et nous lui faisions fête quand il se présentait à notre porte. En fait, il arrivait toujours à l'improviste : nous le retrouvions endormi dans la chaleur des bêtes de l'étable, ou nous entendions sa voix sonore plaisanter avec Banna dans la cour, à moins qu'il ne se trouvât au matin accroupi devant notre feu, à l'intérieur même de notre maison. Il avait le jarret maigre, les ongles noirs et la peau boucanée des coureurs de chemin. Sa tignasse emmêlée de brindilles, sa barbe broussailleuse et ses nippes malpropres dégageaient un fumet douteux, où se mariaient des suées refroidies et des respirations d'humus. Ses visites étaient intéressées : il venait poussé par la faim et il dévorait avec un appétit prodigieux. Cependant, nous accueillions toujours avec joie ce va-nu-pieds, parce qu'il s'agissait de Suobnos.

L'homme était un peu fou, mais nous le considérions avec déférence car c'était un don de double vue qui rendait son comportement fantasque. Parfois, nous le voyions chasser l'esprit du grain en battant des bras dans nos lopins ; il ne manquait jamais de témoigner de grandes marques de respect au noisetier de la cour et devisait souvent avec des fantômes. Quoiqu'il vînt surtout pour s'empiffrer et lézarder au coin du feu, il lui arrivait de trahir des savoirs mystérieux. Il retrouvait à coup sûr les objets égarés ; il suffisait de lui offrir un quignon de pain, et avec un rire, il révélait l'endroit où tu avais oublié ton sayon ou égaré tes outils. S'il se trompait parfois sur l'identité de ses hôtes, c'était toujours suivant la même pente : il confondait le nom de son interlocuteur avec celui d'un de ses parents, parfois d'un grand-parent, voire d'un aïeul plus ancien. En revanche, il ne perdait jamais la notion du temps. De façon étonnante, il connaissait toujours avec précision le jour et le mois courant, souvent mieux que nous. Cela peut te paraître bizarre, mais sache que notre calendrier est complexe, les druides ayant institué des années aux durées variables, entre douze et treize mois, fixées selon les lustres et les siècles. Comment s'y prenait-il pour ne jamais se tromper d'un jour, dans sa vie de sauvageon ? J'imagine que son lien avec la lune et les comptines obsédantes qu'il fredonnait lui fournissaient des repères.

S'il se montrait souvent goinfre et paresseux, à l'occasion, Suobnos pouvait aussi faire montre d'un grand talent. Comme je te le disais, c'est lui qui avait peint l'intérieur de notre maison. Sur un enduit de chaux et de paille pilée, il avait représenté de longues figures fluides, en constante métamorphose. Ses couleurs, obtenues à partir de sang de bœuf, de terres argileuses et de charbon de bois, se déployaient en un flot rubéfié dans la pénombre des recoins ; le feu leur donnait une vie vacillante, et l'on entrevoyait des rangées de guerriers en marche, des chars aux roues solaires, le flux sinueux de serpents-béliers ondoyant comme des rivières, des géants hiératiques aux têtes alourdies de bois de cerfs. Comme il aimait notre compagnie, à Segillos et moi, il nous suivait souvent chez Dago. Parfois, la fantaisie lui prenait de seconder le bronzier. L'artisan acceptait son aide avec gratitude : si Suobnos entretenait le feu du fourneau, le bronze qui y était fondu prenait ensuite l'éclat de l'or ; si le vagabond frottait une fibule avec un polissoir, l'épingle gagnait la délicatesse d'une ramille ou d'une étamine.

Toutefois, le vieux paresseux ne faisait que rarement étalage de ses qualités. Quand il descendait chez nous, il vivait quelque temps à nos crochets ; il mangeait comme quatre, vidait nos tonneaux de corma, lutinait la vieille Taua par taquinerie et partageait nos jeux les plus turbulents. Pourtant, tous l'aimaient bien, y compris les travailleurs durs à la tâche. Ses pattes d'oie plissées de rire, ses facéties, son charme pouilleux, tout chez lui excitait la sympathie avec une inexplicable facilité. Même ma mère lui passait tout. Il faut dire que, de tous nos visiteurs, il était le seul à l'appeler « Grande Reine ». Il le faisait sans ironie ; au contraire, quand il employait ces mots, il prenait un ton moins narquois qu'à l'ordinaire, et un soupçon de dignité affleurait sous les hardes du crève-la-faim.

Sans se montrer aussi cérémonieux que le vagabond, un autre visiteur témoignait du respect à ma mère. Il s'agissait de Sumarios.

Le seigneur de Neriomagos passait de temps à autre. Au début de notre vie à Attegia, mon frère et moi, nous filions nous cacher derrière une haie ou au fond de la maison dès que nous apercevions sa silhouette et celle de Cutio se profiler dans le chemin creux. Quant à ma mère, elle le recevait avec froideur.

Sumarios ne s'en formalisait pas. Ses visites, la plupart du temps, étaient courtes. Il s'assurait que ma mère ne rencontrait pas de difficultés dans l'exploitation du domaine ; il la renseignait sur les filouteries que pratiquaient certains pâtres, lui offrait les services de ses reproducteurs pour la saillie de ses vaches ou de ses juments, l'avertissait du passage de ferronniers à Neriomagos si elle voulait se procurer du métal. Pendant que ma mère se montrait distante, les gens du cru accueillaient avec plaisir le héros biturige. La plupart d'entre eux avaient été au service de sa famille ; Dago et Banna avaient longtemps vécu à Neriomagos, et leur fils aîné possédait son atelier dans les communs de Sumarios. Même s'ils dépendaient désormais de ma mère, ils étaient restés en bons termes avec leur ancien maître. Ils disaient que Sumarios, comme le vieux seigneur Sumotos, s'était montré juste avec eux, et ils continuaient à lui témoigner une grande loyauté. L'affection que ces braves gens portaient au héros a progressivement émoussé nos réserves. Au bout d'un an, Segillos et moi, nous allions l'accueillir comme une vieille connaissance. En retour, il nous traitait avec bienveillance ; il nous installait sur son cheval, il nous offrait des javelines pour nous entraîner à la chasse, et même, un printemps, il nous a apporté un couple de chiots pour garder la maison. Au bout de quelques années, à nos yeux d'enfants, il était devenu une sorte d'oncle.

Ma mère a d'abord considéré d'un mauvais œil cette familiarité croissante. À peine Sumarios avait-il le dos tourné, elle nous reprenait. Elle rappelait que cet homme était un valet du haut roi : ses visites étaient moins motivées par les convenances que par l'ordre qu'on lui avait donné de nous surveiller. Mais comme nous avions fini par nous attacher à lui, Segillos et moi, nous ne voyions pas vraiment où était le mal.

Sumarios partait plusieurs mois, pendant la belle saison. Il montait alors au Gué d'Avara, en particulier pour l'Assemblée de Lug ; mais il marchait aussi dans les expéditions guerrières du haut roi, et ses longues absences éveillaient chez nous de vagues inquiétudes. C'était en partant au combat que notre père était sorti de notre vie ; confusément, nous redoutions que Sumarios ne s'évanouisse de la même façon. Dans les bourrasques du mois de samonios, quand un jour sombre pesait sur les forêts roussies par l'automne, il finissait par réapparaître au fond de nos prés, flanqué de quelques ambactes. Segillos et moi, nous courions à sa rencontre, nous lui faisions une telle fête que notre mère ne pouvait se départir d'un sourire.

Insensiblement, c'est nous qui l'avons rapprochée du seigneur de Neriomagos. Elle a fini par tolérer qu'il fasse étape chez nous quand il opérait une longue tournée sur ses terres ou voyageait vers le cœur du royaume. Le soir, la présence du guerrier à notre feu emplissait toute la maison. Sa force, son calme, sa bienveillance nous procuraient une impression de sécurité. Il comblait un grand vide.

Avec les ans, alors que nous poussions comme de mauvaises herbes, il s'est mis à nous considérer différemment, mon frère et moi. Il se montrait plus ouvertement affectueux, mais il témoignait parfois un peu de tristesse. À demi-mot, il regrettait que nous restions dans les jupes maternelles ; il nous aurait bien pris en pagerie, même s'il estimait plus digne que nous soyons confiés à des héros de sang royal. Bien qu'il ne l'ait pas formulé, nous comprenions bien que cela était interdit par le haut roi.

De temps à autre, nous recevions également la visite d'un voyageur prestigieux. Quand il circulait entre le royaume arverne et les terres bituriges, Albios le Champion avait pour habitude de faire étape à Attegia. C'était un immense honneur, pour un petit domaine comme le nôtre, d'accueillir un artiste si renommé. Par le passé, Albios avait fréquenté aussi bien la cour du Gué d'Avara que celle d'Ambatia ; à la différence des poètes attachés à une couronne, c'était un barde libre, et il n'avait que faire de la disgrâce dans laquelle ma mère avait sombré. Il l'avait connue princesse, puis reine ; il avait jadis profité de ses largesses ; et puisqu'un bienfait n'est jamais perdu, disait-il, il continuait à la fréquenter dans son exil.

La faveur qu'accorde un barde en s'arrêtant dans une maison est un privilège périlleux. Le musicien est sacré, nul ne peut s'en prendre à lui. Il connaît les charmes qui exaltent et qui flétrissent ; ses éloges apportent la prospérité, ses satires attirent l'opprobre et la maladie. Il faut donc se mettre en quatre pour lui plaire. Or son savoir et son art, quand il s'agit d'un artiste aussi brillant qu'Albios, sont des luxes extrêmement coûteux. Au sein de son ordre, notre hôte occupait une des plus hautes dignités ; où qu'il aille, il avait le droit d'être nourri et logé avec une escorte de douze personnes, et s'il composait une chanson sur commande, il pouvait exiger la valeur de onze vaches en retour. L'amitié d'un tel homme aurait pu s'avérer ruineuse pour notre petit domaine…

Fort heureusement, Albios s'est toujours montré débonnaire avec nous. Sauf en une occasion où il nous a imposé douze invités – mais il menait une intrigue dont je t'entretiendrai bientôt – il arrivait rarement avec plus d'un ou deux compagnons. Il s'agissait généralement d'élèves, parfois d'une jolie esclave, offerte par un protecteur, qu'il gardait quelques mois pour le plaisir. La plupart du temps, il venait seul. Il disait en riant qu'il voyait bien trop de monde dans les villages et les forteresses et qu'il avait besoin de s'aérer en écoutant le babil des oiseaux.

Ma mère attachait un grand prix aux étapes qu'Albios faisait chez nous, aussi exigeait-elle que nous respections parfaitement les usages en sa présence. Du coup, chacune de ses visites possédait un rituel qui en rehaussait l'éclat. Taua offrait de la cervoise à l'invité dès qu'il était entré dans notre cour, et Ruscos se chargeait de son cheval. Même si nous pouvions bavarder avec le musicien, il nous était interdit de l'étourdir de questions tant qu'il n'avait pas partagé notre repas. Ma mère se retirait dans son alcôve ; elle ôtait la robe ordinaire qu'elle portait chaque jour, et ne reparaissait que vêtue de ses plus beaux atours, les bras et les chevilles parés de bracelets, la gorge ornée d'un collier d'ambre. Quand elle s'avançait, métamorphosée, dans la pénombre familière de notre halle, la reine des Turons se manifestait en majesté, et sa splendeur restaurée faisait battre nos cœurs de petits garçons. Quant à Albios, à l'époque, il commençait seulement à grisonner ; bien qu'il fût d'âge mûr, il demeurait svelte et gracieux. Sans qu'il fût beau, son art et son statut lui conféraient un vrai rayonnement. De plus, il était toujours d'une rare élégance : les chefs et les champions qui le recevaient récompensaient royalement ses services avec des parures tissées par leurs épouses. L'hôtesse et son invité paraissaient sortis d'un conte, égarés dans notre maison rustique. Le barde saluait-il ma mère et toute la demeure se mettait à respirer un air de cour.

En l'honneur d'Albios, le repas était plus plantureux qu'à l'ordinaire, et nous le partagions avec tous nos gens. Nous étions ravis de manger en compagnie de Ruscos, Acumis, Dago et Banna, comme au cours des nuits de Samonios ou du festin de Beltinia, et cela confirmait le côté un peu magique de la présence du barde. Ce n'était qu'une fois que l'invité était rassasié que ma mère, enfin, nous permettait de le solliciter à plaisir. Alors s'ouvraient d'interminables veillées, remplies de jeux, de nouvelles, de contes et de merveilles.

On commençait toujours par les potins. Le barde donnait à chacun des nouvelles de parents et d'amis éloignés. Il délivrait souvent des messages qu'il avait appris par cœur, et il mémorisait ceux dont on le chargeait pour ses prochains voyages. Il racontait aussi les derniers événements des royaumes : grandes chasses, alliances, festins, razzias, combats singuliers et duels bardiques, sans négliger les cancans des villages voisins. Il évitait seulement de parler du Gué d'Avara et de la cour du haut roi, qu'il fréquentait pourtant assidûment, car ce sujet déplaisait à ma mère. Parfois, pour donner plus d'emphase à ses nouvelles, il glissait quelques vers au milieu d'une rumeur, il effleurait les cordes de sa lyre pour dramatiser un exploit ou souligner le comique d'une anecdote. Dans les ombres du soir, rapportés par la voix chaude du conteur, le vol de quelques vaches ou la querelle de deux voisins prenaient déjà des accents de légende. Néanmoins, il savait aussi se taire et écouter ; il était à l'affût des menus événements de notre existence, qu'il saurait sublimer ailleurs, dans les veillées à venir.

Quand on avait épuisé les nouvelles, on passait aux divertissements. Albios alternait les chants et les récréations, passant souvent des uns aux autres avec des transitions musicales. À la fin d'une chanson, il reprenait un vers pas trop difficile, et il nous défiait collectivement dans un jeu rimé. Le but était simple : il s'agissait d'établir un dialogue où chaque parti répliquait en respectant l'harmonie du vers initial. Le gagnant était celui qui avait le dernier mot. Présenté ainsi, ce divertissement peut paraître futile ; mais c'est méconnaître la complexité de l'harmonie bardique. Chaque vers se décompose en deux moitiés, qui doivent avoir le même accent et rimer l'une avec l'autre ; le son initial du dernier mot de la première moitié doit rythmer la seconde moitié du vers, en une scansion qui vient se superposer à la rime et à l'accent. Albios avait beau jeu de nous défier sur un tel terrain : la plupart de nos gens avaient l'esprit lourd et ne comprenaient même pas ces règles. Seule ma mère, en raison de son éducation aristocratique, maîtrisait l'exercice, mais elle manquait de pratique. Banna lui apportait parfois une suggestion intéressante. Pendant quelques années, mon frère et moi, nous avons été incapables de participer à ces défis ; et puis, avec le temps, nous avons commencé à nous défendre. L'air de rien, Albios dégrossissait nos âmes ignorantes ; il formait notre oreille, nous montrait l'importance des nombres, nous soufflait des mots nouveaux pour dégripper un vers quand, bon prince, il condescendait à aider l'adversaire.

Même en affrontant la petite assemblée, le barde l'emportait toujours, mais avec élégance. Certes, il lui arrivait de tricher : il lui suffisait de citer un vers tiré d'une chanson pour répondre du tac au tac au mètre un peu boiteux qu'il nous avait fallu laborieusement construire. Toutefois, il réparait ensuite ce tour en nous soufflant la suite du couplet, ce qui nous remettait à égalité. Même lorsqu'il improvisait ses réponses, il mobilisait toutes les ressources de son art. Pour composer dans le vacarme d'un festin ou dans l'urgence d'un duel poétique, les bardes possèdent tout un répertoire de formules qui leur permettent de combiner en un clin d'œil les rythmes, les allitérations et les rimes. Nous ne faisions pas le poids face à sa virtuosité ; pour nous, il s'agissait moins de l'emporter que de soutenir l'assaut le plus longtemps possible. Albios saluait chacune de nos reparties par un compliment, souvent tourné dans le vers qui lui redonnait l'avantage. Seul Suobnos était capable d'affronter sérieusement le musicien sur son terrain ; toutefois, il était rare que le devin soit chez nous en même temps que le barde, et comme il avait la tête un peu évaporée, il se lassait assez vite du jeu et perdait par abandon.

Quand la nuit était bien noire et que le feu baissait, Albios ouvrait enfin son récital. Accompagné de sa lyre, qui modulait tour à tour les voix de la pluie, du vent, du souvenir et du cœur, il racontait les récits fabuleux des héros, des sorciers et des dieux. Il pouvait nous camper une histoire avec la verve du vieux guerrier qui enjolive ses souvenirs, et puis son timbre devenait profond, son élocution déclamatoire, et son récit se muait en un récitatif grave, chargé de mots anciens et de la mémoire de nombreux bardes. Ou bien, au beau milieu d'une péripétie, il interrompait la narration pour laisser la parole à un personnage. Il psalmodiait les imprécations de la magicienne Caruavinda lorsqu'elle avait découvert que le petit Binnis avait goûté au contenu de son chaudron ; il entonnait les supplications de Matrona au moment où le cruel monarque avait fait courir la déesse en gésine contre ses meilleurs chevaux ; il chantait la plainte de Blatuna, à la fin du conte de la Querelle des Oiseaux, quand la femme-fleur avait été métamorphosée en chouette pour châtiment de ses fautes. Le barde, à peine visible dans le rougeoiement des braises, devenait alors un enchanteur qui convoquait autour de nous des festins, des armées, des monstres et des divinités. Quand il se taisait, la maison d'Attegia était pleine à craquer de musique, de présences et de drames, et nous avions l'âme transportée par un sentiment plus grand que nous.

Après avoir laissé au silence le temps de parfaire son conte, il concluait la veillée en adressant un compliment rimé à son hôtesse. À chaque visite, il brodait un distique ou un tercet gracieux, qui plaçait ma mère parmi les trois plus belles femmes du royaume, ou les trois plus nobles, ou les trois plus fières… Cet éloge relevait d'un usage convenu de la part d'un barde régalé par un puissant ; toutefois, il revêtait un grand prix aux yeux de ma mère, car son hospitalité modeste ne méritant pas une si belle récompense, c'était en fait l'un des derniers hommages adressés à sa majesté évanouie.

Même lorsqu'il était parti, le barde laissait planer longtemps ses enchantements. Ses récits et chansons peuplaient notre imagination. À l'époque des poulinages, mon frère et moi, nous montions la garde pour empêcher un monstre sorti de l'autre monde de s'en prendre à nos poulains ; dans des sarabandes effrénées, nous vivions la poursuite du petit Binnis par Caruavinda, mimant tour à tour la fuite du lièvre, la course de la lice, les bonds du saumon, les plongeons de la loutre, le vol plané du faucon… Ou bien nous jouions à la guerre des dieux contre le Vieux Peuple, et nous traînions la massue d'Ogmios, nous faisions vrombir la fronde de Lug, nous balancions nos bras comme les branches des arbres combattants, nous terrassions les serpents-béliers !

Ces fantasmagories s'insinuaient jusque dans notre sommeil. Mes songes chatoyaient de musique, de créatures hybrides, de belles cavalières et d'animaux parlants. Souvent, je perdais le fil au milieu de ces merveilles. Parfois, je saisissais les bribes d'un savoir trop brillant, ou des présages énigmatiques. Très tôt, j'ai fait un rêve étrange et récurrent. Albios était revenu à l'improviste, et il était penché sur ma couche, comme s'il veillait sur mon repos ; mais la pièce où je me trouvais ne m'était pas familière car ses charpentes me paraissaient beaucoup plus hautes que celles de notre maison, et je peinais à reconnaître le barde qui avait pris un sérieux coup de vieux.

Pourtant, mon cœur débordait d'allégresse à sa vue, et il m'adressait un sourire que je ne lui avais jamais vu, comme si quelque chose, en moi, excitait chez lui une perplexité étonnée. Il avait un message important à me délivrer, disait-il, mais la plupart du temps, je ne distinguais pas clairement ses paroles. Une seule fois, cependant, quelques mots m'ont frappé sans que je démêle leur sens.

« Tu es dans le royaume des rêves, Bellovèse. Tu ne peux paraître à la cour dans cet état, ça ne se fait pas. Entre les deux mondes, il faut choisir. »

Les saisons passaient dans une sérénité trompeuse. En grandissant, nous nous affirmions turbulents et aventureux. La cour d'Attegia, le parc à bétail et les lopins voisins devenaient un terrain de jeu trop étroit pour deux gamins remuants. Peu à peu, nous prenions notre indépendance, nous partions dénicher des œufs sur les lisières, nous pêchions à la main dans les étangs de Cambolate, nous baguenaudions en direction de la vallée du Nerios, jusqu'aux métairies et aux fermes qui bordaient notre propre domaine. Dans nos maraudes, nous entraînions Acumis, le fils de Dago et Banna, ainsi qu'Icia, la jeune esclave de ma mère.

Nous avons fini par tomber sur les garnements de Neriomagos ; comme nous, ils couraient la campagne, et nous les croisions parfois au bord du Nerios. Ils formaient une bande plus forte que notre petit groupe, et ils ne nous aimaient guère. À leurs yeux, nous n'étions pas du pays ; ils nous appelaient « les Turons », et nous ne pouvions guère nous leurrer sur le mépris que ce nom leur inspirait. Segillos et moi, nous les injurions de bon cœur, et les rencontres dégénéraient souvent en pugilats. Nous étions moins nombreux, Acumis était plutôt poltron ; au début, nous avons avalé notre content de châtaignes. Mais Segillos et moi, nous étions de vraies teignes. Nous nous sommes endurcis. Nous avons appris à frapper à l'improviste sur des isolés, avant de fuir et de revenir à la charge plus tard. Ces tours brutaux sont devenus une petite guerre enfantine, obstinée et méchante, qui nous a valu quantité de plaies et de bosses, et a commencé à nous endurcir.

Peut-être nos empoignades auraient-elles fini par déboucher sur des jeux plus pacifiques avec le temps, quand nous aurions appris à nous connaître. Malheureusement, les enfants de Neriomagos suivaient les fils de leur seigneur, Suagre et Matunos. Et ces deux garçons nous en voulaient, pour des raisons que, dans notre innocence, nous avons mis du temps à comprendre. Suagre et Matunos ne faisaient guère qu'exprimer la rancœur de leur mère ; en un sens, ils nous jalousaient aussi, car leur père s'occupait trop de la maisonnée d'Attegia. Mais pour que j'en prenne conscience, il a fallu qu'éclate un drame domestique.

Je pouvais avoir dix ans. Il faisait nuit, et je m'étais égaré dans les bois. J'avais perdu les autres, même Segillos ; je ne parvenais pas à me rappeler comment j'avais pu échouer au fond de cette futaie, encore moins comment je m'étais laissé surprendre par le soir. Dans un noir de suie, je trébuchais sur des nœuds de racines, je heurtais l'écorce velue des grands chênes. Mon cœur battait très vite. Si je réprimais l'envie d'appeler à l'aide, ce n'était pas par fierté mais parce que je devinais d'autres présences dans cette forêt.

Au-dessus de moi, les branches grinçaient. Je percevais le gémissement de cordes dont les torons étaient tendus à craquer. Une odeur forte flottait dans les ténèbres, et je n'osais lever les yeux vers les sacs informes, suspendus à la ramée, qu'une lune rognée dessinait vaguement. Parfois, quelques asticots se prenaient dans mes cheveux ou dégringolaient sur mes épaules. À quinze ou vingt pas, perdu dans l'obscurité, un marcheur froissait les broussailles sous un pas lourd. D'une voix incroyablement profonde, il marmonnait des mots que je comprenais mal, peut-être : « Il est temps, il est temps… » Ce timbre sépulcral me remplissait de panique ; je cherchais à le fuir, mais j'étais enfermé dans une boucle de nuit et d'impuissance, et tous mes efforts demeuraient vains.

D'autres bruits sinistres animaient le sous-bois. Des grognements gloutons résonnaient dans les ténèbres, aussi bruyants qu'un troupeau de porcs menés à la glandée. Je tremblais d'échouer dans quelque bauge bourbeuse, grouillante de mufles et de crins. Il n'y avait pourtant pas de fondrière dans ce bosquet obscur, mais çà et là, je manquais tomber dans des fosses ouvertes entre les racines. Au fond de leur vertige de terre crue, un éclat de lune jaunissait des ossements de chevaux. Le sacré s'insinuait partout en longs reptiles d'horreur, et je suffoquais de la peur du noir comme de celle de voir.

Le marcheur s'est approché de moi, j'ai senti son souffle chaud sur ma nuque.

« Il est temps, il est temps, grondait-il d'une voix souterraine. Il est temps de faire couler le sang. »

Je me suis réveillé, le cœur battant à tout rompre.

J'ai ouvert les yeux sur l'obscurité familière de la maison. À côté de moi, j'entendais la respiration paisible de Segillos, plongé dans un profond sommeil. Par-dessus le rideau qui fermait notre alcôve, je discernais le halo rougeâtre que diffusait le foyer sur le point de s'éteindre. Il animait les ombres de la charpente d'une arborescence indécise. Pourtant, dans ce cadre rassurant, le rêve persistait, avec une réalité qui n'a fait qu'accroître mon angoisse. Au milieu des odeurs domestiques de bois sec, de feu, de laine fraîche et de sureau flottait un relent d'étable ; quelque part, à l'intérieur même des murs, grognaient des bêtes.

La tête encore lourde de forêts, j'ai quitté le nid chaud du lit, j'ai tiré la courtine. Enroulée dans des couvertures, une silhouette d'homme dormait près des braises du foyer. Cela m'a surpris, et puis j'ai reconnu Cutio ; je me suis rappelé que le soldure et son maître avaient fait étape chez nous la veille au soir. La présence des guerriers aurait dû me rassurer ; pourtant, une réserve honteuse m'a empêché de réveiller le cocher. Le rêve qui hantait la demeure avait je ne sais quoi d'indigne, et j'ai craint de le partager avec un étranger.

Le murmure de gémissements et de halètements provenait de l'autre bout de la salle, là où se trouvait la couche de ma mère. J'ai traversé la maison à pas de loup, et j'ai soulevé doucement le rideau de son alcôve. J'ai d'abord été frappé par un puissant remugle de marécage, et j'ai entrevu une ondulation reptilienne, où s'enroulaient trop de membres. J'ai dû demeurer sidéré un moment, proche de la scène défendue à la toucher. Comme tous les gamins, j'avais l'habitude de voir des animaux se monter dans les enclos, et je savais ce que je voyais ; mais je ne le comprenais pas. Le dos suant de Sumarios se cambrait au-dessus de ma mère, insupportablement soumise. J'ai eu l'impression qu'il l'étranglait. Alors, je me suis réveillé. Le faible rougeoiement du foyer dessinait la garde de l'épée du seigneur de Neriomagos, posée au chevet du lit. L'arme était trop grande pour mes bras d'enfant, mais lié à son fourreau, il y avait un bâtardeau dans sa gaine. C'est ce couteau que j'ai tiré, que j'ai brandi à deux mains. Ma mère a dû percevoir un mouvement dans la courtine, peut-être un reflet sur le tranchant ; elle a crié au moment où je frappais.

Poignardé au comble de son plaisir, Sumarios n'a pas pu se défendre. J'ai senti la pointe fendre la chair et heurter un os. Mais le coup a ranimé ses réflexes de combattant : il s'est retourné avec une vivacité de fauve, et dans son élan, son coude a heurté mon menton. L'impact m'a projeté en arrière ; le choc a été si violent que je ne me suis même pas senti tomber.

Je suis revenu à moi dans les cris. J'étais allongé au milieu de la pièce, non loin du foyer dont les braises me réchauffaient le flanc. Ma mère, dévêtue, était penchée sur moi. J'avais ses cheveux dans la figure tandis qu'elle hurlait mon nom à tue-tête. Ses seins me remplissaient de confusion, et je trouvais qu'elle puait. Taua, encore chiffonnée de sommeil, l'expression effarée, nous éclairait d'une lampe fumeuse. Debout au pied de notre lit, Segillos sanglotait de peur, le nez morveux et la bouche ouverte. Bouillant de rage, nu et sanglant, Sumarios faisait les cent pas, tandis qu'un Cutio mal réveillé essayait vainement de modérer sa colère.

J'avais un goût de fer dans la bouche. J'ai d'abord cru que c'était la saveur du meurtre ; puis la douleur s'est faite précise et j'ai compris que je m'étais mordu la langue. Quoique sonné, j'étais surtout ahuri par le désordre que j'avais provoqué, par l'indécence de ma mère. Alors, la tête encore brouillée, je me suis redressé sur mon séant. Sumarios a aussitôt fondu sur moi.

Ma mère s'est interposée, toutes griffes dehors.

« Laisse-le ! Laisse-le ! a-t-elle crié.

— Il n'a rien, a grondé le seigneur de Neriomagos. C'est le fils de Sacrovèse : il est solide. »

Il a repoussé ma mère sans ménagement, en ordonnant à Cutio :

« Occupe-toi des femmes. »

Me saisissant sous l'aisselle, il m'a brutalement mis sur pied.

« Debout, toi, a-t-il craché. On a quelque chose à régler. »

De sa main libre, il a ramassé son épée et son bouclier. Puis, sous les hurlements de ma mère retenue par le cocher, il m'a poussé rudement vers la porte et quasiment jeté dehors.

Le froid vif de la nuit m'a saisi comme je trébuchais sur la terre battue de notre cour. Une lune presque pleine découpait les ombres des toits et de la palissade. Il faisait suffisamment clair pour que je distingue, sur le corps pâle de Sumarios, les stries sombres du sang et la toison pubienne. Il s'est dressé de toute sa taille, et sa nudité comme l'obscénité de son pénis le rendaient terrifiant.

« Tu m'as frappé dans le dos ! Dans la maison de ta mère ! » a-t-il aboyé.

Se débattant vainement sous la poigne de Cutio, ma mère venait aussi de sortir.

« Ne le touche pas ! enrageait-elle. Ce n'est qu'un enfant !

— Oui, a craché Sumarios, un enfant qui a levé la main sur un guerrier. »

J'ai souhaité que ma mère se taise, car sans bien cerner les tenants et les aboutissants de mon geste, j'ai deviné que ses récriminations ne faisaient que me fourvoyer davantage.

Sumarios m'a adressé un rictus féroce, rendu encore plus horrible par la clarté lunaire, et d'un seul coup j'ai oublié qui il était, je me suis retrouvé face à un étranger redoutable.

« Ce que tu as commis, a-t-il grondé, ça ne se fait pas. Il va falloir réparer. »

Réveillés par le tumulte, nos chiens ont donné de la voix. Bientôt, ce sont nos gens qui ont émergé de leurs huttes ; ils ont contemplé, ébahis, la scène que nous formions. Seule Banna a trouvé le courage de s'interposer.

« Qu'est-ce qui se passe ? a-t-elle demandé en chevrotant d'angoisse. Qu'est-ce qui arrive au petit ?

— Écarte-toi, a ordonné Sumarios. Ça ne te concerne pas.

— Quoi qu'il ait fait, épargne-le, seigneur ! » a-t-elle supplié.

Ouvrant le châle qu'elle avait jeté sur ses épaules,

elle a tiré des deux mains sur l'échancrure de sa chemise et dévoilé sa poitrine laiteuse.

« Épargne-le, a-t-elle répété. S'il a fait du mal, frappe-moi pour lui. Je suis vieille, moi.

— Écarte-toi, s'est obstiné Sumarios. Tu ne comprends pas ce qui se passe. Tu confonds ta peur et ton chagrin. »

Et se tournant vers Dago, qui restait interdit sur son seuil, il a ordonné :

« Viens chercher ta femme, bronzier, avant qu'il ne lui arrive malheur. »

Quand la brave vieille a été emmenée par son mari, le seigneur de Neriomagos m'a derechef toisé avec colère.

« Il n'y a qu'une façon de régler une querelle, a-t-il grondé. Quand tu désires la mort d'un homme, Bellovèse, tu ne dois pas le frapper comme un esclave en fuite. Tu dois l'affronter, les yeux dans les yeux. Non avec un outil, mais avec une arme véritable. »

Il a jeté son épée à mes pieds.

« Ramasse-la et attaque-moi. »

Ma mère a hurlé de plus belle, m'interdisant d'obéir, agonissant son amant d'injures. Sumarios l'ignorait. Il me scrutait avec une colère qui, d'instant en instant, se muait en mépris. Alors, parce que tout le monde regardait, parce que j'en voulais au guerrier pour l'humiliation de ma mère, nue et ceinturée par un cocher devant ses gens, je me suis décidé. J'ai ramassé l'épée.

L'arme était plus encombrante que lourde. La poignée, bombée pour être bien empaumée, était trop grosse pour mes doigts, et j'ai dû la saisir à deux mains pour assurer une prise correcte.

« Ne reste pas planté là ! Dans un duel, le sot qui hésite est un homme mort. »

J'ai chargé Sumarios, en brandissant la lame à deux mains. Un coup d'umbo au visage m'a corrigé sèchement. Mon crâne a sonné comme un pot de bronze, et je me suis retrouvé assis par terre, en ravalant mes larmes.

« Reprends cette épée. Pointe-la sur moi au lieu de la balancer comme une fronde. Elle ne te sert à rien dans les airs. »

J'avais mal, mais sa raillerie était plus cuisante encore. Après tout, j'avais su me servir du couteau ; il suffisait de faire la même chose avec une arme plus meurtrière. Quand je me suis relevé, j'ai dirigé l'épée droit sur Sumarios, et je me suis précipité derechef. La pointe a heurté le pavois, un de mes poignets s'est tordu quand elle a dévié ; la lame m'est revenue en plein visage et a heurté mes dents. Je me suis à nouveau retrouvé au sol, avec une lèvre fendue.

« Imbécile, a ricané Sumarios, il faut attaquer l'ennemi, pas son bouclier. »

Et comme je demeurais sur mon séant, hébété, sans trop comprendre d'où venait ce sang qui me gouttait sur la poitrine, le guerrier a grondé :

« Réfléchis, Bellovèse. Tu es plus petit que moi : retourne cette faiblesse à ton avantage. »

Cette fois, quand j'ai repris l'épée, j'ai cherché le point faible de mon adversaire. J'ai porté un coup de taille rasant, pour le frapper aux chevilles. L'orle du bouclier s'est abattue brutalement sur ma lame et l'a plaquée au sol, en me raclant les doigts contre les cailloux.

« Je t'ai dit de réfléchir ! a aboyé Sumarios. N'attaque jamais l'ennemi là où il t'attend ! »

J'ai reculé de quelques pas, en frottant mes phalanges écorchées. J'avais le nez qui piquait, les yeux brouillés de larmes.

« Ramasse cette épée, a répété Sumarios, impitoyable.

– Tu es trop grand ! Tu es trop fort ! ai-je geint. C'est facile de me battre ! »

Il m'a lancé un sourire dur.

« Sur le champ de bataille aussi, tu affronteras des ennemis plus forts, plus nombreux, mieux armés. Tu seras blessé face à des adversaires vigoureux. Tu seras à pied pendant qu'ils t'attaqueront du haut d'un char. Que fait un héros de noble naissance, Bellovèse ? Il s'assied et il pleurniche que ce n'est pas juste ? »

Je l'ai haï pour la sagesse de ses paroles, pour cette morgue d'adulte qui trouvait une justification à ma mère humiliée, au châtiment public et calculé qu'il m'infligeait. J'ai récupéré l'arme, j'ai porté des estocades maladroites, sans même bien savoir ce que je faisais, uniquement porté par une colère puérile. La correction s'est abattue très vite : en déviant mes coups, Sumarios a fait tournoyer son long bouclier de façon oblique. La tranche du pavois m'a fauché les deux jambes sous les genoux, et je me suis retrouvé au sol, en haletant de douleur.

« Debout, a grondé le seigneur de Neriomagos. La souffrance, c'est de la force. »

Ma mère le couvrait d'imprécations, mais finalement, c'est quelqu'un de très inattendu qui m'a sauvé la mise. Segillos a jailli de notre maison, il s'est interposé entre moi et le héros. Tremblant d'indignation et de frayeur, il ne parvenait pas à maîtriser ses sanglots, mais il a quand même serré ses petits poings et crié, entre deux hoquets :

« Arrête ! Arrête ! Tu lui fais mal ! »

Sumarios a considéré ce nouvel enfant qui se dressait face à lui, et sa colère s'est enfin émoussée.

« C'est bien, Ségovèse, tu es courageux. Mais ton frère, je ne l'ai pas maltraité. Je l'ai épargné. »

Cette nuit-là, Sumarios est parti presque sur-le-champ, après avoir été sommairement pansé par Cutio. Il a quitté Attegia sous les invectives de ma mère et dans un climat de consternation chez nos gens.

Pendant quelque temps, j'ai promené un œil poché, des jambes noircies par les hématomes, des doigts couverts de croûtes. J'ai d'ailleurs conservé une petite cicatrice sur la lèvre qui remonte à ce lamentable épisode. Toutefois, Sumarios avait eu raison : j'étais robuste, je me remettais vite.

Ma mère me traitait avec une tendresse suspecte, parce que coupable. Je lui rendais un amour infecté de rancune. Le reste de la maisonnée faisait comme si de rien n'était, mais il planait sur Attegia une atmosphère lourde. À l'exception d'Icia, nos serviteurs avaient appartenu à Sumarios avant de nous être attachés. Leur loyauté se trouvait partagée, et ils redoutaient beaucoup plus la colère du seigneur de Neriomagos que celle de ma mère.

Au bout de huit nuits, Sumarios et Cutio sont réapparus. Ma mère leur a fermé sa porte, mais le seigneur de Neriomagos s'est entretenu un moment avec Dago, et le bronzier lui a servi d'intermédiaire. Sumarios revenait pour faire la paix et pour proposer une réparation. La concession était de taille ; elle a fléchi le ressentiment maternel. Non sans révolte, j'ai réalisé alors que ma mère était vraiment entichée du héros, et que sa fureur ne l'avait pas empêchée de nourrir des craintes sur l'issue de mon coup de couteau.

Quand Sumarios a paru devant nous, c'est Cutio qui nous a souri. Le cocher nous aimait bien, et il était visiblement soulagé que l'on ouvre des pourparlers. Sumarios était calme, mais grave. Il a tenu à nous parler, à Segillos et à moi, en même temps qu'à notre mère.

« J'ai mis du temps à revenir, a-t-il dit, parce que j'ai été blessé. Dans ma fierté plus que dans ma chair. Tu aurais été ma femme, Dannissa, et tes fils auraient été mes enfants, j'aurais su comment agir. Mais tu n'es pas mon épouse et vous n'êtes pas mes fils. Cela m'emplissait de confusion. Alors je suis allé consulter le druide à Ivaonon. Il m'a dit : Honore les dieux, ne fais pas le mal, exerce-toi à la bravoure. D'abord, je n'ai pas saisi l'intérêt de son conseil. Rentré chez moi, j'ai fait la seule chose que j'avais comprise dans l'oracle : j'ai offert un sacrifice à Nerios. Alors, le vieux père des eaux m'a accordé une partie de sa sagesse, et j'ai su ce que j'avais à faire. Si je dois me garder du mal, je ne peux me venger d'une femme et de ses enfants. Si je dois m'exercer à la bravoure, ce n'est pas en vous affrontant, car il n'y a nulle gloire à en tirer. Non, c'est en me confrontant à moi-même, à mes propres fautes que je montrerai de la fermeté. Je t'ai séduite, Dannissa, et une grande partie du mal vient de là. Je dois réparer cela. Quant à toi, Bellovèse, tu as commis trois graves méfaits : tu as levé une arme contre un guerrier alors que tu n'en as pas l'âge, tu l'as attaqué en traître et, pis que tout, tu l'as attaqué dans une maison dont il était l'invité. Pourtant, tu n'es pas coupable. C'est par ignorance que tu as agi, et aussi par courage, car il t'a fallu du cœur, ensuite, pour te relever plusieurs fois contre moi. Cependant, si jamais tu récidives à l'avenir, le courage ne suffira pas à te sauver. Ce que tu as fait sera jugé comme un crime, on te considérera comme un brigand ; comme tu ne sais pas te battre, on te capturera et on te brûlera dans un géant d'osier. La vraie cause, elle remonte à cette malheureuse querelle entre ton père et ton oncle, ce qui fait que tu n'as pas reçu l'éducation appropriée pour un noble. Alors j'en viens à ma proposition pour réparer ma faute. Je ne peux pas prendre tes fils en pagerie, Dannissa : le haut roi l'a interdit. Mais quand je viendrai ici, je peux quand même leur apprendre ce que je sais. Je peux en faire des guerriers. Ils en ont la trempe, tous les deux, ils l'ont montré. Si tu es d'accord, je leur enseignerai les armes et le code. »

Dans un certain sens, Sumarios a été notre premier butin. En nous protégeant, en nous surveillant, en nouant une liaison avec ma mère, il s'était certes insinué dans notre existence. Mais grâce à cet heureux coup de couteau, il a franchi la dernière étape qui maintenait de la distance entre lui et nous. En rachetant ma faute en même temps que la sienne, il est pleinement entré dans notre vie.

Désormais, à chacune de ses visites, il nous a enseigné les armes. Il nous a appris à être rapides, endurants et forts. Il m'a ainsi expliqué pourquoi il m'avait si aisément dominé au cours de notre simulacre de duel, parce qu'il avait fait un usage offensif du bouclier.

Il nous a familiarisés avec les différentes armes d'hast et leur maniement. La pique, longue et encombrante, se prêtait aux combats d'infanterie, pour pousser et pour défendre ; la plus grande maniabilité de la lance en faisait une arme mixte, propre à la charge montée comme à l'engagement à pied, au corps à corps comme au lancer à courte distance. Il nous a également formés aux armes de jet, et à les choisir en fonction du combat à livrer. Le javelot lourd avait surtout pour fonction d'entraver l'adversaire à courte distance, en traversant les boucliers ou en faisant trébucher la troupe. Les javelines, plus légères, pouvaient être emportées en faisceaux et servir à harceler des bandes ennemies tout en se dérobant au choc. La tragule, un javelot propulsé comme une balle de fronde en le faisant tournoyer au bout d'une lanière, compensait son imprécision par sa portée et par sa puissance, et servait à frapper un ennemi éloigné. Sumarios nous a un peu entraînés à l'arc, mais essentiellement pour la chasse ; l'arme devant être décordée pour garder sa puissance, il la trouvait trop incertaine pour les hasards de la guerre.

L'épée longue, d'après lui, se prêtait surtout aux combats de charrerie et de cavalerie. Dans un combat d'infanterie, si l'on en venait aux mains après être passé sous les piques de l'ennemi, il préférait le glaive ou le poignard, plus maniables au corps à corps. Toutefois, il nous a aussi entraînés à employer de longues lames à pied, car la coutume voulait que les héros en usent avec la lance au cours des duels. Toutes ces armes s'employaient différemment à pied ou à cheval. Au sol, Sumarios exigeait que nous menions des assauts en puissance, car il affirmait que ce qui faisait la force d'un fantassin était sa solidité, et qu'il fallait la rompre pour remporter la partie. En selle, il s'agissait de mesurer nos coups, car la priorité était de maintenir son assiette, la force venant alors davantage de la rapidité et de la position en surplomb du cavalier que de ses efforts.

Nous nous entraînions aussi sous la houlette de Cutio. Le cocher nous apprenait à garnir et à déharnacher les chevaux en paire, à mener à la bride et à la voix, à négocier les changements d'allure, les pentes, les virages. Rien de plus grisant que de diriger un char ! Appeler les coursiers, lancer des ordres sonores sans hurler, féliciter ou blâmer l'attelage d'un mot, fendre l'air à grand fracas, anticiper l'accélération ou les rebonds, jouer à l'équilibriste au milieu des saccades de la caisse, quel jeu étourdissant ! Une ivresse à crier en plein vent, à rire à grands cahots ! Toutefois, il ne s'agissait pas seulement de maîtriser la conduite. Nous étions destinés à devenir plus que des cochers : dans une bataille, le principal intérêt de la charrerie réside dans la mobilité qu'elle offre aux guerriers. Nous avons appris à tenir debout sans nous accrocher à la ridelle, à lancer des traits au galop, à bondir à terre ou à remonter sur le plateau en pleine course.

La pratique des armes impose un apprentissage astreignant. Pendant la belle saison, lorsque Sumarios partait en expédition ou au Gué d'Avara, notre entraînement se relâchait. Conscient de cette lacune, quand il rentrait sur ses terres, le seigneur de Neriomagos séjournait de plus en plus régulièrement à Attegia pour nous reprendre en main. Il n'avait plus à chercher de prétexte pour s'arrêter chez nous : il s'y sentait obligé. En raison de l'autorité qu'il exerçait sur nous, de la formation qu'il nous offrait, il s'est coulé naturellement dans une stature paternelle. Notre demeure était devenue son second foyer. Je n'ai plus cherché à protéger ma mère : en s'abandonnant, elle nous offrait Sumarios.

Malheureusement, il manquait un volet à notre éducation. Sumarios nous entretenait souvent du code de conduite du guerrier, mais nous ne le retenions guère. L'apprentissage des armes et des chevaux était pour nous une expérience concrète : la moindre erreur se trouvait sanctionnée par un coup, une chute ou – plus insupportable encore – par une raillerie fraternelle. En revanche, notre exil nous écartait des banquets et des assemblées. Les usages que nous rabâchait le seigneur de Neriomagos n'avaient guère de réalité : ils entraient par une oreille et sortaient par l'autre.

Aussi, il faut bien en convenir, cet apprentissage tronqué ne nous amendait-il guère. Nous gagnions en audace et en liberté sans nous trouver encadrés par une communauté de guerriers. Nous sommes devenus des plaies pour tout le voisinage, multipliant les maraudes, les larcins, les mauvais coups. Avant quinze hivers, nous avions déjà commis plusieurs vols de vaches. Notre rivalité avec les gamins de Neriomagos s'exacerbait ; Sumarios ayant envoyé ses deux fils en pagerie loin du pays, les jeunes du bourg, quoique toujours en nombre, se sont retrouvés privés de meneurs. Comme nous croissions en âge et en force, nous sommes devenus de vraies terreurs pour eux.

En une occasion, pourtant, il nous a été donné un aperçu de ce que pouvait être la vie de cour. Malgré l'ostracisme dont le haut roi nous avait frappés et la défiance de ma mère pour la noblesse du royaume, une troupe de héros a fait étape à Attegia.

J'étais alors dans ma douzième année. Par une belle après-midi, on rôdait en bande sur les guérets du domaine, Icia, Acumis, mon frère et moi : on hésitait entre une promenade sur les lisières du bois de Senoceton ou une expédition punitive contre les galopins d'une ferme de Vernoialon. Acumis s'est rendu compte qu'il y avait du monde qui remontait le chemin de Neriomagos, et nous nous sommes postés derrière une haie pour espionner les voyageurs. Il ne s'agissait pas de gens du cru, mais d'une petite troupe fortement armée ; elle flanc-gardait deux chars et un chariot, escortés par de nombreux chiens. Nous avons été tentés de décamper pour prévenir ma mère, mais nous avons reconnu le char de Sumarios. L'un des cavaliers, richement vêtu et plutôt sur le retour, ne portait pas d'arme ; nous avons réalisé qu'il s'agissait d'Albios. Toutefois, ce qui nous a le plus frappé était la présence d'une cavalière au milieu des hommes. Elle montait une jument richement harnachée ; de loin, elle paraissait jeune et altière. Il était évident que les guerriers et le barde formaient sa suite ; et nos cœurs se sont mis à battre plus vite, car d'après les divagations de Suobnos, une belle cavalière régnait sur des sentes mystérieuses, au fond de la forêt.

Nous avons renvoyé Icia et Acumis chez nous, pour prévenir que du monde remontait notre chemin. Et puis, assez crânement, Segillos et moi, nous avons couru au-devant de la troupe. Selon notre habitude, nous faisions bon accueil à Sumarios et à Albios ; mais ce jour-là, ces politesses formaient un prétexte commode pour assouvir notre curiosité car nous n'avions pas l'habitude de voir le barde et le seigneur de Neriomagos arriver ensemble, et nous tenions surtout à découvrir de plus près la belle cavalière.

Quand nous avons déboulé dans les jambes des chevaux, Sumarios a d'abord manifesté un mouvement d'humeur.

« Petits sots ! a-t-il grondé. Qu'est-ce que je vous ai dit sur le respect dû aux héros ! »

Je me suis alors rappelé, un peu tard, qu'il nous avait enseigné à ne pas nous présenter devant une troupe en armes, car il était sacrilège que des enfants assistent à des rites religieux ou guerriers. Toutefois, comme nous avions l'habitude de venir à sa rencontre quand il nous rendait visite, nous n'avions pas assimilé cette consigne. La présence des autres guerriers, qui nous considéraient avec plus de surprise que d'offense, devait bouleverser la donne. Fort heureusement, Albios s'est interposé.

« Ah ! Ah ! Mais qui voilà ! s'est-il écrié d'un air rieur. Les jeunes seigneurs d'Attegia ! »

Adressant un clin d'œil à Sumarios, il a intercédé :

« Ne les rabroue donc point, héros ! Ils sont venus renforcer galamment la suite de leur invitée. »

Se tournant vers la cavalière, il a ajouté :

« Voici Bellovèse et Ségovèse, les enfants de Dannissa ; tes futurs neveux, princesse ! »

La princesse en question a levé un sourcil délicieusement perplexe en nous détaillant du haut de sa monture. Il est vrai que nous n'avions rien de très seigneurial. Avec nos brogues crottées, nos braies pochées aux genoux, nos tignasses hirsutes et nos tuniques ravaudées, nous nous affichions en petits gueux, et nos frimousses effrontées ne devaient guère plaider en notre faveur.

Protégés par le barde, nous n'avions plus vraiment à craindre les remontrances de Sumarios. Toutefois, l'inconnue était si élégante qu'elle en devenait intimidante. Les phalères de son cheval avaient l'éclat de l'or, l'extrémité d'un soulier exquis pointait sous l'ourlet d'une robe fastueuse, la broche qui fermait son manteau coulait des reflets de source ensoleillée et l'étoffe de ses parures chatoyait de couleurs. Bien qu'elle fût à peine sortie de l'enfance, le luxe de sa toilette et la puissance de son escorte suffisaient, à nos yeux, à la classer parmi les grandes personnes. À voir l'étonnement avec lequel elle nous considérait, il paraissait évident qu'elle n'avait pas l'habitude de frayer avec des croquants.

Sumarios a grommelé : « Saluez, petits nigauds ! » Ce que nous nous sommes efforcés de faire, de façon plutôt gauche, sous le regard exaspéré du seigneur de Neriomagos et l'œil goguenard du barde. Un héros roux, qui occupait le second char, s'est esclaffé.

« Eh bien, Sumarios, si ce sont tes élèves, il te reste du pain sur la planche ! »

Le guerrier paraissait fort et rieur, mais n'affichait pas de réprobation. Ses chiens, de superbes lévriers, sont venus nous flairer avec une curiosité amicale. Quand la troupe est repartie, nous avons trotté à côté du cheval d'Albios en direction de la maison. Icia et Acumis avaient bien rempli leur mission : lorsque nous sommes arrivés en vue de la palissade, notre mère se tenait sur le seuil de la cour, en compagnie de Dago et de Ruscos. Elle a paru à la fois rassurée et contrariée de nous voir au milieu des étrangers.

Après avoir mis pied à terre et nous avoir confié la bride de sa monture, Albios s'est dirigé seul au-devant de notre mère. Il l'a saluée avec sa courtoisie un peu emphatique, puis annoncé qu'exceptionnellement, il voyageait en prestigieuse compagnie. Il était inutile d'en dire plus : en raison de ses privilèges, il imposait tacitement à ma mère d'accueillir la troupe avec laquelle il était arrivé. Il s'est toutefois empressé d'apporter une précision :

« Hormis Sumarios, fils de Sumotos, et son soldure, avec lesquels tu es en bons termes, personne dans cette troupe n'est biturige. Cette belle princesse qui te fait l'agrément de sa visite est Cassimara, fille d'Eluorix, roi des Arvernes. Elle arrive de Nemossos sous la garde du champion de son père, Troxo, fils de Uossios, et de ses guerriers. Ni ces gens ni leur famille ne t'ont fait de tort, Dannissa ; aussi j'espère que tu leur accorderas ton hospitalité sans déplaisir. »

Pendant un bref instant, ma mère a hésité. J'ai deviné ce qui motivait son indécision : elle avait honte de la modestie de sa maison et de ses serviteurs rustiques. Elle s'est toutefois rapidement reprise. Avec une amabilité un peu raide, elle a invité les voyageurs à se reposer chez elle. Elle nous a aussi ordonné de disparaître, afin de ne pas traîner dans les jambes de ses hôtes. À notre grande surprise, la princesse Cassimara a protesté de façon gracieuse ; bien qu'en chemin, elle ne nous ait guère témoigné d'intérêt, elle souhaitait que nous ayons l'autorisation de rester. Ma mère s'est laissée fléchir, mais nous a quand même envoyés nous débarbouiller et nous peigner.

Au soir, un repas de fête a été offert à nos hôtes. Nous devions y faire office de pages, mon frère et moi. Mais dépourvus de savoir-faire, nous étions d'une effarante gaucherie : Troxo, le champion arverne, riait de nos maladresses ; quand Taua s'est mise à pester contre ces deux empotés qui embarrassaient son service, ma mère a mis fin à la farce en nous ordonnant de nous asseoir dans un coin et de nous y tenir tranquilles. Ainsi avons-nous pu assister à notre premier banquet, en profitant des reliefs que, facétieusement, Troxo partageait entre ses chiens et nous.

Une fois les hôtes restaurés, les usages permettaient à ma mère de s'enquérir sur les motifs de cette visite. Segillos et moi, nous rongions notre frein. Mais ma mère ne mettait guère d'empressement à sonder ses invités. Si les Arvernes se montraient cordiaux et si Albios ne ménageait pas sa peine pour dérider l'assemblée, Sumarios était tendu, et ma mère devinait sans doute qu'il y avait anguille sous roche. Elle avait vécu trop longtemps retirée loin des cours ; sur sa fierté blessée s'était greffée une méfiance instinctive pour tout ce qui venait de l'extérieur. Alors que les guerriers prenaient plaisir à boire et à plaisanter, la distance que ma mère conservait avec la compagnie a fini par décontenancer la princesse Cassimara, qui s'attendait sans doute à un autre accueil. Albios était toutefois trop fin pour laisser le malaise s'installer. Après avoir attendu quelque temps pour laisser à la maîtresse des lieux le loisir de poser ses questions, il a pris l'initiative d'aborder le sujet de cette visite.

« Comme d'ordinaire, a-t-il dit, tu te montres généreuse avec les voyageurs qui font étape sous ton toit, Dannissa. Et tu manifestes un grand tact en leur épargnant toute curiosité déplacée. Cependant, nous ne sommes pas venus te voir par hasard. Nous l'avons fait sur les instances de Cassimara, fille d'Eluorix, qui avait grand désir de te rencontrer. »

La princesse arverne a eu un regard de reconnaissance pour le barde, qui prenait ainsi sur lui de faciliter la mystérieuse démarche qu'elle entreprenait.

« Je suis flattée par ton attention, Cassimara, mais je ne la comprends guère, a dit ma mère. Voilà longtemps que je n'intéresse plus personne. »

La remarque était cruelle pour Sumarios et désobligeante pour Albios. Le barde, toutefois, n'en a pas pris ombrage. Il a répondu rapidement, coupant la parole à la princesse arverne, peut-être parce qu'il craignait que sa jeunesse ne lui inspire une repartie irréfléchie.

« Notre présence chez toi atteste le contraire, a objecté doucement le musicien. La fille d'Eluorix s'intéresse à ton sort, et elle est désireuse de t'aider à renouer avec les nobles assemblées.

– C'est très aimable à toi, a dit ma mère en dévisageant Cassimara. Mais je doute que tu agisses ainsi par simple bonté d'âme. Viens-tu ici au nom de ton père ? Cherches-tu à défier le haut roi ?

– Non, a répondu uniment la princesse. En fait, je vais l'épouser. »

Pour la première fois, ma mère a affiché une réelle surprise. Pendant quelques instants, elle n'a su que dire ; puis, très vite, son expression s'est durcie. Albios a cru bon d'intervenir derechef.

« Beaucoup de choses se sont passées au Gué d'Avara depuis quelques hivers, a-t-il précisé, mais comme ce sujet t'était importun, nous ne t'en avons pas parlé. Il me faut maintenant le faire pour expliquer la présence de Cassimara sur nos terres. Depuis un moment déjà, une discorde sourde régnait dans le mariage de ton frère et de Prittuse. L'an passé, une querelle plus vive a éclaté. La haute reine a prétendu avoir de plus beaux troupeaux que son époux et proclamé que c'était elle qui apportait la prospérité au royaume. Bien sûr, ton frère l'a contesté. À la cour, héros et champions ont pris parti et ont envenimé la chicane. Des bouviers ont levé les armes les uns contre les autres, il y a eu du sang versé. Le grand druide a tenté d'apaiser les esprits, mais Prittuse a chanté une satire contre Ambigat ; sans la protection de ses druides, il serait tombé gravement malade. Il a voulu obtenir réparation. Pour fuir la colère de son mari, la haute reine a quitté le Gué d'Avara et s'est réfugiée chez son frère Arctinos, à Bibracte. Des rumeurs de guerre ont couru un moment entre Bituriges et Éduens ; mais cette fois, le grand druide Comrunos est parvenu à mener une médiation entre Arctinos et Ambigat. Ton frère a accepté le divorce, non sans avoir fait main basse sur le douaire de Prittuse. »

Un sourire dédaigneux a flotté sur les lèvres de ma mère, mais elle a conservé le silence.

« Le haut roi ne peut rester sans épouse, a poursuivi Albios. Cela frapperait le pays de stérilité. Ton frère a alors envoyé des ambassadeurs auprès de ses clients et de ses alliés pour trouver une nouvelle compagne. La princesse Cassimara surpassait en noblesse et en beauté toutes ses rivales. Il lui est donc échu de partager la couche du haut roi. »

Le regard de ma mère est revenu sur son invitée, et elle a scruté cette figure charmante comme si elle la découvrait réellement – ce qui était assez désobligeant, car les deux femmes étaient installées côte à côte.

« Pauvre petite », a-t-elle murmuré.

Troxo s'est agité, prenant visiblement sur lui pour étouffer des mots un peu vifs. Les joues de Cassimara se sont colorées, et son attitude est devenue plus raide. D'un geste tranchant, elle a interrompu Albios qui s'apprêtait à reprendre la parole.

« Je suis Cassimara, fille d'Eluorix, a-t-elle décrété. Je n'ai pas encore ton âge ni ton expérience, Dannissa, mais par le sang et par l'éducation, je ne te le cède en rien. Je ne suis pas une oie blanche : je sais ce qui m'attend au Gué d'Avara et j'en suis heureuse, parce que je me sens assez forte pour l'affronter.

— Oui, oui, a convenu ma mère avec résignation. Tu es fille de roi, tu vas devenir reine. Comme moi. »

Malgré sa fierté, la compassion l'a emporté sur le mécontentement chez la princesse. Comme elle était installée à la place d'honneur, à la droite de la maîtresse de maison, elle s'est penchée vers elle, a posé sa main sur son bras. Le geste a fait tressaillir ma mère.

« Je suis mal placée pour dire que je partage ton amertume, a concédé Cassimara, mais je comprends ce qui la motive. C'est pourquoi j'ai tenu à te rendre visite. Mon union avec ton frère sera un nouveau départ pour le royaume biturige. Ne serait-il pas temps de mettre un terme à ton exil ?

— M'inviterais-tu à ton mariage ?

— Je voudrais placer mes noces sous le signe de la concorde. Quel plus beau présent pourrais-je faire au peuple biturige sinon la réconciliation des enfants d'Ambisagre ? Je peux plaider ta cause, Dannissa. Pour notre mariage, ton frère devra faire preuve de largesse. Si je lui demande ton pardon, il ne pourra pas me le refuser. »

Cette offre généreuse a été accueillie par un haussement d'épaules de ma mère.

« Considère la taille de ton escorte, a-t-elle observé. Crois-tu vraiment que tu pourras obtenir tout ce que tu voudras du haut roi ? »

La princesse a eu quelque difficulté à dissimuler son impatience.

« Cesse donc de confondre ma courtoisie avec de la faiblesse, a-t-elle rétorqué. C'est par tact que je suis venue avec une suite réduite, afin de ménager tes réserves. Pour être tout à fait franche, on m'avait aussi mise en garde contre ta superbe, et je n'ai pris une petite compagnie que pour qu'elle puisse correspondre à l'escorte du barde. Mais je ne suis pas livrée au haut roi comme une esclave. J'arrive de Nemossos à la tête d'un peuple en marche. Les miens ont fait étape à Neriomagos et non chez toi au cours de la nuit passée ; en ce moment, mon frère Agomar descend la vallée du Caros en direction du Gué d'Avara à la tête d'une véritable armée, qui flanque mes convois et mes troupeaux. Je le rejoindrai en quittant ta maison. Quand j'arriverai dans la cité biturige, je traiterai avec Ambigat d'égal à égal.

— Dans ce cas, tu pourras lui demander de me rendre mon mari et mon royaume. À ce prix-là, j'accepterai sans doute de paraître à ton mariage. »

Cassimara a levé les yeux au ciel.

« Pourquoi cherches-tu à m'insulter ? a-t-elle protesté. Je ne suis pas ton ennemie.

— Tu seras bientôt l'épouse de mon ennemi.

— Je me rends compte que je me suis trompée, a soupiré la princesse. Ce n'est pas à ton frère qu'il faut demander son pardon : c'est toi qu'il faut réconcilier avec lui. »

Sumarios est alors intervenu, visiblement contrarié par le tour que prenait la conversation.

« Pense aux garçons, Dannissa, a-t-il dit. Si tu acceptes l'offre de la fille d'Eluorix, ils pourront recevoir une bonne éducation.

— Certainement pas ! Jamais je ne les livrerai aux assassins de leur père !

— Si tu ne veux pas qu'ils aillent au Gué d'Avara, mon père pourrait les prendre en pagerie, a proposé Cassimara. À Nemossos, ils n'auront rien à craindre de personne ; et ils sont d'assez haute naissance pour servir le roi des Arvernes. »

Mais ma mère, obstinément, a fait non de la tête.

« Ils sont trop jeunes. Où je serai, ils resteront.

— Ce n'est pas bien de te servir d'eux pour entacher la réputation du haut roi, a estimé la princesse.

— Ne me méjuge pas, je ne suis pas si sotte ! a répliqué ma mère. Qui se souvient de moi et qui se soucie de mes fils ? Ce n'est pas pour faire honte à Ambigat que je les garde près de moi, mais pour les protéger. Je crains les meurtriers qui forment l'entourage de mon frère : je ne les connais que trop, j'ai passé ma jeunesse avec eux. Des brutes comme Donn, Segomar, Comargos ou Bouos n'auraient aucun scrupule à se débarrasser de deux enfants encombrants. Et pourtant, ce n'est pas d'eux dont j'ai le plus peur. Celui que je redoute par-dessus tout, c'est Ambigat. Lui, il ne maltraitera pas mes fils – il n'en a pas besoin, il a suffisamment de molosses à ses ordres pour se charger de ses basses œuvres. Mais il pourrait commettre bien pire. Il pourrait dresser mes garçons, les intégrer à sa meute. Oh ! Tu verras, Cassimara : s'il est toujours le même homme que dans mon souvenir, il saura te plaire. Il déborde de vie, il possède un charme puissant. Il capte tous ceux qui l'approchent avec ses rêves, son grand dessein d'un royaume universel. Il donne l'illusion qu'il peut magnifier ceux qui le servent en faisant d'eux les gardiens d'un âge d'or. Et puis, une fois qu'il les a séduits, il les plie à son caprice. À tous, il passe les mors. Il leur fait prendre l'allure qui lui chante, le pas, l'amble ou le trot, et même l'aubin ou le piaffer. Il les flatte distraitement, d'une caresse ou d'un mot, et tous en redemandent. Ils deviennent comme les attelages qu'on crève sur de longs chemins, comme les chiens qui gardent le seuil d'une maison nuit et jour, même quand il gèle à pierre fendre. Ils donnent beaucoup plus qu'ils ne reçoivent. Saisis-tu pourquoi Prittuse a fini par le quitter ? Comprends-tu qui est l'homme à qui tu es destinée ? C'est un tricheur. Il a perverti la royauté. Le pouvoir, pour lui, n'est plus un échange : c'est un manège. Les hommes tournent autour de lui comme des chevaux bridés : il choisit qui doit saillir et qui doit être coupé, qui peut être monté et qui sera sacrifié. Voilà pourquoi je me défie tant de lui ! Mes enfants sont frustes, mais tant que je les garde en exil, au moins demeurent-ils libres !

— Tu es dure avec ton frère, a objecté doucement Albios. Il n'est pas exempt de fautes, mais tu ne peux nier qu'il a pacifié les royaumes depuis plusieurs années.

— Ambigat, un homme de paix ? Parles-tu bien de celui qui a fait couler le sang de mon époux le jour même de mes noces ? Tu me fais rire, Albios !

— Ton frère et ton mari étaient ivres. Ce sont des choses qui arrivent entre héros.

— Non, il ne s'agissait pas d'un vulgaire duel. Mon frère était jaloux : il allait me perdre, et en m'unissant à un prince turon, j'affaiblissais son héritage. Il cherchait déjà une raison d'allumer la guerre entre le Gué d'Avara et Ambatia. Il a fini par obtenir ce qu'il voulait : il m'a reléguée au fond de son royaume en faisant main basse sur ma part de pouvoir et en laissant le pays turon aux mains d'un de ses vassaux. Ce dessein, il l'avait déjà en tête le jour de mon mariage, à Lucca. »

Se tournant vers Cassimara, ma mère a ajouté :

« Écoute bien mes paroles, princesse de Nemossos. Tant que tu serviras mon frère, il te fera bon visage. Il s'attachera la fidélité de tes esclaves et de tes ambactes, il caressera l'amitié de ton père pour renforcer ses troupes et menacer ses ennemis. Mais du jour où Eluorix s'éteindra, du jour où les tiens seront plus loyaux à ton mari qu'à toi-même, alors tu t'engageras sur un chemin amer. Tu auras vieilli, les héros et les bardes se détourneront de ta halle, des guerriers insolents te voleront du bétail et ton époux, au lieu de te défendre, finira par te flétrir de quelque faute réelle ou imaginaire. Tu auras alors bien de la chance si, comme Prittuse, tu peux compter sur un parent assez puissant pour te recueillir et te protéger des chiens du haut roi. »

Un silence pesant est tombé sur l'assemblée. Les Arvernes, y compris le joyeux Troxo, avaient pris une expression grave. Les guerriers ne savaient trop comment réagir, incapables de démêler si le discours de ma mère était un avertissement bienveillant ou une insulte jetée à la tête de leur princesse. Sumarios affichait une mine sombre. Quant à Albios, il est resté étrangement silencieux. Peut-être avait-il perçu de la magie dans les mots de ma mère et cherchait-il le chant qui serait le plus approprié pour conjurer le malheur qu'elle venait d'invoquer. En définitive, c'est Cassimara qui a repris la parole :

« Si je n'étais pas ton invitée, a-t-elle dit d'une voix blanche, j'aurais l'impression que tu viens de me jeter un sort. »

Ma mère a esquissé un sourire triste.

« Rassure-toi, a-t-elle répondu. Mes deux pieds touchent le sol et j'ai les deux yeux bien ouverts : je n'ai appelé aucune malédiction sur ta tête. Le seul tour que j'ai employé, c'est celui de prédire ce qui s'est déjà produit. »

Cette nuit-là, mon frère et moi, nous avons cédé notre lit à la princesse. Nous avons donc partagé la couche maternelle, par courtoisie mais aussi par prudence, notre innocence servant de bouclier à notre mère. J'ai eu du mal à m'endormir ; j'étais énervé par le banquet, je sentais la tension de ma mère qui ne trouvait pas le sommeil. La maison, remplie de présences étrangères, se trouvait animée par une vie inconnue. Mais j'étais jeune : la fatigue a fini par l'emporter.

À l'heure la plus noire, quelqu'un est venu me réveiller. Une main de femme m'a fermé la bouche ; mon cœur a battu la chamade, car j'ai d'abord cru que ma mère voulait m'empêcher de crier à l'approche d'une menace. Pourtant, quelque chose ne collait pas. Cette paume était rugueuse de durillons ; elle imprimait sur mes lèvres un goût de sel, elle sentait le poisson.

« Tais-toi, a chuchoté la voix de Cassimara. Suis-moi. Surtout, ne réveille personne ! »

Elle parlait bas, mais son murmure était chargé d'une autorité plus affirmée que celle qu'elle avait pu montrer au cours du repas.

Quand je me suis redressé, je me suis rendu compte que j'étais seul dans une couche étroite, drapé dans un plaid plus rêche que les couvertures de laine d'Attegia. J'ai subi une désorientation intense ; en me levant, j'ai failli me cogner dans un plafond trop bas. Même après avoir quitté mon visage, les doigts calleux de Cassimara y avaient abandonné une fragrance saline. Un silence pesant régnait dans la maison, mais à l'extérieur grondait un long souffle monotone. Je me suis dit qu'un grand vent s'était levé sur le bois de Senoceton.

J'ai voulu sortir de l'alcôve de ma mère et j'ai heurté de plein fouet un mur de pierres sèches. Dans le noir, Cassimara a étouffé un rire tandis que la panique me gagnait. La princesse a pris ma main et m'a guidé. Nous avons traversé un petit espace, obscur et frais comme une cave, puis, d'un geste ferme, ma compagne m'a fait baisser la tête pour passer sous un linteau grossier, et nous avons débouché au grand air.

Une lune cornue jetait une pâleur vague dans un ciel démesuré, poudré d'étoiles. J'ai été saisi par un vertige terrible. Je n'étais pas chez moi ; partout, à perte de vue dans les ténèbres, s'élargissait l'immensité. Alentour, quelques huttes de pierre faisaient le dos rond devant les rafales du large, et au-delà il n'y avait que la rumeur d'un océan nuiteux. La silhouette de Cassimara se détachait indistincte dans les rafales obscures. Sa robe, d'une coupe trop simple, jetait un halo nébuleux ; ses cheveux volaient librement dans la brise de mer, mais quand elle s'est tournée vers moi, la lune a jeté un éclat mat sur son front trop haut. L'avant de son crâne était rasé.

« Il te reste peu de temps, a-t-elle dit. Tiens, prends-la. »

Elle m'a tendu un objet encombrant qu'elle avait gardé contre sa poitrine. J'ai saisi la poignée d'une épée longue, plus lourde et moins équilibrée que les armes de fer dont j'avais l'habitude.

« Je l'ai prise à Barnaina, a-t-elle ajouté. Quand tu auras procédé au sacrifice, il faudra l'abandonner près du chaudron. Si jamais tu la voles, nous te rattraperons en mer et nous te mettrons en pièces. »

Une poigne glacée a enserré mon cœur quand j'ai commencé à réaliser ce qu'elle m'enjoignait de faire.

« Quand tu m'as parlé de châtiment, ai-je chuchoté, je n'imaginais pas cela.

— C'est la règle, pourtant. Elle a prédit que tu mourrais dans cette guerre, elle s'est trompée. Il n'y a pas d'autre issue.

— Mais je ne peux pas porter la main sur elle. Ce serait abominable.

— Tu te trompes. Cela fait longtemps qu'elle n'est plus rien pour toi. C'est une Gallicène, et le destin des Gallicènes est un cycle qui leur impose de se dépouiller de leur manteau de chair.

— Mais si je la tue, tout le monde se retournera contre moi. Sa prophétie deviendra vraie.

— Pour qu'on puisse te tuer, encore faut-il que tu sois reconnu parmi les hommes. Pour l'instant, tu n'es rien, Bellovèse, ni vivant ni mort, rien qu'une âme lointaine qui rêve, là-bas, dans une nuit d'enfance que tu partages avec ma sœur. »

Elle m'a adressé un sourire narquois, que j'ai deviné plus que je n'ai vu dans la nuit venteuse. Selon la logique propre à l'autre côté, elle était Cassimara, elle était Cassibodua, et elle était aussi une troisième personne, une figure fuyante et puissante que j'avais oubliée et que je devais encore rencontrer. Parfois couverts par les bourrasques du large, un grincement de roues et le pas d'une jument remontaient la grève.

Puis, en se retournant dans son sommeil, ma mère a posé une main sur mon épaule et ce contact a chassé les fantômes.

Le lendemain, nos visiteurs sont partis au petit jour. Après leur détour par Attegia, ils étaient pressés de rejoindre la colonne commandée par Agomar dans la vallée du Caros. Peut-être la princesse arverne tenait-elle à abandonner au plus tôt la maison où elle venait de subir un affront. Quand les voyageurs ont été sur le point de quitter notre cour, ma mère s'est avancée vers eux pour les adieux. Elle portait la robe autrefois luxueuse, maintenant un peu défraîchie, et les bijoux qui avaient jadis publié son pouvoir. Elle a décroché son grand collier d'ambre, et elle l'a tendu à Cassimara.

« Tiens, a-t-elle dit. En souvenir de moi. »

La princesse a affiché une expression décontenancée.

« C'est un très beau présent, a-t-elle observé sans oser le prendre ni le refuser. Tu m'as offert l'hospitalité sans accepter mon aide, et voici que tu me fais don d'une parure précieuse. Est-ce un cadeau pour ce mariage que tu me déconseilles ?

– Non. En fait, si tu tiens à t'unir à Ambigat, cache-lui ce collier. Ne l'accepte pas comme un cadeau, mais plutôt en tant que réparation pour mon défaut de savoir-vivre. Du reste, ni l'argent ni les perles ne font la réelle valeur de ce bijou. Il est précieux parce que je le tiens de ma mère. Or il n'est qu'une personne au monde qu'Ambigat ait jamais crainte : notre mère. Cache ce collier tant que tu seras heureuse. Mais du jour où ton mari ne t'aimera plus, du jour où il cherchera un motif pour se débarrasser de toi, alors arbore ce talisman. Il te protégera. »

Après avoir marqué un instant d'hésitation, la princesse a accepté le présent. Elle l'a tenu du bout des doigts, admirant la transparence des perles où scintillait la lumière matinale.

« Il est lourd », a-t-elle observé.

Quelque chose dans son timbre m'a rappelé une bribe de rêve : une voix semblable à la sienne, mêlée à la brise de mer. Dans ma paume pesait la poignée fantôme d'une épée de bronze.

Après le départ de nos visiteurs, une quiétude morne est retombée sur Attegia. Nos gens sont retournés à leurs besognes. Au fond de l'atelier de Dago, nous entendions le tintement intermittent du métal ; sur le pas de sa porte, Banna vernissait de résine l'intérieur de ses pots. Penchée sur sa houe, Taua buttait ses pieds de féveroles ; fendoir à la main, Ruscos tressait un clayonnage en bois de peuplier destiné à la cloison d'un nouvel appentis. Acumis, mon frère et moi, nous l'aidions à notre façon, en foulant une glèbe d'argile et de paille qui servirait de torchis ; mais ce travail n'était que prétexte à un jeu turbulent, qui consistait à nous jeter des paquets de pisé.

Le soleil était déjà haut quand nos chiens ont donné de la voix. Jailli des roselières de Cambolate, un vieil escogriffe a remonté nos prés en faisant de grands bonds, les bras écartés pour prendre des essors ratés. Il a galopé jusque dans notre cour. Nous l'avons accueilli par des appels et des rires : Suobnos était de retour. Toutefois, il ne nous a pas salués avec sa bonne humeur coutumière. Il haletait, les mains posées sur les genoux et sa maigre poitrine soulevée par l'effort ; sous ses mèches hirsutes, ses yeux roulaient en tous sens, comme s'il cherchait quelque chose parmi nous.

« Elle n'est plus là ? a-t-il demandé.

— Qui donc qui n'est plus là ? a répondu Banna.

— La belle cavalière ! Elle n'est plus là ?

— La princesse ? Il y a beau temps qu'elle s'en est repartie ! »

La consternation a déformé la trogne du vagabond, et il s'est tordu les mains.

« Misère de moi ! s'est-il écrié. Je savais bien que ça se passerait comme ça ! Je n'y arrive jamais !

— À quoi donc ? est intervenu Ruscos.

— À la rattraper ! Je n'y arrive jamais ! Je l'avais vue arriver, mais les guerriers ! J'ai eu peur qu'ils ne me chassent ! J'ai hésité trop longtemps !

— Un puceux comme toi ? a commenté Taua depuis son potager. Ah ça ! Pour sûr qu'ils t'auraient brossé ! »

Nos serviteurs sont partis d'un bon rire, mais contre ses habitudes, Suobnos ne s'y est pas joint. Il n'avait pas l'esprit à la facétie ; au fond de sa prunelle noircissait une intense déception. Parce que j'avais encore à l'esprit des ombres de rêve, parce que je partageais avec lui et mon frère un jeu secret dont les autres ignoraient tout, j'ai cru saisir ce qui le tourmentait.

« Tu crois que c'était elle ? ai-je demandé.

— Une belle cavalière ! Avec une allure de reine ! Bien sûr que ça pouvait être elle ! Mais je suis resté trop loin, je n'ai pas pu bien la voir… Vous, vous lui avez parlé ! Qu'est-ce que vous pouvez m'en dire ?

— C'est pas elle ! s'est récrié Segillos, qui venait de comprendre ce dont il était question. Elle vient de Nemossos. C'est Cassimara, la fille d'Eluorix, roi des Arvernes. Elle avait toute une escorte à son service ! »

Le vieux chemineau a haussé les épaules.

« Ça, mon coquin, ça ne veut rien dire. Elle a plus d'un tour dans son sac et elle a fait tourner en bourrique des gens bien plus malins que toi et moi. Ce ne serait pas la première fois que la même reine se promènerait en plusieurs endroits à la fois.

— De quoi donc est-ce que vous parlez ? » a demandé Banna, dont le rire se mourait.

La brave vieille devinait un rapport avec le bois de Senoceton, et cela avait éveillé chez elle un pressentiment trouble. Mais nul n'a daigné lui répondre.

« On pourrait peut-être la rattraper, ai-je lancé assez crânement.

— Avec tes gambilles de sautereau et ses vieilles cannes ? s'est moqué Ruscos. Depuis le temps qu'elle est partie ?

— Il n'y a qu'un chemin pour chez nous, ai-je rétorqué. C'est celui de Neriomagos. Ça lui fait faire un grand détour si elle veut rejoindre la vallée du Caros. Elle va d'abord passer par chez Sumarios, et puis descendre le Nerios jusqu'au Caros. Si on coupe par les prés de Vernoialon, on peut encore la rattraper dans l'après-midi. »

Suobnos a secoué la tête d'un air effarouché.

« Mais les guerriers, les guerriers, a-t-il gémi.

— Albios est avec la princesse. Il t'aime bien, il te placera sous sa protection. Et puis nous avons des liens d'hospitalité avec elle : cela te protégera.

— Tu crois ? Les héros et leurs chiens, ils sont si féroces…

— On pourra se cacher dans un hallier, a proposé Segillos, aiguillonné par la perspective d'une longue galopade. Tu pourras la voir sans te montrer.

— La voir sans me montrer, la voir sans me montrer, a bégayé le vagabond.

— Et puis de toute manière, nous, on te défendra ! » a proclamé mon frère sur un ton sans appel.

D'un seul mouvement, nous avons pris notre course, Segillos et moi. Nous avons saisi Suobnos par les mains et nous l'avons entraîné avec nous, avant même qu'il n'ait complètement repris son souffle.

« Ne passez pas par le bois ! » a crié Banna alors que nous franchissions le portail de la cour. Nous ne nous sommes pas donné la peine de lui répondre.

Nous avons galopé le long du chemin sur une petite distance, puis nous avons coupé à travers les prés. Nous franchissions d'un bond les fossés et les talus herbeux ; nous filions au milieu des vaches de nos troupeaux, répondant d'un cri au salut de nos bouviers ; nous froissions les herbes folles en bordure des champs, dispersant en nuages le pollen du séneçon, opérant des crochets autour des touffes d'euphorbes. Suobnos a rapidement trouvé un second souffle ; l'âge lui avait peut-être sillonné la face et blanchi le poil, mais il n'en restait pas moins un infatigable rôdeur. Bientôt, il s'est retrouvé en tête, fendant les herbages à l'allure désordonnée d'un hère aux longues pattes.

À la limite de nos terres et de celles de Vernoialon se trouvait une butte du haut de laquelle la vue portait très loin. Nous l'avons gravie au trot et considéré le pays. Au-delà des chaumes aigus de la ferme voisine, par-delà les breuils, les prés et les champs, nous pouvions découvrir la harde noirâtre des toits de Neriomagos, frileusement entassée derrière de vieilles palissades. Les silhouettes dispersées des bêtes et de quelques paysans piquetaient le terroir. Nulle part nous n'avons découvert la trace d'une troupe de chars et de cavaliers.

« Je le savais, a gémi Suobnos. C'était certain, je le savais !

— Ils sont partis depuis longtemps, ai-je dit. Ils doivent déjà descendre le Nerios.

— Alors on peut encore les rattraper ! s'est écrié Segillos. Il suffit de passer par le bois ! »

Mon frère avait raison. Par rapport à la route qui reliait Attegia à Neriomagos, le vallon du Nerios formait un angle aigu. En le descendant vers la vallée du Caros, Cassimara et sa suite avaient opéré un virage serré, presque un demi-tour. Si nous traversions la bande de forêt qui nous séparait du Nerios, nous avions encore l'espoir de couper le chemin de la princesse arverne. Sans plus attendre, ni nous soucier de la mise en garde de Banna, nous avons pris la direction des lisières.

Les futaies que nous allions traverser appartenaient au bois de Senoceton. Il s'agissait d'un long galon de frondaisons obscures, un rinceau poussé depuis les régions les plus profondes du bois, étiré comme un bras géant entre les terres cultivées et le vallon du Nerios. Les gens du pays appelaient ce coin les Brugues. Ce n'était pas l'endroit le plus dangereux de la forêt, mais il avait mauvaise réputation. On exploitait un peu ses lisières quand on avait besoin de bois de charpente, mais on ne se risquait guère à l'intérieur. Au bord des essarts penchaient de longs pieux, fendus de gel, dont le faîte avait été grossièrement sculpté. Ils lançaient un avertissement silencieux : au-delà s'ouvrait un lieu sacré. À la mauvaise saison, une ou deux bandes de loups utilisaient ce bois désert comme repaire d'où elles partaient marauder dans les terres cultivées. Quelques proscrits s'étaient également réfugiés sous ces ramures, qui les avaient engloutis.

Suobnos arpentait ces bois en tous sens, et il nous y avait déjà entraînés à plus d'une reprise. Voilà pourquoi ils nous étaient familiers. Le plus étrange était que ces futaies abandonnées se trouvaient traversées en leur centre par un chemin bien tracé, parallèle au vallon du Nerios. À part nous et le vagabond, personne ne le connaissait ; quand nous nous y aventurions, il paraissait oublié. Pourtant, les branches qui auraient dû rapidement l'étouffer étaient systématiquement brisées et rejetées sur le bas-côté, les ronces et le lierre mordaient ses bords sans jamais l'envahir. Il ressemblait à un chemin de débardage : boueux, assez large pour un attelage de deux bœufs et bouleversé de profondes ornières. Cependant, sur le pourtour des flaques, on ne trouvait que des empreintes de bêtes sauvages. Suobnos appelait cette voie forestière le Pas de Lherm. Quand il la croisait, il regardait toujours avec espoir au fond de la percée, mais il n'aimait pas s'y attarder. Il disait que ce chemin était entretenu par le Forestier, et qu'il ne valait mieux pas s'y frotter. Au début, Segillos et moi, nous croyions que cette laie ne menait nulle part, mais Suobnos s'était moqué de nous et nous avait affirmé que le Pas de Lherm reliait la Pierre Qui Pleure aux Grandes Foliades. Plus tard, il nous avait raconté la légende de la Pierre Qui Pleure ; cela nous avait fait si froid dans le dos que par la suite, comme le vieux devin, nous ne nous sommes plus jamais attardés sur ce chemin silencieux.

Ce jour-là, nous nous sommes engouffrés en coup de vent sous les feuillages ; tout au plus avons-nous contourné par la gauche un poteau moussu, sur lequel était cloué un massacre de cerf. Nous tirions sur nos jambes pour filer comme le vent, cinglés par les épines et les broussailles. Il faisait sombre sous ces hautes ramées, et nous aurions pu facilement nous égarer ; aussi courions-nous sur les talons de Suobnos, car un sens mystérieux lui permettait de situer le soleil, même sous les plus lourds ombrages. Nous avons galopé à en perdre le souffle. Nous ne nous sommes arrêtés qu'à deux reprises : un instant au bord d'un ru, pour nous abreuver à même l'onde comme trois daguets assoiffés ; à peine plus longtemps quand nous avons jailli des buissons au milieu du Pas de Lherm. Comme à son habitude, Suobnos a fait une brève pause au milieu du chemin ; il s'est redressé de toute sa taille, il a scruté à droite et à gauche l'étroite trouée dans les feuillages. Seuls quelques passereaux effarouchés ont pris la fuite en voletant. Le layon était désert. Une expression fataliste s'est peinte sur le museau du vagabond. Dans le fond des futaies, en direction des Grandes Foliades, résonnaient de vagues rumeurs, craquements et borborygmes rendus caverneux par la distance. Cela pouvait être le heurt de deux aurochs affrontés, un grand cerf en train de frayer ses bois aux arbres, le cahot d'un chariot lourdement chargé rebondissant dans l'ornière. La déception de Suobnos s'est muée en inquiétude.

« N'écoutez pas, a-t-il murmuré. Partons d'ici ! »

Nous avons repris notre course à travers les sous-bois. Nous avons entrevu les fessiers clairs d'une bande de chevreuils en train de s'éparpiller à notre approche. Insensiblement, le terrain s'inclinait sous les feuilles mortes et les nids de racines. Du tréfonds de la forêt, du côté des Grandes Foliades, nous est parvenu l'écho d'un rire incroyablement guttural, et pourtant mélodieux.

« N'écoutez pas ! N'écoutez pas ! » a intimé Suobnos, tout en donnant un coup de jarret.

Il filait maintenant si vite que nous avions du mal à tenir le rythme. Il franchissait à grands bonds des souches et des arbres couchés qu'il nous fallait contourner, il se recevait d'un pas léger et sûr quand nous nous tordions souvent le pied dans des creux et des terriers. Mais l'entraînement de Sumarios nous avait donné de l'endurance, et puis cette cavalcade était un jeu qui nous enivrait du double plaisir de la chasse et de la fuite. Nous n'avons pas lâché le vieux coureur.

Vers le milieu de l'après-midi, nous avons entrevu du ciel entre les branches, droit devant nous. Nous arrivions sur les coteaux qui surplombaient le vallon du Nerios ; nous avons entendu le meuglement des bêtes en marche avant d'entrevoir, loin en contrebas, leur robe rousse entre les arbres, à côté du chemin où marchaient des bouviers et des cavaliers. La princesse n'avait pas menti : il y avait foule sur la route du Gué d'Avara. Intimidé par les lances, Suobnos a changé d'avis et fait mine de tourner les talons pour se réfugier au cœur des Brugues. Segillos et moi, nous nous sommes pendus à ses basques pour l'en empêcher. Mais le vieux fou a refusé obstinément de se montrer, et nous avons dû épier les Arvernes depuis les hauteurs boisées. Les troncs et les feuillages nous bouchaient la vue, et il y avait tant de monde sur le chemin que nous craignions de rater Cassimara. Au terme d'un long moment d'incertitude, un aboi joyeux nous a fait dresser l'oreille. Segillos et moi, nous avons reconnu la voix des chiens de Troxo. Bientôt, nous apercevions son char au milieu de la cohue, et à côté de lui, montée sur sa belle haquenée, la fille d'Eluorix. Nous avons tendu le doigt vers elle, en trépignant d'excitation.

Suobnos l'a contemplée longuement, puis il a émis un long soupir.

« Ce sera une grande reine, a-t-il marmonné, et il y a de la magie autour d'elle. Mais ce n'est pas elle. Elle n'est pas née sous une lune rousse. »

Segillos a claqué la langue avec satisfaction.

« Ah ! Je te l'avais bien dit ! s'est-il écrié. C'est juste Cassimara ! »

Le vagabond a perdu tout intérêt pour la jeune cavalière, et cette fois, nous ne l'avons plus retenu. Il est retourné se fondre craintivement dans la forêt. Mais mon frère et moi, nous n'avions pas fait tout ce chemin pour rien ! Nous avons dévalé la pente en direction de l'escorte de Cassimara et nous sommes venus faire les pitres devant la princesse, en nous riant de sa surprise. Nous en avons aussi profité pour mendier un goûter et de la cervoise, car cette grande virée nous avait donné une faim de loup.

Nous avions traversé les Brugues sans hésiter parce que ce n'était pas la première fois que nous nous risquions dans les ombres de Senoceton. Nos incursions dans la forêt étaient fréquentes, même si nous n'en parlions guère, de crainte de nous faire semoncer. En fait, le secret faisait partie du jeu ; un jeu dangereux, qui du coup n'en était que plus excitant.

Tout avait commencé par une indiscrétion enfantine. Segillos et moi, nous étions intrigués par l'offrande que Banna laissait de temps en temps à l'orée du bois. Elle y mettait trop de dévotion et trop de tristesse pour une simple oblation aux dieux de la forêt. Et puis quelqu'un consommait le lait et les grains : une ou deux nuits après le sacrifice, la vieille femme retournait chercher sa jatte vide. Piqués par la curiosité, nous lui avions demandé à plus d'une reprise à qui elle faisait ces offrandes ; mais elle éludait toujours nos questions, se contentant d'allusions vagues aux habitants du bois, assorties de mises en garde. Il en fallait plus pour dissuader deux petits effrontés. Nous avions cherché à nous renseigner auprès de toute la maisonnée. Taua et Icia, arrivées en même temps que nous à Attegia, n'en savaient pas plus que nous. Ruscos, à sa manière fruste, nous avait recommandé de nous mêler de nos affaires et s'était refusé à nous en dire plus. Quant à Dago, qui nous tolérait toujours avec patience dans son atelier, il avait répondu à nos interrogations par un mouvement d'humeur qui ne lui ressemblait guère ; pendant toute la journée qui avait suivi, il avait affiché une mine sombre, et son chagrin était si patent que nous n'avions pas osé le harceler davantage. Le lendemain, notre mère nous avait pris à part pour nous reprendre assez vertement, en nous interdisant d'importuner nos gens.

La réprimande, naturellement, n'avait servi qu'à attiser notre curiosité. Finalement, nous avions réussi à tirer les vers du nez à Acumis. Jadis, il avait eu une sœur aînée, qui s'appelait Enata. Il se souvenait peu d'elle : il y avait une grande différence d'âge entre eux. Elle passait pour très jolie, elle faisait la fierté de ses parents. Un matin, elle était partie ramasser le lin laissé au rouissage dans une mare de Cambolate, et elle n'avait jamais reparu. Son père et Ruscos avaient sondé l'étang, mais ne l'avaient pas retrouvée ; Sumarios l'avait fait rechercher en vain dans le pays. Personne, nulle part, ne l'avait vue. Dans les roselières, on n'avait remarqué ni trace de sang, ni lambeau de vêtement ; cela ne ressemblait pas à une attaque de bête sauvage. L'opinion générale était qu'elle avait chu dans un trou d'eau et avait été engloutie dans une vasière. Toutefois, un autre bruit avait couru : elle aurait pu être enlevée par un des habitants du bois de Senoceton. Ce n'était pas la première fois que des gens disparaissaient mystérieusement non loin des lisières… La vieille Banna s'était raccrochée à cette idée pour tromper sa douleur. C'était la raison pour laquelle elle déposait régulièrement des offrandes à l'orée des bois, sans trop savoir si elle les apportait à sa fille disparue ou à son ravisseur.

Cette triste histoire a enflammé nos imaginations. Parce que nous aimions beaucoup Banna, nous nous sommes mis en tête de retrouver la créature mystérieuse qui acceptait ses dons. Nous rêvions de surprendre la belle Enata, effarouchée par quelque maléfice, que nous aurions ramenée triomphalement à Attegia ; mais si nous levions à sa place l'être malveillant qui l'avait ravie, nous comptions bien le pister jusqu'au repaire où il avait séquestré la disparue.

Nous nous sommes mis à espionner Banna, afin de ne jamais rater ses pèlerinages aux lisières. Quand elle avait déposé ses modestes offrandes et qu'elle était retournée chez elle, nous nous tapissions en de longs affûts dans un bosquet de prunelliers. Ces attentes interminables, pendant lesquelles nous avions grand peine à réfréner notre impatience, ne débouchaient généralement sur rien. Des oiseaux venaient picorer les grains d'épeautre. Les ombres du sous-bois n'étaient troublées que par les frissons de la brise. En définitive, une averse, la tombée de la nuit ou l'ennui nous délogeaient de notre cachette. Le lendemain ou le surlendemain, Banna rentrait avec sa jatte vide, et nous nous mordions les doigts d'avoir renoncé trop tôt.

Car il y avait les signes d'une présence aux lisières. Les troncs étaient striés de grands écorçages, les branches basses étaient abondamment abrouties. Quelqu'un ou quelque chose marquait les arbres autour du lieu où la vieille femme abandonnait ses offrandes…

Une nuit, nous avons dû aider Ruscos au cours d'un vêlage difficile. Nous avons passé un long moment à pousser sur le ventre de la vache tandis que notre homme tirait le petit qui se présentait mal. Lorsque le veau a fini par naître, Ruscos l'a nettoyé avec un bouchon de paille ; nous tombions de fatigue, et nous trébuchions vers la maison quand une idée m'a traversé l'esprit. J'ai pincé Segillos pour le réveiller ; il m'a crié dessus, mais il a arrêté de me frapper quand je lui ai exposé ce que j'avais en tête. La nuit tirait à sa fin et Banna avait déposé ses offrandes la veille : c'était le moment idéal pour nous faufiler sur les lisières et guetter ce qui sortirait du bois.

Nous avons filé hors de la cour, plus furtifs que renards en maraude. Même si les étoiles commençaient à pâlir, les prés que nous traversions n'étaient qu'obscurité herbue, et nous avons bientôt eu les braies trempées de rosée. La forêt s'est dressée au-dessus de nous, mâchurée de ténèbres. Nous faisions craquer le taillis où nous avions l'habitude de poster notre guet quand un grand mouvement a brassé les ramées. Nous nous sommes pétrifiés, le cœur battant à tout rompre. Dans les ombres soufflait une respiration puissante ; des feuillages étaient froissés à hauteur des branches maîtresses, bien au-dessus de la taille d'un homme. La rumeur inquiétante d'une mastication nous tombait dans l'oreille ; il y avait parfois des chocs sourds, qui ressemblaient au battement d'un sabot de cheval sur l'humus. A suivi le tintement de la jatte heurtée et renversée.

Quelques pétales de rose sont venus s'épanouir sur les nuages au fond du ciel. La campagne, çà et là empoissée de brume, a mué du noir au gris profond. Nous avons alors distingué le dieu sorti de la forêt. Il était énorme, majestueux et sauvage. J'ai d'abord cru que sa robe était sombre, et pourtant il émettait une nébulosité pâle, comme si son corps glorieux rayonnait à travers le pelage. Et puis, j'ai compris ! Il était d'une blancheur aveuglante, mais pour se débarrasser de sa vermine, il s'était roulé dans une souille et il dressait sa superbe croûtée d'argile. Sa tête altière était tournée vers nous, les oreilles aux aguets ; son front était couronné de bois aux vastes enfourchures, où le velours pendait en lambeaux.

« Un cerf ! s'est écrié Segillos. Un grand cerf ! »

Et avec son incorrigible témérité, mon frère s'est rué à la rencontre du seigneur des forêts. Je lui ai emboîté le pas de façon complètement irréfléchie. Le grand mâle nous rendait bien dix fois notre poids. Il lui aurait suffi d'incliner les bois pour nous éventrer comme des sacs, puis pour emporter, en guise de trophée, nos intestins guirlandés sur ses cors. Il s'est contenté d'expirer une haleinée brumeuse, a fait volte-face et s'est enfoncé dans le sous-bois en heurtant ses andouillers aux branches. En chiens fous, nous avons essayé de le poursuivre. Ma tentative a tourné court : à peine sous le couvert des arbres, j'ai trébuché sur des racines et je me suis étalé de tout mon long. Segillos a continué seul en poussant des cris perçants, mais en quelques bonds dédaigneux, le grand cerf l'avait semé et s'était fondu dans les ténèbres.

Malgré l'excitation donnée par cette mésaventure, nous n'en avons parlé à personne. Nous avons continué à surveiller Banna ; une huitaine plus tard, quand elle est retournée déposer son offrande, nous avons pris nos dispositions. Nous avons fait mine d'aller nous coucher comme chaque soir, mais une fois tout le monde endormi, nous nous sommes faufilés hors de la maison en emportant nos couvertures et des javelines. Nous avons gagné en catimini notre poste d'observation au milieu du bouquet de prunelliers, en nous emmitouflant dans nos tartans pour nous protéger de la fraîcheur nocturne et des épines. A commencé une longue veille ; mais comme nous n'étions guère malins, nous n'avons pas organisé de tour de garde et nous avons fini par nous assoupir dans notre cachette.

J'ai été réveillé par le chant des oiseaux dans l'atmosphère grise qui précède l'aurore. J'étais gourd de froid, je me suis piqué aux branches des prunelliers en m'étirant, et en voyant mon frère dont le menton avait chu sur la poitrine, j'ai éprouvé une bouffée de colère. J'allais envoyer une bonne claque à Segillos quand un craquement m'a fait dresser l'oreille. Il y avait du mouvement dans les ombres de l'orée. Mais il ne s'agissait pas du cerf majestueux : une silhouette chétive, incontestablement humaine, se tenait à croupetons sous les premières branches et buvait le lait abandonné par Banna. J'ai plaqué une main sur la bouche de mon frère et, dès qu'il a ouvert les yeux, je lui ai montré la forme qui se détachait à peine dans l'obscurité. La même idée nous a traversé la cervelle. Ce ne pouvait être que la fille de Banna, devenue sauvageonne, qui revenait craintivement se nourrir sur la lisière.

Cette fois, nous étions décidés à ne pas laisser filer notre chance. Abandonnant nos couvertures et nos javelines, nous nous sommes glissés hors du taillis, et nous avons rampé vers l'ombre qui buvait à petites lampées. Arrivés à quelques pas, nous nous sommes jetés sur elle d'un seul élan. Tous les trois, nous avons roulé dans les feuilles mortes en un pugilat plutôt confus. J'avais ceinturé un corps nerveux et maigre, couvert de nippes malodorantes. Notre prise s'est d'abord débattue avec vigueur, et j'ai bien cru que j'allais la lâcher ; puis elle a été secouée par un rire tout à fait saugrenu.

« Ah ! Ah ! Mes oursons ! s'est esclaffé un timbre familier. Vous m'avez flanqué une belle frousse ! »

De saisissement, nous avons abandonné la lutte.

« Suobnos ! » nous sommes-nous écriés d'une seule voix.

Le va-nu-pieds a gloussé de joie, comme s'il nous avait joué un bon tour.

« Mais qu'est-ce que tu fais là ? l'ai-je apostrophé.

— Eh bien, mes princes, je pourrais vous retourner la question.

— Tu voles les offrandes de Banna ! s'est exclamé Segillos sur un ton outré.

— Voler, voler, c'est un grand mot. Il fallait bien boire ce lait, il allait tourner.

— Mais enfin, ce n'est pas pour toi ! C'est pour les habitants du bois !

— Mais j'habite dans ce bois !

— Mais ce n'est pas la même chose ! me suis-je insurgé. Toi, tu n'es pas un dieu ! »

Un doigt noueux m'a piqué les côtes.

« Petit sot, a raillé le vagabond, sache que dans tout sacrifice, il y a une part pour les dieux et une part pour les fidèles. J'ai pris la portion qui me revenait.

— Mais ce n'est pas ton sacrifice ! a protesté Segillos.

— Oh, c'est tout comme, a répondu Suobnos. C'est grâce à moi que Banna remplit ce rite. C'est moi qui lui ai dit que sa fille n'est pas tombée dans un étang. »

Cette fois, le vagabond a bel et bien réussi à nous clouer le bec. Il en a profité pour se remettre sur son séant et masser ses reins, endoloris par notre assaut. L'aurore s'épanouissait, patiente et sûre comme l'éclosion d'une fleur. D'ordinaire crasseuses, les guenilles de Suobnos se trouvaient encore plus crottées par notre placage. Toutefois, le jour naissant effaçait ses rides les plus profondes, et les feuilles mortes empêtrées dans sa tignasse miroitaient, pâles comme des joyaux.

« Dites-moi, mes maroufles, a-t-il dit comme l'idée lui traversait l'esprit, si cette offrande est destinée aux dieux, c'est un dieu que vous chassiez avec tant de hardiesse ? »

Segillos a marmonné que nous cherchions la fille de Banna, et que nous l'avions confondu avec elle. Cela l'a fait rire aux éclats.

« Si c'est toi qui as dit à Banna que sa fille ne s'est pas noyée, ai-je observé, un peu vexé, tu dois savoir ce qu'elle est devenue.

— Oui, c'est vrai ! a renchéri mon frère. Tu pourrais nous aider à la retrouver ! »

La proposition a refroidi sa gaieté ; elle n'avait pas l'air de lui plaire. Il a fourragé dans sa barbe avec perplexité.

« Savoir ce qui lui est arrivé, ce n'est pas savoir ce qu'elle est devenue, a-t-il objecté.

— N'essaie pas de nous entortiller ! me suis-je écrié. Tu es vachement fort pour retrouver des trucs ! Il faut que tu nous donnes un coup de main !

— Enata n'est pas tout à fait un truc.

— Alors dis-nous au moins ce qui lui est arrivé ! a exigé Segillos.

— Je ne l'ai pas dit à Banna, je ne vois pas pourquoi je le confierais à deux morveux.

— Pourquoi tu ne l'as pas dit à Banna ?

— Eh bien… Il y a des choses un peu délicates à raconter à une maman.

— Mais nous, on n'est pas sa mère !

— C'est encore pire. Vous êtes un peu jeunes pour ce genre d'histoire.

— Si tu ne nous le dis pas, nous, on le dira à Banna, que tu lui voles son lait ! »

Ce coup bas venait de Segillos. D'ordinaire, il exerçait plutôt ses talents de rapporteur à mes dépens, et je ne goûtais guère ce trait de caractère chez mon cadet. Mais pour une fois, j'ai trouvé mon frère plein de ressources, et je lui ai été reconnaissant de m'épargner le recours à une telle petitesse. Suobnos, de son côté, lui a coulé un coup d'œil offusqué. Haussant une épaule, il a fini par grommeler :

« Oh ! Après tout, il faut bien que vous fassiez votre éducation. Et puis de toute façon, vous êtes déjà drôlement délurés… »

Pendant un instant, il a réfléchi, paraissant rassembler ses idées.

« Le loup est sorti du bois, a-t-il repris. Enfin, quand je dis le loup, je ne parle pas du loup, c'est une métaphore. Tout ça est lié aux habitants de la forêt, bien sûr. Vous devriez écouter davantage Banna quand elle vous met en garde contre les bois : c'est un avis plein de sagesse. Les êtres qui vivent dans les futaies de Senoceton, ils sont imprévisibles et dangereux. Celui qui nous intéresse gîte dans une clairière reculée, un endroit qu'on appelle le Garrissal, au fin fond de la Chanière. Son nom, on évite de le prononcer, de crainte d'attirer son attention. Pour parler de lui sans courir trop de risques, on lui prête des surnoms, dont les plus communs sont le Seigneur des Bêtes ou le Seigneur des Forts. C'est qu'il est terrible ; aussi brutal que le Forestier, et presque aussi féroce. Grand comme un chêne, sa laideur est repoussante et il est gras à lard ; à lui seul, il est plus puissant qu'un troupeau de bœufs. En plus, c'est le contraire d'un imbécile, et il n'est pas très honnête… Ses biens les plus précieux, il les a obtenus par filouterie. Mais ce qui le rend vraiment redoutable, c'est son éloquence : sa voix asservit tel un charme puissant. Comme il est gros et paresseux, il préfère souvent recourir à de belles paroles plutôt qu'à la violence. Dans un sens, c'est encore pire, car ceux qui l'écoutent deviennent des jouets entre ses mains malpropres… »

Suobnos s'est gratté l'aisselle d'un air pensif. Il a suivi des yeux un vieux merle qui retournait des brindilles, et il a perdu le fil de ce qu'il nous disait.

« Alors ? Le gros tas pas propre ? s'est impatienté mon frère. C'est lui qui a enlevé la fille de Banna ?

— Hein ? Ah oui ! Enfin, non, pas tout à fait, à vrai dire… Le Seigneur des Bêtes est un gros dormeur et un gros mangeur ; tant qu'il est repu, il ne quitte guère sa tanière du Garrissal. Mais c'est aussi, eh bien… un sacré baiseur. Très obsédé, pas toujours regardant sur ses conquêtes, mais quand même amateur de jolies filles. Il y a quelques années, il a eu une grosse envie de culbuter un tendron, alors il est venu rôder sur les lisières…

— Mais s'il est si grand et si gros, pourquoi personne ne l'a vu ? a interrompu Segillos.

— Eh bien, moi, je l'ai vu ! s'est récrié le vagabond. Mais les gens du commun, c'est normal qu'ils ne s'aperçoivent pas de sa présence… Dans les trésors qu'il a volés, il possède un manteau qui le rend très discret. Ce n'est pas tout à fait un charme d'invisibilité, même si cela y ressemble aux yeux du mortel. Drapé dans son sayon, le Seigneur des Forts se pelotonne dans le monde d'à côté, ou dans une année voisine, ce qui revient au même… »

Suobnos a poussé un chuintement discret, en ouvrant largement les deux mains.

« Ainsi, il devient plus furtif qu'un courant d'air. Il n'y a que sa grosse massue qui dépasse sous la cape et qui fait du bruit en heurtant le sol, boum-broumboum ! Mais les gens, abusés, confondent souvent ce vacarme avec un grondement de tonnerre…

– Mais alors, comment tu as pu le voir, toi ? ai-je objecté, pas très convaincu.

– Eh bien, tu l'as dit toi-même, a répliqué le vagabond avec un clin d'œil. Je suis doué pour trouver des trucs ! »

Et d'enchaîner très vite, pour couper court à nos objections :

« Cela s'est passé peu avant que vous ne vous installiez à Attegia. Voilà quelque temps que le malotru traînait sur les lisières, à l'affût d'une jeunesse à croquer. Bien sûr, il a repéré la petite Enata. Ah ! Vous pouvez me croire, c'était un sacré morceau, la fille du bronzier ! Moi-même, je venais d'échouer dans le pays, et elle m'avait aussitôt tapé dans l'œil. Mais je ne me faisais guère d'illusions sur mes chances… Le Seigneur des Bêtes, lui, il n'a pas eu cette délicatesse. Il a dû l'épier pour connaître ses habitudes et savoir quand la serrer. Ce qui s'est passé, c'est un peu la faute de Banna, et c'est pour ça que la pauvre femme pleure tellement sa fille. Quand les tiges de lin avaient bien décanté dans leur bain, elle envoyait la petite au routoir, récupérer les fibres. C'est que ça ne sent guère bon, le rouissage, et voilà pourquoi elle se déchargeait de la corvée sur Enata. À l'odeur putride, à l'écume blanchâtre qui se répandait sur l'étang, le Seigneur des Bêtes a estimé le jour où il pouvait tendre ses filets. Il s'est blotti dans les grands joncs bordant le routoir, et lorsque la belle fille est venue ramasser ses poignées de lin, il lui a roucoulé un discours plus doux que l'hydromel, sans sortir de sa roselière. Charmée par la chanson, Enata s'est approchée, elle a écarté les hautes herbes… Il lui est tombé dessus et il l'a couverte sous son manteau. C'est un sacré gaillard, et il était en rut. Il l'a certainement prise sur-le-champ, dans l'eau et les roseaux, et c'est elle, alors, qui a dû pousser un fameux couplet ! Pour ma part, si j'étais dans le coin, j'ai trouvé plus prudent de ne pas les déranger dans leurs ébats… La petite, ça ne lui aurait pas servi à grand-chose que je prenne un mauvais coup…

— Mais après ? Qu'est-ce qu'il a fait d'elle ? a trépigné mon frère.

— Eh bien, ça dépend ce que tu entends par « après ». Ils ont fait beaucoup de cochonneries sous le manteau, et sous ce manteau-là, les jours et les nuits ne filent pas de la même façon que par chez nous. Il lui a fallu un moment, au gros lubrique, pour vider son sac. M'est avis que quand Dago et Ruscos sondaient l'étang, craignant de retrouver la petite au fond de l'eau, elle était toujours là, juste de l'autre côté, dans des positions qui n'auraient pas fait plaisir à son père. Cette danse-là a duré quelques lunes. Bien sûr, au bout du bout, il y a cet « après » dont tu me parles, jeune polisson, quand le Seigneur des Bêtes a assouvi sa gourmandise…

— Hein ? Tu veux dire qu'il l'a mangée ?

— Oh, il en serait bien capable, s'il était vraiment affamé. Mais je ne pense pas que ce soit le sort qu'il a réservé à Enata. Il n'est pas aussi perfide que le Forestier : il lui arrive de se montrer bonhomme, et comme la gamine lui avait donné du plaisir, il a dû lui laisser la vie sauve, avec un ou deux compliments à faire rougir une grue. Bon, ceci dit, il n'est pas non plus du genre à prendre une régulière. Je pense qu'il l'a tout simplement abandonnée.

— Mais alors, qu'est-ce qu'elle est devenue ?

— Ah ça, mes lapins, il ne faut pas être bien malin pour le deviner. Elle est tombée grosse, la pauvrette. Et comme elle ne savait pas trop ce qu'elle portait, et qu'elle avait bien honte de la façon dont elle s'était fait retrousser, elle s'est enfuie. Elle a cherché une cachette bien solitaire pour mettre bas le petit bâtard. Enfin, à moins qu'il n'y en ait eu plusieurs…

— Tu sais où elle est ?

— Oh, ça non. Imaginez un peu que le gros lubrique ait une petite envie de revenez-y… Je ne suis pas du style à braconner dans les chasses gardées.

— Mais tu pourrais la retrouver, non ? »

Il nous a répondu par une moue ambiguë.

« Dis-nous où chercher, et nous, on se charge de la ramener !

— Non, non, mes oursons ! Vous êtes bien trop tendres pour vous promener tout seuls dans le bois.

— Tu parles ! s'est récrié Segillos en bombant son torse de gringalet. On sait se battre, maintenant ! On n'a pas peur d'un grand pitaud !

— Le grand pitaud, il vous croquerait comme une couple de caillettes, mes princes.

— Eh bien on demandera à Sumarios de nous aider, suis-je intervenu. Il aime bien Banna. Il ferait ça pour elle. »

Suobnos a secoué la tête d'un air sceptique.

« Pour sûr, le seigneur de Neriomagos est un héros terrible. Pendant la guerre des Sangliers, croyez-moi, il n'était pas le dernier au festin des corbeaux. Même après toutes ces années, je n'aime guère le parfum de mort qui flotte autour de lui… Mais le fils de Sumotos en personne ne vous serait pas très utile si le Seigneur des Bêtes, le Taureau aux Trois Cornes ou encore le Forestier flairaient votre présence… Et en plus, ça ne peut pas se passer comme ça.

— Qu'est-ce qui ne peut pas se passer comme ça ?

— Votre histoire, elle ne peut pas se dérouler de cette manière.

— Notre histoire ? De quoi tu parles ?

— Chacun a une histoire plus ou moins intéressante. Et vous deux, vous êtes servis ! Des princes orphelins, dépossédés de leur père et de leur héritage par leur oncle ! Vous êtes gâtés ! Vous pouvez me croire ! On n'a pas fini d'en entendre parler !

— Et pourquoi, dans notre histoire, on ne pourrait pas ramener la fille de Banna ?

— Je n'ai pas dit cela. Ce que vous devez comprendre, c'est que vous ne pouvez pas obtenir comme ça le renseignement que vous voulez. Il vous permettrait d'aller chercher tout droit la belle Enata, et, bon sang ! regardez un peu autour de vous ! »

Le vagabond a agité ses grands bras d'un air inspiré.

« Au monde, rien ne va de droit fil. Avez-vous déjà suivi un chemin qui vous mène tout droit à destination ? Avez-vous déjà descendu une rivière qui va se jeter tout droit dans la mer ? Avez-vous déjà vu la lune ou le soleil traverser tout droit le firmament ? Même les étoiles dansent de lentes farandoles. L'existence n'est qu'un immense canevas de lacets, de virages, d'embranchements et de méandres. Tout est capricieux et infléchi, et la vie entière est un entrelacs d'arabesques. Seuls les lances et les javelots sont droits… »

Il a frissonné.

« Mais les lances et les javelots sont des instruments de mort. Eh bien, les histoires sont les reflets du monde, et une belle histoire gire et vagabonde. Il n'y a que les contes sinistres qui vont droit au but, comme un trait jeté pour tuer. »

Et, en nous coulant un sourire énigmatique, il a conclu :

« C'est pourquoi votre histoire ne peut se dérouler aussi simplement. Si vous voulez trouver Enata, il va falloir chercher autre chose. Enata, c'est comme un mot qu'on a sur le bout de la langue : tant qu'on le cherche, il se dérobe. Qu'on pense à autre chose, il revient à l'improviste.

– Mais alors, qu'est-ce qu'on doit faire ? a piaillé Segillos.

– Je viens de te le dire, pinson ! Cherche autre chose ! En fait, comme je suis magnanime, je vais vous seconder malgré tout. Je vais vous aider en vous demandant votre aide, à vous. Prenez ça comme un arrangement, même si ça ne fonctionne pas comme un troc. Ce n'est pas parce que vous m'aurez donné un coup de main qu'en échange, je vous offrirai mes services. C'est parce que vous partirez dans ma direction que vous trouverez la vôtre !

– J'y comprends rien ! a gémi mon frère.

– Excellent ! a applaudi Suobnos. C'est un très bon début ! »

Suobnos avait raison. Cela représentait vraiment un début, même si nous n'imaginions guère où il allait nous mener. Le vagabond cherchait lui aussi quelque chose dans le bois de Senoceton, et il a affirmé qu'il avait besoin de nos yeux et de nos oreilles pour l'aider dans ses reconnaissances. Aurions-nous eu un peu plus de jugeote, sans doute aurions-nous trouvé singulier que ce devin, qui retrouvait tout, ait eu besoin de nous pour se mettre en quête d'un objet perdu… Mais nous étions deux gamins gonflés de suffisance et d'ignorance : nous avions tellement l'habitude d'entendre dire que nous avions de bons yeux que nous avons trouvé naturelle sa requête.

Ce qui nous a rendus plus perplexes, c'est que le vieux coureur ne nous a pas confié ce qu'il voulait trouver. Il s'en est expliqué en reprenant son raisonnement tortu : on aurait plus de mal à voir ce qu'on cherchait que ce qu'on ne cherchait pas.

Cela n'importait guère, toutefois. L'essentiel, c'était l'aventure qui s'ouvrait à nous. Quand Suobnos faisait étape chez nous, le plaisir de sa visite se trouvait redoublé par la perspective de la maraude qui suivrait. Car dès que le vagabond reprenait ses baguenaudes, nous nous échappions du domaine par une voie détournée, et nous rejoignions le vieux coureur à l'orée de la forêt. Suobnos nous accueillait avec quelques sarcasmes, prenant les dieux à témoin de son infortune d'avoir à supporter deux vauriens, mais il nous attendait toujours patiemment. Tous les trois, nous franchissions les lisières. Nous basculions alors dans un autre monde.

Très vite, sous le couvert des arbres, nous perdions les repères familiers. Les ombrages nous plongeaient dans un espace crépusculaire, les meuglements de nos troupeaux se faisaient assourdis et lointains. Le parfum humide des sous-bois ouvrait nos âmes à des promesses de chasse. Redoutée par les hommes, la forêt pullulait de vie sauvage. Nos incursions étaient souvent signalées par le cri rauque des geais, et nous entendions crouler et cajacter dans les fourrés. Les terrains meubles étaient imprimés par les coulées du gibier, que parsemaient laissées et bousards ; autour des souilles piétinées, les troncs portaient d'abondantes houzures de boue séchée, quelquefois plus hautes que nous, ce qui incitait Suobnos à se défier des grands vieux sangliers ; parfois, nous tombions sur des fondrières moussues, sur des régalis, voire sur le beau cercle d'herbes couchées d'une reposée, et il nous prenait des envies d'affûter nos javelines pour partir à la billebaude. Toutefois, le devin protestait contre nos foucades braconnières. Il disait que les animaux de la forêt avaient leurs pâtres, comme les vaches dans leur pré, et qu'il n'était guère prudent de marcher sur les brisées des gardiens du bois.

Guidés par le vieux coureur, nous avons arpenté les profondeurs de Senoceton. C'est au cours de ces maraudes que nous avons appris à connaître les Brugues et le Pas de Lherm, les hêtraies majestueuses des Grandes Foliades, les coupes rendues aux gaulis du coteau des Toches, les immenses futaies de la Chanière. La forêt s'étalait, vaste et variée comme un royaume, où le jour ne coulait qu'en ondées rares. Il était pourtant des zones que Suobnos préférait éviter, voire certaines régions qu'il redoutait. Il n'aimait guère se risquer aux Oussières, où, marmonnait-il, on risquait de croiser trois commères aux langues venimeuses. Il ne poussait pas jusqu'au fond de la Chanière : là-bas s'ouvrait la clairière du Garrissal, où, disait-il, on trouvait les bêtes les plus grosses de la forêt et la tanière de leur maître. Rarement, il avait fait allusion au Marissard. Il se montrait tellement évasif au sujet de cet endroit que nous ne soupçonnions même pas où il pouvait se trouver. Suobnos nous mettait juste en garde : là-bas se trouvaient le bosquet aux pendus et le taudis du Forestier. Les corbeaux se régalaient des imprudents qui violaient cette retraite.

Pendant des mois, nous avons ignoré ce que recherchait Suobnos au cours de ces explorations forestières. Il nous recommandait juste de garder nos yeux et nos oreilles ouverts, et lui-même paraissait aux aguets, mais nos courses semblaient sans but. Découvrir un monde interdit, qui n'appartenait qu'à nous, était un plaisir bien suffisant, et nous avons fini par nous accommoder de ces errances fourvoyées, pensant que Suobnos ne poursuivait que du vent et, comme nous, jouait à chercher. Sur un point, il n'avait pas tort : nos yeux et nos oreilles, aiguisés comme ceux de deux furets, nous jetaient souvent sur la piste de toutes sortes de gibiers. Bécasses, faisans, bichaille et parfois même compagnies de bêtes noires et de ragots nous faisaient dresser le museau ; malgré les hauts cris poussés par le vagabond, nos javelots prenaient leur envol, généralement en pure perte. Il nous semblait aussi, assez régulièrement, qu'une longue bête grise se faufilait dans les taillis, juste hors de notre portée. Nous avons essayé plus d'une fois de la surprendre, mais elle s'éclipsait avant que nous ne réussissions à l'approcher.

Comme nous devenions vraiment trop turbulents à son goût, Suobnos a décidé de nous jouer un tour. Un jour que l'animal mystérieux venait encore de nous filer entre les doigts, le vagabond a poussé un long sifflet. Quelque chose a froissé les broussailles sur notre flanc, et nous nous sommes retrouvés nez à nez avec un énorme loup cendré, qui nous lorgnait de son œil fauve.

« Holà ! On se calme, mes oursons ! s'est écrié Suobnos alors que nous brandissions déjà nos javelines. Bledios ne vous croquera pas les fesses. Du moins, si vous ne l'asticotez pas avec vos méchants outils. »

Le loup a froncé les babines sur une rangée de longs crocs jaunes, et son grondement sourd a résonné jusqu'au fond de mon ventre. Nous avons prudemment reculé de quelques pas, tout en dardant toujours nos traits.

« C'est ton loup ? ai-je demandé.

— Mon loup ? s'est exclamé Suobnos. Allons donc ! Quelle idée !

— Si ce n'est pas ton loup, comment sais-tu qu'il ne va pas attaquer ?

— Eh bien, parce que c'est mon ami Bledios.

— Ce loup est ton ami ?

— Oh oui ! Il n'y a qu'un ami pour me souffrir depuis si longtemps ! »

L'ami en question avait les oreilles un peu trop rabattues et le crin trop hérissé pour inspirer confiance.

« Il te garde ? a demandé mon frère.

— Bledios ? Me garder ? Oh non ! Je crois qu'il est bien trop sage pour être très brave.

— Un loup ? Trop sage ?

— Eh bien oui, nous avons de longues conversations, lui et moi. Il est incollable sur les phases de la lune. Et il a plus de suite dans les idées que je n'en aurai jamais : comme j'ai la tête percée, souvent, il me sert de pense-bête. »

D'un geste insistant, Suobnos nous a enjoint de baisser nos javelines. Nous ne nous y sommes résolus qu'à regret. Quand nos armes ont pointé vers le sol, le loup a conservé son regard farouche, mais son grondement a décru, et ses oreilles se sont redressées.

« À la bonne heure ! s'est écrié le vagabond. Bledios, je te présente Bellovèse et Ségovèse, les fils de Dannissa, la noble reine qui m'offre l'hospitalité. Les enfants, voici Bledios le Gris, chanteur, astronome et mémorialiste de ces bois ! Eh bien, voilà ! Les présentations sont faites ! À l'avenir, mes maroufles, cessez de donner la chasse à mon compère : ce n'est guère poli, et cela nous détourne de l'objet de nos recherches. »

Car, même si nous n'y croyions plus, Suobnos cherchait bel et bien quelque chose. Un jour que nous croisions les erres d'un harpail, le vagabond s'est arrêté tout net pour se pencher sur le sol meuble. Au milieu des crottes en pelotes et des pinces imprimées dans la boue se détachait une grande empreinte circulaire, à peine fendue au talon, comme la tranche d'une pomme coupée à un doigt du trognon.

« Il y a des chevaux dans le bois ? » me suis-je écrié.

De la main, Suobnos m'a répondu par un geste vague, qui n'était ni oui ni non. L'expression fébrile, il furetait alentour, en quête d'autres traces. Malheureusement, la piste était très fréquentée par des biches et des cerfs, qui avaient brouillé de leurs foulées le passage du cheval. Cette fois-là, nous n'avons rien trouvé de plus. D'autres jours, toutefois, nous avons découvert des voies plus nettes, parfois signalées par du crottin ; nous les suivions quelque temps avant de les perdre, brouillées par des coulées plus fréquentées ou par un terrain sec aux abords de la Chanière. En une occasion, au bord d'une mare, nous avons découvert deux voies bien distinctes : une couple de bêtes était venue s'abreuver. Les sabots étaient de taille très différente.

« Une jument et son petit ! » a déduit mon frère.

Suobnos a opiné du chef.

« Oui ! Oui ! a-t-il marmonné en sautillant d'excitation. C'est bien elle ! »

Mais sur le moment, il a refusé de nous en dire plus.

Quand nous parvenions à remonter quelque temps ces pistes chevalines, elles s'orientaient tôt ou tard vers le cœur de la forêt. Nous entrevoyions l'ombre furtive de Bledios, qui nous escortait à bonne distance, et nous devançait parfois sur la voie. Cependant, il nous abandonnait aux approches de la Chanière. « La garce ! La garce ! » marmonnait Suobnos dès que nous en abordions les troncs noueux et les sols entrelacés de racines. Au fond de la forêt de chênes se trouvait quelque chose que redoutaient l'homme et le loup. Si Suobnos manifestait une grande déception quand, inévitablement, les empreintes s'évanouissaient, nous devinions aussi chez lui un vague soulagement.

Un jour, frustrés d'avoir été une fois de plus forlongés, nous avons insisté pour continuer jusqu'au bout du bois, mon frère et moi. Notre vieux compagnon se dérobait, marmonnait que nous allions nous perdre dans des futaies sans retour, menaçait de nous abandonner. Comme nous faisions la sourde oreille, Suobnos s'est tordu les mains, il s'est frappé plusieurs fois le front de la paume, et sa langue a commencé à se délier.

« Ah ! Petits gredins ! Petits sots ! Où voulez-vous courir vous jeter tête baissée ? Le bois n'a pas de fond, mais au fond du bois, il y a ses habitants. L'exemple d'Enata ne vous suffit-il pas ? La pauvre fille, pourtant, elle n'avait même pas approché des lisières. Si jamais vous disparaissiez, je n'oserais plus paraître devant Saxena !

— Devant qui ?

— Heu… Devant Dannissa !

— Elle sait même pas qu'on est avec toi !

— La jolie raison, Bellovèse ! Ce n'est pas parce que je n'ai pas toute ma tête que je n'ai plus de conscience ! Écoutez-moi, petits rustres ! Vous êtes des garçons précieux, et au fond de la forêt, il y a des êtres voraces dont vous ferez les délices. Votre sang, votre malheur, votre stupide intrépidité : ils s'en pourlèchent les babines. Des petits princes égarés dans les bois ! Quelle belle friandise ! Attendez ! Ne partez pas ! Laissez-moi d'abord vous raconter l'histoire de la Pierre Qui Pleure ! »

Nous étions déjà sur le départ, mais les derniers mots de Suobnos ont piqué notre curiosité. Le vieux coureur faisait tant de mystères sur le bois de Senoceton que la proposition d'un conte était aussi inattendue que tentante. Nous nous sommes arrêtés à quelques pas, gagnés par l'hésitation.

« Écoutez-moi ! Écoutez-moi ! a insisté le vagabond en roulant des yeux. Après, vous ferez ce que vous voudrez ! »

Bien sûr, nous nous sommes laissé appâter. Avant de nous raconter son histoire, Suobnos s'est livré à un bizarre manège. Il a trotté d'arbre en arbre, autour de nous ; il posait la main sur l'écorce de chaque tronc en maugréant, et a fini par élire un vieux chêne dont la fourche était assez basse. Leste comme un écureuil, il a grimpé sur une des branches maîtresses, sur laquelle il s'est juché à califourchon. Les jambes dans le vide, il avait l'air de méchante humeur.

« Ça ne va pas, ça ne va pas, maronnait-il.

— Qu'est-ce que tu fais là-haut ? a demandé mon frère, prêt à se joindre au jeu dès qu'il le comprendrait.

— Je me perche, c'est évident, non ?

— Il faut qu'on grimpe, nous aussi ?

— Non ! Surtout pas ! Restez en bas !

— Mais pourquoi on ne doit pas grimper ?

— Parce que ! Je parle et vous écoutez ! Assis, tout de suite ! Par terre ! »

Mi-interloqués, mi-amusés, nous nous sommes installés en tailleur sur un tapis de feuilles mortes. Le nez levé vers la ramée, nous avions une vue imprenable sur les orteils écartés et la plante des pieds crasseux de Suobnos.

« Ce n'est pas le bon arbre, bougonnait-il. Vous me faites faire n'importe quoi, les étourneaux… »

Puis, dressant un index autoritaire, il a ordonné :

« Et maintenant, vous vous cachez les yeux !

— Hein ? Mais pourquoi ?

— Parce que c'est comme ça ! Ce genre d'histoire, ça ne s'écoute pas les yeux ouverts ! C'est une parole vieille comme la terre, les arbres et la pierre. Alors fermez-moi ces mirettes ! Toute votre âme doit passer dans vos oreilles ! »

En râlant pour la forme, nous avons couvert nos visages de nos mains. Je dois avouer avoir un peu triché : derrière l'écran de mes doigts, j'ai gardé les yeux ouverts. J'avais la sensation d'être enfermé dans un panier qui filtrait une lumière charneuse ; les interstices entre mes phalanges me délivraient des contrastes et des mouvements vagues quand je me tortillais sur mes fesses. Même en ne suivant qu'à moitié la consigne de Suobnos, j'ai senti tout de suite la profondeur du charme qu'il invoquait. Parce que j'étais privé de la vue, mon ouïe et mon corps ont perçu avec une acuité accrue la présence de la forêt. Le fredonnement des feuillages, le babil des oiseaux, l'écho lointain d'un craquement ouvraient l'espace autour de moi, me faisaient ressentir l'existence des combes et des futaies trop lointaines pour être vues. Je me suis senti très petit, très vulnérable, très vivant. En fait, avant même d'avoir ébauché son conte, Suobnos venait de réussir son tour. Mais chose promise, chose due : la voix du vieux coureur est descendue de son arbre.

« Personne de sensé ne se risque jamais dans les Brugues. Les gens du cru redoutent cet avant-poste du bois de Senoceton, en particulier le coin de la Pierre Qui Pleure ; toutefois, ils ne savent plus trop pour quelles raisons. Pourtant, pour ceux qui se souviennent, c'est facile. Je vais vous raconter pourquoi.

« Il était une fois un garçon qui s'appelait Uidhu. C'était il y a très, très longtemps, bien avant que les pères des Bituriges n'arrivent dans le pays. À l'époque, Neriomagos ne s'appelait pas Neriomagos, et d'ailleurs, il n'était pas construit au même endroit. Les gens qui habitaient là ne parlaient pas notre langue car ils appartenaient au Vieux Peuple. Uidhu était le fils du chef, et ce chef était un homme puissant.

« Le grand-père de Uidhu avait construit le village. Il l'avait fait en bonne intelligence avec le Forestier, qui vivait déjà au fond du bois. Ils étaient tombés d'accord sur un modeste finage alloué aux huttes, aux champs et aux prés ; le Forestier avait fourni les bois de charpente, et le grand-père de Uidhu lui avait cédé en échange du grain, des bêtes et des filles. Mais le père de Uidhu était un homme fort et orgueilleux. Quand il avait pris la tête du village, il en avait repoussé les limites. Il défrichait de nouvelles terres, il ensemençait de nouveaux champs. Les greniers engrangeaient d'abondantes récoltes, les gens mangeaient à leur faim, ils avaient de plus en plus d'enfants. Alors, pour nourrir sa tribu qui ne cessait de croître, le père de Uidhu mordait toujours plus sur la forêt. Il avait demandé à son bronzier de lui couler des haches sur le modèle de celle du Forestier ; au début, les villageois abattaient les arbres avec ces outils. Mais bientôt, il y eut tant de bouches à nourrir que cela ne suffisait plus. Alors, le père de Uidhu eut recours aux brûlis. Pour ouvrir de nouvelles parcelles, il incendiait les hêtres, les ormes et les chênes ; le sol de ces champs s'épuisait après quelques récoltes, quand toute la cendre était passée dans le grain, et il fallait porter le bronze et le feu dans de nouvelles futaies. À cette époque, les Brugues avaient ainsi brûlé, puis avaient été cultivées. Quand Uidhu avait atteint l'âge de dix ans, c'était déjà une terre tarie et retournée aux friches.

« Pour mener ses grands travaux de déboisement, le père de Uidhu était devenu un homme dur et intransigeant. Il se faisait sourd au conseil des vieux, il ne tolérait plus la désobéissance ni les tire-au-flanc, il imposait sa loi par la force. Cependant, les gens se soumettaient parce qu'il leur apportait la prospérité, et aussi parce qu'il avait un fils merveilleux.

« Uidhu était le plus bel enfant du village. Toujours gai et rieur, il se montrait déjà généreux et ne rechignait jamais à la tâche. Tout le monde l'aimait, et il faisait la fierté de son père. Les gens se disaient en douce que Uidhu ferait un chef plus magnanime. La tribu se faisait une joie de cet avenir où il hériterait de l'autorité paternelle. Délivrée du despotisme, elle pourrait couler des jours heureux.

« Un jour de ses dix ans, Uidhu revenait d'une course faite pour son père quand il aperçut un homme sombre et solitaire, debout au bord d'un champ récemment brûlé. L'enfant ne le connaissait pas, mais il était innocent ; il alla donc le trouver.

“Bonjour, dit-il. Je suis Uidhu. Es-tu du village ? Je ne t'ai jamais vu.

— Non, dit l'étranger, je n'appartiens à nul village. Je suis le Forestier.

— Es-tu celui qui a aidé mon grand-père à construire le village ?

— Oui, je suis celui-là.

— Tu as l'air triste. Qu'est-ce qui te rend chagrin ?

— Vous n'avez plus besoin de moi pour déboiser, maintenant. Mais vous coupez à tort et à travers, et quand vos cultures s'épuisent, vous ne replantez pas de jeunes pousses. La forêt recule. Un jour, on manquera de grands arbres pour construire des maisons et des palissades. Il n'y aura plus que des taillis et des friches, et des champs qui ne donneront plus de grain.

— Tu crois ? La forêt est si grande, il y aura toujours de nouvelles terres à défricher.

— La forêt est ma demeure. Ce sont mes terres et mes bois que vous dévastez pour manger à votre faim.

— Oh ! Alors je comprends pourquoi tu es triste."

« Uidhu était un brave garçon ; il était sincèrement peiné par le dommage que sa tribu faisait au Forestier. Alors, comme il avait bon cœur, il essaya de réparer les torts des siens.

"Tu pourrais t'installer au village, proposa-t-il.

— Non, répondit le Forestier. Le chien ne vit pas avec le loup.

— Y a-t-il quelque chose qu'on pourrait faire pour toi ?

— Oui.

— Quoi donc ?

— Reboiser les terres que vous abandonnez.

— Reboiser ? Cela demandera beaucoup de travail.

— C'est pour cela que j'ai besoin d'un coup de main.

— Je ne suis pas sûr que mon père acceptera de replanter des arbres. Mais si tu veux, moi, je peux t'aider."

« Le Forestier contempla le garçon avec intérêt.

"Tu es sincère ? demanda-t-il.

— Bien sûr. Entre voisins, on doit se rendre service.

— Alors j'accepte ta proposition. Es-tu partant pour commencer tout de suite ? Cela scellera notre accord.

— Si je suis rentré avant la nuit, je veux bien.

— Tu seras sous ton toit avant le soir. Viens. Suis-moi.”

« Le Forestier prit les devants. Il guida Uidhu vers les Brugues. À l’époque, il s’agissait de collines rases, qui dominaient tout le paysage alentour : le vallon du Nerios, les champs et les essarts du village, les lisières enfumées de la forêt. La terre, devenue trop pauvre, avait été abandonnée et se trouvait couverte de mauvaises herbes. Quand l’homme et le garçon furent arrivés au sommet d’une butte, le Forestier sortit une houe de sous son sayon.

“Tiens, dit-il en la tendant à l’enfant. Creuse un trou. Moi, je vais chercher quelque chose à planter.”

« L’homme partit un bon moment, ce qui donna à Uidhu le temps de creuser un grand trou. Quand il revint, le Forestier portait sur l’épaule un gros rocher, que cinq gaillards auraient eu bien de la peine à traîner.

“Mais ce n’est pas un arbre ! s’écria Uidhu.

— Non, admit le forestier en se massant les reins après avoir laissé choir son fardeau. Mais je vais quand même le planter. C’est une borne. Je reprends possession de ces collines. Et quand les arbres auront repoussé, je ficherai des pieux sur les lisières pour délimiter mon territoire.

— Mais avant cela, il faudra planter des graines ou des boutures ! Et attendre qu’elles poussent ! Tu ne vivras pas assez vieux pour revoir les bois.

— Oh, tu sais, le temps… Selon qu’on a un pied sur une berge ou sur l’autre, il ne coule pas de la même façon. D’ailleurs, je vais te montrer.”

« En trois pas, le Forestier fut sur Uidhu. Il le saisit

à bras-le-corps, il le serra à lui faire craquer les os. Le garçon se débattit un peu, comme un oiselet happé par le renard, puis il perdit connaissance. Le Forestier s'assura qu'il vivait encore avant de le déposer dans la fosse. Il l'installa en position assise, les jambes repliées en tailleur, le visage affaissé entre les genoux. Puis, en poussant un ahan, il souleva le rocher et combla le trou. Après quoi, il se frotta les mains d'un air satisfait et repartit tranquillement dans la forêt.

« Quand Uidhu revint à lui, je vous laisse imaginer l'épouvante qui fut la sienne ! En essayant de se redresser, il se cogna dans le rocher. Il sanglota et il hurla, mais ses cris étaient étouffés par la pierre et par les ténèbres argileuses. Quand il commença à manquer d'air, il chercha à gratter un terrier vers la surface. Mais la terre qu'il creusait de ses ongles coulait entre ses pieds et ses genoux, l'ensevelissait peu à peu ; et le rocher qui scellait sa tombe s'affaissait à mesure qu'il fouissait. Bientôt, la pierre vint peser sur sa nuque et sur ses omoplates, inclinant son échine sur ses jambes tordues. Écrasé, Uidhu sentit germer en lui une horreur à éclater le cœur.

« Quand la nuit fut tombée, le chef du village s'inquiéta de l'absence de son fils. Il l'appela en vain. Le souci se répandit parmi les huttes, et toute la tribu se mit à la recherche du garçon. En pure perte, hélas ; nul ne pouvait imaginer que Uidhu gisait sous une grosse pierre, dans un champ retombé en friches. Le père de Uidhu s'obstina cependant à le chercher des mois durant. Il partait de plus en plus loin, il négligeait ses devoirs, et les coupes cessèrent sur les essarts. Il y eut de mauvaises récoltes. Avec la disette, le mécontentement s'installa au village. Le chef répondit aux critiques par la brutalité. La discorde s'aigrit, des querelles sanglantes éclatèrent. De plus en plus de lopins furent abandonnés.

« Uidhu luttait toujours sous son rocher. Était-il vivant ? Était-il mort ? Qui peut savoir ? Depuis des siècles, personne n'a jamais soulevé cette pierre. Ce qui est certain, c'est que Uidhu n'était plus ce qu'il avait été. Bien qu'écrasés par le bord du rocher, ses doigts se tendaient toujours vers la surface. Ses ongles se mirent à pousser, pâles comme des radicelles ; ils finirent par percer la terre, et se dressèrent en longues tiges où bourgeons et feuilles vinrent éclore. Ainsi réapparurent les premiers arbres des Brugues. À mesure qu'ils poussaient, ils enroulaient leurs racines sous la pierre, dans l'espoir de la déloger. Mais le Forestier revenait de temps en temps ; il coupait les surgeons trop proches de sa borne. Par rejet, les arbres repoussaient un peu plus loin. C'est ainsi que la forêt est revenue dans les Brugues.

« La contre-offensive des bois et les querelles intestines semèrent le malheur dans le village. La faim et les maladies firent mourir les enfants et les vieux ; la taille de la tribu décrut, sur un terroir toujours plus étroit où l'avancée des lisières se faisait menaçante. Quand les pères des Bituriges arrivèrent dans le pays, ils n'eurent aucun mal à chasser les dernières familles qui survivaient dans un maigre hameau.

« Mais le Forestier, lui, vit toujours au fond du bois de Senoceton. De temps à autre, il se rend sur la tombe de Uidhu ; il entretient la clairière qui l'entoure. Dans la forêt repoussée, ses visites ont tracé un chemin qu'on appelle le Pas de Lherm. Le rocher qui se dresse à son extrémité est couvert de mousses parce qu'il est toujours humide. Il m'est arrivé de poser mon oreille sur son grain pelucheux : dans les profondeurs de la terre, on entend l'écho étouffé d'un sanglot. C'est pourquoi on l'appelle la Pierre Qui Pleure. »

Ce conte nous était tombé d'en haut, alors que nous avions le visage enclos de nos mains, l'échine peu à peu refroidie par l'humus et les racines sous nos fesses. Autour de nous, le grincement des branches et le friselis des feuillages chuchotaient de lents mystères où se mussaient des menaces. J'avais dans la gorge un arrière-goût de rêve, pulvérulent de terre, d'arbres noirs et d'ossuaires. Quand il a terminé son histoire, Suobnos n'a pas eu à nous rappeler ce qui gîtait au fond du bois. Ce jour-là, nous avons renoncé à notre désir de percer plus avant.

Pour autant, nous n'en avons pas abandonné nos escapades forestières. Bien au contraire : il ne s'était pas écoulé trois lunes quand, enfin, nous avons aperçu notre gibier. Un jour que nous traversions les Grandes Foliades, Bledios s'est soudain précipité devant nous, le museau tendu et les oreilles dressées. L'apparition du loup nous a surpris ; s'il rôdait souvent dans les parages, il se faisait d'ordinaire discret. Et puis nos yeux ont fouillé le sous-bois dans la direction que prenait l'animal : pour la première fois, nous l'avons vue.

Dans la pénombre, la robe claire de la jument a d'abord accroché notre œil. Tout au fond des abattures ouvertes par les erres de grands dix-cors, elle s'éloignait à un pas de promenade. Juchée sur son dos avec élégance, nous avons ensuite découvert la cavalière. D'elle, nous avons entrevu la splendide chevelure, aussi soyeuse que le crin de sa monture ; et puis un port de tête très fier, une longue silhouette fine, dont le déhanché indolent épousait la foulée de la haquenée. Dans le sillage de la jument, un poulain trottait à l'étourdie, croisant les allures de sa mère. Trompés par la distance, il nous a fallu un moment pour réaliser une merveille : la cavalière avait une assiette fort haute, et il lui arrivait d'incliner le chef pour éviter les branches maîtresses. Sa jument était immense, bien plus grande que les petits chevaux celtes ; son garrot les dépassait probablement d'un empan !

Suobnos nous a fait signe de nous taire, un doigt sur les lèvres. Mais il était si excité qu'il roulait les yeux de façon grotesque et ne pouvait réprimer le tremblement de ses mains. Nous avons filé sur les traces de la mystérieuse cavalière. Comme elle flânait à petite allure, nous avons cru que nous allions la rattraper sans peine. Mais nous ne gagnions pas sur elle ; en fait, quelques ramées et quelques troncs ont commencé à la voiler. Et puis, sans avoir l'air de se presser, l'inconnue a abandonné la trouée et s'est rembuchée dans un taillis. Nous l'avons perdue de vue. Le poulain s'est arrêté un instant : il a tourné vers nous son joli chanfrein, a battu de la queue, puis, d'une cabriole, s'est fondu dans les feuillages.

Suobnos a pesté et il nous a ordonné de courir. Bledios venait de détaler devant nous, ventre à terre entre les fûts et les broussailles. En quelques instants, nous avons déboulé à l'endroit où la cavalière venait de disparaître. La voie s'ouvrait fraîche, avec de beaux revoirs dans la terre meuble et des brindilles brisées à hauteur de nos têtes. Mais la promeneuse et ses deux bêtes avaient disparu. Bledios furetait de droite et de gauche, la truffe au sol et la queue incertaine.

« Elle a pris le galop pour nous avoir semés aussi vite ! » me suis-je écrié.

Le vagabond a haussé les épaules d'un air déconfit.

« Elle n'en a pas besoin, a-t-il marmonné. Nul ne va aussi vite que la grande jument.

— Qui est-ce ? a demandé mon frère. C'est Enata ?

— Bien sûr que non ! a grommelé Suobnos. Où voudrais-tu qu'elle ait déniché pareille monture !

— Mais alors, qui est-ce ? »

Pour toute réponse, le vieux coureur a maugréé dans sa barbe. Voilà qui était loin de nous satisfaire ! Nous venions de réaliser que notre compagnon cherchait bel et bien quelqu'un, et la mystérieuse apparition donnait soudain corps aux rêveries que nous poursuivions depuis longtemps. Notre curiosité s'en est trouvée prodigieusement piquée. Suobnos avait beau faire la sourde oreille, nous l'avons étourdi de piailleries : « C'est qui ? C'est qui ? C'est qui ? » Tant et si bien qu'à la fin, excédé, il a fini par parler.

« C'est ma femme ! » s'est-il écrié.

S'il voulait obtenir le silence, il a réussi son coup. Du moins quelques instants. Nous sommes restés bouche bée, le temps d'assimiler cet aveu stupéfiant. Puis nous avons repris nos esprits, et le chemineau s'est maudit d'avoir ouvert le bec.

« Ta femme ?

— Tu as une femme, toi ?

— Mais elle est drôlement plus jeune !

— Mais tu nous l'as jamais dit !

— Mais comment c'est possible ? »

Un peu froissé, Suobnos a bougonné :

« Dites tout de suite que je ne suis pas un homme !

— C'est pas ce qu'on veut dire, mais enfin, regarde-toi…

— C'est vrai, a renchéri charitablement mon frère, tu es vieux et pauvre !

— Et puis tu n'es qu'un vagabond !

— Et alors ? a regimbé Suobnos. Et le seigneur de Neriomagos ? Il ne passe pas son temps à courir le pays ? Ça ne l'empêche pas d'en avoir plusieurs, des femmes !

— Mais c'est différent ! Lui, c'est un héros !

— Et moi, je n'en suis pas un, de héros ?

— Heu… Tu es quand même un peu peureux, non ?

— Un peu peureux ! Un peu peureux ! » a ruminé le va-nu-pieds.

Un moment, il s'est drapé dans sa dignité, et il a semblé sur le point de nous planter là, en plein bois. Sa bouderie n'a toutefois guère duré. Ses épaules ont fini par s'affaisser, et une grande mélancolie a assombri son museau d'ordinaire facétieux.

« Oui, un peu peureux, a-t-il admis. Mais il n'en était pas ainsi, autrefois.

— Autrefois, tu étais courageux ? a demandé mon frère, non sans une pointe de scepticisme.

— Oh oui ! Plus que courageux, en fait. Téméraire, inconscient… »

Il a secoué sa tête grise, avec un mélange de regret et de réprobation.

« Alors, tu as vraiment été un héros ? s'est étonné Segillos.

— Un héros ? a grommelé Suobnos. Si tu entends par là une de ces brutes qui ne pensent qu'à se goberger et à s'entre-tuer, alors non, je n'ai pas été un héros. J'ai été bien plus grand, bien pire que cela. Car si aujourd'hui, je suis sage dans ma folie, à l'époque, j'étais fou dans ma sagesse.

— Tu as été plus grand qu'un héros ? Toi ? Comment est-ce qu'on peut être plus grand qu'un héros ?

— C'est tout simple. Les rois parlent avant les héros. Il suffit de parler avant les rois. »

Nous lui avons coulé de longs regards incrédules.

« Tu as rencontré des rois, toi ? a relevé mon frère d'un air défiant.

— Oh oui ! a grommelé le vagabond. Et de trop près pour mon bien. À votre avis, d'où est-ce que je connais votre mère ?

— Et tu faisais quoi, dans l'entourage des rois ?

— Bien des choses, bien des choses. J'ai été échanson, portier et passeur. Je lisais les étoiles et je sondais les cœurs. Je chantais les grands cycles de la lune et du soleil.

— Tu étais un devin ?

— Appelle-moi ainsi si tu veux, Bellovèse. Je dirais juste que j'étais savant et orgueilleux.

— Et ta femme ? C'est un roi qui te l'a donnée ?

— Oh non ! Pas elle. Personne ne peut la donner ou la recevoir. C'est elle qui accorde et qui reprend. Elle est comme moi, elle vient du même endroit que moi. Nous avons longtemps marché librement sous le ciel, elle et moi.

— Pourquoi est-ce que vous n'êtes plus ensemble ? »

Suobnos a haussé les épaules, et ses yeux se sont faits un peu fuyants.

« J'ai dû la décevoir, a-t-il marmonné.

— Tu l'as trompée ? »

Il a émis un ricanement dédaigneux.

« La tromper, elle ? Ce n'est pas dans ce sens que ça se passe, petit béjaune ! Vous ne l'avez vue que de loin, mais si un jour vous avez l'infortune de l'approcher, alors, vous comprendrez ! Vous comprendrez tout ! Ma misère, mes poux, ma pauvre tête qui bat la breloque ! Elle est si belle, la cruelle, qu'elle pénètre dans votre âme comme le couteau dans sa gaine. »

Il s'est frappé la poitrine et le front du talon de ses paumes.

« Une fois qu'elle est entrée là, et là, une fois qu'on l'a dans la peau, il n'y a plus qu'elle qui compte. Et elle le sait, et elle en joue. Don et contre-don : si elle s'abandonne à toi, alors elle exige beaucoup en retour. Moi, elle m'a demandé, elle m'a demandé… »

Il a vacillé, et nous avons vu la peur et la folie danser au fond de ses prunelles. D'un geste saccadé, il a ouvert ses bras maigres, comme s'il voulait embrasser tout le sous-bois.

« Elle m'a demandé le monde ! Quoi d'autre ? Quoi d'autre ? Il n'y avait rien de mieux pour elle ! Elle m'a demandé le monde ! Et vous savez quoi, mes oursons ? J'ai bien failli réussir ! Oh oui ! J'ai bien failli ! Par centaines, je les ai entraînés à la mort, tous, tous, les braves et les sages, les jeunes et les vieux… Par centaines, par milliers… J'ai bien failli… Et puis, quand j'ai respiré tout ce sang, quand j'ai vu tous ces corps percés de lances, et l'odeur de merde des ventres crevés… Et ces têtes, ces têtes terribles accrochées aux chars et au poitrail des chevaux… Ceux qui m'avaient traité avec honneur, ceux qui m'avaient accordé leur confiance… J'ai bien failli… Je l'ai déçue…

— Tu as fait la guerre ? » s'est étonné mon frère.

Moi, je venais de comprendre, mais je ne croyais pas ce que nous racontait Suobnos. Il était si fantasque, si craintif. Comment aurait-il pu appartenir aux armées qui avaient rougi les eaux du Liger ? Alors, j'ai gardé mes questions pour moi. Je n'ai pas demandé au vagabond s'il avait connu mon père. De son côté, c'était sans doute le cadet de ses soucis. Il s'était accroupi à côté des traces de la jument. De ses doigts crasseux, il effleurait les empreintes.

« Je l'ai déçue, répétait-il, alors elle m'a quitté. Elle a repris sa route, elle m'a laissé à la misère et aux fantômes.

— Mais elle n'est pas loin ! s'est récrié mon frère. Elle est dans le bois ! Elle tourne autour de toi ! »

Le vieux coureur a ébauché un rictus amer.

« Tu es un gentil passereau, avec la cervelle d'un moineau, a-t-il raillé. Que fais-tu donc avec moi depuis des lunes ? C'est moi qui tourne autour d'elle. Elle n'est pas venue à moi : c'est moi qui l'ai suivie. Et je ne reste ici que parce qu'elle s'est installée à Senoceton.

— Qu'est-ce qu'elle fait dans le coin ? ai-je demandé.

— Va savoir. C'est une femme volage. Elle cherche sans doute un nouveau compagnon.

— Dans le bois ?

— Oublies-tu ce qui se cache dans le bois ? Elle pourrait élire l'un de ses habitants, le charmer, en faire son champion. Et le mener hors des lisières… »

Peu après avoir reçu ces confidences, j'ai sondé ma mère. Un jour qu'elle travaillait sur son métier de haute-lice, je l'ai interrogée l'air de rien. Je lui ai demandé si Suobnos avait fréquenté la cour de mon père.

« Suobnos ? s'est-elle esclaffée. Au milieu des héros turons ? Bien sûr que non ! Quelle idée !

— Tu en es sûre ? Il a peut-être vieilli.

— Si jamais il a connu notre demeure à Ambatia, alors peut-être a-t-il été nourri au milieu des mendiants que nous entretenions à notre porte. Mais je ne l'ai jamais vu là-bas. D'où tiens-tu cette baliverne ?

— Suobnos nous a raconté de drôles d'histoires. Il a sous-entendu qu'il te connaissait quand tu étais reine. »

Elle a esquissé un sourire triste.

« Il me considère toujours comme une reine, et il n'a pas toute sa tête. Il confond souvent les gens. Tu ne devrais pas accorder trop d'importance à ses contes.

— Il a aussi fait allusion à une grande guerre. Ce qu'il disait était embrouillé, mais je pouvais sentir sa peur. J'ai eu l'impression qu'il parlait de la guerre des Sangliers, et qu'il s'était battu dans notre camp. »

Ma mère a suspendu le va-et-vient de sa trame. Elle s'est tournée franchement vers moi, d'un air grave.

« Les héros de ton père formaient mes familiers. Les druides, les artisans et les champions. J'avais de l'estime et de l'amitié pour certains d'entre eux, je n'en aimais pas d'autres, il y en avait même quelques-uns que je craignais. Mais je les connaissais, Bel. Et je peux t'assurer une chose : pas un n'en a réchappé. Pas un. Pas même mes beaux-frères, Remicos et Ordilos.

C'étaient les soldures du roi : quand ton père a été tué, leur destin était scellé. Ils se sont battus jusqu'au bout. Ceux qui, affaiblis par les blessures ou débordés par le nombre, ont craint d'être capturés, ils se sont donné la mort. Parfois mutuellement, parfois de leur propre main. Que Suobnos ait l'outrecuidance de se faire passer pour l'un d'entre eux encore une seule fois, et je le jetterai hors de ma maison. Ce n'est qu'un druide raté, Bel, qui a beaucoup de vent entre les oreilles. Je me souviens très bien de la première fois où je l'ai vu : il s'était présenté à moitié mort de faim devant notre palissade, trois mois après notre arrivée à Attegia. »

Ma mère venait de me confirmer dans mes doutes. J'ignorais qui était la mystérieuse cavalière dans le bois, et Suobnos nous avait raconté des fariboles pour nous cacher le motif réel de ses recherches. Mais les sornettes du vagabond avaient éveillé chez moi une curiosité inquiète. Alors, pour la première fois, j'ai posé une question qui, jusqu'alors, était demeurée tue à la maison.

« Pourquoi ils se sont fait la guerre, mon père et mon oncle ? »

Ma mère a pincé les lèvres. Un instant, j'ai craint d'avoir été trop loin, j'ai cru qu'elle allait reprendre son tissage sans daigner me répondre. Mais elle a pris sur elle.

« Secorix, le roi des Carnutes, a maltraité un ami de ton père. Ton père est entré en guerre contre Secorix, il l'a vaincu, mais ce chien sans honneur s'est enfui. Il s'est réfugié au Gué d'Avara, il a demandé la protection de mon frère. Ambigat a pris la tête d'une grande armée, formée de Bituriges, d'Éduens, de Séquanes et des bandes rescapées de Secorix. Il a reconquis les forêts carnutes, ensuite il a pris Lucca sur les marches turones. Ton père a voulu l'arrêter entre le Caros et le Liger, avant qu'il n'atteigne Ambatia. Tout s'est terminé au bord du fleuve. »

De façon raide, ma mère s'est détournée pour revenir à son métier à tisser.

« Mais la guerre carnute n'était qu'un prétexte, a-t-elle ajouté. Ton oncle est un homme malfaisant. Depuis des années, il cherchait une bonne raison pour se débarrasser de ton père.

— L'ami de mon père, chez les Carnutes, qui était-ce ?

— C'était Morigenos, le gutuater.

— Pourquoi Secorix l'a-t-il malmené ?

— Le roi l'a accusé de fomenter des troubles.

— Des troubles, comment cela ?

— Il y avait des discordes chez les Carnutes après la mort du grand druide Nemetomar. Le gutuater était un chef de clan. Il voulait changer les choses dans la forêt.

— Il voulait conquérir le monde ? »

Ma mère est partie d'un grand éclat de rire.

« Conquérir le monde ? s'est-elle exclamée. Quelle imagination, Bel ! Les Celtes sont bien trop occupés à se déchirer les uns les autres ! »

Les divagations de Suobnos n'enlevaient rien à la réalité de la cavalière qu'il poursuivait dans la forêt. Nos maraudes sous la ramée avaient bifurqué à l'improviste. Jusqu'alors, seuls les animaux sauvages avaient eu une existence concrète ; les habitants du bois n'avaient été que des présences nichées au fond de nos rêves, chargées de désir et de crainte, avec lesquelles nous aimions à jouer. Du moins, jusqu'au jour où la cavalière nous était apparue, tangible, au fond d'une allée creusée par une harde.

Qui était-elle ? Avait-elle vraiment été l'épouse du vagabond ? Où vivait-elle ? Où avait-elle acquis cette immense jument ? Pourquoi se déplaçait-elle sous le couvert des arbres, et non sur les chemins bien tracés des campagnes ? Était-elle réfugiée au fond des halliers pour fuir une menace ? Cherchait-elle quelque chose ? Ou sillonnait-elle les futaies comme un seigneur son domaine, pour inspecter la croissance des arbres et la vitalité des bêtes ? Suobnos nous avait dit qu'il y avait des gardiens dans le bois. S'était-elle arrogé un royaume de breuil et de garenne ?

Suobnos paraissait regretter les confidences qu'il nous avait faites. Il refusait désormais de nous en dire davantage ; mais il comptait plus que jamais sur notre aide, et nous nous sommes jetés avec passion dans la traque de la mystérieuse inconnue.

Nous piaffions lorsque le vagabond tardait à revenir à la maison. Nous poussions par nous-mêmes des incursions dans le bois ; elles nous égaraient dans des fondrières ou des fourrés de ronces, car, par une étrange magie, nous nous fourvoyions immanquablement quand Suobnos ne nous accompagnait point. En revanche, guidés par le vieux coureur, nous nous risquions toujours plus loin dans les futaies. Sur un an, nous avons aperçu la belle rôdeuse une dizaine de fois. Découvrir sa piste ne suffisait pas, car ses traces nous menaient rarement jusqu'à elle : souvent, les empreintes de la jument se trouvaient tissées d'arantèles, ce qui signifiait que la voie était vieille. C'était à l'improviste que nous la découvrions, ou plutôt qu'elle nous surprenait.

Au fond d'un sous-bois, un fantôme blanc traversait les ombrages. Les robes claires de la jument et de sa maîtresse tranchaient de loin dans la pénombre sylvestre ; mais comme nous les approchions, elles se dérobaient dans d'épais halliers. En nous jetant à leur poursuite, nous ne parvenions qu'à nous empêtrer au milieu des gaulis. Un autre jour, à la croisée de deux allées forestières, nous apercevions les promeneuses ; toutefois, le temps d'arriver au carrefour, nous ne savions plus par quel chemin elles avaient disparu. Par une belle matinée, elles sont apparues dans la nef d'une futaie ouverte, et rien ne s'opposait à notre rencontre. Nous avons couru au-devant d'elles : mais en franchissant une averse de soleil tombée d'une trouée dans les feuillages, nous avons été éblouis, et quand nous sommes sortis de la lumière, jument et cavalière s'étaient évanouies.

Chaque déconvenue se révélait plus cruelle. Suobnos ployait un moment sous un fatalisme accablé ; mon frère écumait de frustration, persuadé que la belle se moquait de nous. Pour ma part, j'avais le cœur battant d'incertitudes. Je me sentais joué dans une partie de chasse dont les règles m'échappaient. Aurions-nous rattrapé la cavalière, j'ignorais ce que nous en attendions. Suobnos cherchait à la reconquérir, mais il était si misérable que cette perspective paraissait une chimère. Quant à mon frère, quant à moi, nous étions encore trop jeunes pour éprouver autre chose qu'une impatience sans objet. La rôdeuse miroitait à la lisière de notre existence, maîtresse des faux-fuyants, distante et charmeuse comme des horizons informulés. Elle glissait sous la ramée en des errances inconnues qui croisaient parfois nos sentiers, puis se dérobaient dans une forêt voisine. La rejoindre nous aurait peut-être permis de gagner cet autre pays. Telle était sans doute notre rêverie urgente et vague. Nous n'avions que dix ou douze ans, et déjà, le monde était trop petit pour nous.

Banna avait raison de nous mettre en garde contre les dangers du bois. Au cours de l'hiver qui a suivi la visite de Cassimara, ce jeu secret a failli nous emporter trop loin.

Samonios, ses fêtes et le flamboiement des forêts étaient passés depuis belle lurette. Nous étions au cœur du mois de riuros, et la mauvaise saison engourdissait le pays. De rares flocons s'étaient égarés sur la campagne ; ils n'avaient abandonné qu'un liséré épars sur le chaume des toits, sur les sillons des champs noirs, sur le talus rechigné des chemins. En fait, il faisait bien trop froid pour que la neige tombe en abondance. La terre était dure comme du caillou. Le piétinement des vaches avait transformé notre esplanade en un terrain traître, rempli de creux et de bosses gelés où les chevilles ne demandaient qu'à se tordre. Dans les fossés, l'eau avait acquis la solidité vitreuse des perles d'ambre ; une pellicule de glace, partie des berges du vivier, s'ingéniait sans bruit à obturer l'étang.

L'hiver était glacial. Il s'imposait en conquérant brutal, avec son cortège de nuits pétrifiées et d'aurores coupantes. Au fond de son étable, le troupeau fumait comme une buée de chaudron. Les hommes se rencognaient autour du feu, les portes bien calfeutrées. Ils se réfugiaient dans une pénombre enfumée, les paumes offertes au rayonnement des braises, le dos fraîchi par le gel qui grignotait les murs. Nos gens sortaient le moins possible, juste pour nourrir les bêtes et chercher du bois ou de l'eau. Les hommes, alors, tiraient la capuche jusqu'au nez ; les femmes serraient leur châle sur leur visage. Tous faisaient le dos rond, gardaient le plus possible les mains sous leurs aisselles afin de les préserver des engelures.

Segillos et moi, nous étions bien trop turbulents pour prendre de telles précautions. La maison s'avérait trop étroite pour contenir notre vitalité : nous préférions sortir, affronter l'atmosphère tranchante, faire des glissades sur les mares gelées. Le nez et les oreilles écarlates, les doigts mordus par l'onglée, nous ne rentrions que pour nous réchauffer un instant au coin du feu. Les femmes protestaient que nous faisions entrer le froid en ouvrant la porte à la volée. À peine s'étaient-elles remises que nous sortions en coup de vent, poursuivis par leurs malédictions.

Ces imprudences nous ont valu un refroidissement. Nous mouchions comme un poulain qui jette sa gourme, nos gorges étaient râpées par une toux rauque. Ma mère nous intimait l'ordre de rester au chaud ; mais nous avions l'habitude des maraudes, de l'entraînement aux armes, et malgré l'autorité maternelle, nous ne tenions pas en place. Nous trouvions toujours une occasion de filer, nous allions promener nos museaux morveux sur les étangs de Cambolate, dont la glace craquait sous nos pas glissés. Avec le soir, la fièvre me rattrapait. Je grelottais deux fois plus à l'extérieur, mais j'étouffais à l'intérieur. Quelques points me serraient les bronches. Mon sommeil, agité, était traversé de rêves épuisants.

C'est dans ces circonstances que Suobnos s'est présenté chez nous, par un soir de frimas féroce. Le pauvre hère était transi : il avait la goutte au nez au-dessus d'une barbe givrée, ses pieds avaient pris une nuance violacée. Même après avoir bu une grande écuelle de bouillon, il a continué à renifler et à frissonner un long moment. Il rayonnait de froidure, comme si l'hiver s'était niché au fond de ses os. Ce n'est qu'à la fin de la veillée qu'il a commencé à se réchauffer et à se détendre. Ma mère lui a offert de rester chez nous jusqu'au redoux, mais il a refusé.

« Je repars demain, a-t-il dit. J'ai des choses à faire.

— Par ce temps ? a objecté ma mère. Tu termineras gelé dans un fossé.

— J'ai des choses à faire », s'est obstiné le vagabond.

Plus tard, comme nous nous apprêtions à nous coucher, Suobnos m'a retenu discrètement par le bras.

« Demain, rejoignez-moi aux lisières, a-t-il chuchoté.

— Tu veux fouiller les bois par un froid pareil ?

— C'est le moment ou jamais. Il n'y a plus rien à manger là-bas, et le gel creuse les appétits. Les bêtes sauvages se rapprochent des champs et des fermes.

— Et tu crois qu'elle fera comme les bêtes ?

— Il faut bien qu'elle nourrisse ses chevaux. »

Avant l'aube, nous avons été réveillés par un courant d'air glacial. Suobnos avait disparu et la porte avait été mal refermée. Au matin, dès que nous avons pu nous éclipser, nous avons couru à travers le brouillard givrant, en direction de la forêt invisible.

Le vagabond nous attendait non loin des arbres écorcés sous lesquels Banna avait coutume de déposer ses offrandes. Il dansait d'un pied sur l'autre, il battait des bras en s'ébrouant contre les morsures du gel.

« Vous en avez mis du temps ! a-t-il grelotté comme nous arrivions. Vous voulez me faire mourir ! »

Nous nous sommes moqués de lui, en l'imaginant dur et recroquevillé comme une vieille pierre. Il nous a distribué quelques taloches, nous y avons répondu par des bourrades assez brusques ; ce chahut nous a un peu réchauffés avant que nous ne franchissions la lisière.

L'orée immobile, figée dans son bain de brume, s'était transformée en cataracte immaculée. Quelques pistes, d'un beau beige nettoyé, sinuaient dans cette merveille glacée. Herbes folles des sous-bois, taillis de mûriers et de fraisiers sauvages, baliveaux, tout était de givre. Les branches, intégralement nappées de duvet, transformaient le paysage tout entier en une forêt de glace. Les verticales sombres des troncs étaient mouchetées de traits blancs là où des rameaux suspendaient des zébrures immaculées. Toute cette pâleur, qui redessinait les arabesques végétales avec délicatesse, se fondait dans le rêve incertain d'une brume laiteuse, où errait un fantôme de soleil.

Comme nous trottions dans ces merveilles cristallines, une ombre silencieuse est venue se joindre à nous. Selon son habitude, Bledios nous emboîtait le pas dans les bois. Il arborait sa belle fourrure d'hiver, mais il avait l'œil un peu faux et des flancs bien maigres. La faim le travaillait. Il n'est guère resté avec nous. Un peu plus tard, nous avons aperçu une harde de chevreuils, rendus grisâtres par les frimas ; à notre approche, ils ont pris la fuite dans la brume. Le loup les a suivis et nous l'avons rapidement perdu de vue.

La forêt gelée était une splendeur, mais une splendeur cruelle. Impossible de s'arrêter : l'air cru nous aurait engourdis sur place. Il fallait s'activer sans cesse pour repousser l'étreinte acérée, mais la course insinuait sous nos habits des aiguilles féroces, qui perçaient le lin et la laine. Nos respirations fuyaient en panaches qui épaississaient la brume. La barbe de Suobnos se perlait déjà de minuscules glaçons. Un froid intense altère comme une canicule ; très vite, nous avons souffert d'une soif dévorante. Mon frère et moi, nous l'apaisions comme nous pouvions, en suçant le givre sur les branches et les troncs. L'écorce nous agaçait la langue, la glace fondait sous nos lèvres sans étancher notre fièvre. Nous nous sommes arrêtés plus longuement sous un beau conifère ; en riant, nous nous sommes pendus à ses branches, nous en avons fait tomber le givre en neige. Nous avons lapé la poussière de glace accrochée sur nos sayons, et croqué dans quelques aiguilles amères. Suobnos a interrompu plutôt brutalement ce festin, en nous distribuant une volée de claques.

« Vous êtes fous ! Vous êtes fous ! a-t-il crié. Cet arbre, ce n'est pas un sapin ! C'est un if ! Recrachez-moi tout ça ! »

Nous lui avons rendu ses coups en le singeant et raillé ses inquiétudes de vieille femme. Peu après, Segillos a vomi un peu de bile ; mais il a moqué l'alarme qui s'était peinte sur le museau du vagabond, et piaillé qu'il se sentait en pleine forme. De mon côté, excité par le froid, je sautais en tous sens en criant des sottises. On fanfaronnait. J'avais un point douloureux qui ne me lâchait pas la poitrine, et je sentais bien que l'énergie qui m'animait me donnait des idées bizarres.

Nous brûlions nos forces en un chahut désordonné quand Suobnos nous a fait signe de nous taire. Il avait tendu l'oreille, mais comme nous avons mis du temps à nous calmer, il est resté désorienté.

« Qu'est-ce que tu as entendu ? a glapi Segillos.

— Vous deux, les pipelets. On n'entend que vous dans cette forêt.

— Mais il y avait autre chose ?

— J'ai cru. On aurait dit un pas de cheval, assez loin, dans le brouillard. Ça me paraissait lourd, mais les sabots doivent claquer plus fort sur la terre gelée.

— C'est elle ? Elle est là ?

— Comment veux-tu que je le sache ? Tu continues à me casser les oreilles ! »

Calquant enfin notre comportement sur le sien, nous avons écouté. Par contraste avec nos cris, le grand silence sépulcral de l'hiver est retombé sur nous. Les bois se retranchaient dans une quiétude glaciale. Le froid s'est insinué jusque dans nos âmes.

« C'était par là », a murmuré Suobnos en montrant une direction où les troncs s'abîmaient dans des vapeurs blêmes. Il s'est dirigé vers la rumeur évanouie, et nous l'avons suivi assez bêtement. Il y avait belle lurette que la brume nous avait égarés, mon frère et moi.

Nous avons trottiné dans une futaie fantôme, dont les arbres s'éclaircissaient. Certains troncs étaient écorcés jusqu'à l'aubier ; leurs branches maîtresses avaient accroché des touffes laineuses, arrachées à l'encolure d'un grand animal. Le sous-bois se trouvait hérissé çà et là de buissons de houx, qui dardaient leurs épines sombres sous un glaçage de givre. Par endroits, malgré le gel, le sol avait été retourné à grosses mottes.

« C'est un coin à sangliers, ai-je dit.

— Non, a répondu Suobnos. Ces trous ne sont pas des boutis. C'est une bête plus lourde qui cherchait des racines.

— En tout cas, c'est pas un cheval qui a fait ça », a remarqué Segillos.

Le vagabond a cueilli un toupet de poils sur une branche brisée. Il l'a retourné entre ses doigts, l'a humé.

« C'est très musqué, a-t-il grommelé. On dirait plutôt un aurochs. »

Ses paroles ont provoqué un phénomène des plus déroutants. Elles ont été ponctuées par des cacardements moqueurs. Mon frère et moi, nous avons ouvert des yeux ronds, car pour une fois, nous n'étions pour rien dans ces ricanements. Les rires avaient éclaté avec force, ils s'étaient abattus sur nous comme une pluie de galets, sarcastiques et blessants.

« On dirait plutôt un aurochs, a répété une voix aigre sur le ton de la raillerie.

— Un vulgaire aurochs ! a trompeté une seconde.

— Et pourquoi pas une bête de bât ? » a cancané une troisième.

J'ai regardé autour de moi, mais il n'y avait que nous dans le sous-bois. Segillos promenait lui aussi un regard stupéfait sur la futaie déserte.

« Qu'est-ce que c'est que ça ? s'est-il écrié.

— Qu'est-ce que c'est que ça ? a repris un timbre sarcastique.

— Deux oisillons tombés du nid, a croulé un gosier puissant.

— Guidés par un vieux coucou ! » s'est gaussé un huchet.

Ces voix étranges buglaient aussi sonores que des appels de trompe ; il s'agissait de timbres féminins, acariâtres et capricieux, accentués par un roucoulement crépitant. On aurait cru qu'on nous les cornait à l'oreille, et pourtant nous n'étions entourés que de troncs et d'épineux givrés. C'est l'attitude de Suobnos qui m'a fait comprendre que je ne cherchais pas du bon côté. La mine effarée, notre vieux compagnon rentrait la tête dans les épaules. J'ai alors réalisé que les brocards nous tombaient véritablement dessus. J'ai levé le nez et je les ai vues.

Trois formes sombres étaient perchées dans la couronne du hêtre qui nous dominait. Juchées assez haut, la brume les voilait presque complètement. On ne discernait que des présences vaporeuses, plutôt longilignes, suspendues dans un équilibre malcommode.

« Ah ! Quand même ! Il y en a un qui dresse le chef.

— Encore un peu, et ils passaient sans un salut.

— En plus, ils m'ont tout l'air d'être venus les mains vides. »

Tandis que Segillos découvrait les jaseuses à son tour, j'ai coulé un regard à Suobnos. Il se frappait les tempes du bout des doigts, en marmonnant des malédictions sur sa propre bêtise.

« Tu les connais ? ai-je murmuré.

— Pas un mot plus haut que l'autre, a-t-il bredouillé, pas un mot plus haut que l'autre… »

Malheureusement, c'était en attendre un peu trop de deux effrontés. Sans même lui avoir prêté attention, mon frère hélait déjà les bavardes.

« Eh ! Dans l'arbre ! Qu'est-ce que vous faites là-haut ?

— Qu'est-ce qu'on fait là-haut ? s'est offusqué un caquet criard.

— En voilà une question !

— Le petit impudent ! Il ne s'est même pas présenté, et il nous demande des comptes.

— Et pourquoi donc ferait-on quelque chose ?

— Nous sommes dans l'arbre ! C'est bien suffisant !

— Lui intime-t-on de nous dire ce qu'il fait à terre ? »

Dans leur indignation, les trois ombres se sont agitées. Les branches du hêtre ont un peu grincé. Les mouvements des causeuses, quoique flous, m'ont paru d'une affectation guindée, d'une élégance très gauche, absolument singuliers.

« Souvenez-vous, petits sots ! a marmonné Suobnos. Moi aussi, j'étais dans l'arbre pour vous dire la tradition.

— Tu les connais ? me suis-je entêté à mi-voix. Qui c'est ?

— Oui, c'est vrai ! s'est exclamé mon frère. Vous êtes qui, d'abord ? »

Le vagabond a gémi et s'est couvert la tête des deux bras, tandis que s'abattait sur nous un déluge de craillements.

« Quelle outrecuidance !

— Quelle muflerie !

— Quelle irrévérence !

— Cette insolence est intolérable !

— En plus, il s'est présenté du mauvais côté !

— Et regardez-moi ce blanc-bec ! Même pas mouché ! »

Sans oser lever le visage, Suobnos s'est décidé à intervenir.

« Pardonnez-lui, Mères, a-t-il chevroté. Ce garçon n'a pas eu de père.

— Ah ! Quand même, cornard, tu te décides à nous adresser la parole.

— Et bonjour, pour commencer.

— Nous t'avons connu plus poli. »

Le vagabond a présenté des excuses contrites.

« Pourquoi elles t'appellent cornard ? ai-je murmuré.

— Ton frère les a insultées et elles se vengent sur moi. Elles sont clairvoyantes. Elles savent que j'ai une épouse volage. »

Segillos, de son côté, ne se montrait pas le moins du monde impressionné. Il avait l'habitude d'essuyer les remontrances de Taua, de Ruscos, et même celles de Sumarios quand nous nous formions aux armes. Il n'était pas près d'en rabattre pour quelques quolibets.

« Vous nous avez toujours pas dit qui vous êtes ! » a-t-il lancé d'un air de défi.

Le scandale des trois commères a crû de plusieurs tons. L'air glacial se trouvait déchiré par leur tollé ; le hêtre tout entier frémissait de battements et de crieries, comme s'il avait été secoué par une volière en furie.

« Tais-toi ! Tais-toi ! a supplié Suobnos. Tu ne comprends donc pas que ce sont les habitantes du bois ! »

Mais l'impertinence de mon cadet avait été trop loin. De méchants persiflages sont venus l'épingler, et ils ont fait mouche aussi bien dans son cœur que dans le mien.

« Et nous, t'avons-nous demandé qui tu es ?

— Nous sommes-nous seulement invitées chez toi ?

— Avons-nous franchi les limites ?

— Bien sûr que non, Ségovèse, fils de Sacrovèse !

— Bien sûr que non, Ségovèse, fils du mort !

— Bien sûr que non, Ségovèse, fils de rien !

— Ta question est un aveu d'ignorance !

— Ta question est une marque d'arrogance !

— Ta question est une bube d'insignifiance ! »

Les trois ombres ont émis des quintes ricassières, et l'une d'elles m'a semblé perdre l'équilibre. Elle s'est rétablie par réflexe, en un geste étrange, en ouvrant ce qui m'a semblé être un manteau. J'ai entrevu deux jambes incroyablement grêles, puis elle s'est derechef tassée sur sa branche.

Ulcéré qu'elles aient pris Segillos à partie, effrayé par leur sortie mais trop bravache pour faire profil bas, c'est moi qui ai rétorqué :

« Comment est-ce que vous connaissez mon frère ?

— Comment peux-tu poser des questions si stupides, Bellovèse fils de Dannissa ?

— Dans le pays de Neriomagos, qui ne connaît les deux vauriens d'Attegia ?

— Sur les lisières, qui n'est incommodé par la rancune de ta mère ?

— Il est dans notre nature de connaître.

— Car connaître c'est être.

— Car être c'est notre nature.

— Par trois fois vous nous avez questionnées.

— Par trois fois vous nous avez sollicitées.
— Par trois fois vous vous êtes offerts.
— Alors voici la réponse.
— Alors voici l'énigme.
— Alors voici le topique. »

Suobnos a geint en secouant la tête entre ses mains, mais les voix péremptoires ont poursuivi :

« Je suis Matir.
— Je suis Dougheter.
— Et je suis Tuto.
— Je suis Matrona.
— Je suis Duxtir.
— Et je suis Tutinatia.
— Je suis Ana.
— Je suis Morigana.
— Et je suis Nemetona.
— Je suis Hannah.
— Je suis Maryam.
— Et je suis Magdalena.
— Je suis Morgause.
— Je suis Clarissant.
— Et je suis Guinevere.
— Je suis Mélusine.
— Je suis Pédauque.
— Et je suis Nimue.
— Je suis Celle Qui Donne.
— Je suis Celle qui Prend.
— Et je suis la Très Brillante.
— Je suis l'origine.
— Je suis la folie.
— Et je suis la souveraineté.
— Je suis le renoncement.
— Je suis le commencement.

— Et je suis indéfiniment.

— Je suis la mère.

— Je suis la fille.

— Et je suis l'âme du monde. »

Pour le coup, nous sommes restés interloqués un moment. Quand il a fini de béer, Segillos a naïvement remarqué :

« Eh bien ! Ça en fait des noms ! Je les retiendrai jamais.

— C'est une évidence : ta mémoire est trop courte.

— Tu es trop borné pour les comprendre.

— Et l'essentiel, c'est que nous sommes polyonymes.

— C'est encore un nom ? me suis-je exclamé.

— Non, c'est un état.

— Non, c'est une dignité.

— Non, c'est une essence.

— Cela signifie que nous voyons les trois directions.

— Cela signifie que nous vivons les trois âges.

— Cela signifie que nous dénouons les trois liens.

— Nous connaissons toutes les peines.

— Nous connaissons tous les désirs.

— Nous connaissons tous les secrets.

— Voyez : le vieux n'est pas ce qu'il paraît.

— Voyez : l'aîné des garçons a une lance dans le flanc.

— Voyez : le cadet des garçons cherche son double.

— Voyez : le cadet des garçons retourne à la forêt.

— Voyez : l'aîné des garçons frémit au chant des flûtes.

— Voyez : le vieux porte de nouveaux bois. »

Ce récitatif obscur nous a laissés à nouveau sans

voix. Suobnos a toutefois levé des paumes de suppliant vers les ombres juchées dans le brouillard.

« Par pitié, Mères ! a-t-il gémi. Vos paroles font saigner mes oreilles. Nous ne sommes pas venus quêter ces mystères. Vos prophéties sont cruelles ; elles raniment des regrets, des remords, des fantômes… Non, non, je ne veux plus savoir ! Votre sagesse est une malédiction ! »

Sa plainte a été accueillie par des caquètements railleurs. Pas plus que moi, mon frère ne comprenait goutte à cet étrange dialogue, mais il avait la langue trop bien pendue d'un petit serin.

« Tous ces trucs, c'est des prophéties ? s'est-il écrié. Alors, là-haut, si vous êtes des devineresses, vous pouvez nous aider !

— Non ! Non ! a protesté Suobnos. Tu ne peux rien leur demander sans leur céder une offrande en retour. Et ces trois-là retrancheront ce qui t'est le plus précieux ! »

Mais Segillos, faisant sa mauvaise tête, a ignoré la mise en garde du vagabond. Dressé sur la pointe des pieds, il a clamé :

« Ça fait plusieurs lunes qu'on cherche une cavalière dans les bois. Elle est drôlement jolie, elle monte la plus grande jument du monde et elle est suivie par un poulain. Si vous êtes si fortes, les trois pies, vous pouvez bien nous dire où la trouver ! »

Sa requête a soulevé un ramage scandalisé. Tout le sous-bois a retenti d'exclamations et d'interjections offusquées.

« Quoi ! Le petit hurluberlu !

— Fi donc ! Le niquedouille !

— Oh ! Le gourdiflot !

— On déploie une grande patience.
— On témoigne de la bienveillance.
— On fait don gracieux de notre présence.
— Nous, les trois charmeuses vagabondes !
— Nous, les plus fines des oiselles à la ronde !
— Nous, les plus belles grues au monde !
— Et que demande-t-il ?
— Que désire-t-il ?
— Qu'exige-t-il ?
— Une stupide pouliche !
— Une large cavale !
— Une lourde coureuse !
— Quel cœur grossier !
— Quelle âme vile !
— Quels bas instincts !
— Lourdaud !
— Pétras !
— Rustre !
— Il nous dédaigne !
— Il nous déprise !
— Il nous méprise !
— C'en est assez !
— C'en est trop !
— Retournons-lui la politesse ! »

La ramure au-dessus de nous a brui de froissements soyeux. Les trois ombres se sont jetées dans le vide, en déployant de larges ailes. En un instant, elles se sont élevées dans la brume, vers les cimes des arbres, dans un claquement de rémiges. Pour le peu que j'ai pu en deviner, leurs silhouettes n'avaient rien d'humain, mais possédaient la grâce maniérée de grands échassiers. Leur départ a fait descendre sur nous une poussière de givre, ainsi qu'une longue plume cendrée. À travers le ciel bouché, nous avons perçu leurs cris qui s'éloignaient rapidement. Dans leur charivari nasillard, elles répétaient à tue-tête un dernier mot, qui retentissait tel un appel.

« Taruos ! Taruos ! Taruos ! »

Suobnos a été secoué par un grand frisson.

« Misère de moi ! s'est-il écrié. Ségovèse, tu as attiré le malheur sur nos têtes ! »

Cependant, mon frère et moi, nous étions surtout émerveillés d'avoir bavardé avec des oiseaux ; et comme nous avions l'habitude des accès d'angoisse de notre vieux compagnon, nous ne nous en sommes guère formalisés. Segillos a bondi en tous sens comme un chien fou et a crié :

« Revenez ! Revenez ! »

Du fond de la forêt hivernale, un meuglement guttural lui a répondu.

« Tais-toi ! a gémi Suobnos à l'intention de mon frère. Tu l'attires vers nous ! »

Comme pour confirmer ses craintes, un second mugissement a déchiré la brume. Il s'est répercuté le long des combes et des futaies avec la force d'un coup de trompe. Un martèlement sourd a ébranlé le fond des sous-bois.

« Quel sot ! Quel sot j'ai été ! s'est lamenté notre vieux compagnon.

— Qu'est-ce que c'est que ça ? ai-je demandé, enfin rattrapé par un semblant d'inquiétude.

— C'est lui, bien sûr ! C'est Taruos !

— Mais c'est qui, Taruos ?

— C'est le parèdre des trois sœurs que vous avez insultées.

– Hein ? Mais on les a même pas traitées ! s'est insurgé mon frère.

– Et c'est quoi un parèdre ? ai-je poursuivi.

– Quelque chose de trop compliqué pour vos têtes de linotte ! »

Du menton, Suobnos a désigné le sol sous nos pieds, qui avait été retourné malgré le gel.

« Il vous suffit de savoir que c'est lui qui a fait cela », a-t-il bredouillé.

Et, lâchant avec horreur le toupet qu'il avait gardé en main jusque-là, il a ajouté :

« Et ça, c'est son crin. Il a le cuir tellement dur que même la lance du seigneur de Neriomagos ne lui ferait pas une égratignure. Quant à vos javelines… Ces barbillons ne seraient bons qu'à exciter sa colère. Alors, on n'a plus qu'une chose à faire : débucher, et le plus vite possible ! »

Des rumeurs inquiétantes remontaient jusqu'à nous. Le brouillard retentissait d'un fracas de branches froissées et de craquements sonores. Un piétinement pesant tambourinait sur l'humus verglacé et écrasait le mort-bois. Quand Suobnos a décampé, cette fois, nous avons arrêté de faire les imbéciles et nous lui avons emboîté le pas.

Sans le vagabond, nous aurions détalé au hasard. Mais le vieux rôdeur filait dans une direction précise, et nous lui avons fait confiance pour couper au plus court vers les lisières. Je me sentais complètement désorienté. L'énergie nerveuse qui nous avait portés jusque-là s'étiolait.

Le froid engourdissait mes idées, mordait mes doigts, pinçait mes poumons. Sous mon sein droit, un point de côté anormalement haut me coupait la respiration. Je haletais pour tenir la cadence de mon frère et de Suobnos, mais je ne parvenais plus à reprendre correctement mon souffle ; l'air coupant et l'effort me faisaient monter les larmes aux yeux. Segillos me dépassait insensiblement, et le brouillard se faisait de plus en plus épais. Quant à Suobnos, il avait repris son increvable foulée. J'avais le sentiment qu'il pouvait nous distancer à tout moment, se fondre dans les nuées chargées de givre. Je voulais lui crier de nous attendre, mais ma gorge ronflait tel un soufflet et j'étais si hors d'haleine que je voyais des mouches danser près de mes paupières. Mes jambes semblaient minées par une mollesse duveteuse ; mon cœur s'épuisait à battre en quête d'un air chargé de rasoirs.

Suobnos nous criait parfois des encouragements. Il disait que nous n'étions plus très loin de l'orée. Mais la chose qui nous donnait la chasse se rapprochait sans cesse. Sa course provoquait un tapage effrayant : les arbustes et les baliveaux figés par le gel éclataient sous sa poussée. Pis encore, des fracas secs crépitaient quand des halliers cédaient sous son élan ; parfois, c'était l'âme d'un arbre tout entière qui grinçait sous un impact brutal. Une peur primale rivalisait désormais avec le froid pour nous glacer l'échine.

Notre poursuiveur gagnait sur nous mais il ne nous talonnait pas. Un moment, on a pu croire que nous l'avions semé, car le vacarme s'est mis à retentir sur notre gauche, comme s'il avait pris une mauvaise sente. Et puis, le tumulte a commencé à nous dépasser. Avec effroi, nous avons réalisé qu'il nous coupait la route.

Sans un mot, Suobnos a obliqué et nous l'avons suivi. Nous avons compris qu'il allait longer les lisières pour tourner l'être monstrueux un peu plus loin. Seul, il aurait peut-être réussi ; mais j'étais à bout de forces, et mon frère aussi s'épuisait. Le pas colossal a soutenu notre rythme avec une vigueur désespérante et a commencé à se rabattre sur nous. Nous pouvions sentir désormais des trépidations sous nos semelles, comme si tout un troupeau de chevaux galopait à une portée de javelot.

Notre vieux compagnon a tenté une nouvelle feinte. Il a fait volte-face, est reparti d'une traite sur nos pas en nous entraînant avec lui. Pendant quelques instants, la ruse a semblé fonctionner. Le piétinement massif a continué sur sa lancée, et nous avons repris un peu de champ. Et puis, mystérieusement, le monstre a éventé notre tour. Un beuglement furieux a fait résonner toute la forêt et nous avons ressenti le sol labouré par un dérapage énorme, dans un arrachement de glèbe, de cailloux et de racines. La créature colossale est repartie dans le même sens que nous. Il lui a fallu peu de temps pour rattraper son retard, et pour recommencer à dévier vers nous.

« On y arrivera pas ! Il court trop vite ! a paniqué mon frère. Il faut qu'on grimpe dans un arbre !

— Non ! a glapi Suobnos. Il est assez fort pour déraciner n'importe quoi !

— Mais on y arrivera pas ! Il nous coupe des lisières !

— Tant pis ! Tentons autre chose ! »

Et le vagabond a viré une nouvelle fois, en donnant un coup de jarret. Même si nous étions égarés, Ségovèse et moi, nous avons bien saisi qu'il tournait le dos aux lisières. Il filait derechef vers le cœur de la forêt. Le découragement m'a saisi, et j'ai trébuché, tandis que Suobnos se fondait dans la brume.

« Qu'est-ce que tu fais ? » a pépié mon frère en me rattrapant par le coude.

J'aurais aimé lui répondre, ne serait-ce que pour le couvrir d'invectives, mais mon flanc droit était traversé par de violents élancements, et je peinais à inspirer la moindre bouffée. Suobnos a alors crevé le brouillard dans lequel il venait de disparaître pour revenir vers nous. Un instant fugace, il m'a paru bizarrement majestueux ; sa crinière et sa barbe, scintillantes de givre, le nimbaient d'une aura nébuleuse. Des brindilles cassées, accrochées dans sa tignasse, le dotaient d'improbables ramures.

« Respire, petit roi ! a-t-il bramé. Respire et cours ! »

Il m'a saisi sous une aisselle et m'a entraîné d'une saccade. Ses doigts osseux serrés sur mon bras, il est redevenu le va-nu-pieds famélique que je connaissais bien, et j'ai pu sentir sa sueur aigre et ses relents de crasse. Mais je pouvais respirer. Je venais de récupérer un second souffle. Nous nous sommes rués vers le cœur du bois.

« Qu'est-ce qu'on fait ? Où on va ? a braillé Segillos.

— On retourne vers les Grandes Foliades, a haleté Suobnos. On va l'attirer dans les Frayures. »

Mon cœur a palpité d'espoir, car j'ai compris le plan du vagabond. Les Frayures étaient une combe marécageuse du bois de Senoceton. Le sous-bois, envahi de mares et de fondrières, s'avérait traître pour des freluquets aussi légers que nous. Le monstre puissant qui nous donnait la chasse aurait toutes les chances de s'y enliser.

Stimulé par les encouragements de Suobnos, porté par un regain d'espoir, j'ai trouvé un nouvel élan. Nous avons filé dans la forêt pétrifiée, entraînant dans notre sillage le tohu-bohu du mastodonte. Un brouillard de plus en plus dense nous a engloutis alors que nous abordions la zone humide. Malheureusement, le froid intense avait transformé le marais. Blanches et cassantes, les plantes aquatiques dessinaient des bouquets scintillants de cristaux ; les bourbiers étaient devenus aussi durs que du silex ; un verglas bleuté avait saisi jonchaies et racines. Conscient du caractère démoralisant de cette découverte, Suobnos nous a houspillés pour que nous ne relâchions pas nos efforts.

« Taruos est lourd ! a-t-il lâché. La glace cédera sous lui ! »

Et il nous a entraînés sur les étangs gelés.

Les points d'eau avaient la solidité opaque de longues chaussées d'agate. Nous les avons franchis en une glissade éperdue, la glace grinçant sous notre triple poids. Suobnos déviait parfois légèrement, optant toujours pour les zones dépourvues de végétation, franchissant les mares les plus profondes, là où une onde noire se tapissait sous le manteau gelé. Nous traversions une fondrière poudrée de givre quand le tintamarre qui nous poursuivait a crû de plusieurs tons. Sous la galopade massive, la glace a craqué presque aussi sèche que la foudre tombant sur un arbre. Un meuglement bref a été accompagné par d'autres fracas fracturés. Nous nous sommes arrêtés, suffoqués par l'effort, les poumons à vif, pour tendre l'oreille. Hors de vue, masqué par la brume, quelque chose d'énorme se débattait dans un piège mortel. Mêlés au crépitement de la glace brisée nous parvenaient aussi les échos de grandes éclaboussures.

« On est trop forts ! Ça a marché ! » s'est réjoui mon frère avec un timbre enroué.

Suobnos a risqué un sourire de triomphe. Pour ma part, j'étais trop exténué pour dire quoi que ce soit. Les mains appuyées sur les genoux, j'essayais de réprimer le tremblement de mes jambes en happant des inspirations hachées. Dans mon côté droit, la douleur irradiait avec un entêtement fiévreux. Toutefois, je me sentais plus qu'heureux du succès de notre ruse : intensément soulagé de pouvoir m'arrêter avant que tout mon corps n'ait lâché.

Hélas, notre répit n'a guère duré. Dans les Frayures, le tumulte ne se calmait pas. Au contraire, il gagnait en intensité. Un moment, nous avons cru qu'il s'agissait d'une tentative désespérée de Taruos pour s'extirper des eaux mortelles. Mais la constance avec laquelle le vacarme augmentait a rapidement dissipé nos illusions. À défaut de marcher sur la glace, le monstre qui nous poursuivait la fendait ; il pataugeait à grands remous dans une onde toute tranchante de glaçons.

« Il continue à avancer ! » s'est écrié mon frère.

Suobnos s'est pris la tête à deux mains, la mine effarée. Visiblement gagné par la panique, il a marmonné des paroles sans suite.

« Il faut qu'on se disperse ! a piaillé Segillos.

— Non ! a rétorqué notre vieux compagnon. Vous allez vous perdre, et avec ce froid, vous n'en réchapperez pas ! »

Il a gémi, roulé des yeux, s'est arraché des poignées de cheveux.

« J'ai une solution ! a-t-il chevroté. J'ai une solution, oh oui ! Mais je ne l'aime pas !

— C'est quoi ? ai-je lâché. Décide-toi vite !

— Si les obstacles ne l'arrêtent pas, il nous reste la crainte. On va l'attirer vers un endroit qu'il redoute. On va l'entraîner vers la clairière du Garrissal.

— Qu'est-ce qu'il y a dans cette clairière ? » a demandé mon frère.

J'ai dressé l'oreille, car Suobnos s'était toujours refusé à nous y amener.

« Quelqu'un de plus terrible encore ! a geint le vagabond. Mais on n'a pas le choix. Taruos ne nous lâchera plus s'il sort des Frayures. »

D'inquiétants clapots accompagnés de ruissellements nous ont jetés au comble de l'alarme. Le monstre était en train d'émerger des eaux les plus profondes. Nous avons repris la fuite, éperdus, vers le tréfonds de la forêt.

Très vite, j'ai cru que mon cœur allait éclater. Je suffoquais. La douleur hameçonnait mon flanc comme si on m'avait fiché un crochet dans les côtes. Si j'ignorais où se trouvait la clairière du Garrissal, je me souvenais des réticences de Suobnos dès que nous nous risquions sous les ombrages de la Chanière. Cela signifiait qu'il nous faudrait d'abord traverser les hêtraies des Grandes Foliades, puis prolonger notre débandade entre les chênes de la Chanière. C'était un très long chemin, même par une saison clémente. Dans cet hiver féroce, avec ma gorge enflammée et mes poumons à vif, cela me paraissait inaccessible. J'ai redouté de n'en voir jamais le bout, de terminer écrasé sous des sabots d'airain.

Si puissant qu'il fût, Taruos avait été un peu retardé par son bain glacé. Suobnos et mon frère m'ont encouragé et houspillé. J'ai serré les dents, j'ai donné tout ce que je pouvais, et même plus. La douleur, l'effort et la fièvre étaient si violents que j'ai senti mon esprit s'effilocher dans la brume. L'important, c'était de continuer à pousser un pied devant l'autre ! Ne pas me laisser distancer ! Ne pas provoquer la perte de mes compagnons !

Cette course a versé dans un cauchemar diffus. Le monde s'abîmait en des nuées glaciales ; les arbres se muaient en spectres fuyants, tandis que je me harassais dans une débâcle immobile. Mes sens, exacerbés par la peur, me livraient d'étranges fantaisies. Suobnos et Segillos avaient beau s'époumoner, je ne les entendais presque plus. Dans les oreilles, j'avais surtout le tonnerre qui nous poursuivait, mais je ne savais plus vraiment de quoi il s'agissait. Peut-être était-ce mon sang me cognant aux tempes ; parfois, il me semblait aussi que c'était le grondement de toute une armée en marche, piétinement des chevaux, grincement des essieux, tintamarre des roues cerclées de fer. Les compagnons qui flanquaient ma course flottaient et se démultipliaient dans la brume. Beaucoup étaient des inconnus terribles : trognes tatouées et ravinées, le ventre creux, le poing serré sur la lance. Ils m'étaient familiers mais je ne les connaissais pas, sauf, peut-être, le plus insolite d'entre eux. C'était un héros d'âge mûr, sanglé dans une cuirasse, coiffé d'un casque effrayant qui lui couvrait le visage et ne laissait voir, par deux fentes ménagées dans le bronze, qu'une barbe bouclée et l'éclat rusé du regard. « On doit passer par la montagne, disait-il avec un accent chantant. On n'a pas le choix. Les Ligures contrôlent la côte et les pirates croisent en mer. » S'appelait-il bien Archaïas ? J'aurais cru pouvoir en jurer quand la plainte des flûtes a vibré au fond des halliers. Une mélodie aiguë, cadencée, porteuse d'un esprit absolument étranger, a planté dans mon âme de longues javelines vénéneuses. « Alala ! Alala ! » rauquaient des chœurs d'hommes dans un fracas de bronze. J'ai voulu rugir pour rassembler mes soldures alors que ma course m'avait déjà porté ailleurs, je fuyais toujours dans le bois, mais ses buées appartenaient à une forêt pluvieuse et j'étais le gibier d'une chasse sauvage. Cutio, Sumarios et un géant juvénile filaient avec moi. Le seigneur de Neriomagos et son cocher me paraissaient inexplicablement vieillis ; le jeune colosse rayonnait d'une laideur majestueuse, et soudain j'ai été traversé par une intuition, j'ai approché une révélation stupéfiante, j'ai été sur le point de tout comprendre ! Hélas, Sumarios m'en a distrait en lançant un cri d'alerte : « Ségovèse nous rattrape ! Ségovèse est presque sur nous ! » Ses mots étaient chargés de peur, et son rictus exprimait la souffrance. Je me suis aperçu que tous les quatre, nous étions couverts de sang.

« Qu'est-ce que tu racontes ? a glapi mon frère avec son timbre aigu. Je ne te rattrape pas, je te botte le cul !

– Un dernier effort ! a pantelé Suobnos. On y est presque ! »

J'avais bien besoin d'encouragements, c'était vrai, pour supporter ce voyage au fond d'une plate de rivière. Je ne courais plus, sinon au fond du délire d'une fièvre brûlante. Par moments, dans de brefs accès de lucidité, je m'arrachais aux boucles obsessionnelles du cauchemar, je réalisais que cette cavalcade sans fin ne tournait qu'au fond de mon esprit épuisé. Mon poumon crevé s'emplissait d'un parfum d'eaux vives. La nuque appuyée sur la culatte de la barque, j'avais les oreilles pleines du clapotis contre la coque. Au-dessus de ma tête dérivaient des feuillages et des nuages éclatants dans un vertige d'azur. Le visage de Segillos s'interposait entre le ciel et moi, empli d'une sollicitude inquiète.

« Ça va, Bel ?

— Aide-moi ! gargouillais-je. Aide-moi à courir ! Il se rapproche ! »

Mon frère rajustait mes couvertures sous mon menton et souriait avec un enjouement pénible.

« Calme-toi, Bel. Repose-toi. On est en bateau, personne ne te poursuit. On remonte la Dornonia jusqu'à Argentate. Tu seras en sécurité chez Tigernomagle, tu prendras tout ton temps pour guérir. »

À côté de lui, je devinais la présence silencieuse de Sumarios. Assis en tailleur, un javelot sur les genoux, il scrutait la rive gauche de la rivière. Cette berge m'était dissimulée par le bordé, mais je devinais confusément ce qu'il guettait. Mon frère devait croire qu'il se défiait de l'ennemi, mais moi, avec la seconde vue que me prêtait la souffrance, je percevais la vraie nature de son trouble. À quelques brasses à peine, le paysage glissait dans une autre époque. Une forêt d'hiver inclinait ses ramures de givre sur la rivière d'été. Entre les bancs de brume et les arbres transis, trois créatures chétives fuyaient en une galopade éperdue, parallèle au cours du fleuve. Le plus grand des fugitifs était un pauvre hère en haillons, les deux petits des gamins au nez morveux. Une menace effrayante les talonnait. Dans le choc cadencé des rames, dans les heurts du courant contre le nez de l'embarcation, je sentais les vibrations d'une foulée gigantesque. Je refermais les yeux, je me débattais dans le cerceau fébrile de mes songes, je tendais ma volonté déclinante pour échapper au monstre. Rien n'y faisait. La barque sombrait, la glace rampait sur les eaux vives, un froid de tombe revenait me mordre le flanc. Je finissais toujours par reprendre la course là où je l'avais interrompue.

« Courage ! a glapi Suobnos sur un ton panique. Voici ses troupeaux ! On arrive au Garrissal ! »

Hors d'haleine, le torse vrillé, la gorge brûlée par les frimas, je titubais en queue du trio. Le cri du va-nu-pieds a sonné étrange à mes oreilles, peut-être parce que je souffrais de mes lobes cuisants de froidure. Autour de nous, rien n'avait changé : un bois dépouillé s'abîmait dans des brumes glaciales. Rien qui ait ressemblé à un parc à bétail ou à une simple prairie. Juste des fûts massifs, des troncs couchés, des nœuds de racines, les branchures grisâtres englouties dans une nébulosité blanche. Pourtant, j'ai entendu mon frère se récrier :

« Oh ! Il y en a tout autour ! Partout dans les bois !

— Ne les approche pas ! Ne les touche pas ! » a braillé Suobnos sans ralentir.

Alors, malgré mes yeux remplis de larmes, je les ai vus. Ils se tenaient immobiles dans le brouillard et le froid ; on aurait pu les prendre pour des arbres morts ou pour des rochers. Cependant, les respirations soufflaient des haleines blanches dans l'atmosphère coupante, les toisons fumaient des buées. Dans la nuée, je n'ai perçu que des échines figées, des ombres engourdies et laineuses. Une harde hétéroclite, éparpillée dans le sous-bois, nous contemplait d'un air placide : carrures lourdes des aurochs, des buffles, des bisons ; silhouettes plus graciles des cerfs, des biches, et des daims ; panse ronde de poneys trapus, plus petits que les chevaux celtes. Aurions-nous été dans notre état normal, sans doute nous serions-nous arrêtés, ébahis par cette extraordinaire réserve de chasse. Mais Taruos ébranlait le sol derrière nous. Mais Suobnos nous entraînait toujours en avant, dans un ultime coup de jarret.

Une barrière primitive s'est dessinée dans la brume, fermant le sous-bois : une palissade plantée de guingois, hérissée de trophées. Les rondins, grossièrement ébarbés, même pas écorcés, étaient couverts de crânes d'ours, de loup, de massacres de cerf, de bucranes aux cornes droites ou courbes. Çà et là, au milieu des ossements encloués, on devinait l'umbo d'un bouclier cabossé, la lame d'une épée ébréchée, un faisceau de lances vermoulues. Sous les fleurs de givre, le vert-de-gris avait envahi ces vieilles armes.

Quoique fruste, ce mur était imposant. Plutôt que de perdre du temps à l'escalader, Suobnos a obliqué, et nous avons longé l'enceinte au galop sur une centaine de pas. Très vite, une brèche est apparue. Deux grands chênes formaient le chambranle vivant d'un portique ; de part et d'autre, la palissade venait s'appuyer contre leur fût séculaire. Au-dessus d'un seuil entrelacé de racines, les branches maîtresses avaient été arrachées pour creuser un porche fort haut. Aux ramures voisines était accrochée une floraison macabre : des dizaines de crânes humains pendaient telles de grosses breloques. La plupart étaient très abîmés, fronts défoncés, mâchoires chues, calottes crevées ou arcades fracassées. Veillant sur ces fruits funèbres, des bandes de corbeaux formaient un feuillage ébouriffé et noir.

Nous avons franchi d'un bond ce seuil sinistre. Il débouchait sur un espace dégagé, un terrain vague dont les herbages avaient été couchés par le givre. La forêt paraissait contenue par la barricade. Étrangement, c'était à l'intérieur de cet espace enclos qu'un fossé courait au pied du mur. Quoique large, il ne s'agissait pas d'un ouvrage défensif. En fait, il était heureux que nous soyons arrivés au plus fort de l'hiver, car cette tranchée s'avérait être un gigantesque dépotoir. À la belle saison, la puanteur nous aurait certainement suffoqués : par centaines, les carcasses dépecées de gros animaux y avaient été jetées. Dans le plus grand désordre s'entassaient os longs, paturons pourris, thorax troués, serpentins de vertèbres. Sur ces restes plus ou moins écharnés, le gel avait déposé une courtepointe délicate, qui scintillait tel un jardin de sel.

Abandonnant ce charnier, nous avons couru vers le cœur de la clairière. L'odeur, d'abord, m'a frappé : au milieu des aiguilles de l'air glacial flottait un arôme de bois brûlé et de viande rôtie. Il provenait d'une énorme fosse à feu, où quelques braises clignotaient encore sous la cendre. Derrière, une butte trapue a esquissé ses rondeurs dans la brume. La silhouette fantomatique d'une grosse souche, contre laquelle s'appuyait un essieu de charrette, ajoutait à l'atmosphère louche de cette varenne.

Pour lugubre qu'elle fût, cette clairière n'a pas arrêté Taruos. Toujours lancé sur nos traces, son piétinement retentissant a longé la palissade. À deux reprises, des heurts énormes ont ébranlé l'enceinte, disjoignant le palis de grumes, provoquant une avalanche de trophées. Un mugissement furieux a ponctué chaque choc, puis le vacarme a roulé en direction de l'entrée. Nous nous étions arrêtés un instant, pour reprendre notre souffle et guetter une éventuelle hésitation de la part de notre persécuteur. Mais Taruos ne ralentissait pas. Au-dessus de la cime indentée de l'enceinte, nous voyions parfois le bouquet d'un arbre brutalement secoué, tandis que craquait un tronc bousculé.

« Ça ne marche pas, ton truc ! a piaillé mon frère. Il n'a pas peur de cet endroit !

– Ce n'est pas possible ! a gémi Suobnos. Nous sommes pourtant dans la gueule du loup !

– Je sais pas où on est, mais on va pas y rester longtemps !

– Non, non ! a geint le vagabond. C'est quitte ou double ! Je vais réveiller le maître du Garrissal ! »

Il s'est tourné vers le monticule informe qu'absorbait le brouillard, et levant les bras dans un geste de suppliant, il a appelé :

« Seigneur des Bêtes ! Seigneur des Forts ! Nous implorons ta protection ! »

Un mutisme maussade lui a répondu. Du côté de la palissade, tous les corbeaux ont pris leur envol dans un tonnerre de craillements. Entre les arbres du seuil, une masse colossale se profilait. La brume voilait encore ce que c'était, mais cela coulait musculeux et énorme, et cela occupait tout l'espace entre les troncs. Un souffle ronflait aussi puissant qu'une bourrasque, et chaque foulée rompait la terre gelée.

« Il arrive ! Il arrive ! s'est égosillé mon frère.

– Seigneur des Forts, je t'en conjure ! a clamé

Suobnos. Entends ma voix, accueille ma prière ! Je suis le vieux marcheur ! Je suis le fou qui dit la sagesse ! Je suis le guide qui s'est perdu ! Je suis le chanteur, je suis le récitant, je suis l'invocateur ! Ogmios, je me suis présenté chez toi en grande détresse ! Je fais appel à ta noblesse ! Je fais appel à ton pouvoir ! Je fais appel à ta superbe ! M'abandonneras-tu dans ta propre demeure ? »

Quoique toujours altéré par l'urgence, le timbre de Suobnos avait changé. Il véhiculait un esprit mystérieux, une autorité effrayée mais impérieuse. Il s'est alors produit une chose extraordinaire. La butte au centre du terrain vague a frémi. Elle a exhalé un soupir profond, elle a roulé ses talus, elle s'est redressée en fulminant des borborygmes aussi sonores que des coups de bugle.

« Quelle effronterie ! a maugréé une voix incroyablement grave. Je dormais comme un loir ! Espèce d'énergumène ! As-tu oublié les bonnes manières ? »

Il n'y avait plus de monticule au cœur de cette clairière sinistre, mais un géant obèse qui se mettait sur son séant et baillait à se décrocher la mâchoire. Mon frère et moi, nous avons aussi béé du bec, mais pour d'autres raisons. À l'orée du terrain vague, le monstre qui nous poursuivait a enfin marqué un temps d'arrêt.

Le maître du Garrissal n'était pas un homme. Posé sur un faramineux fessier, il était déjà plus grand qu'un cavalier. Il s'est étiré d'un air ensommeillé, déployant ses bras charnus sur une envergure de deux bonnes lances. Son mouvement nous a enveloppés dans de lourds effluves.

« Grâces te soient rendues ! s'est écrié Suobnos. Tu as la bonté de répondre à ma prière !

— Cesse donc de me flagorner ! Pourquoi m'as-tu dérangé ?

— Hélas ! Je n'aurais pas osé le faire sans nécessité. Ces deux garçons, par pure étourderie, ont indisposé Taruos. Il nous a poursuivis jusque dans ton domaine. C'est pourquoi nous venons nous placer sous ta protection. »

S'avisant de notre présence, le géant a baissé les yeux sur mon frère et moi. J'ai eu toutes les peines du monde à ne pas reculer d'un pas. Le maître du Garrissal n'était pas seulement gigantesque et ventru : il se révélait aussi d'une laideur phénoménale. Une tunique grossière, cousue de deux peaux d'aurochs grossièrement écorchées, couvrait fort mal ses bourrelets. À moitié bossu, son chef paraissait embouti dans un torse épais ; sa face bouffie était dévorée par une barbe en broussaille ; son front puissant avait pelé dans une parodie de tonsure druidique, et quelques tortils de cheveux blancs filochaient sur ses épaules montueuses. Des oreilles largement décollées crevaient ces mèches malpropres ; des toupets de poil roussâtre en jaillissaient.

« Oh ! Oh ! Les jolis biquets ! » a grondé l'ogre en nous délivrant un sourire terrifiant, car sa lippe pendait sur une gencive plantée de crocs brunâtres.

Puis, il s'est redressé, il s'est tourné vers l'entrée de son enclos, où hésitait la menace monumentale qui nous avait donné la chasse. Alors, à notre grande consternation, le maître du Garrissal a fait un signe de la main.

« Taruos ! a-t-il clamé. Entre ! Je te convie ! »

Segillos et moi, nous avons piaillé de protestation et de terreur. Suobnos a lancé des objurgations affolées.

Mais il était trop tard : Taruos avait repris sa marche. Il franchissait le seuil. Il déchirait les derniers voiles de brouillard.

Nous avons d'abord perçu ses cornes, plus épaisses que des pieux, recourbées autour d'un chanfrein carré comme un perron. Derrière houlait sa masse énorme : un garrot hirsute, une bosse dorsale, un fanon gras pendant jusqu'à des genoux ronds, au-dessus de boulets peluchés et de sabots forts comme des enclumes. Sa robe fauve scintillait de glaçons jusqu'à hauteur d'épaules, et il fumait tout entier comme la meule d'un charbonnier. Le monstre était un taureau, mais un taureau impensable, large comme une maison, neuf fois plus lourd que le meilleur de nos reproducteurs. Sa tête portait la marque du divin : une troisième corne, trapue et vicieuse, pointait au milieu du chignon, juste au-dessus du front. Son œil roulait, injecté et noir, et ses naseaux expulsaient de rageuses vapeurs. On aurait cru une colline en marche : chacun de ses pas faisait frémir le sol. À son approche, nous avons été engloutis dans une puanteur musquée.

« Sois le bienvenu au Garrissal, Taruos, a grondé le géant. Tu m'as l'air épuisé par une longue course : tu as le souffle court, ta parure est couverte de glace. Prends tes aises ! Repose-toi ! Réchauffe-toi à mon foyer ! Je n'ai guère de fourrage à te proposer, hélas, mais si le cœur t'en dit, choisis une de mes génisses et prends ton plaisir ! »

La voix du Seigneur des Forts craquait, empreinte de cordialité farouche. Elle nous transperçait jusqu'aux os comme une sonnerie de cuivres, et pourtant sa diction possédait un défaut cocasse : le colosse zézayait. Taruos, de son côté, ne semblait guère enclin à prendre du repos ou à saillir une vache. Il venait droit sur nous, en balançant son mufle avec colère.

« Tu as l'air contrarié, a observé le maître du Garrissal. Je crois comprendre qu'un différend t'oppose à ces avortons. Je ne doute pas que ton mécontentement soit légitime, Taruos : mais tu es ici chez moi, sur mon invitation. Ce serait me faire offense que de vider ta querelle dans ma demeure. Dehors, fais selon ton caprice. Mais ici, par respect pour moi, modère ton courroux. Tu ne toucheras pas à un seul cheveu de ces freluquets. »

Servir ce beau discours à un taureau furieux m'a paru très incongru. Le mastodonte n'en avait sans doute pas saisi un traître mot, et il était presque sur nous. Nous aurions dû prendre nos jambes à notre cou, mais la puissance qui émanait de Taruos nous plongeait en état de sidération.

« Il suffit ! a grondé le géant. Tu m'ignores ! C'est intolérable ! »

Avec un tremblement de sa monumentale bedaine, le maître du Garrissal s'est levé. Son chef chauve s'est hissé à hauteur des arbres. Son pied massif, aux ongles encrassés d'humus et de mousses, a aplati l'herbage juste entre nous et le taureau. Taruos a alors marqué le pas ; mais cela a été pour présenter les cornes en un branle agressif.

« Tu oses me défier ? a rugi notre hôte. Dans mon propre domaine ? »

Taruos lui a répliqué par un mugissement étourdissant, qui nous a poignardé les tympans. Il soufflait comme une forge et de longs filets de bave découlaient du crin rude de sa barbe.

« Répète un peu ! »

Un nouveau beuglement, encore plus véhément, nous a pliés d'effroi, les mains plaquées sur les oreilles. Les mains sur ses hanches grasses, le Seigneur des Forts lui a rétorqué par un rire tonitruant, qui a secoué sa panse et ses fesses avec l'emportement d'un éboulement.

« Tu me défies, Taruos ! Tu me défies ! a-t-il tonné. Ah ! C'est un beau jour de gloire que tu m'offres là ! Essaie encore de m'intimider, pour voir ! J'empaumerai tes cornes ! Je te tordrai l'échine ! Je te ploierai les genoux ! Et quand j'aurai cassé cette nuque trop raide, je séparerai ta tête de tes épaules ! J'irai la planter sur ma palissade, au milieu de ma galerie de dépouilles ! Essaie encore ! Je n'attends que cela ! »

Taruos a secoué son crâne, il a gratté le sol, mais son meuglement a perdu en puissance. Le maître du Garrissal l'a daubé.

« C'est ça ! C'est ça ! Je vois bien que tu refroidis. Tu ne sais que trop qui est le chef ! »

Et c'était la vérité. En poussant un soupir de dédain, le taureau aux trois cornes s'est détourné. D'une démarche lente, il a battu retraite vers l'enceinte. Sur le seuil, il s'est arrêté un instant, a tourné vers nous son profil buté, nous a dévisagés d'un œil méchant. Puis, avec une indolence trompeuse, il s'est fondu dans la brume. Sous le couvert des arbres, il a poussé un dernier mugissement de défi, mais le martèlement de ses sabots a décru dans les futaies gelées.

Le maître du Garrissal a frappé dans ses mains avec un rire rude.

« Ah ! Le pleutre ! Il n'a même pas offert le combat ! »

Suobnos s'est répandu en remerciements éperdus.

Se tournant vers nous, le géant nous a menacés d'un doigt épais comme une solive.

« Garde ta salive, Cornu. Tu as de la chance que je t'aie reconnu, malgré ton piteux équipage… Sans quoi, c'est moi qui vous aurais aplatis, avant d'offrir vos abats au taureau. »

Il a fourragé dans sa barbe, où s'étaient emberlificotés graillons et esquilles.

« Si tu m'as dérangé pour de mauvais motifs, d'ailleurs, je pourrais bien revenir sur ma décision. Vous feriez des décorations passables sur mon entrée. Mais commençons par parler. »

Le colosse s'est laissé choir sur son séant, faisant frémir toute la clairière. À grand-peine, tant sa panse s'épandait, il a plié ses jambes en tailleur. Dans le geste, sa tunique s'est troussée d'indécente manière sur ses cuisses charneuses. Avec nonchalance, il s'est accoudé sur la grosse souche voisine, et le tronc a craqué de toutes ses fibres vermoulues. De l'autre main, il nous a fait signe de nous asseoir. Réchauffé par la fosse à feu, le sol était tiède et boueux sous nos fesses.

« J'espère que tu mesures ta chance, Cornu, a repris le géant. Pour te rendre service, j'ai défié Taruos. Oh ! Bien sûr, le rodomont ne me fait pas peur ! Toutefois, je me serai brouillé du même coup avec ses trois compagnes, et ça, tu conviendras que c'est un grand embarras. Car tu sais bien, tout comme moi, qu'il faut voir plus loin que les coups de bec et la vanité échassière des péronnelles. Jusqu'à ce jour, je ne désespérais pas d'en apprivoiser une, de lui ôter sa parure de plumes et de jouir du beau corps chaud de la fille qui se cache sous la grue. Malheureusement, l'esclandre qui vient de se produire va compliquer mes courtises. Aussi je veux maintenant que tu m'expliques pourquoi je me suis engagé dans une si fâcheuse traverse. »

Suobnos a pesé ses mots ; visiblement, il cherchait à tourner un discours obséquieux et prudent. Tout en le toisant d'un œil louche, l'ogre se grattait la bedaine. Il était difficile de croire que ce tas de suif parlait de conquêtes féminines, fussent-elles trois oiselles acariâtres. Pourtant, le monstre possédait un langage châtié et une belle voix grave – que déparait quelque peu, il faut bien en convenir, un irritant zozotement. Aussi, malgré l'épuisement, malgré l'émotion, j'ai eu une inspiration. J'ai compris à qui nous avions affaire. Comme Suobnos allait risquer une réponse circonspecte, je lui ai coupé la parole. Je me suis écrié en brandissant un index accusateur :

« Je sais qui tu es ! C'est toi qui as enlevé Enata ! »

Le géant a haussé ses sourcils buissonneux, surpris d'être ainsi pris à partie par un gringalet.

« Qui ça ?

— Personne ! est intervenu précipitamment Suobnos. Ne prête pas attention à ce garçon, il est très mal élevé. »

Malheureusement, mon frère a été frappé par mon idée, et il renchérissait déjà :

« Mais oui ! C'est toi qui as tendu un piège à Enata ! Dis-nous ce que tu as fait d'elle !

— Moi ? Tendre un piège ? a grondé le colosse. Quelle outrecuidance !

— Êtes-vous fous ? a marmonné Suobnos en nous lançant un regard de travers. Le maître du Garrissal vous sauve la vie, et tout ce que vous lui présentez comme remerciements, c'est une accusation calomnieuse ?

— Mais Bel a raison ! s'est insurgé Segillos. Ce gars, c'est un grand pitaud ! Il est énorme, tu as peur de lui, il parle de faire des cochonneries avec des grues ! C'est forcément lui ! »

La mise en garde de notre vieux compagnon aurait dû me refroidir, mais mon frère me confirmait dans mon intuition et je ne pouvais pas paraître plus timoré que mon cadet. Je me suis entêté. Regardant le seigneur des forts bien en face – à la vérité, il serait plus juste de dire que je l'ai lorgné par-dessous, et encore, en me dressant sur mes ergots – je lui ai lancé d'une voix qui flageolait à peine :

« C'est vrai ! C'est toi ! Gros vicieux ! Qu'est-ce que tu as fait d'Enata ? »

L'ogre a roulé des yeux globuleux.

« Mais comment voulez-vous que je le sache ? Je ne la connais même pas, cette Enata.

— Menteur ! Tu la connais, et de très près encore ! C'est la fille que tu as prise dans les roseaux.

— Ça ne m'avance guère. Des belles que j'ai mignonnées dans des roselières, il y en a une kyrielle. Comment voulez-vous que je me souvienne de toutes ? »

Pour deux béjaunes qui n'avaient guère vécu, l'objection était inattendue. Elle nous a temporairement coupé le sifflet. Suobnos en a profité pour reprendre la main.

« Je t'en conjure, Seigneur des Forts, ignore ces impertinences ! Tu es suffisamment sage pour savoir que les enfants sont des créatures incomplètes. Épargne-toi une colère sans objet. Ces bavardages ne sont que ramages de pinsons, perçants mais vite envolés. J'en appelle à ton indulgence et à ta dignité : ce serait t'abaisser que répondre à ces babils.

— Tu parles d'or, s'est gaussé le géant. Bien que tu voyages avec deux écervelés, je constate que tu n'as pas perdu toute ta tête, et encore moins ton courage !

— Louée soit ta clémence, a salué le vagabond en se fendant d'un sourire un peu jaune.

— C'est un plaisir de retrouver quelqu'un qui a de la conversation, a grondé l'ogre, même si je t'ai connu plus fringant et mieux escorté. Avant de vous interroger, les usages voudraient que je veille à ce que vous vous restauriez ; mais je t'ai tiré d'un très mauvais pas, Cornu, et tu es maintenant mon obligé. Aussi permets-moi d'insister. Je veux savoir comment tu as pu nous jeter dans une si mauvaise querelle avec le Taureau.

— Crois bien que c'est complètement involontaire de ma part. Tu viens d'avoir les oreilles fatiguées par les deux chenapans qui m'affligent de leur compagnie. Hélas, ils ont la langue trop bien pendue et ils ont un peu froissé les trois sœurs…

— Si ces drôles leur ont débité seulement le troisième des impertinences qu'ils m'ont servies, j'imagine sans peine leur courroux ; je comprends mieux l'emportement de Taruos. Mais dis-moi : qui sont ces saute-ruisseau et que font-ils avec toi ?

— Oh, ce sont des enfants du pays, et je suis trop bon pour les tolérer.

— Des enfants du pays ? Mais de quel côté des lisières ?

— Eh bien, plutôt du côté des champs.

— Mais pourquoi les emmènes-tu dans la forêt ?

— Je m’efforce de leur donner quelque éducation. J’ai bien du mal. Tu as pu constater que ce sont de mauvaises graines…

— Il doit s’agir de garçons exceptionnels pour que tu te charges de les instruire.

— Penses-tu. Ce sont juste les fils d’une pauvre veuve. Je lui rends ce service parce qu’il lui arrive de m’offrir l’hospitalité.

— L’hospitalité d’une pauvre veuve ? »

Le géant est parti d’un gros rire en se frappant la cuisse.

« Je vois très bien de quoi tu parles !

— Tu ne vois rien du tout, s’est renfrogné Suobnos. Je ne suis plus si vert que cela. Je ne suis plus d’humeur à courir plusieurs lièvres à la fois.

— Oh ? Vraiment ? Pourtant, la légèreté de ton épouse ne te donne-t-elle pas toutes les raisons de le faire ?

— Laisse ma femme en dehors de tout ceci, je te prie.

— À regret, à regret. Une si jolie écuyère, et qui monte à cru ! »

Le Seigneur des Forts s’est léché les babines avec gourmandise.

« Ah ! Tu peux me croire, si elle ne chevauchait pas si grand train…

— Je l’aurais déjà rattrapée », a marmonné Suobnos.

L’ogre s’est esclaffé, l’œil plissé de paillardise.

« Mais alors, a-t-il repris, si la mère de ces polissons te mesure son hospitalité, pourquoi te sens-tu si redevable à son égard ?

— Je vieillis. Je deviens bienveillant.

— Jusqu'à te commettre avec deux gredins mal élevés ?

— Tu le vois bien, je traverse une mauvaise passe…

— Au point de placer ton sort entre mes mains, c'est dire. Cependant, je te connais bien, vieux coureur. Tu as plus d'un tour dans ton sac, et tu as la vue perçante. Ton amitié pour ces vauriens a quelque raison secrète…

— Bien sûr ! s'est écrié mon frère avec un à-propos inimitable. On l'aide à retrouver sa femme et en échange, il nous aidera à ramener Enata. »

Sans même lui accorder un regard, l'ogre a hoché du chef en direction de Suobnos.

« Qu'est-ce que je te disais ? Je viens de faire reculer Taruos devant leur nez, et ces moucherons n'ont pas peur de moi. Tu me caches quelque chose, Cornu. Ces garçons sont plus qu'ils ne paraissent.

— Peut-être ont-ils ce que j'ai perdu, a convenu le vagabond. Ils sont sots, mais intrépides. »

Le seigneur des forts nous a considérés de son œil louche.

« Tu devrais te méfier d'eux, a-t-il grondé. Ils pourraient bien finir par te valoir de sérieux ennuis.

— Oh, ils vont grandir. Ils devraient acquérir un peu de jugeote.

— En attendant, ils t'ont déjà mis en péril.

— Comme si je ne me faisais pas assez de cheveux blancs…

— Heureusement que j'étais là.

— Louée soit ta grandeur d'âme.

— Tu es bien aimable, Cornu, mais tu n'ignores pas qui je suis. Je suis moi-même trop beau parleur pour me laisser payer de mots.

— Oh ! Mes remerciements ne sont pas que des paroles : j'y mets toute ma reconnaissance !

— Ah ! Je suis bien aise de te l'entendre dire. Ainsi, nous pourrons rapidement conclure un accord.

— Un accord ? Je ne suis pas certain de te suivre…

— Allons, allons ! Tu savais très bien ce que tu faisais en réclamant ma protection. Tu m'as réveillé, Cornu, et au beau milieu de l'hiver. C'est très importun. Sans parler de mes entreprises amoureuses qui se retrouvent compromises…

— Je te présente mes plus sincères excuses.

— Et je les accepte de bonne grâce. C'est pourquoi la compensation que je vais te réclamer ne sera que très légère.

— Tu es la générosité même, Seigneur des Forts. Toutefois, tu vois bien que j'ai essuyé quelques revers, et je ne suis pas certain de pouvoir t'offrir quoi que ce soit…

— Rassure-toi : ce que je vais te demander n'excédera pas tes moyens. Mieux encore, je vais même te rendre un nouveau service.

— Je ne voudrais pas trop t'incommoder.

— Bien loin de là. Je te propose un arrangement qui nous sera mutuellement profitable. Donne-moi les garçons. »

Les épaules de Suobnos se sont affaissées, comme si une fatalité qu'il avait longtemps redoutée venait de se concrétiser. Bien sûr, Segillos et moi, nous avons regimbé.

« Hein ?

— Quoi ?

— Mais ça va pas ?

— On n'est pas des esclaves !

— On lui appartient pas, à ce pouilleux !

— On est les fils de Sacrovèse !

— On est les neveux du haut roi ! »

L'ogre nous a coulé un sourire madré dans sa barbe hirsute. Il n'a pas eu l'air surpris le moins du monde.

« Ah ! Ah ! Cornu ! Je savais bien que tu me faisais des cachotteries. »

L'accablement de Suobnos est devenu complet. D'un geste las, il a essayé de nous faire taire – en pure perte, car nous continuions à piauler notre indignation. Alors, au milieu de nos jérémiades, il a repris la parole.

« Les garçons… C'est beaucoup me demander, Seigneur des Bêtes.

— Allons donc ! Tu me les as amenés tout droit ! C'est comme si c'était fait.

— Mais ils ne sont pas à moi.

— Qui aurait le front de te les disputer ? Surtout ici, dans ma demeure…

— Mais qu'est-ce que je raconterai à leur mère ?

— Eh bien, un conte assez semblable à celui que tu as naguère servi à la vieille Banna.

— Oh non ! Non ! Pas une deuxième fois !

— Je crains pourtant que tu n'aies guère le choix. Que pourrais-tu me donner d'autre ?

— Ne pourrais-tu différer un peu l'échéance de ma compensation ? D'ici un lustre ou deux, je suis sûr que je me serai remonté…

— À d'autres, vieux phraseur. Tu as une dette : honore-la.

— Mais c'est que j'en ai besoin, moi, de ces garçons !

— Pourquoi donc ? Par goût des polissonneries ?

— Non. Pour chercher mon épouse. »

L'ogre a ouvert des yeux perplexes, et a gratté son crâne dégarni.

« Pour chercher ton épouse ? À quoi diantre peuvent-ils servir ? Ces deux marmousets n'ont pas de poil au menton et ils ne sont même pas peignés ! Si tu veux appâter la belle, tu ferais mieux de lui dénicher un joli poulain.

– Je fais avec ce que j'ai. Je commence tout juste à reconstituer ma harde... Si tu m'ôtes ces chevrillards, je devrai tout reprendre du début !

– Tu n'auras pas grand-chose à rattraper.

– Quand même ! Je suis fatigué d'être solitaire. Peut-être pourrais-tu consentir à une réparation plus accommodante...

– Je me trouve déjà très débonnaire.

– J'ai vraiment l'usage de ces garçons, mais j'admets que je te suis redevable. Aussi je te propose ceci : coupons la pomme en deux. Prends le cadet et je garde l'aîné. »

Un instant, cette suggestion nous a laissés sans voix. Puis, d'un seul élan, nous nous sommes jetés sur Suobnos en le rouant de coups et en l'accablant d'injures. Renversé sous notre poussée, le vagabond s'est protégé le visage des deux bras. Pendant que nous lui frottions les côtes à coups de pied, le seigneur des forts considérait ce pugilat d'un air placide.

« Vraiment, Cornu, je ne comprends pas ton attachement à cette canaille.

– C'est affectueux... Aïe !... Ces galopins... ouille !... sont la douceur de mes vieux jours... »

Le maître du Garrissal a poussé un soupir désapprobateur.

« Tu exagères, quand même, a-t-il grondé. Tu ne

devrais pas étaler tant de familiarités en public… Toutes ces cajoleries, tiens, ça me donne mauvaise conscience. Allez, c'est bon, tu as gagné ! Je me contenterai du petit. »

Sérieusement échauffé par la rossée que j'étais en train de dispenser, je me suis tourné d'un bloc vers le seigneur des forts et j'ai braillé :

« Pas question ! »

L'ogre a arqué ses sourcils touffus.

« Comment ça, pas question ?

— Pas question que tu touches à mon frère !

— Mais personne n'a demandé ton avis, puceron.

— T'as pas intérêt à t'en approcher ! me suis-je buté.

— Sinon quoi ?

— Sinon, tu auras affaire à moi ! »

L'hilarité du géant a roulé sur les forêts hivernales tel un orage d'été. Sur les lisières, des myriades de corbeaux ont pris un envol effaré.

« Ah ! Je commence à te comprendre, Cornu, a convenu l'ogre en essuyant une larme de rire. Ces freluquets sont désopilants. »

En s'inclinant, il a pointé sur moi un ongle ébréché.

« Mais ils sont vraiment mal élevés, a-t-il ajouté. Petit, c'est très malpoli de défier son hôte.

— Je t'ai rien demandé ! Laisse mon frère tranquille !

— Et il s'opiniâtre ! Tu es bien messéant, fils de Sacrovèse. L'hospitalité est un devoir sacré, que tous se doivent de respecter, l'hôte comme le visiteur. Tu ne peux me braver. »

Il m'a délivré un sourire carnivore, dévoilant les résidus coincés entre ses dents.

« Toutefois, j'admire ton courage. C'est pourquoi je vais t'apprendre quelque chose. Les gens bien nés ne s'affrontent pas quand ils se reçoivent. En revanche, une éducation noble inculque la pratique des jeux. Dans le cadre innocent d'une partie, tu peux défier ton hôte ou ton invité. Comme tu es vaillant, je te propose un arrangement. Jouons ton frère. Cela nous permettra de nous mesurer sans déroger à la coutume.

— Si je gagne, tu nous laisses tranquilles ?

— J'en fais serment. Et si tu perds, je vous plonge tous les deux dans mon chaudron. »

J'ai réfléchi un instant, certain qu'il méditait une perfidie. Suobnos, qui était momentanément parvenu à contenir Segillos, est intervenu à mi-voix :

« Souviens-toi, Bellovèse. Je vous ai dit qu'il était paresseux, et que ses belles paroles étaient encore plus redoutables que sa force. Laisse-moi faire à ma façon ; ne rentre pas dans son jeu... »

Ce murmure m'a décidé. J'en voulais trop à notre vieux compagnon pour sa trahison.

« C'est d'accord, ai-je lancé au seigneur des forts. Je vais t'affronter.

— Merveilleux ! s'est réjoui l'ogre, pendant que Suobnos ployait derechef sous les taloches de mon frère.

— À quoi veux-tu jouer ?

— À un jeu noble, naturellement.

— C'est quoi, un jeu noble ?

— Eh bien, le jeu de l'intelligence du bois, par exemple. Quoique, hum... Ce serait un peu déloyal de t'en proposer une partie. C'est un jeu aux règles très compliquées.

— On pourrait faire une course.

— Une course ? Quelle idée… C'est d'un vulgaire. Cela n'aurait d'intérêt que si nous avions des attelages à faire courir. Je pourrais bien rassembler une couple d'aurochs, mais je ne vois pas tes chevaux, fils de Sacrovèse. Non, non, il nous faut quelque chose de plus commode. »

Une lueur de ruse a pétillé dans son œil chassieux.

« Ah ! Ça y est ! J'ai trouvé ! Le jeu de l'homme vert, ce sera parfait !

— Oh non ! Surtout pas ça ! a gémi Suobnos.

— C'est quoi, le jeu de l'homme vert ? ai-je demandé.

— Un jeu taillé à ta mesure, fils de Sacrovèse ! Des règles simples, qui mettent à l'épreuve l'audace des adversaires.

— Je t'en conjure, Bellovèse, a geint Suobnos, refuse !

— Ça me paraît pas mal, ai-je fanfaronné en faisant fi du vagabond. Comment ça se joue ?

— La partie se dispute en deux coups. Les adversaires se font face. Il leur est strictement interdit de se déplacer : celui qui se dérobe a perdu. Chacun des joueurs se munit d'une arme de son choix. Le premier joueur frappe son concurrent ; si celui-ci est encore en état de répliquer, il le frappe en retour. Si aucun des joueurs n'a reculé, le gagnant est celui qui est toujours debout. Si les adversaires tiennent toujours sur leurs pieds à l'issue de la rencontre, il y a égalité.

— C'est pas très juste, ton jeu. Tu es beaucoup plus fort que moi !

— Mais je suis aussi beaucoup plus gros. Tu peux donc difficilement me rater. Et pour te prouver que je n'entends pas profiter de nos différences, je suis même prêt à t'accorder un avantage conséquent : je te laisse le premier coup. Tu vois, je suis de bonne composition. Alors, acceptes-tu la partie ?

— Bellovèse, ne fais pas l'imbécile ! suppliait Suobnos. Ne relève pas ce gant ! Il y a jeu et jeu, et celui-ci est irréversible ! »

À vrai dire, je n'avais pas besoin des jérémiades du vagabond pour mesurer le péril où je me trouvais. Je devais me tordre le cou pour regarder le maître du Garrissal en face, et malgré toute ma sottise, il émanait de sa masse une telle puissance, de tels remugles, que j'éprouvais physiquement la certitude de ma mort s'il levait la main sur moi. Cependant, ma tête n'était pas aussi vide que les deux habitants du bois le croyaient. Plus ou moins bien digérées, les leçons guerrières de Sumarios y étaient logées ; et tout particulièrement cette harangue lancée lors de mon premier combat : « Sur le champ de bataille aussi, tu affronteras des ennemis plus forts, plus nombreux, mieux armés. Tu seras blessé face à des adversaires vigoureux. Tu seras à pied pendant qu'ils t'attaqueront du haut d'un char. Que fait un héros de noble naissance, Bellovèse ? Il s'assied et il pleurniche que ce n'est pas juste ? » Et puis j'avais aussi la cervelle farcie des contes d'Albios, où des enfants comme le petit Binnis ou l'intrépide Cunocoilos terrassaient monstres et sorcières. Si je voulais me montrer digne de mon sang, je ne pouvais reculer. En fait, je réalisais que toute mon existence, même si elle venait à s'arrêter brutalement sous le talon du seigneur des forts, ne pouvait être qu'une partie du jeu de l'homme vert.

« Tu as beau dire, c'est toi qui as l'avantage, ai-je piaillé en m'efforçant de toiser le seigneur des forts.

Pourtant, je vais accepter de jouer contre toi. Mais à une condition : si je gagne, je veux un prix plus élevé.

— Tu marchandes avec moi ? Tu ne manques pas de culot ! Et qu'attendrais-tu donc de ta victoire ?

— Non seulement tu nous laisses tranquilles, mon frère et moi, mais en plus, tu nous rends Enata !

— Est-ce bien avisé ? Je ne me souviens plus vraiment d'elle, mais enfin, si j'ai bien eu une bluette avec cette beauté, il s'agit déjà d'une femme faite. Comment pourrais-tu l'établir, petit ?

— Je la rendrai à ses parents !

— Je ne pense pas que ce soit une très bonne idée. Elle n'en a certainement plus l'âge ni le désir. Elle mène déjà sa propre vie, j'en suis certain. Ta demande ne me paraît guère raisonnable, et pourtant, je ne vais pas la décliner complètement. Voici ma proposition : si tu gagnes la partie, je chercherai à retrouver cette Enata, et quand ce sera chose faite, je te ferai parvenir un message pour t'éclairer sur son sort. Je m'y engage solennellement. Cela te satisfait-il ? »

J'ai fait la moue, mais j'ai quand même bougonné : « Ouais, ça peut aller.

— Rappelons l'enjeu, pour qu'il n'y ait point de litige. Si je gagne, je vous cuisine tous les deux à ma façon. Si je perds, je vous rends votre liberté et je te donne des nouvelles d'Enata dès que je l'ai repérée. Sommes-nous d'accord ?

— On est d'accord.

— À la bonne heure ! Alors, on joue ?

— On joue.

— Splendide ! À toi l'honneur ! »

J'ai frappé sans barguigner. Le maître du Garrissal se dressait juste au-dessus de moi. J'ai brandi ma javeline de chasse et je la lui ai jetée au visage, en visant une prunelle glauque. Je ne pouvais le rater, et j'avais beau être un gringalet, j'avais assez d'adresse et de force pour l'éborgner.

Le géant a joué le jeu : il n'a pas levé la main pour détourner l'attaque, il n'a même pas incliné la tête de côté. Je l'ai touché en pleine face ; mais, que ce fût rouerie ou réflexe, il a cligné de l'œil, en une grimace grotesque. Mon trait s'est fiché dans le crin de son sourcil, y ajoutant une disgracieuse vibrisse.

« Ah ! Ah ! Joli coup ! » a grondé le maître du Garrissal.

Saisissant la hampe du javelot entre le pouce et l'index, il a cherché à retirer le dard. La pointe était solidement plantée ; en l'extirpant, il a étiré sa paupière en un mamelon de chair. Quand le fer est sorti, un filet de sang a coulé dans sa patte d'oie ; une larme a perlé au coin de son œil.

« Oui, vraiment, très joli coup, s'est-il réjoui en se débarrassant du javelot. Tu as du cœur et la main sûre, fils de Sacrovèse. C'est un plaisir de jouer contre toi ! »

Poussant sur ses jambes variqueuses, il a hissé sa panse et s'est remis debout. Il m'a enseveli dans son ombre.

« À mon tour, maintenant ! a-t-il tonitrué d'un air allègre.

— Tu n'as pas d'arme, ai-je observé en me croyant malin. C'est pas dans les règles.

— Qui te dit que je n'ai pas d'arme ? »

D'une seule main, il a empoigné la souche sur laquelle il s'était appuyé. La première traction a fait frémir tout le sol autour de l'assise du tronc, jusque sous nos pieds ; la seconde a arraché le tronchet en projetant une pluie de cailloux et de mottes.

« Tu vois que je joue dans les règles ! » s'est esclaffé le géant.

Il a fait tournoyer cette massue chevelue, couronnée de racines et de bourbe. Le mouvement brassait la brume dans une rumeur de grand vent, et les gravats continuaient à ricocher tout autour de nous.

« N'oublie pas, fils de Sacrovèse ! Si tu bronches, tu as perdu ! »

Le tronc s'est élevé très haut, juste à la verticale de ma tête. Je l'ai regardé, plein de la fascination qu'exercent les désastres.

Je n'ai pas bougé.

Des nuits durant, nous avons cuit dans le chaudron du Garrissal.

Un feu ardent chauffait le culot de bronze, soulevait le bouillon en ondes brûlantes. Je me débattais dans ce bain tumultueux, la chair mijotée et la moelle en ébullition. J'essayais vainement de hurler : un jus torride me flambait la gorge et me ravageait le flanc droit. Après le grand froid de la forêt, cette fournaise était un supplice insoutenable. Mon âme se cognait aux frontières boucanées de mon corps, avide de fuir mais incapable de se soustraire à la fièvre ; elle tournait en rond, telle une brebis atteinte de tremblante, épuisée par la danse mais impuissante à l'arrêter.

Quelquefois, un remous plus turbulent me soulevait. Je crevais brièvement une surface grasse, j'aspirais une fraîcheur affreusement délicieuse. Des ombres s'inclinaient sur moi. Parfois, il s'agissait de silhouettes maternelles, à peine perceptibles dans l'obscurité, et j'essayais de bredouiller des excuses pour une faute que j'avais oubliée. D'autres fois, j'embrassais une horde de guerriers ivres qui mugissaient et qui riaient ; je m'accoudais alors au chaudron incandescent, comme au bord d'un baquet où je me serais délassé. Le ragoût où je marinais avait l'épaisseur du sang ; entre mes genoux, la tête tranchée d'une jument roulait des yeux éperdus. En une occasion seulement, j'ai aperçu Segillos et Sumarios, penchés sur moi avec une sollicitude inquiète. Mon frère me paraissait bizarrement grand et fort ; il portait sur le visage un tatouage que je ne lui connaissais pas.

« Je suis désolé, Bel, disait-il. Je dois partir, c'est le commandement de Comargos et d'Ambimagetos. Maintenant que la guerre est finie, ils veulent que je me présente à notre oncle.

— Tout ira bien pour Ségovèse, ajoutait Sumarios. J'ai fait jurer à Suagre et à Matunos de veiller sur lui au Gué d'Avara. Moi, je reste avec toi, Bellovèse. J'attendrai que tu recouvres tes forces. »

Je ne comprenais pas de quoi ils parlaient. Je n'avais pas besoin d'être guéri, juste qu'on me repêche hors de cette marmite. Hélas, un tourbillon finissait toujours par m'engloutir avant que j'aie trouvé assez de force pour appeler à l'aide. Je sombrais alors dans des turbulences dévorantes.

Mais il est advenu le moment où la cuisson est arrivée à point. Le maître du Garrissal a cessé d'alimenter son feu.

Le chaudron a commencé à refroidir.

J'ai ouvert les yeux dans une pénombre apaisante. Trempé de sueur, je gisais, entortillé dans des couvertures moites. La lueur du feu jetait des éclats chaleureux sur le mur au-dessus de ma couche, où veillaient les figures peintes par Suobnos : guerriers en marche, chars aux vastes roues, géants aux bois de cerf. Leur statisme m'a procuré un soulagement intense. J'avais un immense besoin de repos, car je sentais tous mes membres perclus de lassitude.

« J'ai soif », ai-je geint d'une toute petite voix.

Dans un froissement d'étoffes, une ombre amie s'est penchée sur moi. Une main calleuse s'est posée sur mon front.

« Maîtresse ! s'est exclamée Taua. Le petit va mieux ! Sa fièvre est tombée ! »

La maison a retenti de cris de joie. Icia et Banna se sont précipitées à mon chevet, mais ma mère les avait prises de vitesse. Elle m'a enveloppé dans ses bras, elle m'a à moitié soulevé hors de mon lit, une paume sous ma nuque.

« Oh ! Bel ! Bel ! Mon grand ! Bel ! »

Elle m'a bercé doucement contre son corps aimant. Je n'avais plus tout à fait l'âge de ces cajoleries, mais, abandonné, plus mou qu'un chiffon, j'ai littéralement fondu dans la tendresse maternelle.

« Tu es revenu, mon chéri ! Tu es revenu ! chuchotait-elle à mon oreille. Oh ! Tu as été malade si longtemps ! J'ai prié ! J'ai supplié ! J'ai promis un torque à Nerios ! Une génisse à Rosmerta ! Un bœuf à Grannos ! Remercie les dieux bons ! Ils m'ont entendue ! Tu es revenu, Bel ! »

Mais je n'avais pas la force d'ébaucher la moindre prière. Le murmure reconnaissant de ma mère chantait le plus beau des hymnes dans ma tête asséchée. Autour d'elle, ses femmes riaient et pleuraient. Cela suffirait à contenter les dieux ; on ne pouvait résister à un chœur si fervent.

« J'ai soif », ai-je répété.

Banna m'a tendu une jatte remplie de verveine adoucie au miel. Je l'ai bue à grands traits, et j'ai eu la sensation de n'avoir jamais goûté pareil nectar. Je suis retombé sur ma couche, en savourant ce délice sur mes lèvres gercées. Mes paupières étaient très lourdes.

« Oui, dors, a dit ma mère en me caressant. Tu en as grand besoin, mon petit cœur. Tu dois reprendre des forces. »

Reprendre des forces.

Ces mots ont fait écho aux paroles que Sumarios avait prononcées, dans un lieu flou au-dessus du chaudron. J'ai pressenti quelque chose d'anormal. J'avais toutes mes aises dans mon lit. J'ai tâté la place à côté de moi : elle était vide. L'angoisse a dissipé d'un seul coup la somnolence.

« Segillos ! ai-je haleté. Où est Segillos ?

— Il est là, ne t'en fais pas, a répondu ma mère. Il est malade, comme toi. Vous étiez très agités ; dans votre fièvre, vous vous bousculiez sans arrêt. Alors je l'ai couché dans mon lit. Mais ne te fais pas de souci. Nous veillons sur vous deux et il est aussi fort que toi ; il ne devrait pas tarder à aller mieux.

— Qui nous a ramenés à la maison ? ai-je demandé dans un souffle.

— Repose-toi, mon trésor, ou tu vas faire remonter la fièvre.

— Qui nous a ramenés ? me suis-je entêté.

— Personne, Bel. Tu remercieras Banna et Taua, qui t'ont soigné sans ménager leur peine, et surtout les dieux bons qui ont exaucé mes prières.

— C'est Suobnos ? C'est lui qui nous a sauvés ? »

Malgré mon épuisement, j'ai deviné quelque chose qui se crispait chez ma mère.

« Suobnos n'est pas près de repasser le seuil de cette maison, a-t-elle proféré avec sécheresse.

— C'est sa faute si vous êtes tombés malades, a ajouté Banna. L'autre nuit, il est parti sans fermer la porte. Vous étiez déjà enrhumés, mes lapins. Vous avez attrapé la mort dans le courant d'air.

— Mais nous étions dans le bois…

— C'était un rêve soufflé par le mal, a dit ma mère. Vous êtes cloués au lit depuis la visite du vieil imbécile. »

Pelotonné au fond d'une alcôve douillette, j'ai dormi comme une masse. À mon réveil, je me sentais affamé. Objet de toutes les attentions, couvé et dorloté, j'ai recouvré quelque vigueur au cours des jours suivants. Quand ils venaient apporter de l'eau ou du bois, Ruscos et Dago s'arrêtaient un instant à mon chevet et se réjouissaient des couleurs que je reprenais.

Hélas, cette convalescence a été rapidement contaminée par l'inquiétude, car mon frère ne donnait aucun signe de guérison. Au cours de la première journée, ma mère et ses femmes étaient confiantes : elles se persuadaient que Segillos allait suivre mon exemple et se rétablir sans tarder. Toutefois, les nuits ont passé, et alors que je commençais à me lever sur des jambes chancelantes, mon frère brûlait toujours.

Quand une clarté laiteuse tombait par le trou à fumée, parfois mouchetée de quelques flocons, la fièvre modérait ses assauts, et Segillos reprenait presque ses esprits. Il était capable de geindre des propos à peu près sensés, il buvait beaucoup, mais ne se nourrissait quasiment pas. Toutefois, dès que le soir venait serrer ses griffes glaciales sur Attegia, le feu dévorait à nouveau le corps malingre de mon cadet, et il se débattait sans pouvoir échapper au supplice. Il balbutiait des choses décousues, il s'adressait à des ombres. Ses divagations effrayaient Banna, car il se croyait toujours dans les bois et il lui arrivait d'appeler Enata. Quand les convulsions le prenaient, Taua se précipitait dehors ; elle remplissait un pot de neige, dont elle revenait frictionner le petit malade. Il claquait alors des dents, secoué de frissons, mais son agitation se calmait un moment.

L'espérance s'étiolait dans la maisonnée, et ma guérison prenait un tour amer. Ma mère jetait de l'orge dans notre foyer, et même quelques poignées de notre précieux sel, en conjurant Grannos d'étendre sa bienveillance à mon frère. Mais le dieu restait sourd à ses suppliques. Quand j'ai tenu à peu près debout, je me suis rendu régulièrement au chevet de Segillos. Je cherchais à le réconforter par ma présence. J'avais toutefois bien de la peine à reconnaître cette créature chétive aux joues caves et à la peau cireuse. S'il m'appelait parfois, il ne m'entendait pas ; mon impuissance à me faire reconnaître me poignait le cœur. Ses yeux roulaient sous ses paupières hantées, et je devinais la fuite d'une forêt sans fin sous ce voile de souffrance. Il luttait depuis trop longtemps ; le mal était en train de le consumer. Personne n'osait le formuler, mais tous, nous sentions la mort rôder autour de notre demeure.

Banna a insisté pour envoyer son mari et Ruscos chercher le druide d'Ivaonon, et ma mère a bien failli se laisser fléchir. Mais Taua, avec beaucoup de bon sens, les a mises en garde. Elle leur a rappelé que par beau temps, le sanctuaire était à une journée de marche ; or la neige coupait les chemins et Dago se faisait vieux : nous risquions de perdre les hommes dans l'équipée. À regret, ma mère lui a donné raison. J'ai observé que Suobnos, lui, serait capable de faire la route au cœur de l'hiver, mais je me suis heurté au ressentiment maternel. Elle ne voulait plus rien avoir à faire avec le vagabond. Du reste, a rappelé ma mère, nous ignorions où il se trouvait. Je me sentais encore faible. Je n'ai pas trouvé la force de lui tenir tête.

Une nuit, nos chiens se sont mis à donner de la voix, les uns après les autres. Un froid terrible mordait la campagne : il se déversait par le trou à fumée, serpentait sous notre porte, s'insinuait en drageons de givre le long de nos murs. Segillos a commencé à se débattre, flambé de fièvre, tandis que l'angoisse nous oppressait tous. Nous avons imploré les dieux d'épargner mon frère ; par une ironie horrible, les cris de nos bêtes ont mué en longs hululements. Elles hurlaient à la mort.

Alors que le désespoir allait m'accabler, j'ai perçu du bruit à l'extérieur, en partie couvert par le vacarme du chenil. Banna aussi a dressé l'oreille.

« Quelqu'un vient », a-t-elle dit.

Étouffé par la neige, le pas d'un cheval remontait le chemin de Neriomagos. Il a franchi tranquillement notre portail, ne s'est arrêté qu'au milieu de la cour. Un choc amorti a crissé sous les semelles du cavalier lorsqu'il a sauté à terre.

« Qui cela peut-il être ? s'est inquiétée Banna.

— C'est peut-être Sumarios », a répondu ma mère, sans dissimuler son espoir.

Notre porte a été heurtée à deux reprises.

« Ouvrez, a dit une voix inconnue. J'ai très froid. Je demande l'hospitalité. »

C'était un timbre masculin, et les femmes ont éprouvé un instant d'hésitation. Les plaintes des chiens viraient de plus en plus déchirantes.

« Qui es-tu ? » a lancé ma mère en usant d'un ton autoritaire.

La réponse s'est fait un peu attendre, comme si le visiteur n'avait pas bien entendu.

« Je m'appelle Oico, fils de Carerdo, a-t-il fini par marmonner juste derrière l'huis. J'ai fait un long chemin au milieu de l'hiver. Je vous en prie : je ne demande qu'une petite place au coin du feu. »

Malgré les circonstances, ma mère avait trop conscience de ses devoirs pour demeurer sourde à cette requête. D'un geste, elle a ordonné à Taua d'ouvrir à l'étranger. Mais Banna s'est interposée vivement.

« Non ! Maîtresse ! Non ! a chuchoté la vieille femme. Ne le fais pas entrer.

— Ce serait indigne de laisser un voyageur dehors.

— Attends, maîtresse ! Ce n'est pas un visiteur normal. Écoute les chiens ! Ils n'aboient pas. Ils gémissent. Ils ont peur !

— Je vous en prie, a-t-on maugréé à l'extérieur. Je gèle.

— Je ne peux me laisser dicter ma conduite ni par mes bêtes, ni par ma servante, et encore moins par la peur, a énoncé ma mère. Écarte-toi, Banna.

— Mais tu ne comprends pas ! s'est désolée la brave vieille. Ouvre les yeux ! Il ne vient pas pour le feu ! Il vient pour le petit ! »

Ces mots ont coulé une onde d'effroi dans nos reins. Ma mère s'est roidie, transie par le sous-entendu. Nous sommes demeurés figés et cois un moment ; seuls le pétillement du feu et la toux écorchée de Segillos déchiraient le silence. Alors, à l'extérieur, le visiteur nocturne est entré en action.

Il a quitté notre seuil, mais il ne s'est pas éloigné de la maison. Nous entendions la neige craquer sous un pas lourd, et quelque chose frôlait parfois le mur. L'étranger avait entrepris de contourner notre logis, peut-être en quête d'une autre entrée. Fort heureusement, l'habitation était modeste et ne comportait qu'une seule porte. Toutefois, à mesure que le visiteur longeait la façade, l'angoisse croissait dans notre petit groupe de femmes et d'enfants.

« Il fait le tour par la droite », a chuchoté Taua ; et le caractère menaçant de ce mouvement a achevé de nous jeter dans l'alarme.

L'intrus a fini par revenir à son point de départ. Il a marqué une légère pause, puis frappé derechef. Comme personne ne répondait, la voix s'est à nouveau élevée à l'extérieur. Elle nous a tous saisis, car elle s'était métamorphosée. Un timbre féminin, où chatoyait un sourire charmeur, a susurré juste derrière le loquet :

« Ouvrez. Je suis la reine de la forêt. Je purifierai votre foyer. »

La vieille Banna a porté les deux mains à la bouche pour étouffer un cri. Taua a tracé dans les airs le signe pour conjurer les mauvais présages. Ma mère, devenue livide, ne disait plus mot. Dehors, les chiens se déchaînaient.

Comme nous ne donnions plus signe de vie, la créature nocturne a recommencé à tourner autour de la maison. Parfois, elle heurtait le mur avec un objet lourd, comme si elle le sondait – ou comme si elle éprouvait sa solidité. Quand elle a fini son second tour, elle est revenue se planter sur le seuil. Cette fois, trois coups puissants ont fait trembler la porte.

« Ouvrez ! a grondé une voix caverneuse. Je suis le Forestier. J'apporte un fagot pour le petit. »

À travers l'huis, l'épouvante a soufflé dans notre maison, aussi brusque qu'un courant d'air. Dans un sens, c'est l'affolement des chiens qui nous a tirés d'affaire. Leurs gémissements avaient réveillé tout le domaine : les chevaux battaient du pied dans l'écurie tandis que les vaches meuglaient dans l'étable. À l'autre bout de la cour, une nouvelle voix s'est élevée : celle de Ruscos, qui venait de sortir de sa hutte.

« Holà ! Qui est-ce qui s'en vient comme ça à la brune ? »

Le tohu-bohu de nos animaux a été la seule réponse.

« Couais ! Tout couais, les vautres ! » a braillé le rustaud à destination du chenil.

Puis, sur un ton bien différent, il s'est écrié :

« Crédié ! Volcelest ! Volcelest ! »

Et nous avons entendu son pas clopiner vers notre maison.

« Maîtresse ! a-t-il appelé à travers la porte. Ça va-t-il comme vous le voulez ? »

Banna était trop effrayée pour bouger ; même Taua semblait réticente à agir, comme si elle redoutait une nouvelle ruse de l'intrus. Mais ma mère est allée entrouvrir. Un filet d'air glacial s'est engouffré à l'intérieur. Dans l'entrebâillement, la silhouette trapue de Ruscos se dessinait vaguement sur la nébulosité de la neige.

« Merci, mon ami, a dit ma mère. As-tu vu quelqu'un dans la cour ?

– Je sais point trop. Je dormais sur mes deux oreilles, mais les cabots ont hué si fort qu'ils m'ont réveillé ! Je crois qu'ils ont senti un revoir.

– Tu as crié au cerf, à l'instant. C'est ce que tu as vu ?

– Je suis pas bien sûr. On n'y voit goutte. Mais il y a deux grosses bêtes qui viennent de décamper, et je jurerais bien qu'elles avaient la tête enfourchée. »

La nuit s'est étirée, interminable. Mon frère était au plus mal, et la frayeur provoquée par les visiteurs nocturnes s'est vite trouvée occultée par la détresse où nous jetait son état. Il souffrait trop ; il risquait de s'éteindre à tout moment. En chassant les créatures mystérieuses, Ruscos lui avait peut-être accordé un sursis, mais les os commençaient à tirer sous les traits émaciés de mon cadet. Le terme ne pouvait plus être repoussé très longtemps.

Soins, prières, offrandes, promesses de sacrifice : tous ces remèdes s'avéraient impuissants. J'avais la conviction que le mal prenait racine dans la forêt de

Senoceton ; l'âme de Segillos cuisait toujours dans le chaudron du Garrissal. Ma conscience, altérée par la fièvre dont j'avais souffert, me jouait des tours. Que j'aie plongé au fond des bois en chair et en os ou seulement en esprit, je savais que ce que j'avais vécu au fond des futaies recelait l'origine, et peut-être l'éteignoir, du brasier qui détruisait mon frère. Malheureusement, mes souvenirs flottaient lacunaires et flous. Il me semblait que tout s'était noué pendant une partie du jeu de l'homme vert. Hélas ! Le coup final m'échappait.

Une seule personne, si incertaine fût-elle, pouvait encore secourir Segillos. Et puisque ma mère ne voulait pas en entendre parler, c'était à moi, et à moi seul, d'agir.

Au petit matin, mon frère respirait encore. Il haletait de façon désordonnée et rapide, mais l'aube lui consentait un répit. Abruties d'angoisse et de fatigue, ma mère et ses femmes ont sombré dans une trouble somnolence. Luttant contre l'abattement, je me suis emmitouflé dans mon sayon le plus chaud et je suis sorti en catimini.

Le petit jour était bouché de grisailles, mais j'ai cligné des yeux éblouis devant toute cette blancheur de neige et de brouillards. Malgré mon manteau, le froid m'a happé avec une férocité de loup. Voilà des jours et des jours que j'étais niché dans la pénombre enfumée de la maison ; à peine avais-je mis le pied sur le pas de la porte, l'hiver s'est rué sur moi tous crocs dehors. Je me suis mis à grelotter piteusement, les larmes aux yeux, le souffle haché de frissons. J'ai dû tendre ma volonté pour ne pas me réfugier à l'intérieur.

Il avait neigé peu avant l'aurore. Une couche duveteuse avait effacé les empreintes dans notre cour : hommes ou animaux, impossible de retrouver trace des visiteurs nocturnes. Cela ne m'importait guère. Ce n'était pas eux que je partais chercher.

Je me sentais si faible et si engourdi que j'ai éprouvé le plus grand mal à traverser notre terre-plein. Je craignais que l'une de nos gens, mettant le nez dehors, ne surprenne ma fugue et ne me rappelle à grands cris. Mais le gel pesait si crûment sur la ferme que tout demeurait mort. En trébuchant, j'ai franchi notre portail ; je me suis traîné vers le spectre blafard des lisières. Les prés et les labours, sous une épaisse séduction de poudreuse, me tendaient des chausse-trapes. J'enfonçais parfois jusqu'au genou ; je perdais l'équilibre, une poudre glacée s'agrégeait sur mes braies et coulait dans mes brogues. J'étais tremblant et épuisé. Pour franchir une distance ridicule, j'ai dû m'arrêter à plusieurs reprises, cisaillé par les halètements. Un point cuisant se réveillait dans mon flanc droit. La maladie m'avait vidé de ma turbulente vigueur ; ne me restait que ma mauvaise tête, qui niait combien mon imprudence risquait de m'être néfaste. L'important, c'était de sauver mon frère. Mon dernier recours résidait en Suobnos. Je devais le trouver ; le vagabond nous devait bien cela, après nous avoir livrés aux périls de la forêt.

Les bâtiments d'Attegia se fondaient dans la brume, derrière moi, quand mon cœur a bondi d'allégresse. À l'orée des bois noirs, sous les arbres écorcés où Banna abandonnait ses offrandes, un petit feu jetait sa flamme orange. Je me suis hâté, pataugeant dans les congères comme dans un marais. Une silhouette accroupie essayait de se revigorer à la pauvre lueur. J'ai cru que je touchais au but, que j'allais racheter des erreurs que je comprenais mal.

« Suobnos ! Suobnos ! » ai-je coassé.

L'homme a tourné vers moi un visage glabre. Ajustée sur son épaule, une grosse cape de laine, épinglée par une fibule un peu verdie, avait la teinte passée d'un vêtement qui a essuyé de nombreuses intempéries. Contre le tronc voisin étaient posés une lance et un grand bouclier. Toute mon exaltation s'est dissipée comme fumée au vent. Ce rôdeur-là était un inconnu.

D'un geste, il m'a néanmoins convié à le rejoindre.

« Approche, petit ! Tu as l'air gelé ! Viens te réchauffer ! »

Pas plus que son allure, sa voix ne m'était familière. Et pourtant, quelque chose dans son timbre a fait écho en moi, d'une façon déroutante. J'ai brièvement hésité, mais il avait raison : j'étais transi. Je l'ai rejoint et je me suis recroquevillé devant le feu, offrant mes doigts gourds à ses flammèches. Du coin de l'œil, j'ai détaillé l'inconnu. Je me trouvais face à un gaillard d'un certain âge, aux cheveux drus et courts ; son expression était empreinte d'une paisible rudesse qui m'a rappelé Sumarios. Ses mains paraissaient très fortes ; l'une d'entre elles portait l'extrémité d'un tatouage qui s'enroulait sur son poignet et disparaissait sous sa manche. Quoique drapée fort étroit, sa cape ne dissimulait pas tout à fait une vilaine cicatrice qui lui barrait la gorge. J'ai deviné que j'avais affaire à un guerrier, mais il n'était pas du pays. Je ne l'avais jamais vu dans l'escorte du seigneur de Neriomagos.

Au bout d'un moment, l'homme a ébauché un sourire.

« Tu as l'air déçu de me voir, a-t-il observé.

— C'est vrai. C'est pas toi que je m'attendais à trouver ici.

— Tu cherches quelqu'un ?

— Oui.

— C'est drôle. Moi aussi, je cherche quelqu'un. »

Il s'est frotté les paumes pour mieux diffuser la chaleur dans son sang, puis il a ajouté :

« Tu es du coin, petit ?

— Ben oui.

— Alors peut-être pourras-tu me renseigner. Nous sommes bien dans le pays de Neriomagos ?

— Ouais, on est pas loin.

— Sans doute connais-tu Bellovèse, fils de Sacrovèse ? »

Je l'ai dévisagé en ouvrant des yeux ronds.

« Plutôt, oui ! C'est moi. »

L'homme a froncé un sourcil, en me jetant une œillade moins amène.

« Qu'est-ce que tu racontes ?

— C'est moi, Bellovèse. »

L'incertitude a flotté dans ses traits burinés, comme s'il était partagé entre le rire et la colère.

« Ne te moque pas de moi, m'a-t-il réprimandé. Je connais Bellovèse, et ce n'est pas toi.

— Mais si, je te dis !

— Bellovèse est un jeune guerrier de noble lignée, et non un petit paysan menteur.

— Je suis pas un paysan ! Et je suis pas un menteur ! Je suis Bellovèse, fils de Sacrovèse, roi des Turons ! Mon oncle, c'est le haut roi ! »

Cette fois, une intense stupéfaction a balayé toute autre expression sur le faciès de mon interlocuteur.

« Comment est-ce que tu oses… Ce n'est pas possible… Je connais Bellovèse, tu pourrais presque être son fils… »

Il m'a scruté avec attention, et son regard trahissait un étonnement croissant.

« En fait, tu pourrais réellement être son fils… Tu lui ressembles beaucoup… Mais tu es trop grand, il est trop jeune pour avoir un enfant de ton âge… Sauf si, évidemment…

— Sauf si quoi ?

— Cela fait si longtemps que je le cherche. Il s'est peut-être écoulé plus d'années que je ne le croyais…

— N'importe quoi. C'est moi, Bellovèse, je te dis. »

Et comme il essayait visiblement de rassembler ses idées, en proie à un trouble qui, à mes yeux, ressemblait à de la folie douce, j'ai commencé à soupçonner qu'une volonté mystérieuse était à l'œuvre derrière cette rencontre.

« Dis, c'est pas toi qui as toqué chez nous, cette nuit ?

— Tu habites la ferme voisine ?

— Oui. Alors, c'était toi ?

— C'était bien moi. C'est une honte, la façon dont vous traitez les voyageurs.

— On s'est méfié. T'avais une drôle de compagnie.

— J'étais seul.

— Mon œil ! On les a entendus, les deux autres.

— Quels deux autres ?

— La reine de la forêt et le Forestier. »

Cette fois, il m'a considéré avec un air grave. Avant de me répondre, il a pris le temps de casser un peu de petit bois et d'en alimenter son feu.

« Je me suis peut-être trompé, a-t-il concédé lentement. Je te reconnais à peine, je ne comprends pas comment tu peux être si jeune. Mais j'ai vu tant de choses étranges dans mon voyage… Et si tu les as entendus, tous les deux… Car tu as raison, ils ne sont jamais loin… Tu es sans doute Bellovèse. »

Et sur ces derniers mots, le soulagement s'est peint sur son visage.

« Et pourquoi tu me cherches ?

– J'ai un message pour toi.

– Un message ? De la part de qui ?

– Tu le sais déjà, en fait. Mais apprends d'abord qui je suis, et comment je suis venu à toi. Peut-être ne t'en souviens-tu pas ; ou bien peut-être ne t'en rappelleras-tu que bien plus tard… »

Il a posé sa main tatouée sur sa poitrine.

« Je m'appelle Oïco, fils de Carerdo. Je suis séquane, mais comme j'étais un ambacte attaché au service de Comargos, fils de Combogiomar, j'ai combattu plusieurs fois pour le compte du haut roi, ton oncle. Ma dernière campagne a été une guerre contre les Ambrones, dont je n'ai pas vu la fin. C'est à cette occasion que nous nous sommes rencontrés, toi et moi, même si je dois avouer que je t'ai mal connu. Quand je suis parti, j'ai passé un arrangement avec mon chef. Je lui ai emprunté dix vaches et les futures armes de mes fils. À charge pour moi de le rembourser lorsque nous nous retrouverions dans l'île des Jeunes. Cette dette me tourmentait. Dix vaches, trois lances, trois boucliers, c'est quelque chose, et je n'avais plus rien en arrivant dans l'île. Comargos est un grand guerrier : il méprise le danger, et s'il me suivait rapidement, je n'avais pas les moyens d'honorer ma parole. Alors, je me suis présenté au Sedlos. Là, sous un grand tertre où brûlaient des feux joyeux, festoyait la Tribu de la Déesse. J'ai été bien reçu, et quand j'ai été rassasié de mets fins et d'hydromel, les gens de la Tribu m'ont demandé de raconter mon histoire. Je l'ai fait du mieux que j'ai pu, et j'ai évoqué ce qui me souciait. Deux des convives m'ont alors proposé un marché : ils se sont engagés à éponger ma dette si je leur rendais un service.

— Et ce service, c'est m'apporter un message ?

— Voilà.

— Et c'est qui, tes deux bonshommes ?

— Tu ne devrais pas en parler de façon si inconvenante. Si ça se trouve, ils t'écoutent.

— C'est la reine de la forêt et le Forestier ?

— Bien sûr. Tu le savais déjà, puisque tu les as entendus.

— Pourquoi est-ce qu'ils t'envoient s'ils sont dans les parages ?

— Cela, je l'ignore. Ce sont des gens très puissants. Sans doute ont-ils besoin de se faire annoncer par un héraut.

— Et c'est quoi, les messages ?

— C'est un peu particulier. Il n'y a qu'un message ; ou s'il y en a un deuxième, son sens m'échappe. Le Forestier m'a demandé de te trouver ; quand j'ai voulu savoir ce qu'il désirait que je te transmette, il m'a répondu : « Rien. Si je veux lui parler, j'irai le voir. » La reine, en revanche, m'a bien chargé de te dire quelque chose. C'est ceci : il est vain de la poursuivre. Tu ne parviendras jamais à la rattraper en t'y prenant ainsi. Si tu veux la rencontrer, appelle-la. Voilà… C'est un peu bizarre de délivrer en quelques mots un message que j'ai porté si loin et si longtemps.

Mais j'ai tout dit : si tu es bien Bellovèse, ma tâche est finie.

— La reine de la forêt, c'est une cavalière qui monte une grande jument ?

— Oui. C'est surtout une très belle femme. Tant que je croyais que tu étais plus vieux, j'étais jaloux de toi.

— Ah… »

J'ai serré mes bras autour de ma poitrine, et je me suis perdu dans la contemplation du foyer. J'étais las et gelé. La pensée de mon frère étiolé dans le lit de ma mère avait éteint ma curiosité.

« Elle n'est pas loin, a chuchoté Oico. Écoute. »

Il avait un peu redressé la tête, l'oreille tournée vers les profondeurs du bois. J'ai prêté une attention distraite. Dans le matin morne dérivaient quelques duvets neigeux. Le ciel, quoique blanchâtre, perdait à vue d'œil toute luminosité.

« Écoute », a répété Oico.

Dans le sous-bois mangé de grisaille, assourdi par la neige, j'ai pressenti plus que je n'ai entendu le pas d'un cheval.

« Tu devrais y aller », m'a encouragé le guerrier.

J'ai haussé les épaules.

« Ça ne m'intéresse plus, ai-je marmonné. C'est pas elle que je venais chercher ici.

— Que venais-tu chercher ?

— Suobnos. C'est lui que je voulais voir. Et c'est lui qui voulait la retrouver, elle. Mais elle est mauvaise. Elle t'envoie me porter des messages, alors que c'est pas moi qui ai besoin d'elle. Elle s'amène quand Suobnos n'est pas là, et à cause d'elle, mon frère est très malade… Non, vraiment, j'en ai plus rien à faire, de celle-là. »

Oico a pris un air désapprobateur. Sous les futaies brumeuses, on a entendu souffler un cheval.

« Honnêtement, tu ne devrais pas la faire attendre, a murmuré le guerrier. Il y a un sens à tout cela. Elle pourra sans doute te l'expliquer.

— M'expliquer quoi ? ai-je craché avec hargne. Pourquoi mon frère va mourir ? »

L'ambacte m'a considéré avec plus d'indulgence.

« La mort, tu sais, a-t-il dit très bas, ce n'est jamais tout à fait ce qu'on croit… »

Je lui ai rendu un regard vide. J'avais saisi son intention consolatrice, mais je ne comprenais pas ce que ses paroles avaient de réconfortant.

« Comment s'appelle ton frère ? a demandé doucement Oico.

— Segillos… Enfin, Ségovèse.

— Ah, oui. Ségovèse. Je l'ai connu, lui aussi. C'était un jeune guerrier rempli d'impétuosité et de force.

— Hein ? Mais c'est pas possible. Il est plus petit que moi.

— Pourtant, je l'ai vu remporter un duel dans un cercle. Il a même été plus vaillant que toi.

— J'y comprends rien. Tu racontes vraiment n'importe quoi !

— Moi aussi, je suis plutôt perdu… Mais j'entrevois quand même quelque chose. Ségovèse est plus jeune que toi, et pourtant je vous ai connus tous les deux lors de votre première guerre. C'est très bizarre, mais il y a une conclusion à en tirer. Ton frère ne va pas mourir, puisque je l'ai fréquenté. »

J'ai dû le lorgner d'un air très nigaud. Dans le sous-bois, une haquenée bronchait.

« Ne veux-tu pas avoir une réponse à tous ces mystères ? a soufflé Oico. Vas-y. Vas-y, avant qu'elle ne perde patience. »

Je me raccrochais au raisonnement biscornu qu'il venait de me tenir, pour y puiser un fantôme d'espoir. Mais le découragement pesant encore sur moi, le guerrier a ajouté :

« Si cet homme que tu cherches tient vraiment à elle, trouve-la pour lui. Peut-être viendra-t-il à vous. »

Aurais-je été en forme, j'aurais filé vers l'écuyère, trouvant dans l'argument de l'étranger une bonne raison de reprendre le jeu. Mais les forces me faisaient défaut, je répugnais à m'éloigner du piètre réconfort qu'offrait le feu pour replonger dans la voracité immaculée. Les flocons dansaient autour de nous, plus petits et plus denses. Le jour s'affadissait d'instant en instant.

Je n'avais plus confiance en Suobnos ; sa trahison, réelle ou rêvée, dans la clairière du Garrissal tout comme son absence à la lisière nourrissaient ma déception. Pourtant, je me suis souvenu de son regard affolé, de ses mains tremblantes, de ses sautillements grotesques quand nous apercevions la cavalière. D'une façon ridicule et un peu méprisable, du moins à mes yeux de blanc-bec, il paraissait vraiment fou de la rôdeuse. Peut-être Oico avait-il raison. Peut-être la cavalière me livrerait-elle Suobnos, et le moyen d'arracher au vagabond un remède pour mon frère.

L'angoisse est revenue serrer ma poitrine, brûler dans mon flanc droit. Je ne pouvais laisser Segillos périr ; je ne pouvais envisager cette existence mutilée et vide, sans ce petit frère insupportable et encombrant. Alors, finalement, j'ai pris sur moi. Je me suis redressé sur mes jambes amollies, je me suis détourné du feu. Offrant ma fragile carcasse aux rigueurs de l'hiver, je suis retourné dans la forêt.

Entre les troncs givrés et les branches dépouillées, j'ai deviné des présences. J'ai d'abord aperçu les panaches soufflés par la jument ; puis, j'ai entrevu les hautes silhouettes de la monture et de sa cavalière, roides dans la forêt gelée. J'ai titubé dans leur direction, en m'appuyant aux fûts. Je commençais à réduire la distance quand, d'un geste gracieux, la femme a effleuré la croupe de sa haquenée. La jument s'est mise en marche. L'épaisseur de la neige entravait son allure, alors elle a adopté un piaffer d'une grande élégance, en faisant voler une poussière cristalline au-dessus du genou. Pleines d'une allégresse moqueuse, cavale et cavalière se sont détournées. En quelques foulées, elles se fondaient dans la brume et les obliques des flocons.

J'ai voulu m'élancer et crier, mais j'étais si faible que j'ai glissé. Je me suis étalé de tout mon long dans une courtepointe moelleuse. Larmoyant, je me suis redressé sur un coude, j'ai éternué et recraché la neige qui m'était entrée dans le nez. Mon appel n'a été qu'un croassement sourd.

« Non ! Non ! Attends… »

À grand-peine, je me suis remis sur pied. J'étais aussi blanc que si je m'étais roulé dans de la farine ; en dégelant dans l'échancrure de mon sayon, des filets d'eau glacée me suffoquaient. Je n'arrivais plus à parler, je claquais des dents.

L'esprit à demi éteint par le froid, les bras serrés autour du corps, j'ai néanmoins avancé. Je me suis dit que la neige me faciliterait au moins la poursuite sur un point : la trace serait facile à suivre. J'avais péniblement claudiqué sur une dizaine de pas quand j'ai été frappé d'étonnement. Dans le sous-bois brouillé par le mauvais temps, je voyais à nouveau la cavalière. Elle se tenait à l'arrêt, un peu de travers, sa tête couverte par un châle tournée dans ma direction.

Craignant de la voir disparaître d'un instant à l'autre, j'ai peiné vers la belle. Elle ne s'est plus dérobée. Étourdi par le froid et par l'incrédulité, je suis arrivé devant les jambes de sa monture. L'air m'a semblé plus piquant, et tout scintillant de flocons minuscules ; mais je me suis aussi trouvé enveloppé par une saine odeur de cheval. La jument a tourné sa noble tête vers moi, les oreilles pointées avec curiosité.

« Encore un peu, et tu oubliais d'appeler », a dit la cavalière.

Son timbre versait l'apaisement, mais sa diction chantait singulière, colorée par un accent à la fois familier et lointain. J'ai dressé le nez vers elle, et tout en elle ressemblait à sa voix : attendu et improbable.

Elle montait en amazone, à cru, sans même une bride pour diriger sa monture. Sous une mante laineuse, aussi feutrée que la livrée de sa jument, elle portait des robes écarlates, tramées de fil d'or, qui saignaient dans le crépuscule neigeux. Pendue à sa ceinture comme un cor, il y avait une longue corne à boire cerclée d'argent. Sa gorge était parée de plusieurs colliers, où s'enchevêtraient des breloques hétéroclites : une quincaille de médailles de cuivre, de colifichets d'os ou de corne, représentant des cerfs, des chevaux, des oiseaux ainsi que des animaux plus inattendus comme de grands lynx ou des griffons semblables à ceux que Suobnos avait peints dans notre maison. Emmitouflée dans un châle aux franges moelleuses, j'ai deviné plus que je n'ai vu sa figure : un visage charpenté et fier, d'une beauté un peu sauvage, éclairé par le sourire que la renarde adresse au perdreau.

« Bonjour, Bellovèse, fils de Sacrovèse, fils de Belinos. Je suis heureuse de faire ta rencontre.

— Tu sais qui je suis, mais moi, je ne connais pas ton nom. Qui est-ce que je dois saluer ?

— Les tiens me nomment Epona Rigantona. C'est un beau nom, mais dans ce bois, juste entre nous, cela fait un peu formel. Si tu préfères, tu peux m'appeler Eppia.

— Alors bonjour, Eppia. »

Je me suis dandiné, en partie pour réchauffer mes pieds trempés, en partie parce que je ne savais pas quoi dire. La faiblesse et le froid me privaient de mon culot habituel.

« Je t'ai beaucoup cherchée, ai-je fini par lâcher.

— Je m'en suis avisée.

— Mais ce n'était pas pour moi.

— Tu ne devrais pas tenir ce discours à une femme, Bellovèse. Elle pourrait t'en tenir grief.

— Mais c'est la vérité ! C'est aussi pour cela que je me tiens devant toi par ce temps de chien ! Je suis venu te chercher pour te ramener à Suobnos.

— À qui ?

— Suobnos ! Ton mari !

— Ah… Lequel ? »

Je l'ai dévisagée, interloqué.

« Tu as plusieurs maris ?

— Dans son haras, ta mère ne possède-t-elle pas plusieurs chevaux ?

— Ce n'est pas la même chose !

— Il n'est rien de plus précieux qu'un cheval ; c'est pourquoi on en a plusieurs. Il n'est rien de plus précieux qu'un époux…

— Mais celui-là, tu devrais t'en souvenir ! Tu l'as abandonné !

— Ce devait être un vieux mari. Au moins je ne l'ai pas abattu. »

Je suis demeuré coi un instant, et puis j'ai secoué ma stupeur.

« Franchement, ce que tu fais avec tes maris, ça me regarde pas, ai-je repris. Mais j'ai un truc à te demander, enfin, s'il te plaît, hein… En te cherchant dans la forêt, mon frère est tombé très malade. Je crois qu'il n'y a que Suobnos qui est encore capable de le soigner ; seulement voilà, ce vieux froussard, il n'est jamais là quand on a besoin de lui. Je te demande ton aide pour le faire revenir. Il guérit mon frère, et après, tu peux l'envoyer promener si ça te chante… »

Le sourire d'Eppia s'est affirmé, d'un air plus amusé que bienveillant. J'ai eu l'impression qu'elle se moquait de moi, et malgré ma faiblesse, j'ai serré les poings.

« Laisse ce Suobnos où il est, a-t-elle dit d'un ton léger, et cesse de te soucier pour ton frère.

— Je ne peux pas ! me suis-je révolté. Il va mourir !

— Rassure-toi, Bellovèse, il va très bien.

— Comment peux-tu me dire une chose pareille ! Cette nuit, il a failli y passer ! »

La cavalière a incliné la tête de côté d'un air rieur. Le mouvement, en faisant glisser son châle sur sa nuque, a révélé sa chevelure d'un blond très pâle, coiffée en tresse couronnée.

« Ton frère est en bonne santé, a-t-elle soutenu, et je peux t'en convaincre.

— Je voudrais bien voir ça !

— C'est très simple. S'il était au plus mal, c'est lui qui s'entretiendrait avec moi. »

Le froid ralentissait mes idées, et j'ai eu du mal à réaliser ce qu'elle sous-entendait.

« Oui, a-t-elle confirmé, le froid aussi est un signe. Et toute cette blancheur. Et cette douleur dans tes côtes. Réfléchis, Bellovèse : quand ton frère se met en danger, tu t'interposes toujours pour le protéger. En frappant Bouos. En défiant Ogmios dans sa demeure. En te jetant devant les lances de l'ennemi. Voilà pourquoi c'est toi, et non Ségovèse, qui te tiens devant moi. Tu m'as trouvée, Bellovèse, parce que tu as abordé l'île des Jeunes.

— Tu veux dire que…

— Je veux dire que tu es un joli poulain. Pas très malin, à débourrer, mais très joli malgré tout.

— Qu'est-ce que j'ai de joli ? Je suis pas un peu petit pour toi ?

— Oh, cela, ce n'est pas bien grave. L'enfance, la vieillesse… Vous êtes si éphémères, vous autres, que je n'ai pas à attendre bien longtemps pour vous cueillir à la fleur de l'âge. Et puis tu sais, des coureurs beaux et fringants, je n'ai même pas à faire de l'œil pour en charmer de grandes manades… L'intérêt que j'éprouve pour toi réside ailleurs. Il repose moins dans ce que tu es que dans ce que tu représentes.

— Et je représente quoi ?

— Un roi sans royaume. Crois-moi, ces solitaires-là ne se trouvent pas sous le pas d'un cheval.

— Mon père était roi, mais pas moi. Ambatia a été conquise par mon oncle quand j'étais tout petit.

— Et alors ? Ton oncle l'a très bien compris : ce n'est pas le royaume qui fait le roi, c'est le roi qui fait le royaume.

— Tu veux m'aider à me venger de mon oncle ? Tu attends que je reprenne mon royaume ? »

Eppia a émis un rire clair.

« C'est assez primaire, comme idée. Mais pourquoi pas ? La guerre est une parade comme une autre… Ce n'est pas l'essentiel, mais cela pourrait me divertir.

— Alors c'est quoi, l'essentiel ?

— À toi de me le dire.

— C'est simple. Je veux que mon frère vive.

— Je te l'ai dit, il vivra.

— Alors je n'en demande pas plus.

— Mais pour qu'il vive, il faut que toi aussi, tu restes en vie. Et le prix de ta survie sera autrement élevé.

— Alors dis-le moi ! C'est quoi, pour toi, l'essentiel ?

— Des chevaux, bien sûr.

— Tu veux que je te donne des chevaux ?

— Naturellement. Mais pas n'importe lesquels… Impertinent comme tu es, tu serais capable de vider l'écurie de ta mère ou de voler les bêtes du voisinage pour verser ton tribut. Or ces animaux-là ne m'intéressent pas. Ce sont des chevaux celtes : ils sont trop petits, trop communs. Ce que j'attends de toi, ce sont les chevaux d'un haras royal. C'est pourquoi j'ai besoin d'un roi sans royaume. »

J'ai essuyé la goutte qui me perlait au nez et reniflé assez bruyamment.

« Je comprends rien à ce que tu me racontes, ai-je marmonné.

— Ce n'est pas difficile, Bellovèse. Dans une harde, sais-tu ce que l'étalon fait des poulains qui deviennent adultes ?

— Il les chasse.

— Tout simplement. Or voici que dans le pays biturige, un roi sans royaume vit sur les mêmes terres que le roi. Pour l'instant, le roitelet est encore enfant. Mais que lui fera le vieux souverain quand il grandira ?

— Il le chassera.

— Et que fait le jeune étalon chassé de la harde ?

— Il affronte le vieux ?

— Cela arrive, oui. Mais sa victoire est loin d'être assurée. S'il se dérobe ou s'il est vaincu, que fait-il ?

— Il part ailleurs.

— C'est fréquent. Et dans les prairies qu'il gagne, que fait-il ?

— Il forme sa harde à lui.

— Exactement. Ce sont les chevaux de cette harde-là que je veux. »

La cavalière a caressé l'encolure de sa splendide monture.

« Je suis sûre que tu n'as jamais vu une jument comparable à Uoreda, m'a-t-elle dit.

— Elle est très belle. Elle est comme tous les animaux du bois : énorme. »

La nature de mon admiration a amusé Eppia.

« Tu as un peu trop musardé dans cette forêt, a-t-elle relevé. Mais sache que ces princes des chevaux existent également parmi les hommes. Oh ! Certes, tu n'en trouveras pas sur la terre des Bituriges, ni même dans les royaumes celtes. Ces coursiers viennent de mondes lointains, et ils commencent seulement à arriver chez des peuples dont vous soupçonnez à peine l'existence… Mais qui sait ? Un jeune chef intrépide pourrait descendre les fleuves, remonter des vallées escarpées, franchir des montagnes, traverser des terres de hautes futaies et de grands lacs, et trouver la plaine foulée par les avant-coureurs de ces puissants chevaux…

— Je ne dis pas non. Si mon frère va mieux, comme tu dis, c'est le genre d'aventure qui nous plairait bien, à tous les deux… Mais je ne sais vraiment pas où aller te les chercher, tes canassons.

— Je ne te demande pas de faire ton sac sur-le-champ, Bellovèse. Tu es encore trop tendre. Il te faudra d'abord jeter ta gourme et rassembler les jeunes mâles qui, comme toi, devront quitter la harde. C'est un long chemin qui t'attend, avant même que tu n'aies pris la route. Mais je vais au moins te donner la première étape.

— Je devrai aller où ?

— Tu iras d'abord hors du monde, et tu y apporteras l'oracle qu'attend Saxena.

— Hors du monde ? Comment on peut y aller ?

— C'est dangereux, mais pas très compliqué. En fait, tu as déjà trouvé un accès, puisque nous bavardons toi et moi.

— Et c'est qui, Saxena ? »

Eppia m'a considéré avec une expression moins rieuse.

« Ta mère a l'âme vraiment rongée d'amertume si

elle t'a dissimulé cela, a-t-elle observé sur un ton plus pensif.

– Je devrais la connaître, cette Saxena ?

– Ne te soucie pas de cela. Tu la reconnaîtras quand vous vous retrouverez. Elle aussi, elle te reconnaîtra, et tous les deux, vous attendrez une réponse de cette rencontre. Alors, tu lui apporteras ma parole. Tu lui diras : "Il est temps." Cela suffira. Elle comprendra. »

Je me suis dandiné pour réchauffer mes pieds gelés.

« Moi, j'y comprends toujours pas grand-chose, ai-je grogné d'un air rechigné.

– Ton frère vivra. N'est-ce pas l'important ? a rétorqué gaiement la cavalière.

– Ouais, c'est sûr. Mais je ne sais même pas par quel bout je dois prendre ma tâche. En fait, je ne suis même pas sûr de bien savoir ce que c'est…

– C'est parce que tu es impatient, Bellovèse, fils de Sacrovèse. Mais le contre-don n'aura de valeur que s'il vient de toi.

– Me voilà bien avancé. »

Derechef, Eppia est partie d'un rire clair devant ma mine déconfite.

« D'accord, a-t-elle concédé. Je vais t'éclairer un peu. Mais je te mets juste sur la voie : le reste du chemin, tu devras le parcourir par tes propres moyens. »

De la paume gauche, elle a pris appui sur l'épaule de Uoreda ; en s'inclinant, elle m'a tendu sa dextre. J'ai brièvement hésité ; ainsi assise sur la croupe de sa monture, Eppia ne me semblait guère stable pour m'aider à monter. J'ai néanmoins saisi la main tendue : en un instant, je me suis retrouvé à califourchon sur la grande jument, juste devant la belle. D'un mouvement ample, elle m'a enveloppé dans le revers de sa cape, ne laissant que ma tête à découvert. Pour garantir mon assiette, elle m'a également assuré de son bras gauche. Sa longue main s'est posée sur ma poitrine, juste sous mon sein droit, avec plus de fermeté que de douceur. Et soudain, j'ai inspiré un air d'un froid extraordinairement vif et tonique, tandis qu'une vigueur étourdissante élargissait mon cœur. Sous les doigts de la cavalière, la vieille douleur qui m'avait tant taraudé le flanc, tantôt sourde, tantôt lancinante, venait de s'évanouir comme si elle n'avait jamais existé. Je respirais. À pleins poumons, je respirais !

D'un murmure, Eppia a ordonné le départ. Uoreda s'est mise en route d'un pas très égal, malgré la neige qui entravait sa marche. Le mouvement m'a adossé à la hanche de l'écuyère, tandis que ma nuque se nichait au creux de son épaule. Sans doute étais-je trop jeune pour m'enflammer au contact de ce corps engageant… Encore exempt de concupiscence, je n'ai ressenti nul désir en me pelotonnant contre la belle. Et pourtant, enfant ravi par la reine de la forêt, j'ai éprouvé le charme mortel qui avait affolé Suobnos. La chaleur vivante de la jument montait sous mes jambes, ouatait le couvoir douillet que sa maîtresse avait drapé autour de moi. Le froid me fuyait, la vie refleurissait en flux apaisés dans mes os et dans mon sang. Une somnolence réparatrice déliait tous mes membres. Mais un enchantement plus envoûtant encore était sur le point de me subjuguer.

Le temps s'abolissait. La grande jument, par sa puissance docile, me rappelait d'autres chevaux, qui m'avaient jadis paru plus hauts parce que j'étais plus petit. L'étreinte protectrice de la cavalière ranimait en moi un bonheur perdu, un état de complétude ancien, dont j'avais été si longtemps privé. Malgré mes paupières lourdes, je voyais bien qu'Eppia ne prenait pas le chemin de la maison. Au contraire, elle s'enfonçait plus avant dans la forêt, dans des futaies crépusculaires et glacées, et nous abordions déjà les hêtraies des Grandes Foliades.

« Où m'emmènes-tu ? ai-je demandé d'une voix ensommeillée.

— À la fontaine de Soif », a-t-elle murmuré.

Toutefois, cela n'importait guère. M'aurait-elle emporté vers le Marissard et son bois aux pendus que je m'en serais senti comblé. Dans la foulée du cheval, dans le grand corps ferme qui soutenait mon dos, dans l'abandon de la course, j'étais transporté vers une région merveilleuse de l'île des Jeunes. Une voix aimante a fredonné :

« Trois corbeaux déplumés dansent dans les halliers
Trois chevaux dételés détalent dans le pré
Trois puissants sangliers sautent sur le sentier. »

Et, en un geste plein de fierté affectueuse, j'ai senti la main de mon père se poser sur ma tête.

Je me suis réveillé dans une contrée d'été.

J'ai ouvert les yeux sur un ciel très bleu, poudré de légers nuages. Je reposais dans une prairie parfumée de sève et de grand air. Une brise paresseuse inclinait sur mon visage l'épi jaunissant des herbages. Dans l'oreille, j'avais le murmure d'un ruisseau.

Je suis resté allongé quelque temps, l'esprit vide, à savourer la douceur du moment. Puis j'ai entendu le mâchonnement et le pas tranquille d'un cheval en train de pâturer. En m'asseyant, j'ai découvert un vallon peu profond, égayé çà et là de massifs de bruyère. La grande jument paissait à quelques pas de l'endroit où j'avais dormi, sans se soucier autrement de ma présence. Des collines, où le vent courait en ondulations verdoyantes, dominaient ce petit val ; la plus haute d'entre elles, un mont aux pentes arrondies, se trouvait sommée par un pin solitaire et ombreux.

« Te voici enfin éveillé ! » a dit Eppia.

Elle se tenait à quelque distance, en contrebas, au bord du ruisseau. J'ai mis un instant à la reconnaître. Elle avait abandonné son manteau ainsi que ses colliers, et portait une robe plus légère, qui découvrait ses bras blancs. Ses cheveux dénoués dansaient dans la brise, en longs ondoiements de soleil. La morgue de la cavalière s'était dissoute ; elle apparaissait maintenant telle une simple jeune fille, qui aurait pu avoir l'âge de la princesse Cassimara.

« J'ai dormi jusqu'à l'été ? me suis-je étonné.

– Nous sommes dans le Sedlos. Ici, c'est toujours l'été. »

La prairie bruissait du chant monotone des criquets ; au-dessus des crêts herbeux vaguaient pollens et papillons ; l'azur était rayé par le vol des hirondelles. Le cœur apaisé, j'ai contemplé cette perfection des beaux jours.

« Quand on touche ainsi à l'été, c'est sans retour », a observé doucement Eppia.

Puis, me tendant la main, elle a ajouté d'un air plus gai :

« Viens ! Je t'emmène à la fontaine ! »

D'un pas de promenade, elle m'a entraîné dans le

fond du vallon. Nous avons remonté le ruisseau, qui murmurait entre des rives envahies par l'ache et l'eulalie. Au terme d'une courte flânerie, nous sommes arrivés à la source. Trois grands sorbiers entrelaçaient leurs racines sur un affleurement rocheux où suintaient plusieurs filets d'eau. Ils alimentaient une mare assez large, qui se déversait ensuite le long d'un lit lisse comme un sentier. Les arbres frémissaient de vie : leurs branches, chargées d'alises, attiraient force passereaux. L'agitation des oiseaux éparpillait feuilles et baies au pied des sorbiers ; l'onde se trouvait mouchetée de folioles, et quantité de fruits rouges reposaient au fond.

La mare paraissait sombre, car elle emplissait une auge assez profonde. L'eau, toutefois, demeurait limpide. Sous les friselis et le mouchetage de feuilles mortes, j'ai entrevu un mouvement bleuâtre. Un énorme saumon nageait au-dessus des galets.

Après avoir détaché la corne cerclée d'argent de sa ceinture, Eppia l'a remplie dans le bief, non loin du poisson. Puis, elle me l'a tendue des deux mains.

« Bois, a-t-elle dit. Cela t'aidera à savoir. »

J'ai trempé mes lèvres dans l'eau fraîche avec le plaisir qu'on trouve à se désaltérer par la canicule. La saveur de ce breuvage était pénétrante : purement minérale, et pourtant âpre, vivifiante, suivie par une longueur amère. J'ai avalé à grandes gorgées, avec l'avidité d'un garçon assoiffé.

« Souviens-toi, a dit Eppia. C'est le goût de ta vie. »

Quand je lui ai rendu la corne, elle m'a désigné la mare.

« Maintenant, voici ce que je t'ai accordé. Regarde, Bellovèse. C'est le début de ton périple. »

D'abord, je n'ai pas compris ce qu'elle me montrait. Et puis, quelque chose a capté mon attention dans le miroitement liquide. Le ciel réfléchi par ce miroir aquatique se dégradait, éteint, traversé de nuées. Les reflets de la surface muaient, dérivaient à contre-courant, fluaient en d'autres mouvements. Et progressivement, alors que la fraîcheur de l'eau se diffusait dans tout mon corps, ma vision s'est ajustée à son objet. Au fil de l'onde flottait un paysage, tremblant comme ces mirages de chaleur qui dansent au ras des chaussées sèches.

Il s'agissait d'un panorama d'automne. Je le contemplais d'une position en surplomb, comme si j'avais été perché dans les branches d'un grand arbre ou au sommet d'une colline. Dans une plaine où grisaillait le bras d'une rivière, des lopins avaient endossé la livrée brune des labours d'hiver. Dans les prés, des paysans courbés abattaient leurs faucilles pour terminer les dernières fenaisons. Les feuillages des bosquets frissonnaient d'ors et de fauves, secoués par une bise qu'on devinait aigre. Les ornières d'un chemin luisaient en larges flaques.

Trois cavaliers emmitouflés remontaient cette route. Apparus fort loin, au détour d'un hallier, ils ont éveillé ma curiosité. Leur attitude était morne et leurs montures avançaient avec lassitude. Deux des voyageurs étaient porteurs de lances ; le troisième s'affichait sans arme, mais son manteau bigarré révélait un homme important. Comme ils s'approchaient, j'en ai reconnu deux. L'un des guerriers était Sumarios ; sec, nerveux, il demeurait fidèle à lui-même, malgré un air plus fatigué qu'à l'ordinaire. Le voyageur au costume chatoyant, il m'a fallu un peu plus de temps pour réaliser qu'il m'était familier. C'est l'étui de sa harpe qui m'a ouvert les yeux : ce ne pouvait être qu'Albios, malgré sa chevelure inexplicablement blanche. Quant au troisième cavalier, il me demeurait étranger. Il était armé en guerrier, mais il paraissait très jeune ; bizarrement, ses longues boucles flottaient au vent. Cette tignasse d'enfant ne cadrait pas avec la lance et l'épée. Quelque chose, dans sa façon de monter, me rappelait confusément quelqu'un.

Et brusquement, j'ai réalisé. Il ressemblait à mon frère, mais ce n'était pas Ségovèse.

« Tu as été longtemps égaré, mais je t'ai ramené sur la voie, a dit Eppia en contemplant la même vision. Tu vas franchir un seuil. Désormais, quoi qu'il se passe, en bien ou en mal, tu vas devenir matière à chant. »

Et me voici, par un soir froid de cantlos, remontant la vallée de l'Avara en compagnie d'Albios et de Sumarios. Tôt, ce matin, nous en avons dépassé le confluent et abandonné le cours du Caros, que nous venons de suivre pendant cinq jours. Cette rivière, nous l'avons quittée à regret, du moins Sumarios et moi. Elle coule depuis le pays de Neriomagos, et cinq jours supplémentaires dans cette vallée nous auraient ramenés chez nous. Mais ignorer le Gué d'Avara serait un geste de défiance qui confinerait à la trahison. Alors nous laissons derrière nous le cours d'eau aimé, et nous chevauchons vers la demeure du haut roi.

Après-demain s'ouvrent les fêtes des trois nuits de Samonios. Les morts reviendront au cours des réjouissances, dans cette césure entre l'année enfuie et l'année nouvelle. Nous aurons bien besoin du festin pour nous remettre de nos fatigues, même si la visite des défunts a de quoi m'inquiéter. Au moins pourrons-nous boire, dévorer et délasser nos corps rompus, après ce périple de trois lunes qui nous a entraînés si loin, par-delà les terres des hommes, hors du monde.

En quittant le Caros, ce matin, mes deux compagnons sont tombés d'accord pour me dire que l'issue du voyage était proche. Si les chevaux marchaient bien, nous entrerions au Gué d'Avara à la tombée de la nuit. Je n'ai pourtant décelé ni joie, ni soulagement chez les deux hommes. Sumarios affichait une mine grave, et Albios me témoignait une sympathie gênée, comme s'il craignait ce que me réservait l'arrivée. Pour me mettre en confiance, tous deux m'ont affirmé que le haut roi était très entouré, et qu'il était peu probable qu'il me verrait rapidement. Je n'ai pas voulu discuter, mais j'ai la conviction qu'ils ont tort. Même si mon oncle envisage de me traiter par le désintérêt ou le dédain, ce que je rapporte de l'île des Vieilles ne pourra que précipiter le cours des événements. Je rencontrerai très vite le souverain, et le sort sera tranché.

Depuis l'île des Vieilles jusqu'à la résidence du haut roi, il ne nous a fallu qu'un mois de voyage. Certes, quand j'ai quitté le sanctuaire des Gallicènes, nous avons attendu plusieurs jours le navire de Nauo, péniblement cinglés par les embruns, nous nourrissant chichement des fruits de mer que Memantusa m'avait appris à pêcher. Mais une fois que nous avons touché terre, nous avons galopé vers les royaumes de l'intérieur. Sur mon initiative, nous avons contourné

Vorgannon. Malgré la bienveillance que nous avait témoignée le roi des Osismes, je m'en méfiais désormais. S'il nous avait à nouveau offert l'hospitalité, Gudomaros m'aurait demandé ce qui m'était arrivé sur l'île, et je n'aurais pu lui opposer un refus sans l'insulter. Or ce que j'aurais dû lui raconter se serait révélé tout aussi périlleux. Désormais, j'étais pressé de quitter les royaumes de l'Aremorica. C'était une longue route, car il nous fallait encore franchir les territoires des Vénètes, des Namnètes et des Andes ; toutefois, même lorsqu'on nous a conviés à un festin donné par le roi de Condevicnon, Albios connaissait suffisamment de contes pour détourner la curiosité de nos hôtes.

Sortir d'Aremorica ne nous tirait pas d'affaire pour autant : les royaumes de l'intérieur n'étaient pas sans danger. Pour gagner le pays biturige, nous devions remonter la vallée du Liger et traverser le cœur du territoire turon. Malgré la défaite de mon père deux lustres plus tôt, certains clans se rebellaient encore contre l'autorité de Diovicos, le nouveau roi – un de mes parents éloignés, rallié à mon oncle au cours de la guerre des Sangliers, et imposé par lui à la tête des Turons. De leur côté, les insurgés se réclamaient depuis peu de mon cousin Isarn, le fils de mon oncle paternel Remicos. Dans ce climat de querelles intestines, nous avions tout à craindre des deux partis ; Sumarios, héros biturige de la guerre des Sangliers, pouvait redouter la vengeance des hommes de mon cousin germain ; quant à moi, ma seule existence représentait une menace pour l'usurpateur Diovicos. Nous avons donc emprunté la vallée du Liger le plus discrètement possible, demandant l'hospitalité à des humbles plutôt qu'à des puissants.

J'ai traversé le pays turon comme dans un rêve. Il s'agissait du royaume de mon père et de celui de ses pères, j'y avais passé les premières années de mon existence. Sans la violence de mon oncle, ces terres auraient dû me revenir. Pourtant, je ne les reconnaissais pas. Malgré la saison avancée, le climat se faisait encore caressant, à l'image du paysage. Même s'il roulait des eaux puissantes, le Liger se divisait entre des îles boisées qui en agrémentaient le cours ; alentour s'étendait une plaine aux hautes futaies, aux prairies et aux champs modestes. Rien ne respirait plus paisible que cette région ; des cours de ferme, des chaumes, des lisières jaunissantes montait un charme somnolent. Cette sérénité contrastait avec le climat de guerre clanique comme avec mes derniers souvenirs d'Ambatia, ces odeurs d'incendie et de désastre, et l'entrée des héros ennemis dans la maison de mon père… Comment avait-on pu se livrer au massacre de toute une noblesse sur cette rive champêtre ? La catastrophe qui avait rompu mon enfance n'avait pu s'abattre au milieu d'une telle quiétude. Je me sentais étranger dans ma propre patrie ; elle demeurait indifférente à la ruine de ses rois, et plus encore que de la tristesse, c'est de la déception que j'en ai éprouvé. Au fond, je voyais de plus en plus clair en moi-même. L'un des interdits que je ramenais de l'île des Vieilles prenait tout son sens dans ce malentendu entre moi et mon royaume perdu…

Peut-être la mémoire me serait-elle revenue si nous étions passés au pied de la falaise d'Ambatia. Les dieux des eaux en ont décidé autrement ; avant de se rejoindre, Caros et Liger compagnonnent en deux vallées voisines sur des lieues et des lieues, loin en aval de la cité turonne. Comme nous devions suivre le cours du Caros, nous avons quitté le Liger bien avant d'apercevoir les murailles d'Ambatia. Ainsi ai-je abandonné les menaces assoupies du royaume turon pour marcher vers l'épreuve biturige.

Ce long voyage ne se trouvait pas seulement assombri par les incertitudes de la route et par les haines stagnantes. Au sein même de notre petit groupe, le malaise s'était installé. Par piété, et peut-être aussi par effroi, je n'avais pas dit à mes deux compagnons ce qui s'était passé dans le sanctuaire des Gallicènes. Deux nuits après que je m'étais risqué dans l'île, ils m'avaient vu revenir sur l'estran avec armes et balluchon ; ils m'avaient accueilli avec de grandes manifestations de joie, auxquelles j'avais répondu plutôt froidement. Tout ce que j'avais consenti à leur dire, c'est que l'interdit qui pesait sur moi avait été délié. Ils avaient deviné, mais bien imparfaitement, le motif de ma mauvaise humeur. Sumarios s'était excusé de ne pas m'avoir révélé qui était Saxena.

Plus tard, quand nous avons rejoint la côte, je me suis procuré du miel, de la cervoise et un peu de sel. Hélas, je n'ai pas réussi à trouver de l'huile de cade chez les pêcheurs osismes. J'ai dû me débrouiller sans, pour remplir un rite dans lequel j'étais encore novice. Je l'ai fait seul, lors de notre première nuit à terre, loin de mes deux compagnons. Malheureusement nous avions passé plusieurs jours sur un îlot à attendre le navire de Nauo ; il était déjà un peu trop tard pour préparer l'onguent. Nous foulions encore les terres vénètes quand le barde et le héros ont reconnu l'odeur, qui transpirait hors de mon sac. Cela incommodait Albios, qui n'avait guère la pratique de cet art-là. Sumarios, quant à lui, y était habitué ; d'ailleurs, il me traitait maintenant d'égal à égal. Toutefois, il essayait aussi de masquer une anxiété qui ne lui ressemblait guère.

Depuis quelques jours, alors que nous étions encore en train de remonter la vallée du Caros, le paysage commençait à changer ; et sur les bords de l'Avara, la transformation du pays se précise. Dans la plupart des royaumes celtes, la campagne s'étage selon un ordre immuable. Le fond des vallées est abandonné aux crues des rivières, qui y étalent leurs courbes, leurs bras morts et leurs étangs. Ce n'est qu'au pied des collines que prennent place les cultures, sur les basses terres entre les marais et les premières pentes. Audessus, les versants offrent des pâtures pour le bétail. Puis vient la forêt, qui couvre les hauteurs. Cependant, à mesure qu'on gagne le cœur des terres bituriges, ce paysage ordonné disparaît. L'Avara coule en plaine, champs et prairies ont donc tout l'espace pour s'étendre. Sur presque tous les fronts, la forêt recule, abandonnant un reflux épars de boqueteaux, de halliers et de breuils. Les prés ont conquis les faibles reliefs ; partout, l'on voit vaguer de grands troupeaux, qui transforment les chemins creux en bourbiers. Disséminés dans ce terroir pointent les toits de chaume de fermes solidement palissadées.

À la belle saison, ce territoire déboisé est une campagne qui respire l'abondance et la fumure. Toutefois, dans la mélancolie de l'automne, la disparition des forêts attriste le pays. Le regard, que l'opulence des blés ne distrait plus, est davantage accroché par les terrassements qui éventrent quelques collines basses. Les mines de fer, nombreuses sur la rive droite, vomissent à flanc de coteau décombres et crassiers. Quand l'hiver menace, ce panorama trop ouvert, percé parfois de cavées, est écrasé par le ciel où courent des nuées sombres ; le vent balaie ces étendues avec une impétuosité vorace.

Ces horizons mornes s'accordent à mon humeur maussade. En silence, bercé par le pas du cheval, je remâche mes rancœurs et un grand sentiment de solitude. La révélation apportée par les Gallicènes a dessillé mes yeux. Sumarios et Albios devinent au moins en partie ce qui s'est passé sur l'île et croient être l'objet de ma bouderie. Ils n'ont pas tort ; j'en veux particulièrement au barde, parce que c'est lui qui a consulté l'oracle avant la guerre contre les Ambrones et qu'il connaissait donc depuis l'origine le sort qui m'était échu. Toutefois, mon ressentiment le plus vif se porte sur d'autres personnes. J'en veux à mon frère de m'avoir abandonné. Sumarios a beau m'avoir expliqué que l'ordre venait de Comargos et que je me rétablissais déjà quand Ségovèse était reparti avec les héros du haut roi, je n'en éprouve pas moins une colère froide contre mon cadet. J'ai failli me faire tuer pour lui, et à la première occasion, il me lâche ! Le seigneur de Neriomagos, au moins, n'a cessé de veiller sur moi ! La place de mon frère aurait dû être à mon côté quand j'ai foulé l'île des Vieilles. Il aurait partagé le fardeau que je porte désormais, et qui pèsera à jamais sur mon existence, si du moins mon oncle me laisse vivre. Et ma mère ! Comment a-t-elle pu me faire un tel tort ? À plusieurs reprises, pourtant, j'avais bien senti combien Sumarios regrettait les lacunes de notre éducation. Naïvement, je pensais qu'il ne s'agissait que de négligence dans l'apprentissage des bonnes manières. Comment aurais-je pu mesurer l'étendue de ce que ma mère nous taisait ? Empoisonnée par la rancune, elle avait répudié tout son passé biturige. Elle nous avait élevés dans le culte du père et dans l'ignorance de notre lignée maternelle. Malheureusement, renier n'est pas retrancher. J'avais appris, beaucoup trop tard, ce que j'aurais dû savoir depuis la plus tendre enfance.

Cependant, de toutes les trahisons, la plus cuisante demeure la mienne. Je reviens de l'île des Vieilles empli de haine envers moi-même, et cette horreur que j'éprouve pour ma propre personne annule l'angoisse dans laquelle le chemin du Gué d'Avara aurait dû me plonger. Sur l'île des Vieilles, j'ai commis un acte irréparable. Nul retour en arrière n'est possible. Désormais, je suis condamné à aller de l'avant, même si la route que j'emprunte s'avère fatale. Peu m'importe, en fait. Je suis déjà allé si loin que mon propre sort m'est devenu indifférent.

Par cette fin d'après-midi chagrine, quelques gouttes froides zèbrent l'atmosphère crépusculaire. Albios, qui cherche à me dérider, me montre une colline dont nous allons longer la pente.

« Cet endroit s'appelle le Champ de Boios. Tu vois les buttes, en haut ? Ce sont les tertres de tes aïeux. Boios fut le premier à bâtir un fort au-dessus du gué. Au cours de l'Assemblée de Lug, le haut roi siège sur ces tombes. Il y rend la justice pour l'année. »

Je jette un coup d'œil sur cette nécropole royale. Le coteau est bien modeste, à peine plus élevé que la plaine ; on y distingue quelques monticules herbeux, où pointent de vieilles pierres, usées comme des chicots. Le vent bat cette lande qui verse dans le demi-jour. Bien plus que les tombes, le ciel maussade qui les domine attire mon attention. À moitié mêlées aux nuages bas et à la bruine, des volutes grisâtres y dérivent. Elles s'élèvent au loin, sur l'horizon brouillé, mais possèdent l'épaisseur de fumées d'incendie. Toutefois, je n'ai pas le temps de demander ce qui peut brûler ainsi.

Derrière nous, Sumarios vient de placer son cheval en travers du chemin.

« Nous sommes suivis », dit-il.

Du menton, il désigne la voie que nous venons de parcourir. À une demi-lieue, une petite bande de cavaliers occupe toute la chaussée et mord sur les bas-côtés. Elle avance au trot ; les hommes sont trop loin pour être identifiables, mais quelques fers de lance jettent des reflets mouillés.

« Ce sont sans doute des gens comme nous, dit le barde. Des hauts hommes qui vont rendre visite au roi.

— Sans doute, approuve Sumarios. Et je les connais probablement. »

Il médite un instant, puis talonne son cheval.

« D'habitude, je les attendrais, ajoute-t-il. Mais pas aujourd'hui. Hors les murs, il y a plus d'imprévus à craindre qu'à l'intérieur. »

Toutefois, nous n'avons pas le temps de parcourir dix pas quand retentissent derrière nous des appels et quelques coups de trompe. Au sommet de la colline qui nous fait face réplique le récri de toute une meute. Entre les tertres, des chiens de race apparaissent, bientôt suivis par toute une troupe. Cette fois, il s'agit d'un véritable escadron de cavalerie : il couvre le coteau de sa ligne et, sans hâte, fend l'herbage dans notre direction. Il y a là trois dizaines d'hommes pour le moins, qui se déploient en croissant de lune afin de nous couper la retraite. Au centre, entouré de grands lévriers, cahote un char de guerre. Les cavaliers, vêtus de manteaux chamarrés où étincellent des broches d'or, ne portent pas d'armes de guerre, mais plutôt des lances et des javelots de chasse. Leur intention de nous intercepter n'en demeure pas moins patente ; leurs coursiers, plus frais que nos montures, ne nous laissent guère de chance de les prendre de vitesse.

« Ce sont les soldures du roi, siffle Sumarios entre ses dents.

– Je les reconnais, confirme Albios. Laissez-moi parler, tout se passera bien. »

Nous nous arrêtons pour attendre la troupe. Dans un geste protecteur, le barde et le seigneur de Neriomagos se placent sur mes flancs. La meute arrive sur nous ventre à terre : elle est composée de splendides veltres, des lévriers taillés pour la course. Les chiens nous encerclent et se répandent entre les jambes de nos chevaux ; ils cinglent l'air de leurs fouets dressés et lancent des abois excités, mais ne se montrent pas vraiment agressifs. Nos montures n'en renâclent pas moins, effrayées par ce vautrait. Les chasseurs les suivent de près et nous enveloppent dans un cercle presque fermé. Leurs manteaux aux teintes éclatantes, la richesse de leurs broches, de leurs torques et de leurs bracelets, les splendides phalères ajourées qui ornent le poitrail de leurs chevaux ne laissent aucun doute sur leur statut. Tous sont de puissants nobles. Leurs visages ne sont pas peints, et outre leurs lances de chasse, ils ne portent que des coutelas à la ceinture. Toutefois, la plupart sont tatoués. Il n'y a là que des guerriers.

« Salut à vous, héros du peuple biturige ! les interpelle Albios.

— Salut à toi, Champion, répond un vieil homme au torse large et au cou épais. Et salut à toi, Sumarios, fils de Sumotos.

— Salut, Donn, fils d'Adrucco, guerrier aux cent batailles, réplique cérémonieusement le barde.

— Salut, Donn, répond plus sobrement le seigneur de Neriomagos.

— Tes fils sont arrivés depuis deux lunes, lui lance le vieux héros. Ils disent qu'ils se sont bien battus contre les Ambrones. Est-ce vrai ?

— Ils ont montré du cœur. Suagre a bien profité sous ta férule, Donn. Je n'ai que des louanges à te faire.

— Alors, c'est bien, observe le vétéran sur un ton rogue. Je suis content.

— Moi aussi, je suis content de te revoir, Sumarios ! » hèle un autre cavalier, et mon sang se glace au seul son de sa voix.

Il s'agit d'un gaillard d'âge mûr, au poil grisonnant, le faciès marqué de rides cruelles. Je ne comprends pas ce qui, dans son timbre rocailleux, éveille en moi un tel effroi. Ce n'est qu'en croisant ses pupilles d'un bleu très pâle que je me souviens de ce regard dur.

« Salut, Segomar, répond Sumarios. Moi aussi, ça me fait plaisir de te revoir. Ton bras nous a manqué, chez les Ambrones. »

Mais le héros aux yeux de glace s'est désintéressé de mon compagnon et me toise d'un air de défi. Les dix ans qui viennent de s'écouler ne l'ont pas tellement vieilli ; c'est surtout l'absence de casque et de cuirasse qui m'ont empêché de le reconnaître au premier coup d'œil. Maintenant, toutefois, je me souviens de lui. Quand Ambatia est tombée, il fut le premier des héros bituriges à fouler le sol de ma demeure, et à réduire ma mère à sa condition de vaincue.

« C'est toi, Bellovèse ? m'apostrophe-t-il.

– C'est mon nom.

– On ne t'a pas dit que tu es de trop, par ici ? »

Albios s'interpose vivement.

« Bellovèse a rempli l'épreuve que lui a assignée le grand druide. L'interdit est délié. »

Le cavalier tourne brièvement son faciès âpre vers le poète.

« Si tu le dis, barde », commente-t-il de façon ambiguë.

Puis, me jaugeant à nouveau avec froideur, il ajoute :

« Tu as changé, c'est sûr, depuis la dernière fois qu'on s'est vus. Tu m'as l'air plutôt en forme, pour un mort.

– Alors c'est la vérité ? intervient Donn. Les Gallicènes l'ont libéré ?

– Naturellement ! s'exclame Albios. Sans quoi, nous ne l'aurions jamais ramené.

– Tu es barde et jamais je n'oserais douter de la parole d'un barde, reprend Donn. Mais toi, tu y étais ? S'il a déjà passé pour mort, il a plus d'un tour dans son sac. Qui te dit qu'il ne t'a pas trompé ?

– Nous l'avons accompagné jusqu'à l'île des Vieilles, s'interpose Sumarios. Nous l'avons vu entrer dans le sanctuaire et en revenir. »

J'estime qu'il est temps que je prenne en main le cours de ma propre destinée. Je pose une main sur l'épaule de Sumarios pour lui demander de se taire, et je m'avance devant mes deux compagnons. Je m'adresse à Donn, mais c'est Segomar dont je soutiens le regard.

« Je suis Bellovèse, fils de Sacrovèse et neveu de votre souverain. Je suis revenu parce que les Gallicènes me l'ont permis. Ma parole est celle du fils du roi des Turons : cela devrait vous suffire, à tous ! Mais je peux prouver que je dis vrai. Je produirai un signe qui convaincra le haut roi, ainsi que toi, Donn, et toi, Segomar, parce que vous êtes ses vieux serviteurs. »

Donn me considère avec un air impassible, et Segomar me renvoie un rictus goguenard. La fierté de mon discours glisse sur eux comme une goutte sur les plumes d'un canard.

« Je trouve que tu es mal peigné pour parler ainsi à des guerriers », gronde Segomar.

Un murmure railleur monte de l'ensemble de la troupe.

« Où est Uisumaros le Portier ? s'enquiert Albios en essayant de dissimuler son inquiétude.

— Eh bien ! À la porte du palais ! rétorque Segomar. Où veux-tu qu'il soit ? »

La saillie fait ricaner ses comparses.

« C'est à Uisomaros, et non à vous, d'examiner les arrivants et de décider s'ils peuvent être introduits en présence du roi, allègue le barde sans désemparer.

— Sauf qu'ici, on est encore loin du palais, objecte Donn. Rassure-toi, Albios, on le teste un peu, le gamin, c'est tout.

— On n'est pas du genre à lui faire du mal », ajoute lentement Segomar.

Je comprends très bien qu'ils cherchent à me piquer au vif, mais je ne parviens pas à museler complètement ma colère. La nuque roide et les dents serrées, je crache :

« Laissez-moi passer ! Ce n'est pas à vous que j'ai à rendre compte !

— Ça, ce n'est pas toi qui en décides, corrige froidement Donn. Et justement… »

Il se tourne vers ses compagnons et leur fait signe de s'écarter. Les héros dégagent un étroit passage, derrière lequel apparaît le char qui accompagnait la troupe. L'attelage est composé de coursiers robustes aux crinières tressées ; mors et chanfreins sont d'airain incrusté de nacre et le timon est orné de bronze doré. Quant au véhicule, les clavettes de l'essieu et les ridelles de la caisse étincellent d'argent plaqué. Mais, contrairement aux usages, seul le cocher occupe la plate-forme. Le héros qui devrait se tenir à son côté fait défaut.

« Tu vas descendre de cheval et monter là-dessus, me dit Donn en me montrant le char. Il t'amènera là où le roi va t'entendre. »

Je n'hésite guère. Même s'il doit me mener à ma perte, le véhicule que l'on m'offre est prestigieux. Je saute à terre en m'emparant de mon sac et en conservant ostensiblement mes armes. Sumarios veut m'accompagner, mais Segomar le retient d'une main sur la poitrine.

« Le gamin, dit-il, pas toi.

— J'ai juré de veiller sur lui, rétorque sèchement mon compagnon.

— Eh bien reste avec nous, plaisante Segomar. Tant que tu nous as à l'œil, tu remplis ta promesse.

— Ne fais pas de problèmes, ajoute Donn. Le roi a dit Bellovèse seul. »

Je suis déjà en train de franchir la ligne des cavaliers, en affichant un air crâne. Je peux sentir l'haleine des chevaux m'envelopper, le poids des regards sur ma nuque. Je n'échange qu'un coup d'œil avec le cocher. Bien que tatoué comme les autres et coiffé d'une brosse fauve, il n'est pas aussi luxueusement vêtu que les cavaliers. Il n'arbore aucun bijou et n'a enfilé qu'une tunique sans manches, bien légère pour ce crépuscule pluvieux. Je ne l'intéresse guère. Comme je m'installe à côté de lui, il brandit un bras musculeux, couturé de cicatrices, en direction d'Albios.

« Toi aussi, lance-t-il. Tu viens. »

Le musicien arbore une expression déconcertée, qui jure avec l'aisance qu'il manifeste d'ordinaire en société. Bizarrement, Sumarios a l'air tout aussi désemparé.

« Dépêche, grommelle Donn. On t'attend. »

L'air un peu étourdi, Albios glisse au sol. Il hésite un instant, puis décroche la housse de sa lyre de l'arçon. À son tour, il franchit la haie des héros, serrant son instrument contre lui comme un talisman. En grimpant dans la caisse, il murmure :

« Je ne comprends pas…

— Il n'y a rien à comprendre, coupe le cocher. Fais ce qu'on te dit. »

Et dans la foulée, il lance l'attelage. Le barde, qui n'a pas l'habitude de voyager sur un char de combat, n'a que le temps de s'accrocher à une ridelle.

Le conducteur fait un large demi-tour par la droite, opérant une manœuvre ouvertement menaçante qui atteste son habitude des combats. Il reprend la direction du Champ de Boios, par là même où il est arrivé avec les héros bituriges. Ceux-ci, toutefois, ne bronchent pas et nous les abandonnons sur nos arrières. Quand le bige prend un peu de vitesse, le cocher crie :

« Hau ! Hau ! Valets ! Hau ! »

Aussitôt, derrière nous, toute la meute lui répond en un hourvari enthousiaste. Les chiens abandonnent les cavaliers et se ruent sur nos traces. En quelques foulées, ils rattrapent notre course.

Le cocher connaît son affaire. Malgré heurts et secousses, il demeure assuré sur ses jambes ; il tient les guides de la main droite, cinglant parfois l'air de la badine qu'il a dans l'autre. Je lui ferais cependant moins confiance qu'à Cutio pour mener un équipage ; je trouve qu'il tire un peu sur la bouche des chevaux. À trois dans l'étroite caisse, nous voici bien tassés ; chaque cahot nous jette les uns contre les autres. Albios me lance des regards appuyés. Il veut me communiquer quelque chose mais reste bouche cousue. Ce grand bavard ne m'a pas habitué à ces mimiques muettes. Je ne les déchiffre qu'en partie : il redoute quelque chose.

Nous abordons la colline de front. Quoique la côte ne soit pas très raide, le véhicule ralentit ; l'attelage peine pour tirer notre triple poids et pour lutter contre le terrain lourd. Par réflexe, je tends ma lance à Albios et je me laisse tomber au milieu des chiens. Les deux mains appuyées à l'arrière du plateau, je pousse. Soulagés, les chevaux donnent un coup de collier. Quand nous approchons du sommet et que la pente s'aplanit, le char regagne de la vitesse. Je le laisse prendre un peu d'avance, pour m'assurer que les bêtes ont repris un bon rythme, puis, en quelques foulées, je réduis la distance et je bondis dans le véhicule.

« À l'aise ! commente le cocher sans même se tourner vers moi. C'est Cutio qui t'a appris ce tour ? »

Je ne suis guère étonné qu'un proche du roi connaisse le soldure de Sumarios. Mais je vois que le malaise d'Albios s'accentue, et j'en saisis, un peu tard, la raison. En montrant que je sais voltiger sur un char, je viens de trahir une pratique qu'un noble n'acquiert qu'en faisant sa pagerie. Or le haut roi avait interdit une telle éducation pour mon frère et pour moi.

Nous débouchons rapidement sur l'épaule arrondie de la colline. Là-haut, le vent se précipite avec violence ; à peine à une portée de javelot au-dessus de nos têtes, le ciel roule des nuages sombres. Autour de nous se haussent des tumulus aux croupes massives. Les bourrasques couchent parfois leur chevelure herbue.

Le cocher arrête le char, abandonne les rênes et saute à terre avec désinvolture.

« On y est ! » lance-t-il.

Sans attendre, il se dirige vers le tertre le plus vaste, qu'il escalade en quelques enjambées, entouré des lévriers qui lui font fête.

« Qu'est-ce que vous attendez ? crie-t-il depuis la cime. Montez ! »

Reprenant ma lance de la main d'Albios, je pars le rejoindre. Le barde, l'air défait, balance un moment avant de se résoudre à nous suivre.

Sur le sommet, il n'y a presque rien, juste une pierre levée qui figure un guerrier rudimentaire, assis en tailleur, les genoux appuyés sur des têtes coupées. Mais un vertige froid tourbillonne autour de nous, dans les rafales mêlées d'un parfum de pluie. Partout, à perte de vue, le pays biturige s'abîme dans une précoce tombée du jour. Tout petits, au fond de la vallée de l'Avara, on aperçoit les cavaliers que nous venons de quitter. Le deuxième groupe de guerriers, qui chevauchait derrière nous sur la route, est en train de les rallier. Personne d'autre ne nous attend dans ce lieu perdu.

« On est seuls, dis-je assez platement.

— Oui, répond le cocher en inspirant profondément, le visage tourné vers l'espace. Ça souffle, hein ? Ça fait du bien !

— Je croyais que tu devais m'amener au roi. »

L'homme se tourne enfin vers moi, et me rit au nez.

« Tu veux voir le roi ?

— C'est pour ça que je suis venu.

— Alors, d'accord ! D'accord ! Je vais te le montrer, le roi ! »

Il se rapproche de moi, me saisit fermement par l'épaule, désigne l'immensité crépusculaire qui se perd dans le flou des averses.

« Regarde ! Regarde ces terres ! Ces prairies ! Ces champs ! Regarde ces rivières ! »

Il me tourne vers la gauche du monde, dans la direction où, un peu plus tôt, mon attention avait été accrochée par des fumées.

« Et là-bas ? Tu vois ces feux qui trouent le soir, dans la plaine ? Ce sont les fourneaux des ferronniers qui réduisent le fer des mines d'Ollodunon. »

D'une nouvelle poussée, il m'oriente droit devant, en direction du levant. Au sein de ce soir bruineux, le panorama sombre dans une grisaille uniforme. Le filet pâle de l'Avara y serpente et se perd dans l'indistinct. Un peu avant l'horizon, je crois pouvoir distinguer les futaies noirâtres d'une forêt, juchée sur un éperon rocheux au-dessus de la rivière ; ses halliers dévalent les pentes et s'épandent même sur la rive voisine. Quelques feux brasillent sur les lisières, étincelles aussi lointaines que des étoiles. Dans ce pays déboisé, je suis un peu surpris de contempler des frondaisons aussi étendues. Et soudain, mes yeux dessillent. Ce vaste massif n'a rien d'une forêt : cet enchevêtrement de cimes aiguës, c'est un immense entassement de toits !

« Et ce que tu contemples, là-bas, ajoute le cocher, c'est le Gué d'Avara. Tu voulais voir le roi ? Te voilà satisfait ! Tout cela, c'est le roi. »

Je me dégage assez brusquement de son étreinte, et pour la première fois, je le dévisage. L'homme me rend mon regard, avec je ne sais quoi de narquois au coin de la bouche. Il fait la même taille que moi. Il possède des traits volontaires, qui seraient réguliers s'ils n'étaient déparés par deux courtes balafres. Impossible de lui donner un âge. Sa figure a quelque chose d'usé, son teint est couperosé par les abus de boisson et ses cheveux sont teints ; mais l'intensité de son expression, la vigueur de sa poigne lui confèrent une grande présence.

« En fait, c'est toi, le roi.

— Eh oui, fils, me sourit-il. Je suis aussi le roi.

— Je ne suis pas ton fils.

— Ça se discute. Que tu le veuilles ou non, c'est moi le chef de famille. Faute de mieux, je suis un peu ton père. »

Il se détourne et interpelle Albios avec humeur, parce que le barde demeure en retrait. Dans le profil marqué du roi, je saisis enfin quelque chose : une ressemblance vague avec Ségovèse. Quand ils exigent quelque chose, ils ont la même tension dans le regard.

« Approche, champion ! Qu'est-ce que tu as, à faire ton timide ? On dirait que je te fais peur ! »

Albios nous rejoint, de mauvaise grâce, tout en observant :

« Ma place n'est pas ici.

— Mais si, ta place est ici ! »

Le roi me coule derechef un regard vif, comme s'il voulait me rendre complice d'une obscure plaisanterie.

« Tu sais pourquoi notre ami Albios est si emprunté ? me demande-t-il.

— Tu le mets dans une drôle de situation. Seul entre toi et moi : ce n'est pas simple. »

Ambigat éclate d'un rire bref.

« Tu n'as pas tort ! se réjouit-il. Il y a de quoi être dans ses petits souliers ! Mais tu connais Albios, quand même ! C'est un homme habile, il en a vu d'autres… Ce qui le gêne le plus, en fait, ce n'est pas d'être avec nous. C'est d'être avec nous ici ! »

Et, me désignant du pouce, il ordonne au barde :

« Dis-lui où nous sommes.

— Nous sommes sur le tertre royal de ton grand-père Ambisagre, m'apprend Albios. Le tombeau du vieux roi est aussi le centre du pouvoir. C'est là que ton oncle rend ses jugements pendant l'Assemblée de Lug.

— Eh oui ! confirme le roi. Je t'ai montré le royaume autour de nous, fils, mais le cœur, il ne se trouve pas dans ma demeure. »

Il frappe le sol du talon.

« Il est ici, dans la terre, juste sous nos pieds. Dans la chambre où mon père, ton aïeul, dort avec ses armes et ses trésors. Tu voulais voir le roi, Bellovèse ? Voici le roi, sur son siège souverain. Et il va pouvoir décider, souverainement, ce qu'on va faire de toi.

– Puissant roi, intervient Albios, un jugement prononcé dans ces conditions risque de provoquer la contestation et le mécontentement.

– Ah ! Ah ! s'esclaffe Ambigat. Voici mon champion qui regimbe !

– Puissant roi, s'entête mon compagnon, tout jugement doit s'appuyer sur les recommandations des druides. Nul druide ne siège avec toi ce soir.

– Les druides, les druides ! Ils me fatiguent, tes druides !

– Je le rappelle dans ton intérêt, fils d'Ambisagre. Si ta sentence est contestée, cela sèmera le désordre dans ta maison.

– Tu as raison, Albios. Mais mon arrêt ne sera contesté par personne. C'est pour cela que je t'ai demandé de venir : tu es un barde éminent, tu appartiens donc à l'ordre druidique. Tu seras mon conseil. »

Albios soupire, mais ne paraît guère surpris. Sans doute s'attendait-il à ce subterfuge.

« Je ne suis ni devin, ni juge, objecte-t-il. Je ne saurai te conseiller avec sagesse.

– Cesse donc de te dérober ! s'impatiente le haut roi. Tu es bien plus capable de me conseiller que Uisomaros, Diastumar ou même Comrunos ! C'est ça, en fait, qui te gêne ! Allons ! Tu es tellement vaniteux, ça ne te dérange pas de griller la politesse à tous ces sages ! Ce qui te met mal à l'aise, au fond, c'est qu'il va falloir expliquer à ce garçon pourquoi tu es mon meilleur assesseur ! »

S'adressant à moi, cette fois, Ambigat poursuit sa diatribe, et je sens qu'il tire jouissance de ce qu'il me révèle.

« Les druides, Bellovèse, ils me sortent par les yeux. Ce sont eux, les responsables de tout ce gâchis ! La guerre des Sangliers, la mort de ton père, cette hostilité entre nous, l'interdit qui t'a frappé ! Ce sont leurs bons conseils qui nous ont menés là où on en est ! Alors pour cette fois, j'ai décidé de m'en passer, de tous, sauf du seul qui nous sera utile. J'ai nommé notre ami commun, Albios le Champion ! On m'a rapporté que tu n'étais pas très malin, fils, mais ne me fais pas croire que tu es naïf au point d'ignorer le petit jeu du bavard ! Grâce à lui, je sais tout de toi et des tiens ! La façon dont Dannissa a pris dans ses rets le brave Sumarios, l'éducation aux armes qu'il vous a donnée, les vols de bétail chez vos voisins ! Je sais tout cela ! Dès qu'il revenait se régaler dans ma halle, le musiqueux se faisait un plaisir de tout me raconter !

– C'est vrai, admet Albios tout en évitant mon regard. Je suis barde : ma fonction, c'est d'être la mémoire, le témoin et le porteur de nouvelles.

– Je ne te reproche rien, poursuit Ambigat. Je me suis même servi de ta vocation ! Mais aux yeux de ce garçon, quelque chose me dit que tes racontars ressemblent un peu à une trahison. »

Il assène une claque familière sur l'épaule du poète.

« Tu ne croyais quand même pas t'en tirer comme ça ? le daube-t-il. Aujourd'hui, c'est jour de lessive ! Il faut bien te mouiller un peu. »

Et tout en lui flattant l'échine comme il le ferait à un cheval, il conclut :

« Tu ne me serviras pas seulement de conseil, Champion. Tu rempliras ta fonction ordinaire : tu seras le témoin de ce qui va se jouer. Ainsi, tout se fera dans les formes. »

D'un geste des deux mains, il nous invite à nous asseoir à même le sol.

« Passons aux choses sérieuses. On doit délibérer. Un roi, un barde et un héros en train de parlementer en haut d'un tertre ! Ça a de la gueule, non ? Évidemment, le service est un peu rustique. On boira plus tard, quand on aura tiré le vin ! Enfin… »

Il me jette un regard sarcastique.

« Boira qui le pourra », achève-t-il.

Nous prenons place en tailleur, disposés en triangle, au pied de la pierre taillée. Le sol boueux et l'herbe mouillée imprègnent rapidement nos braies. Les chiens, ravis de nous voir au repos, circulent parmi nous, curieux et parfois entreprenants. Plusieurs cherchent à glisser leur museau dans mon sac, et je dois les écarter de la voix et du geste.

« Allons-y, me lance Ambigat en posant ses mains sur ses genoux. Dis-moi ce que tu dois dire.

— L'interdit du grand druide est levé. Je suis libre de paraître devant toi.

— C'est une bonne chose. Je parie que tu brûlais de me dire mon fait.

— Peut-être. Peut-être pas. Pendant longtemps, tu n'existais pas vraiment pour moi.

— Ah ! Ça, ça fait plaisir à entendre !

— Je suis surtout venu pour te montrer que j'ai brisé ton mauvais sort. Tu as voulu me lier dans une boucle mortelle, où t'obéir ne pouvait que me tuer ou m'éloigner de toi. Je t'ai obéi, et me voici devant toi.

— Je te trouve bien arrogant. Qui me dit que tu ne m'as pas désobéi pour venir à moi ?

— Tu veux des signes ?

— Oui, je veux des signes.

— Tu les auras. J'en ai plusieurs, et il y en a un qui est sans appel.

— Ne tourne pas autour du pot. Montre.

— D'abord, un interdit, ça ne se défait pas comme ça. Même pour les Gallicènes, c'était compliqué. Alors, pour compenser celui dont elles m'ont délivré, les Vieilles m'ont frappé de trois autres interdits. Je devrais les taire, mais à toi, je vais les dévoiler, et tu comprendras pourquoi en les entendant. D'abord, je ne devrai plus jamais lever la main sur une femme. Inutile d'en expliquer la raison : tu vas vite comprendre. Ensuite, je ne dois pas mourir sur la terre de mes pères. Enfin, je ne dois pas reculer devant l'orage. C'est pourquoi je suis revenu vers toi, Ambigat : tu es l'orage, et je dois t'affronter. Et je ne te crains pas, car ici, sur la terre de mes pères bituriges, il serait sacrilège que je me laisse tuer. J'ai cette force en plus pour venir te défier. »

Le roi ne dit mot, se contente de caresser le flanc d'un de ses chiens. Albios fait grise mine, inquiet de ce qu'il entend. Je poursuis sur ma lancée.

« Le deuxième signe, c'est que je peux te donner le nom des Gallicènes. Toutes ne t'intéressent pas, mais il y en a deux qui te touchent de près. »

Ambigat acquiesce, d'un signe de tête imperceptible.

« L'une d'elles est Cassibodua. C'est la sœur jumelle de ton épouse, Cassimara.

— Sa sœur utérine, précise le roi. L'esprit de la Gallicène a profité de la grossesse de leur mère pour y prendre corps. Mais pour le reste, tu dis vrai.

— L'autre, c'est Saxena.

— Oui, c'est Saxena.

— C'est elle que tu as consultée, par le truchement d'Albios, avant de décider d'entrer en guerre aux côtés de Tigernomagle et des Lémovices. C'est elle qui a prédit que je mourrais. »

Le barde baisse la tête. Sa bouche adopte un pli amer, et j'ai l'impression que son grand âge le rattrape. Alors que le roi supporte la bise sur ses bras nus sans broncher, le poète se met à frissonner sous son manteau.

« Enfin, le troisième signe. J'ai ici la preuve que j'ai bien été sur l'île des Vieilles. »

J'entreprends de dénouer le cordon de mon sac, mais Ambigat m'arrête d'un geste.

« Ça suffit ! gronde-t-il. Je te crois. »

Je lui adresse une grimace féroce.

« Tu ne veux pas voir ce que je t'ai rapporté ?

— Petite crevure ! »

Il est devenu livide, et sa mâchoire tremble de rage. Je vois bien qu'il a éventé mon affreuse surprise.

« Qu'est-ce qu'on t'a fait gober pour que tu aies le front de rapporter… ça ?

— C'est la coutume. Elle a prédit l'issue d'une guerre, elle s'est trompée. »

Il referme le poing sur la seule arme dont il dispose, un poignard passé à la ceinture. Il le serre avec tant de force que ses jointures sont blanches.

« Tu sais au moins qui elle est ?

— Tout le monde me l'a caché, mais je l'ai compris.

— Et tu as osé, malgré tout…

— C'était horrible, mais nécessaire aux dieux.

— Nécessaire ? Nécessaire ! Ta mort aussi, elle est nécessaire ?

— C'est ce que tu croyais, non ? C'est bien toi qui m'as envoyé me faire tuer. »

Il bondit sur pied, et je me ramasse, car je n'entends pas me laisser prendre par surprise. Son couteau est ridicule devant ma lance et mon épée, mais il dispose de sa meute, et je n'aurais qu'un instant avant d'être mis en pièces. Toutefois, il ne m'attaque pas. Il se met à tourner en rond, empli d'une fureur qu'il peine à maîtriser. Plus que de la fureur, en fait : de l'horreur. Alors, pour le pousser dans ses retranchements, je le provoque.

« Comment as-tu fait pour deviner ?

— Tu pues, jeune con ! crache-t-il sans cesser d'aller et venir. Dans le char, j'ai bien senti l'odeur de charogne. Et pendant la guerre, tu n'as prélevé aucun trophée.

— Tu aurais préféré que ce soit moi, le trophée chez les Ambrones.

— Détrompe-toi. Je t'ai envoyé à la mort, c'est vrai. Mais je n'ai fait que suivre les oracles. C'était la volonté des dieux, je l'ai respectée ; mais contre toi, personnellement, je n'avais rien. Alors que maintenant ! Maintenant, oui ! Cent fois oui ! J'aurais voulu que les Ambrones te massacrent ! Qu'ils te dépècent ! Qu'ils exposent tes restes ! »

Il brandit vers moi un signe de conjuration, et éructe :

« Cela m'aurait épargné de te voir faire le fanfaron avec la tête de ma mère au fond de ton carnier ! »

Sans quitter le roi des yeux, j'incline légèrement la tête vers le barde, et je persifle à mi-voix :

« Eh bien voilà, c'est dit. Tu dois être content, Albios. Tu vas pouvoir composer une sacrée chanson.

— Tais-toi, murmure le poète, tu es obscène. Saxena fut une grande reine. Jadis, elle a été généreuse avec moi.

— Qu'est-ce que tu t'imagines ? aboie Ambigat. Que c'est juste une affaire entre toi et moi ? Tu as tué la veuve d'Ambisagre, la mère du haut roi ! Tu as frappé tout le peuple biturige !

— Pas vraiment, non. J'ai tué la Gallicène qui t'a induit en erreur. Cela faisait longtemps que son esprit avait dévoré l'âme de ta mère.

— Mais qu'est-ce que tu crois, petit crétin ? Que tu parles à Ambigat ? Ambigat, il t'aurait déjà égorgé et donné en pâture à ses chiens ! Pourquoi est-ce que j'endure ta morgue, Bellovèse ? Parce que le roi a dévoré Ambigat ; et pourtant, je te jure ! Ambigat te hait ! Ambigat est bien là, devant toi ! Alors, crois-moi, la femme que tu as tuée était peut-être sorcière et devineresse, mais c'est bien le sang de ta grand-mère que tu as sur les mains !

— Elle n'était rien pour moi. Comme toi, tu n'es rien pour moi. En fait, tu contemples ton œuvre, mon oncle. Le véritable artisan de cette fange, c'est toi. »

Le roi passe ses paumes sur son visage, peut-être pour effacer le tic qui s'est mis à lui secouer une paupière. Malgré le froid, il paraît maintenant congestionné. L'une de ses jambes tremble, pleine de colère réprimée. J'ai l'impression qu'il peut éclater d'un instant à l'autre ; pourtant, il vient se rasseoir face à moi, et il baisse le ton, même si sa voix demeure saturée de menace.

« Je vais peut-être te tuer, dit-il, mais avant, j'ai une tâche à mener à bien. Je vais t'expliquer quelque chose. Cette ignominie que tu as commise, tu ne l'as pas complètement faite de ton propre chef. Tu n'as été que le bras d'une haine plus vieille.

— J'ai retourné ta haine contre toi.

— Tu te trompes. Jusqu'à ce jour, je n'avais plus de haine. Pourquoi en aurais-je eu ? Il y a longtemps, j'ai été le vainqueur dans une guerre dure mais honorable. Tu me la rappelles, d'ailleurs, cette guerre. Tu sais pourquoi ? Car à la différence de ton frère, chez qui je retrouve les traits de Dannissa, toi, tu ressembles à Sacrovèse.

— Qu'est-ce que tu as fait de mon frère ? Je ne l'ai pas vu parmi tes hommes.

— Ségovèse se porte comme un charme. Il doit s'amuser dans un festin donné par mon fils.

— Pourquoi n'est-il pas là ? C'est mon cadet, je lui ai sauvé la vie. Il aurait dû venir m'accueillir.

— Tu sais bien pourquoi il n'est pas là. Je l'ai écarté. Ton frère est un garçon heureux, Bellovèse. Il s'intègre déjà dans la fraternité des héros. Mais c'est aussi un garçon loyal, malgré ce que tu insinues. S'il assistait à notre conflit, il prendrait ton parti, il me défierait. Je ne veux pas risquer de perdre mes deux neveux.

— Si je te suis bien, tu sauves le fils de ma mère, mais tu condamnes le fils de mon père. »

Le roi fait un signe de dénégation, en le ponctuant d'un geste excédé.

« Tu ne comprends rien, gronde-t-il. Tout à l'heure,

en voyant combien tu ressemblais à Sacro quand nous avions ton âge, c'est vrai, mon sang a couru plus vite. Mais ton père était un ennemi fier. Si les dieux m'avaient été contraires, s'il avait remporté la guerre, il aurait agi comme je l'ai fait : il aurait épargné mon épouse et mes enfants. Et ma mère, bien sûr. Il était comme moi : il s'attaquait au tronc, non aux racines ni aux branches. Ce n'est pas de lui que j'aurais pu craindre ce que tu as fait. Non, la haine que tu portes, elle te vient de quelqu'un d'autre. Tu l'as tétée au sein. Elle t'a lentement empoisonné, des années durant. Ton arrogance, ta dureté, ton endurance au mal, je les reconnais bien. Tu es le fils de ta mère, beaucoup plus que celui de Sacrovèse.

— Qu'est-ce que cela change ? Ma mère a repris le fardeau de mon père. »

Derechef, Ambigat me désavoue.

« Non, ce qu'elle porte, c'est son propre joug. C'est pour cela qu'elle s'est enfermée dans son exil. Si elle avait admis ce qui nous avait dressés l'un contre l'autre, Sacro et moi, cela fait longtemps qu'elle aurait composé. Je l'aurais accueillie au Gué d'Avara, et vous aussi, les garçons.

— C'est le type qui nous a enterrés au fond de son royaume qui me raconte un truc pareil ?

— Bien sûr, je vous ai éloignés ! Les premières années, c'était indispensable. J'ai perdu de nombreux héros au cours de la guerre des Sangliers. Comargos, prince des Séquanes, y avait été éborgné par ton oncle Remicos ; mutilé, il ne serait jamais roi, et je ne voulais pas exciter la rancune de mes ambactes et de mes alliés en vous traitant de façon trop débonnaire. Mais au bout de quelques années, les choses auraient pu se tasser. C'est pour ça que j'ai fermé les yeux quand Sumarios vous a pris sous sa coupe. C'est pour ça que je vous envoyais Albios : je voulais savoir quand ma sœur baisserait la garde, quand sa présence ne serait plus une insulte vivante pour toute ma maison. »

Il esquisse une moue dégoûtée.

« Mais chez elle, le temps n'arrange rien. Elle s'est murée dans sa haine. Elle t'en a infecté.

— Ma mère ne parlait jamais de toi, sauf quand elle s'y trouvait contrainte.

— C'est bien ce que je dis. Pour elle, je suis un lépreux.

— Tu restes le meurtrier de mon père, celui qui nous a volé notre royaume. Alors ça change quoi ?

— Avant tout, je suis roi. Je ne pouvais pas faire autrement.

— C'est quoi, cette pauvre feinte ? L'homme le plus puissant de tous les royaumes n'a pas pu s'empêcher de tuer son beau-frère et de dépouiller sa sœur ?

— La souveraineté, c'est le contraire de la liberté. Personne n'est plus lié qu'un roi.

— Tes raisons, ça ne m'intéresse pas. Si tu as des remords, qu'ils t'étouffent !

— Je n'ai pas de remords, Bellovèse. Ton père et ses hommes ont eu une belle mort, elle formait un dénouement inévitable, et je suis fier de la leur avoir donnée. Mais j'aimerais que tu comprennes ce qui s'est passé. Si nous devons nous affronter, toi et moi, alors soyons ennemis ! Après ce que tu as fait, je te tuerais même avec plaisir ! Mais battons-nous pour de solides griefs, pas sur un malentendu.

— Si tu as envie de me tuer, vas-y ! Ne te prive pas d'essayer ! Mais épargne-moi les parlotes. »

Il m'adresse un sourire féroce. Il maîtrise cependant mieux sa voix et sa posture, car il a su recouvrer l'empire sur lui-même. Il tend son bras droit vers moi, paume ouverte, et de l'index gauche, il me montre l'accroc livide d'une longue taillade.

« Tu vois cette cicatrice ? C'est un souvenir de ton père. Ça date du mariage de tes parents, à Lucca.

— Ça non plus, ma mère ne te l'a pas pardonné.

— Ta mère est une idiote. Elle n'a jamais rien compris à mes liens avec Sacrovèse. Maintenant que tu as fait la guerre, tu ne commences pas à entrevoir la vérité ? Bon sang, fils ! C'est tellement évident ! Qu'est-ce qu'on a pu se marrer ! »

Du bout des doigts, il caresse sa balafre, et il prend un air presque pensif.

« Des fois, je la regarde. Elle me rappelle ce grand salopard. Putain ! Je me surprends même à le regretter.

— Tu ne veux pas me faire avaler que tu as été l'ami de mon père ?

— Bien sûr que non. Sacro était mon ennemi. Mieux encore : mon plus vieil ennemi, mon meilleur ennemi. »

Il me fixe droit dans les yeux, mais son expression est étrange. À travers moi, il semble défier quelqu'un d'autre.

« Je suis vieux, tu sais, dit-il. Il y a un bail que j'ai passé le siècle. À partir d'un certain âge, le monde se vide. Ça fait des lustres que mon père est mort, tout le monde s'est habitué à ce que je sois le roi. Ça crée de la distance : je n'ai plus d'amis, j'ai des serviteurs ; je n'ai plus de rivaux, les gens qui se dressent contre moi sont les ennemis du peuple biturige. Avec ton père, c'était différent. On ne pouvait pas se sentir ; on n'arrêtait pas de se chercher ; on était toujours prêts à s'écharper. Mais c'était personnel. C'étaient des rapports d'homme à homme. Ça paraît drôle à dire, mais ton père, c'est tout un pan de mon existence. Tu commences à y voir plus clair ? Il n'avait pas peur, il me regardait franchement, et sûr de lui, avec ça ! On ne se lâchait pas, on se serrait l'un l'autre ; entre lui et moi, c'était un bras de fer permanent. Quand j'étais jeune, ça me remplissait de vigueur. Ce crâneur, cet enfoiré de Turon, c'était mon égal. C'est sans doute pour cela qu'il me manque, parfois. »

Avec une vague nostalgie, il passe une dernière fois son pouce sur sa cicatrice.

« En fait, de tous les gens qui sont encore en vie, je suis sans doute celui qui l'a le plus admiré, et à mon corps défendant, tu peux me croire ! Tu devrais en profiter. Tu devrais m'écouter. »

Mon premier mouvement est de lui infliger une nouvelle rebuffade ; toutefois, malgré moi, j'ai perçu l'accent de sincérité dans son discours. Le fantôme de mon père, si indistinct, si cruellement absent, pourrait peut-être se préciser si je laissais cet homme parler. Je ne me sens pas capable, cependant, de l'interroger. Je crains trop qu'il ne salisse l'ombre paternelle.

Face à moi, le roi me scrute. Il perce sans peine la nature de mon hésitation. Alors, parce qu'il sent l'ouverture, il pousse l'assaut.

« Cette guerre où Sacro est mort, tu sais au moins pourquoi on lui a donné ce nom ?

– Quel nom ?

– La guerre des Sangliers. Tu sais pourquoi on l'appelle comme ça ? »

Comme je ne réponds pas, il déduit très vite mon ignorance.

« Le sanglier, c'est la forme que prend le druide le plus puissant pour accomplir de longues courses et pour se battre. La guerre des Sangliers, c'est un combat de druides. C'est à cause d'eux que tout est arrivé. Comme c'est à cause d'eux que je t'ai envoyé à la mort, et que tu en es revenu avec la tête de ma mère. C'est aussi pour ça que j'ai grillé la politesse aux miens, de druides, pour te rencontrer. Tu vois, les choses sont plus compliquées que ce que tu t'imaginais. Alors, tu ne veux toujours pas m'entendre ?

— Tu essaies de te laver les mains ?

— Non, ce n'est pas mon genre. Est-ce que je serais là, devant toi, si je voulais truquer ? »

Il laisse filer un instant, venté des rafales d'automne. Ses insinuations font écho avec les bribes que, par le passé, certaines personnes ont lâchées sur la guerre des Sangliers. Ma mère m'avait bien parlé d'une querelle après la mort du grand druide Nemetomar ; elle considérait Suobnos comme un druide raté, et ce druide raté se souvenait avec effroi d'une grande guerre ; Comargos, au cours de son duel contre Troxo, s'était bien vanté d'avoir pourchassé le gutuater transformé en sanglier… Derrière le simple horizon du conflit entre deux rois commencent à se dessiner d'autres territoires, plus marécageux.

« Allez, je joue franc jeu, je te raconte, reprend Ambigat. Ton père et moi, on avait le même âge. On s'est rencontrés quand on était gamins, douze-treize hivers, pas plus. Sacro avait été placé en pagerie chez mon père. Moi, je n'ai été page chez personne. Ambisagre était le haut roi : ça aurait nui à son autorité s'il m'avait donné en otage à quelqu'un. Et puis au Gué d'Avara, il y avait tous les héros et tous les druides nécessaires pour éduquer une armée de blancs-becs. Du coup, ton père et moi, on a fait nos classes ensemble. »

Il esquisse un sourire en biais, plutôt mordant, mais non dépourvu de regret.

« Tu m'aurais connu, à l'époque ! J'étais un vrai petit con. Le fils du haut roi, à la cour du haut roi, tu imagines un peu... Il n'y avait que ma mère et quelques druides, en particulier Comrunos, le conseiller de mon père, pour essayer de me corriger. Les héros de la maison royale, tous mes sales coups les faisaient rire. Je faisais ma loi chez les pages, et mon père trouvait ça naturel : ça m'exerçait à l'autorité. L'autorité, peut-être ; la justice, c'était une autre chanson. Je me posais en vrai tyranneau, avec la complicité de mes sous-fifres – des gars comme Comargos, Bouos ou Segomar. Ceux qui ne nous revenaient pas, on leur rendait la vie dure. Ceux qui se rebellaient, ils étaient vite matés. On avait aussi nos souffre-douleur, juste pour le plaisir. On était vraiment des sales gouapes... »

Il rit tout bas, le mufle fripé de méchante manière, encore amusé par quelque mauvais tour joué dans son enfance.

« Et puis Sacro est arrivé. Tu t'imagines comme on l'a chicoté, le petit Turon. Mais il n'a pas plié. Même quand on tombait sur lui en bande, il faisait face. Au début, il a ramassé de bonnes dérouillées. Ça ne l'empêchait pas, avec ses yeux pochés et son corps noir d'ecchymoses, de continuer à nous prendre de haut. À la longue, son courage a forcé le respect des héros de mon père. Quand on allait trop loin, certains prenaient sa défense. Les druides aussi l'aimaient bien : ton grand-père Belinos l'avait envoyé deux ans dans la forêt carnute, et il était beaucoup plus instruit que nous. Même ma sœur a pris son parti ; bien sûr, elle avait aussi fait les frais de ma malice. Elle m'en voulait déjà.

« Là-dessus, ton oncle Remicos a également été placé en pagerie au Gué d'Avara. Les deux frères ont formé un noyau dur, que sont venus rejoindre nos bêtes noires et les garçons qui avaient besoin d'un meneur pour se révolter contre mes caprices. En un an, ton père avait formé sa bande. À partir de ce moment-là, ça a vraiment commencé à chauffer, entre nous.

« Je n'étais plus le seul maître sous le toit de mon père. Entre la bande de Sacro et la mienne, c'était une vraie guerre. Tant que ça ne perturbait pas le service, les adultes fermaient les yeux. Mais quand ça allait trop loin, quand une bagarre éclatait pendant un banquet, quand des bousculades importunaient ma mère, quand les chevaux étaient négligés, mon père prenait des mesures. Il ne cherchait pas à savoir qui avait fait quoi : il châtiait toute la pagerie. Il avait raison : le nœud de nos querelles était devenu inextricable. N'empêche, chaque punition n'était bonne qu'à jeter de l'huile sur le feu.

« Cette guerre des pages, elle m'a donné les plus belles années de ma jeunesse. Et je voudrais que tu comprennes une chose, Bellovèse : Sacro m'a beaucoup apporté. Par amour ou par négligence, mon père me pourrissait. C'est Sacro, par sa résistance, qui m'a inculqué l'essentiel. Il m'a enseigné l'adversité, la hargne, l'endurance. Il m'a montré qu'un chef ne pouvait pas faire n'importe quoi, sous peine d'être abandonné et même attaqué par les siens. Il est devenu l'adversaire dans un affrontement permanent, et bon sang ! Ce que la vie a gagné en éclat quand tout devenait prétexte à défi et à rivalité ! Je détestais ton père, j'enrageais de ne pas parvenir à le terrasser, et putain ! ce que j'aimais ça ! J'avais trouvé mon pair. Je n'étais plus seul.

« Ces démêlés, cependant, ça chiffonnait mes parents. Pas seulement à cause des désordres à la cour, et des rixes qui ont fini par faire des blessés quand nous avons grandi. C'étaient surtout les dissensions entre les peuples celtes qu'ils redoutaient. Tous ces pages placés dans la maison de ton grand-père maternel témoignaient de sa puissance sur les tribus clientes. Seulement notre querelle avait divisé la jeune génération. Les garçons de la bande de ton père étaient les héros qui, demain, reconnaîtraient Sacrovèse, et non Ambigat, pour chef naturel. Voilà pourquoi mes parents ont arrangé, avec ton grand-père Belinos, le mariage de tes parents. La future reine des Turons resterait biturige. Ta mère était d'accord : elle appartenait à la coterie de ton père, elle l'admirait. Pour elle, c'était une union heureuse. Moi, bien sûr, ça m'a rendu furieux. Je comprenais bien que la manœuvre me désavouait. C'est pour ça, à Lucca, que j'ai défié ton père au cours de ses noces. Tu l'aurais vu ! Il était ravi, le fier-à-bras ! Il rêvait de m'éreinter le jour où il me prenait ma sœur. Tous les héros rugissaient, transportés par le spectacle ! On s'est bien foutu sur la gueule. C'est ma mère, en violant tous les usages, qui s'est imposée dans le festin des hommes et nous a arrêtés. Oui, ma mère. Celle que tu as tuée… »

Il s'interrompt. Derechef, je vois la rage enfler en lui et sa paupière cligner.

« Si Sacro avait été encore en vie, gronde-t-il, il t'aurait massacré pour ce que tu as fait. »

Il scrute le sac que j'ai posé contre ma hanche gauche, symétriquement à l'épée. Il semble sur le point d'exiger quelque chose, se réfrène à grand-peine, et finit par me toiser à nouveau.

« Peu après le mariage de tes parents, reprend-il sourdement, nous sommes devenus rois, presque en même temps. C'est mon père qui est parti le premier : un jour, en s'exerçant à la lutte avec Donn, un coup de sang l'a foudroyé. Raide mort. Ton grand-père paternel, lui, il a un peu traîné. Dès qu'il s'est senti malade, il a abandonné le pouvoir à ton père. Il était encore vivant quand tu es né, il t'a connu tout gosse ; mais il déclinait, il s'est éteint avant que tu ne saches parler. Du coup, Sacro et moi, on s'est retrouvés souverains et voisins ! Ça promettait une belle rigolade !

« On a continué à se chicaner de royaume à royaume. C'est la vallée du Caros qui est devenue l'enjeu de nos empoignades. On envoyait nos héros y montrer leurs muscles, il y avait des razzias, des duels, des escarmouches. Cependant, on n'a pas été plus loin, du moins au début. On poursuivait la partie ; mais c'était toujours une épreuve personnelle entre lui et moi. Les ambactes engagés, les troupeaux volés n'étaient que les pièces d'un jeu domestique. On respectait les trêves. Ton père et ses héros assistaient à l'Assemblée de Lug, et même si on jouait les gros bras dans les deux camps, on célébrait les rites et le festin sans arme et sans duel, selon la coutume. Revoir sa sale gueule, ça me rajeunissait. Ça me faisait un peu oublier mes tracas. Car être roi, Bellovèse, c'est loin d'être drôle. »

Il s'interrompt, esquisse une moue de dégoût.

« Si tout est parti en quenouille, c'est la faute des druides. »

Il rassemble ses idées un instant, puis poursuit :

« Ton grand-père paternel était un homme prévoyant. Il voulait préparer ton père à la fonction royale. C'est pour ça qu'il l'a envoyé dans la forêt carnute, quand Sacro était encore tout gamin, avant de le placer en pagerie chez mon père. Sacro a passé deux hivers dans les bois sacrés ; Belinos ne voulait pas en faire un prêtre, mais un familier des druides, car un roi doit composer autant, sinon plus, avec les sages de son entourage qu'avec les guerriers. C'est chez les Carnutes que Sacro a rencontré Morigenos, pour notre malheur à tous. Morigenos était encore très jeune, il avait juste quelques années de plus que ton père. Mais il s'agissait d'un garçon éblouissant, d'un de ces héros qui ont plusieurs naissances et qui conservent le souvenir de leurs vies passées. À tout juste quinze ans, il possédait une érudition considérable : il s'était déjà élevé au rang d'andedergos. Un vrai prodige : seuls des hommes faits, d'ordinaire, accèdent à science si profonde. C'est la raison pour laquelle on lui confiait déjà de petits disciples, et ton père était du nombre. Il s'est attaché à Morigenos. Il faut dire que le jeune druide l'a bien mieux traité que je ne le ferais plus tard…

« Là-dessus, les années ont filé. Pendant que nous grandissions à l'ombre de mon père, Morigenos continuait à croître en sagesse et en pouvoir. Des contes couraient un peu partout à son sujet. C'était un puissant chanteur, qui surpassait la plupart des bardes dans les trois airs ; il connaissait les accès qui mènent au monde souterrain et il parlait aux dieux ; devenu un devin renommé, sa vue perçait très loin dans les trois directions que sont le passé, le futur et le cœur des hommes. De tous les royaumes, on venait solliciter ses oracles. Sa sagesse et sa renommée lui ont permis d'accéder très tôt au sacerdoce de gutuater. Cette consécration lui a valu quelques jalousies chez ses aînés, mais la plupart des druides qui vivaient dans la forêt carnute reconnaissaient la puissance de son talent.

« Je régnais depuis un lustre, et l'esprit de la Gallicène avait pris ma mère depuis deux hivers, quand le grand druide Nemetomar est mort. Les druides se sont assemblés dans la forêt des Carnutes pour désigner son successeur. Normalement, la fonction devait échoir à Comrunos : âgé de deux siècles, il occupait le plus haut rang de la hiérarchie sacrée, celui d'olloudios, grand maître du savoir ; après avoir été le conseiller de mon père, il était devenu le mien, ce qui en avait fait l'assesseur de deux hauts rois ; enfin, il avait le soutien des anciens et des sages de l'ordre druidique, juges, guérisseurs, maîtres des quatre traditions. Pourtant, le conclave a très vite tourné de travers. Contre Comrunos, Morigenos a fait acte de candidature. Son rang de gutuater le lui permettait, mais pas son jeune âge. Les débats n'en sont pas moins devenus très vifs : Morigenos avait séduit les devins, qui prophétisaient sa victoire, ainsi que quantité de druides de rang mineur. La majorité des disciples, des initiés et des éclairés soutenaient sa candidature. Leurs voix n'étaient pas prépondérantes, mais elles étaient de loin les plus nombreuses : cela a créé une fracture au sein de l'assemblée quand les anciens ont voulu élire Comrunos envers et contre tout. Soutenu par le groupe le plus nombreux, Morigenos a refusé de reconnaître la consécration de son aîné. La querelle s'est exaspérée.

« Les deux rivaux se sont affrontés, magie contre magie. Chacun a entonné une satire contre son adversaire, et leurs chants étaient aussi puissants l'un que l'autre. Aucun n'a faibli, mais le fiel exprimé par leurs vers a envenimé toute l'assemblée. Les armes ont été tirées. Pour compenser l'infériorité de son parti, Comrunos a invoqué un brouillard épais ; Morigenos l'a dissipé en faisant souffler une tempête. Le sang a coulé entre les druides. Moins nombreux, le parti de Comrunos a été chassé, et Morigenos a été proclamé grand druide par ses partisans.

« Comrunos, cependant, refusait de s'avouer vaincu. Il avait été élu par le collège sacerdotal coutumier, il ne pouvait abandonner sa fonction à un usurpateur. Il s'est réfugié à Autricon, la forteresse du roi Secorix. Morigenos a voulu le débusquer, mais la place, perchée sur une hauteur, entourée par l'Autura, est difficile à prendre. La magie des deux grands druides s'équilibrait, et le gutuater n'avait pas de vrais guerriers à opposer aux héros de Secorix. Le roi carnute l'a repoussé. C'est à ce moment-là qu'invoquant leur vieille amitié, il a fait appel à ton père.

« La suite, tu la connais. La grande erreur de Sacro, cela a été de prendre parti dans la querelle druidique. Les druides conseillent les rois, mais les rois n'ont pas à se mêler de gouverner les druides.

Ton père a marché contre les Carnutes avec ses héros et Morigenos. Il a conquis Autricon ; Secorix et Comrunos, après avoir échappé de peu à la mort, m'ont demandé protection. Le grand druide si vilainement traqué avait été de mes proches : pourtant, serait-il venu seul, je l'aurais bien accueilli, mais je ne serais pas intervenu dans le conflit. Toutefois, il y avait Secorix. Pour avoir respecté ses devoirs envers un hôte menacé, on l'avait jeté hors de son royaume. C'était intolérable. Si je n'avais pas bougé, j'aurais perdu toute autorité sur les peuples clients. Alors, je suis entré en guerre pour lui permettre de rentrer dans son droit. Parce que c'était une décision juste, Comartiorix, roi des Éduens, et Combogiomar, roi des Séquanes, ont joint leurs forces aux miennes. Nous avons repris la forêt des Carnutes ; nous en avons chassé les Turons, Morigenos et ses partisans. Cependant, cela ne suffisait plus. Mes alliés craignaient toujours le ferment de désordre que représentaient ton père et le gutuater. C'est pourquoi nous avons marché sur Lucca, puis sur Ambatia. Ton père s'est battu comme un ours : sur les bords du Liger, il n'a pas reculé. Lorsqu'il a succombé à ses blessures, ses soldures se sont donné la mort, en se jetant sur nos lances ou en se poignardant entre amis. Il n'y a eu que le gutuater, ce pleutre, pour décamper ! Nous lui avons donné la chasse, mais dans la forêt, il a adopté la forme d'un grand sanglier et pris de vitesse nos chevaux épuisés par les combats. Nul ne l'a revu. J'espère qu'il a péri dans la solitude et dans la honte. Non pour avoir initié cette guerre ; pour l'avoir fuie.

« En tout cas, voilà ce que tu dois savoir : ton père était mon plus vieil ennemi, mais ce n'est pas pour cela que nous nous sommes battus à mort. C'est la folie des druides qui nous a menés à cette extrémité. Quand ton père a été vaincu, quand le gutuater a disparu, tout est rentré dans l'ordre. Comrunos a été reconnu grand druide par tous les survivants. Pendant dix ans, l'équilibre a été restauré. Mais lorsque vous êtes arrivés à l'âge d'homme, ton frère et toi, j'ai dû prendre une décision. Je craignais le trouble que votre apparition parmi les héros pourrait produire. C'est pourquoi j'ai voulu prendre conseil, mais pas chez mes sages, et encore moins auprès du grand druide. Je me suis adressé aux Gallicènes, parce qu'elles vivent hors du monde et qu'elles n'ont pas pris parti dans la guerre des Sangliers. Les dieux, cependant, sont cruels. L'oracle qu'ils ont soufflé à ma mère était trompeur. Et nous voici maintenant, toi et moi, face à face, avec tout ce sang sur les mains, toute cette haine sur le cœur, et le devoir de nous entre-tuer pour des fautes qui ne sont pas les nôtres. »

Ambigat se tait, me dévisage d'un œil dur. Dans cette longue confidence, j'ai entendu plus qu'il ne m'a raconté. Il a cherché à se justifier, lui, le haut roi des Bituriges : il se sent coupable. Peut-être envers moi, parce que je suis l'héritier de tant de torts familiaux ; sûrement envers mes parents, envers le compagnon d'enfance qu'il a tué et la sœur qu'il a spoliée. Mais il y a autre chose. Grâce à l'initiation que j'ai reçue sur l'île des Vieilles, j'en devine davantage. Cette cicatrice que mon oncle porte sur le bras n'est pas le seul souvenir qu'il a conservé de mon père : il doit serrer sa tête précieusement dans un coffre, à moins qu'il ne l'expose fièrement sur le linteau de sa porte. Depuis tout ce temps, malgré la mort du roi des Turons, il n'a jamais rompu le dialogue. Faute de mieux, quand il est las de la subtilité de ses druides, des rodomontades de ses héros, des chicanes de ses épouses, Ambigat parle certainement à Sacrovèse. Il lui demande son sentiment ; nostalgique, il mesure l'écoulement des ans ; il ricane avec lui de la médiocrité des vivants. Il le nargue même, parfois, parce que c'est quand même bon d'être en pleine santé quand l'ennemi est mort. Forcément, cette longue intimité, ça endort la haine. Vis-à-vis de mon père, il se sent des obligations. C'est pour cela qu'il essaie de m'amadouer en me restituant une partie de mon passé.

Je me demande ce que le haut roi attend de moi en contrepartie. Mon pardon ? Cela n'a pas de sens. Celui de ma mère ? Après ce que j'ai fait sur l'île des Vieilles, il se doute bien qu'elle me reniera, que je ne pourrai plus lui servir d'ambassadeur. Je ne détiens qu'une chose qui puisse vraiment intéresser le roi : un autre récit, la révélation de ce qui s'est passé là-bas, hors du monde. Mais que lui dirais-je qu'il ne sait déjà ? Les mots sont plats quand il s'agit de raconter l'horreur. Saxena me hante, comme le roi est hanté par mon père. Je n'ai pas envie de partager avec lui cette complicité louche. Pas de contre-don pour Ambigat. Je ne suis pas venu marchander.

« Tu ne me dis rien, observe-t-il.

— Je n'ai rien à t'offrir. »

Je m'attends à ce qu'il s'esclaffe ou à ce qu'il s'emporte, mais je me trompe. Pour la première fois, il affiche un air déçu.

« Il te reste beaucoup à apprendre, constate-t-il. Si

tu veux être à la hauteur de ton père, il faudra te montrer royal. »

Puis il s'ébroue, il frappe dans ses mains.

« Bon ! Si tu n'as rien pour moi, il n'y a plus qu'à conclure ! On va décider ce qu'on va faire de toi ! »

Il se tourne vers Albios, qui nous écoute les yeux fermés depuis un bon moment.

« Je donne la parole à mon conseil. Alors, Champion ! Qu'est-ce que tu penses de ce merdier ? »

Le barde soupire. Il répugne visiblement à donner son avis. Un instant, il conserve le silence. Il affiche l'expression concentrée que je lui ai vue parfois, quand nous lui avions soumis un vers difficile dans un jeu rimé ; mais le plaisir de composer a déserté son visage. L'âge l'a brutalement rattrapé.

« Tu cherches à faire la part des choses entre ce qui relève de ta responsabilité et ce qui relève de celle de ton neveu, finit-il par commenter à contrecœur. Tu te dis que la clémence serait un comportement digne d'un souverain, mais Bellovèse a la nuque roide, ce qui ne te facilite pas la tâche. De plus, tes héros jugeraient ton indulgence comme de la faiblesse tandis que le grand druide y verrait de la morgue. »

Le haut roi sabre l'air d'une main impatiente.

« Je t'ai demandé ton avis, barde, pas le mien !

— Deux crimes de sang vous opposent. Et ce qui est compliqué, c'est que vous appartenez au même lignage : vous avez le devoir de vous porter assistance contre celui qui vous a fait tort. Cela vous place dans une position impossible.

— Tu ne nous apprends rien, s'exaspère mon oncle.

— D'un autre côté, il serait possible de considérer que vos torts s'équilibrent. Tu as tué son père,

Bellovèse a tué ta mère. On pourrait arguer qu'il y a compensation.

— C'est vrai, admet Ambigat. Mais la nature des crimes varie. Sacrovèse n'était pas de mon sang ; Saxena était la grand-mère du garçon. Même si nous sommes quittes, lui et moi, le parricide demeure.

— Et il s'agit d'un crime gravissime, soupire Albios. Personne ne comprendrait que tu ne le châties pas... Toutefois, on peut soulever plusieurs difficultés. En mettant à mort une prophétesse qui a fourni un oracle erroné, Bellovèse a respecté la coutume. L'acte a eu lieu loin du monde ; d'une part, je ne suis pas certain que cela relève de ta justice ; d'autre part, peut-on parler de meurtre pour qualifier la suppression d'une personne déjà défunte ? »

Albios hausse les épaules.

« En fait, conclut-il, tu disposes de motifs qui te permettent aussi bien de condamner le garçon que de l'élargir. Et la vraie question n'est pas là. Le nœud du problème, c'est la haine qui vous ronge, tous les deux. Si tu épargnes Bellovèse et que la rancune continue à le dévorer, cela pourrait sceller la perte de ton royaume. Mais si tu fais supplicier ton neveu et que ton jugement est motivé par la vengeance plus que par la justice, cela ruinera également ton royaume. Or, je te l'ai dit, puissant souverain : je ne suis pas devin. Je sais toucher les cœurs, non les sonder. J'ignore ce qui, au fond de vos âmes, l'emportera. J'attire cependant ton attention sur un point. Même s'il est venu à toi le défi à la bouche, Bellovèse ne s'est pas dérobé. Il est venu à toi. Tu devrais en tenir compte. »

Ambigat hoche la tête d'un air à moitié satisfait. Puis, presque goguenard, il me désigne du menton.

« Et toi, gamin, qu'est-ce que tu en penses ?

— Je ne peux pas mourir ici. Cela m'est interdit. Si tu veux ma tête, je devrai te tuer. »

Il ricane, et grommelle : « Tête de bois ! »

Puis il se lève avec brusquerie. Par réflexe, je pose la main sur ma lance. Mais il s'est déjà éloigné de quelques pas, il se dégourdit les jambes et s'étire.

« On ne peut pas dire que vous me simplifiez les choses, tous les deux ! » marmonne-t-il.

Il contemple les nuées menaçantes, le pays qui s'abîme dans les approches de la nuit. Les horizons se noient dans une pénombre pluvieuse, et au milieu des terres qui sombrent dans le crépuscule, on aperçoit davantage de feux du côté du Gué d'Avara. Ambigat admire ces étendues maussades. Peut-être y cherche-t-il le conseil que nous n'avons pas su lui donner.

« Bon, ça suffit, se décide-t-il soudain. On va remettre de l'ordre dans ce foutoir. »

D'une voix de commandement, il hèle ses héros. Dans la vallée, la troupe, rendue noirâtre par la nuit tombante, s'ébranle. Les chevaux se déploient, abordent le bas de la colline.

Si je dois tenter quelque chose, c'est maintenant ou jamais. J'ai encore le temps de planter ma lance dans le cœur du haut roi, de bousculer les chiens, de dévaler le tertre et de filer dans le char. Talonné par une meute et de nombreux cavaliers, mes chances de fuir sont minces ; mais elles deviendront nulles si je laisse les héros bituriges nous rejoindre. Certes, Sumarios cherchera sans doute à me défendre, mais il se fera tuer dans l'affaire. Je dois trancher. Mon poing se referme sur mon arme.

Albios me jette un coup d'œil effaré, mais il reste coi. Il n'avertit pas le haut roi. Ambigat, qui attend ses hommes, me tourne le dos. Agit-il par inconscience ? Par calcul ? Par dédain ? Plus probablement par défi. Il voit juste. Le frapper en traître serait indigne. Je suis tenté de l'appeler, de le provoquer pour qu'il revienne me faire face, mais cela ne changera pas grand-chose. J'ai l'intuition qu'il refusera le combat. Il n'a pas besoin de se mesurer à moi pour afficher sa valeur. Il ne me reste qu'un moyen pour lui prouver que j'ai hérité de la trempe de mon père, que je suis bien son égal. Ma main abandonne la lance.

Les cavaliers gravissent la pente. Malgré le vent, on entend à présent quelques voix et le martèlement des sabots. J'attends, impavide. J'attends avec docilité, cette docilité même avec laquelle Saxena m'a accueilli quand je me suis présenté devant elle, l'épée au poing. Elle ne dormait pas. Elle s'était préparée. Quelque chose, dans son calme, m'a rappelé la dignité d'Oico au banquet d'Argentate. Elle savait très bien ce qui allait advenir : non seulement sa mort, mais ce qui suivrait.

Quand les héros arrivent, ils me coupent toute échappatoire vers le char. Ils encerclent le tertre. Il fait si sombre que j'ai du mal à distinguer les visages. C'est une armée aux figures blêmes qui me cerne. Seuls les fers de lance et les plaques des harnais accrochent encore un fantôme de jour.

« Donn ! aboie Ambigat. Apporte-moi les forces et le rasoir. »

Ce n'est que lorsque le vieux soldure lui a remis ces instruments que le roi revient vers moi.

« Reste assis, ordonne-t-il. Si tu veux garder tes oreilles, ne bouge pas. »

Le haut roi se place debout, dans mon dos. Il a arrêté sa décision, mon destin est scellé. Sans ménagement,

Ambigat empoigne mes longs cheveux. Les lames de fer se referment au ras de ma nuque, cela tire sur mon cuir chevelu et mon âme s'allège brusquement. Déjà, le roi s'empare à nouveau de ma tête, et les grandes cisailles crissent derechef. Je vois mes mèches d'enfance emportées par les bourrasques. Elles se dénouent, gracieuses, et s'envolent dans l'obscurité qui monte. Je me sens plus exposé que si j'étais nu.

Dans l'oreille, je n'ai pas seulement le claquement des forces. J'entends les confidences que, chaque nuit, me répète Saxena. Quand tout le monde dort, quand le sommeil pèse sur mes paupières, elle s'agite au fond de mon sac. Malgré sa langue pourrie, malgré ses lèvres tirées sur ses dents, elle chuchote. D'une voix sans timbre, elle ressasse ses derniers mots.

« Ce n'est pas fini », dit-elle.

Ce n'est pas fini.

Et à mesure que mon oncle me tond, à mesure que j'acquiers ma tête de guerrier, je crois comprendre ce que la Gallicène s'efforce de me prédire. C'est loin d'être fini.

En fait, cela ne fait que commencer.

DU MÊME AUTEUR

Aux Éditions Gallimard

COMMENT BLANDIN FUT PERDU, précédé de MONTE-FELLÓNE (Folio 3 € n° 6089), 2016

Aux Éditions Les Moutons électriques

JANUA VERA (Folio Fantasy n° 332), 2007

GAGNER LA GUERRE (Folio Fantasy n° 388), 2009

Ces deux ouvrages ont été réunis en un seul volume sous le titre RÉCITS DU VIEUX ROYAUME (Folio Science-Fiction n° 520), 2015

ROIS DU MONDE

MÊME PAS MORT (Folio Fantasy n° 505), 2013

CHASSE ROYALE. DE MEUTE À MORT (Folio Fantasy n° 592), 2015

CHASSE ROYALE. LES GRANDS ARRIÈRES (Folio Fantasy n° 620), 2017

CHASSE ROYALE. PERCER AU FORT, 2019

CHASSE ROYALE. CURÉE CHAUDE, 2020

Ces deux derniers ouvrages ont été réunis en un seul volume sous le titre CHASSE ROYALE. CURÉE CHAUDE (Folio Fantasy n° 684), 2023

LE SENTIMENT DU FER (Folio Science-Fiction n° 698), 2015

DÉSOLATION, illustrations de Melchior Ascaride, 2020

MATIÈRE DE LEOMANCE. Récits du Vieux Royaume, illustrations de Melchior Ascaride, 2020

LE SERVICE DES DAMES, illustrations de Sébastien Hayez, 2021

LE CHEVALIER AUX ÉPINES

LE TOURNOI DES PREUX (Folio Fantasy nº 753), 2023

LE CONTE DE L'ASSASSIN, 2023

LE DÉBAT DES DAMES, 2024

Tous les papiers utilisés pour les ouvrages des collections Folio sont certifiés et proviennent de forêts gérées durablement.

Composition : IGS-CP à L'Isle-d'Espagnac (16)
Impression Novoprint
à Barcelone, le 2 octobre 2024
Dépôt légal : octobre 2024
Premier dépôt légal dans la collection : août 2023

ISBN : 978-2-07-303148-8 / Imprimé en Espagne

649996